文春文庫

宮部みゆき責任編集

松本清張傑作短篇コレクション

下

文藝春秋

宮部みゆき責任編集　松本清張傑作短篇コレクション　下

目次

本文イラスト・いしいひさいち　本文デザイン・関口聖司

松本清張傑作短篇コレクション㊦

＊本作品集には今日からすると差別的表現ないしは差別的表現ととられかねない箇所がありますが、それは作品に描かれた時代が抱えた社会的・文化的慣習の差別性が反映された表現であり、その時代を描く表現としてある程度許容せざるをえないものと考えます。作者には差別を助長する意図はありませんし、また作者は故人であります。読者諸賢が本作品集を注意深い態度でお読み下さるよう、お願いする次第です。

文春文庫編集部

第七章

タイトルの妙

前口上　宮部みゆき

題名を上手につけたしと思へども
題名はあまりにむずかし

うわ言ではありません。まことタイトルは難しい。

飾りすぎてはいけない。素っ気無くてもいけない。意味がなくてはならず、意味深すぎてはならない。結末まで読んで「なるほど」と膝を打つ〃考えオチ〃タイトルはニクイ趣向。でも、最初から〃ネタばれ〃タイトルでは興ざめというもの。

タイトルに惹かれてその本を手に取るということ、よくありますよね。私は完全にそのタイプで、「お！」と思うタイトルの本を見かけると、事前に何の情報がなくても、いそいそと読んでしまいます。

自作を書くときも、タイトルが決まらないと、何も考えることができません。連載のスタートが迫ってきてしまい、とりあえず「仮題」という感じでつけたタイトルは、必ずあとで変更することになります。それどころか、そういう場合は作品そのものも失敗で、全面改稿になったりします。

タイトルは作品の顔。美形であるに越したことはありませんが、いくら美しくても、いつもいつも似たような顔では飽きがくるし、他所様《よそさま》の美人と見分けがつかなくても困りますから、ほどよい個性が必要不可欠。ただ、シリーズ作の場合は一貫性もほしい。そのうえに、一度見聞きしたらすぐ覚えることができる、耳と目になじみ易い音と字面を持っていること、あるいは一発で記憶に残る印象深い言葉の組み合わせであることが理想です。

あくまでも理想です。この条件をすべて満たすタイトルをつけるのは、少なくとも私には無理。「あり得なぁ〜い」でございます。

ところが世の中には、そういう名タイトルをぽんぽん創り出すタイトル巧者の作家がいるんですね。清張さんもそのお一人でした。

実例を挙げればキリがない——というより、ここまでにご紹介してきた作品のタイトルを見るだけだって、それは明らかです。合わせて長篇の代表作を思い起こしてみれば、よだれが出そうなカッコいいタイトルが目白押し。う〜ん、時間があったなら、もうひとつ、「あなたがお好きな清張作品のタイトルは？」というアンケートをやってみたかったです。今度は作家も対象にしてね。それでもやっぱり『点と線』や『砂の器』は、上位に来るに違いないで

しょうけれども。中身も名作、タイトルも名作。

ちなみに、『砂の器』は新聞連載小説でした。毎日毎日、配達されてくる新聞の連載小説の頭に、『砂の器』というタイトルが載っているのですよ。想像するだけでゾクゾクしませんか？　すぐ中身を読みたくなりますよね。さらに余談になりますが、野村芳太郎監督の映画『砂の器』（こちらももちろん名作）の冒頭（だけではないですが）に、放浪の少年が砂浜で、文字通り砂を集めて器を作るシーンがあります。原作に対する敬意に溢れたシーンですが、それでも敢えて、私はここ、少年が作るのは、本当に「器」でなくてもよかったと、何度観ても思うのですよ。砂のお城でよかった。むしろその方がふさわしかったんじゃないかとさえ感じるのです。

『砂の器』が指し示すものは、具象としての器ではないでしょう。幸福という儚《はかな》いものに満たされることを求め、重い宿命を背負って生き続ける人間という脆《もろ》いもの――それらを象徴するために選ばれた言葉が「砂の器」であった。ですから、スクリーンの上に、砂で作った器を登場させることはなかったんじゃないかな、と（ということを書いてみて思いついたのですが、名タイトルの条件として、分かり易くはあるが即物的ではない、ということも挙げられるかもしれないですね）。

さて、それほどのタイトル名手の清張さんですから、この章題を設けて、ずらずらと名タイトルを列記していくだけではゼンゼン面白くない。だいいち書ききれません。そこで宮部、大胆不敵なことを考えました。

最初に白状しましたが、私は清張さんの短篇作品を半分も読破していませんでした。今回、このコレクションのために初めて読んだ作品が半分以上あったということです。

そこで、そうした初読の作品のなかから、好きなタイトルを三つ選び、そのタイトルで、自分ならどんなストーリーを組み立てるか——という試みをしてみたのです。一種の「お題拝借」ですね。手順としては、「このタイトルにしよう」と決めると、読む前にまず「自分ならどうするか」を考え、その後、種明かしのように作品を読みました。

巨匠に対して畏れ多いことではありますが、これもファンの役得とお許しをいただいちゃいましょう。読者の皆さんも、同じように「自分ならどんな話にするかな？」と考えつつ読み進めていただくと、また一興ではないかと思います。

「**支払い過ぎた縁談**」

この短篇について、清張さんご自身はあとがきで、「O・ヘンリィのような短篇の味を狙った」と書いておられます。なるほど、文章の雰囲気も、他の多くの短篇と比べるとポップな感じですし、着地の仕方はまさにそれ、という作品です。

縁談に、支払いすぎた。さあ、これがお題だぞ。

支払うのだから、当然、お金ですよね。仲人さんに、良い仲人口をきいてもらおうとお金をはずみすぎて、かえってよくない結果になった——

ツマラン話しか思いつかんな、宮部みゆきは。

「仲人口（をきく）」というのは、縁談の仲介をする仲人さんが、当人の容姿とか経歴とかもろもろの売り込み条項について、ちょっと水増しして言うことです。だから「あれは仲人口だから、割引して聞いといた方がいいけど」なんてことも言います。たとえば、「松たか子さんによく似てみえるように写った写真が一枚だけある」という女性を、「女優の松たか子そっくりなのよ」と言うとかね。「そりゃもうキムタクみたいに美形でクールでカッコいい青年で」というので会ってみたら、キムタクを三日ぐらい風呂の残り湯に浸けてふやかしたような人だったなんてこともあったりしてね。いや、いいんですよ人柄が良ければ。

昨今では、結婚の際に仲人を立てるカップルは減っているそうですし、お見合い結婚のお膳立てをする仲人さんも、昔のように格式ばった立場ですべてを仕切るのではなく、あくまでも「二人を引き合わせる」という役目に特化した、気軽なものになっているようです。ですから「仲人口」という言葉も、本来の意味合いで使われることは少なくなってきていることでしょう。案外、まったく別の場所、たとえば企業の合併とか、ベンチャー会社の立ち上げのときなんかに使われていたりするかもしれない。

だけど仲人さんに大金をはずみ、一生懸命売り込んでもらって、かえって良くない結果になるなんて、どうよ？

あるところに若い娘がいました。ちょっとおとなしいけど、気立てがよくて可愛らしい娘さんでした。両親は彼女が良き伴侶を得ることを熱望しており、仲人を頼んだ知人を手厚く遇し、よくよく頼んでおりました。

ところが、両親があまりに仲人さんを厚遇するので、仲人さんは味をしめてしまい、娘さんが晴れて結婚してしまうと、こんなオイシイ思いをすることはできなくなると考えて、せっかく良い縁談が来ても、それが成就しないよう、こっそりと、先方に娘さんのことを悪く言うようになりました。その結果、娘さんから見れば不可解なことに、何度お見合いをしても縁談を断られることが続き、すっかり悲観した娘さんはどっと病みついてしまいます。あることから真相を知った両親は激怒し、この図々しい仲人に復讐をしようと――

つまらん！

本篇へお進みください。


「生けるパスカル」


パスカル。

人の名前だ。

「人間は考える葦である」と言った人ですね。フランスの哲学者だ。この有名な言葉は、『パンセ』とかいう書物に記されているのでしたね。

この哲学者はとっくに死んでいる。しかしそれが生きている。つまり、パスカルの思想は生き続けているという意味だ。これがお題だぞ。

実際、そうですよね。「人間は考える葦である」というアフォリズム、誰でも一度は学校で習いますもの。今も生きてるご教訓。ただ、習っても意味がわからないんですけど（私はわからなかった。今でもわからない）。

だいたい人間を植物に喩《たと》える時に、なんでまた「葦」なんだ？　フランスの葦は日本の土手とか湿地とかに生えてるのと違って、人間の形に似てるのか？　歩いたりするのか？

日本人なら桜ですよね。パッと咲いてパッと散る。葉桜になってもまたよろし。さもなきゃ杉とか欅とかの真っ直ぐな姿勢。あるいは、姿形は地味でも美味しい実のなる栗とか。

フランス人の考えることはわからん。

ぐだぐだ書いてるのは行数かせぎではなく、本当に宮部はこのタイトルを見て、あの「パスカル」だと思ったのですよ。その前の一瞬は「パストゥール」のことを思った。パの音だけに目を惹かれちゃったんですね。「生けるパストゥール」。その連想で山崎光夫さんの『ジェンナーの遺言』を思い出したりして（ちなみに、古典的な伝染病をすべて駆逐制圧したと奢りがちな人間に、その思いがけない逆襲の可能性を正しく指摘、警告した、これは先駆的傑作）。

さて、あるところに哲学を学ぶ青年がいました。

彼は「人間は考える葦である」という言葉に憑かれていました。その意味を考えるだけで日々をすごし、友人と語らうことも、働くことも、家族を省みることもありませんでした。

どんどん自らの内側ばかりを見つめるようになってゆく青年は、とうとう自身の心の迷路から出られなくなってしまい、自分を縛り付ける「人間は考える葦である」という謎の思想を粉砕するべく、暴力的な衝動にかられてしまうのでした――

つまらん！　ああ、情けない。

無視して先に進んでください。本篇の「パスカル」は、この「パスカル」ではないんです。人名である以上、他の人である可能性もあるのに、そこにまったく思い至らぬ私は無知のカタマリでありました。

「**骨壺の風景**」

私事になりますが、宮部は先年、祖母をなくしました。九十二歳でしたが、あと三日頑張れば九十三歳でした。惜しいとこだったね、おばあちゃん。

祖母は亡くなる前の何年かを、老人ホームで過ごしていました。介護担当の皆さんに、それそれはよくしていただいて幸せだったと思います。ホームの皆さんは、臨終の時にも、通夜にも葬儀にもおいでくださいました。皆さんに見送ってもらえて、祖母も喜んでいたと思います。

そのホームの名称が「コスモス」でした。

祖母を葬るとき、宮部は初めて、葬儀の段取りに関わりました。本当に細かいことまで決めてゆくのですが、その際、骨壺を選ぶことができると知って驚きました。

私はもう中年ですから、すでにいくつかの葬儀を経験しています。そのときはいずれも、真っ白の、ごく普通の骨壺しか見ていなかったのです。でも、祖母のために葬儀社の方が見せてくれたカタログには、色も絵柄もとりどりの骨壺が並んでいました。

祖母のために、私たちはコスモスの花の柄がついた骨壺を選びました。それがいちばんふさわしいと思ったのです。

清張さんのこの短篇のタイトルを見たとき、真っ先に、それを思い出しました。なので、このことを書きました。

小説のストーリーになっとらん。すみません。では本篇にお進みください。

読者の皆さんが見送った、親しく懐かしい亡き人びとには、どんな「骨壺の風景」があったことでしょう。

この短篇を読むと、きっと、それに想いをめぐらせずにはいられなくなると思います。

支払い過ぎた縁談

一

そこは、『倭名抄《わみょうしょう》』に見えているくらいだから旧《ふる》い土地であった。二つの山脈にはさまれた狭い盆地の集落である。村は富裕ではなかった。さりとて見すぼらしく貧困でもなかった。一本の川が流れ、両岸には広い桑畑があった。秋蚕《あきご》が終るとまもなく、遠い高い山には雪が降る。

萱野《かやの》家はこの土地の旧家であった。それを証明するような古文書《こもんじょ》をいくつか持っていた。田舎の旧家の貫禄はそれだけではたりぬ。萱野家は、相応の財産を持っていた。もとは大地主だったが、農地改革で三分の二をうしなった。それでも山林は手つかずにある。

当主の徳右衛門は何度となく村長に推《お》されたが固辞した。小なりとはいえ、村長も政治家である。政治に手を出していいことがない。財産は減るに決っている。県会議員選挙でつぶれた資産家の実例があった。村長になる運動で金をつかい、当選してからも村会議員にたかられる。徳右衛門は身ぶるいして断りつづけた。

徳右衛門をケチだという村人があった。たいていの物持ちにはこの非難があるから、徳右衛門のひどい特徴にはならない。この悪口以外にはべつに不評はなかった。五十すぎで、むやみと庭木を植え、取りかえて眺めるのが道楽である。まず人はよいほうに違いない。頭《ず》が少々高いという人があるが、村で一、二の資産家で、旧家の当主という自らの意識もあろうから、これは仕方がなかった。

三人の子持ちであった。下二人は男で、まだ学校に通っていたが、上は女で二十六になっていた。容貌は十人なみという月並な言葉が適切のようである。ここから五里ばかり離れたM市の短期大学を出ていた。徳右衛門はこの一人娘に旧家にふさわしい教育を施していると信じている。

いくら近ごろのことだといっても、娘の二十六は田舎では嫁《ゆ》き遅れの感じがする。しかし、幸子――彼女はそういう名だったが――に、今までも縁談がなかったわけではない。いや、それは降るようにあった。が、いずれも不成立であった。ことごとく徳右衛門と娘の幸子とが断ったからであった。

拒絶の理由は、しかるべき体裁がとられたが、実際は不満だったからである。みんな、萱野家の家格からみて先方が劣っていた。相手に小金があっても成りあがり者で教育がなかったり、名の知れた家でも、貧乏で、身体に馬糞の臭いのする百姓はいやであった。萱野家にふさわしい財産と相当な学校出でなければ承知できなかった。この点では父娘《おやこ》の意見は合致していた。

萱野家の真意がわかると、縁談を持ちこむ者は目立って減ってきた。今では、来客の誰もその話をしなくなった。こうして幸子は広い家の中をうろうろしている間に二十六になった。

彼女の友だちはほとんど結婚した。婚礼のあるごとに幸子は反感をもって軽蔑した。まるで下等な種族を見るような眼であった。縁づいた者で早いのは子供が二人ぐらいあった。友だちが野良着《のらぎ》で乳房をむきだして子供を抱いているのを見ると、動物のように思えた。

残った友だちもしだいに嫁入りしていく。それが終りになるほど幸子は敵意に近いものを持った。じっとすわっていられない焦躁が突きあげてくるが、自分で気づかぬようにするのが苦労だった。いったいに、婚期のおくれた者から不利な結婚が目立つようだった。

あせることはない、今に立派なところから話がもちこまれてくる。——娘も父もそれに望みを懸けていた。村の、ほかの者とは違うという自負があった。家柄と資産と教育と、三つの道具が希望の確実な手がかりであった。そろそろ陰口をはじめた村の者へ、これ見たかの爽快な仕返しを父娘は待っていた。

待ってはみるものだった。そういう機会がきた。

二

ある初秋の一日であった。リュックを背負った青年が萱野家を訪ねてきた。リュックをもっていても登山の重苦しい格好ではない。セーターのVネックからは行儀正しくネクタイがのぞいていた。登山帽を脱ぐと、櫛目《くしめ》の通った髪が撫《な》でられていた。

徳右衛門が名刺をみると高森正治という名であった。肩に東京の××大学文学部講師と小さい活字がならんでいる。名前よりもこのほうに彼の注意があった。

「お宅に古文書が秘蔵されていると聞きましたので、東京から参りました。拝見させていただけませんでしょうか？」

名刺を片手に持って出た徳右衛門に、青年はいんぎんに云って、暗い玄関で頭を下げた。

そう頼まれると、たいていの所蔵家は嫌な顔をしないものである。徳右衛門も例外ではなかった。ことに、若いが、東京の大学の先生だから喜んで客座敷に通した。青年は大事そうにリュックを座敷に運んだ。

徳右衛門は蔵の中から桐箱を持ってきた。蓋を開き、茶褐色に煤《すす》けた反古《ほご》のような紙をていねいに披《ひろ》げてみせた。

「これです」

虫食いで、縁がぼろぼろになっている古文書を高森と名乗る青年は学者らしい眼つきでうやうやしく見入った。

「なるほど、貴重な文献です」

と、高森正治はほめた。

「ありがとうございました。これで東京からここまでやってきた甲斐がありました」

高森は一通り眼を通しただけで、徳右衛門に礼を云った。文書は鎌倉時代のものである。いつぞや来た老学者は二日がかりで筆写したものだが、高森は一瞥《いちべつ》しただけで満足したようだった。近ごろの若い学者は頭脳《あたま》がいいのであろうかと徳右衛門が奇異に思っていると、高森はリュックの中から小型カメラを取りだし、一枚ずつ矢つぎばやに撮影した。徳右衛門は新しい学問の方法を見るような思いで感心した。

ころあいを見て、幸子が茶と果物を出した。

「お嬢さんですか？」

と、高森正治はかしこまった。

高森は、美男とはいえなかった。色が黒く、鼻が少し上を向き、唇が厚かった。身体がまるこく、ずんぐりしている。その代り広い額と濃い眉とが学者らしい篤実さを思わせた。幸子は、彼がちらちらと自分の顔に眼を向けるのに気づくと面映《おもはゆ》くなった。

学問をおやりになるのは大変でしょうな、と徳右衛門はにこにこして質問とも挨拶ともつかぬことを云った。それに対して高森正治は、多くの言葉では応《こた》えなかった。落ちついた地道な性格とみえた。その代り幸子に視線を走らせる時の眼は、まるきり人が別のような光があった。

高森はリュックの中に手を入れて、がたがたと音をさせていたが、すぐに一個の石をとりだして徳右衛門の前に置いた。

「何もお礼ができませんが、これはぼくの収集品の石包丁《いしぼうちょう》です。つまらないものですが、お印までです」

鰹節のような形をした薄汚い石に添えて高森は云った。奇妙な礼に徳右衛門は驚いたが、高森の真面目な顔はそれがいかにも貴重な品であると考えているらしかった。徳右衛門は迷惑をかくしてそれを受けとった。現代ばなれした学者らしいところが彼は気に入った。

別れぎわに、高森正治は顔を伏せるようにして徳右衛門に小さな声できいた。

「失礼ですが、お嬢さんはもうご婚約がお決まりでしょうか？」

「いや、まだですが」

「ありがとうございました」

高森青年は逃げるようにして玄関から消えた。

徳右衛門はそこにしばらく立っていた。かすかな満足が快い湯のように、彼の心を浸《ひた》していた。ぼんやりした予感に、息が知らずに弾《はず》んでいた。しかし、大事をとって彼は幸子にはそのことを云わずに置いた。

三

予感が、かたちをとって現れたのは、それから一週間と経たなかった。ある日、四十年配のいかつい顔をした紳士が、東京から徳右衛門を訪ねてきた。

「先日、お邪魔をした高森正治の叔父です」

と、紳士は挨拶して名刺を出した。同姓の下には剛隆というむずかしい名がついていた。肩書に弁護士とあった。

高森剛隆は、甥《おい》が世話になった礼を云い、急には用件に触れず、慣れた言葉で屋敷や庭をほめた。じっさい、彼の眼はよく動いて、家の中や庭木に走りまわった。

三十分もして、高森剛隆はようやく訪問の目的に触れた。

「突然にこんなことを申しあげて失礼かもしれませんが、じつは甥がお宅のお嬢さまを頂戴したいと申すのです。ざっくばらんに申しますと、一目惚れというやつです。甥は、お嬢さまがどこにもお約束がないと確かめたそうで、やいのやいのとつつかれて、私が使者にあがったようなしだいです」

徳右衛門は破顔した。やはり予感が当った。彼は胸を鳴らして応えた。

「よい甥御さんでございますな。大学の先生だそうで、拝見していて学問にご熱心なご様子がよくわかりました」

「いや、学問に凝《こ》って世事に疎《うと》いので困ります」

「結構でございます」

徳右衛門は石を貰ったことを思いだした。

「しかし、好いた惚れたという気持は別とみえて、やはり、当節流に早いですな。私をこうしてお宅へ掛けあいに出すのですから」

弁護士は磊落《らいらく》に云ってから、少し口吻《くちぶり》を改めた。

「ごらんくださったように野暮ったい男です。それに、大学の先生といっても、まだ講師ですから安月給です。将来は教授になると思いますがね。さいわい、家には資産が少少あります。郷里は九州の方なので、東京ではアパートに住まい、私が親代わりとなって後見しています」

高森剛隆は諄々《じゅんじゅん》と事情を述べたあげく、ご異存がなかったら、ぜひこの縁談をご承知くださるまいか、と懇願した。

「恐れいります」

と、徳右衛門は喜びをかくしきれずに頭を下げて云った。

「結構なお話と存じますが、いちおう本人の意向も聞きましたうえで」

「いや」

と、剛隆は掌《て》をあげて云った。

「ごもっともですが、なにぶん、甥が熱心ですぐにお返事をいただいて帰ってくれと申します。吉左右《きっそう》の結果がわかるまでの期間がやりきれないと云うのです。あの甥がはっきりそんなことを云いだしたから私もびっくりしたのですが、これもお嬢さまに執心したあまりだと思うと笑ってもいられません。そういうわけですから、恐縮ですが、すぐにお嬢さまのご意見を承って帰りたいのですが、いかがでしょう？」

徳右衛門はむしろ感激した。大学の講師で、ゆくゆくは教授になるという男なら婿《むこ》として申しぶんはなかった。性格も堅実のようだった。実家には資産もあるという。この叔父の弁護士も立派だった。徳右衛門の肚《はら》はもう決っていた。

彼は別間に幸子をよんで事情を聞かせた。幸子の顔は見るうちに上気し、言葉を咽喉《のど》につまらせた。

「どうだえ、おまえの気持は？」

彼女はあたかも叱られた時と同じような風情《ふぜい》をしてうなずいた。

高森剛隆は、晴れやかな顔をして辞去した。笑うと、いかつい顔も金歯がこぼれて愛嬌があった。彼は玄関に見送りにきた幸子を初めて見て、

「いいお嬢さんですね。なるほど甥が頂戴したがるのも無理がありません」

と云った。幸子があわてて父親の後ろに移ったので、両人《ふたり》は笑いあった。

四

徳右衛門はひどく愉《たの》しくなった。やっぱり待っただけの効《かい》はあった。縁談はあせるべきではない。あわてなくてよかった。

「しごく、良縁だ」

と、幸子をはじめ家の者に云って聞かせた。これだけの旧家の面目と、娘の教育からすれば、このような相手が現れるのこそ当然であった。

「婿として申しぶんない。村の奴も、さすがにびっくりするだろう。幸子も仕合せだな」

安堵《あんど》だった。今でこそ当然のことと思っても、正直のところ、これまでは、不安で過

してきた。婚期が一日ずつ遅れることの焦躁感、ついには後妻として嫁《とつ》がせねばならぬかと思う暗い絶望感。その懊悩《おうのう》に夜が眠れぬことも一再ではなかった。もう、安心であった。

幸子もまったく同じ思いだった。これで、今まで敵視してきたさまざまな友だちの結婚に勝つことができる。ひそかにささやかれていた陰口が、羨望に代ってわが身に集る。危うく落ちるところだった。いや、落ちてなるものか。自分の資格には、やはり相応の結婚が待っているのが当然だった。

それまで幸子の顔に膜のように張っていた暗い表情がとれ、皮膚が輝き、動作がいきいきとしてきた。

それから、その顔の輝きは、高森正治から来る手紙のたびに増していった。手紙の文章はうまいとはいえないが、愛情がただよっていた。幸子は、それにやさしい返事を書いた。

高森正治は二度までつづけて幸子に品物を送ってきた。一つは細い金の指輪であり、一つは小さい金側時計であった。古代石器を置いて帰った人間とは思えぬくらい繊細な感情のこもった贈り物であった。幸子はまたとない夫を得たと思い、幸福に浸った。

高森正治の手紙は、父親と同行して上京し、一度自分のアパートに遊びにきてくれと書いてあった。むろん、調査もしなければならぬことである。幸子と徳右衛門がその気でいるうちに、少しばかり日が経った。徳右衛門のわずかな怠慢を責めることはできない。彼は高森正治と叔父の弁護士を信頼した安心があった。何が幸いするかわからなかった。徳右衛門が少しぐずぐずしたおかげで、父娘《おやこ》は思わぬ幸運を拾った。

——秋が闌《た》けそめたある日のことである。

萱野家の前に見事な自動車が停った。この辺を時たまM市のハイヤーが通るが、これほど立派な車を見たことがない。白番号《ナンバー》だから、むろん自家用車だった。運転台からドアを排してひとりの青年が地におりた。外国人のように格好よく均整がとれて背が高い。白い鳥打帽《ハンチング》にゴルフズボンを穿《は》いていた。彼は車の前蓋を蝶《ちょう》の片翅《かたはね》のように開いて背をかがめた。エンジンの故障を直しているのだった。

修理は五分とかからなかった。機関は美しい音を蘇生させた。その代り、青年の腕まくりした手は真っ黒に汚れている。彼は両手を前にぶらりとさせて、あたりを見まわした。どこかに洗うところはないかと捜しているのである。

折りから、幸子が門のところに立って見ていた。家の前に自動車の音がして停ったので様子をうかがいに出てきたのである。青年は、よごれた指の一つをきれいな帽子のひさしに当てて、幸子に莞爾《かんじ》と笑った。歯が白かった。

「恐縮ですが、ちょっと手を洗わしていただけませんか?」

言葉の抑揚で東京の青年と知れた。声も瞳も澄んでいる。眉と眼の間に適度の翳《かげ》りがあって近代的な感じがある。

幸子は、青年の瞳をうけて、頬を赤くした。

五

青年は萱野家の客となって座敷にすわった。

身だしなみがいいのは育ちのよさがわかった。色の白いのと髪の黒いのとが対照的である。唇はやさしくて赤みがあった。すんなりした指の先まで日ごろの行儀の神経が行きとどいていた。

「試乗にドライブにきたんです。新しい車を前からの分と交換しましたので」

と、青年は説明した。その前に、徳右衛門に桃川恒夫という名刺を出したから、その名前で呼ぶべきであろう。親父が会社の社長をしていて、自分にあとを譲りたがっているが、もう半年ばかり遊ばせてもらうのだ、と桃川恒夫は自分の身の上のこともつけ加えた。

「この辺、景色のいいところですね」

桃川恒夫はこう云って視線を正面の徳右衛門から傍らの幸子に移した。幸子は、また頬を染めた。恒夫の云い方は、自分をほめたように思えたからである。

青年は二十分もすると、座をすべってていねいにお辞儀をした。

「東京へお遊びにいらしてください。ご案内します」

それから玄関に歩く途中で、彼は徳右衛門に遠慮深そうに云った。

「近いうち、母をよこします。ぜひ、会ってやってください」

徳右衛門はびっくりした。云い方が唐突すぎて意味がわからない。桃川青年はそれ以上説明しないで、さっさと玄関から出ていった。それから片手を見送りの幸子に振りながら、埃《ほこり》の多い山間《やまあい》の往還を車を走らせて去った。車体が天日に映えて、手鏡の照射のように光るのが幸子の眼に残った。

徳右衛門は、青年の云いのこしたことをしばらく考えていたが、やがて意味を了解した。これは幸子の縁談のことである。母をよこすという用事はそれ以外にない。

徳右衛門は当惑を感じた。いい縁談はいったん封を切られるとつぎつぎに起るものらしい。しかし彼は当惑を感じる必要はなく、彼女《あれ》はもう決りましたと断ればよいのだ。当惑したのは徳右衛門に迷いが生じたからであった。

高森正治は学者的な律義な雰囲気を残して去ったが、桃川恒夫は富裕な匂いを置いて帰った。このほうは、貴金属店の内に一歩足を踏み入れた時、ぱっと襲ってくるあの贅沢な空気に似ていた。

微《かす》かな後悔が徳右衛門の心に上った。高森正治のほうを早く決めないで、もう少し様子をみればよかったという虫のいい残念さだった。どちらも捨てがたい。何も早まる必要はなかった。

もし、桃川恒夫の母親が来て、縁談を切りだしたらどう云って応えよう。徳右衛門はしばらく思案したすえ、そうだ、これは幸子にきいてみることが先だと思った。

幸子はその話を聞くと、頰を真っ赤にして息を弾ませた。それを匿《かく》そうとして苦しそうにしている。その動揺を見て、徳右衛門は、幸子が前の高森青年よりも、今の桃川恒夫に惹《ひ》かれていることを知った。徳右衛門は、やはりそうか、と自分でも満足した。

「高森君もいいが、少し貧乏くさいのう。月給も安いそうだし」

徳右衛門は云って、また石のことを思い浮べた。

「それに、あの叔父貴は大学教授をうけあっとるが、講師の中から教授になれるのは、ほんのわずかだ。将来のことなんかわからん。ああいう人間は偏屈者《へんくつもの》が多いから、一生貧乏しておまえが苦労するかもわからんな」

高森正治のいいところはみんな消えてしまった。

「高森君はよくみると、不格好で薄汚い。今の桃川君のほうはさすがに育ちがいいだけにスマートだな」

幸子はうなずいた。それは彼女の最も同感しているところだった。

「だって、お父さん。高森さんのほうは、どうお断りするの？　いろいろな物を頂いてるし」

幸子は心配そうにきいた。

「なに、まだ結納を取りかわしたわけではなし、なんとでも断れる。おまえにくれた金時計や指輪代の二、三万円ぐらい返せばいい。なんだ、あんなもの」

徳右衛門は云いきった。

桃川恒夫の母というひとは、三日の後、予想のとおり息子の縁談をもってきれいな身支度で徳右衛門を訪問してきた。息子がお宅のお嬢さまをぜひ貰ってくれと云ってきかないと上品な口吻《くちぶり》で話した。一人息子だから小さい時から甘えさせたと云った。

「財産はざっと四、五千万円もございましょうか。私どもの死後は、みんな息子夫婦のものでございます。私のほうで、強《た》ってお願い申しあげるのですから、結納は支度金のほか、三百万円ほど包ませていただきとう存じます。本当にざっくばらんな申しあげかたで失礼でございますが」

「いえ、そんなには」

と、徳右衛門は云ったが、ことごとく満足であった。

六

その後、徳右衛門と幸子とは東京に出て桃川恒夫を訪ねた。豪華なアパートで、幸子は外国映画の場面に自分がはまりこんだ思いがした。映画といえば桃川恒夫は上背があり、彫りの深い顔に適度の愁《うれ》いと明るさが混合し、身の動かし方に高度の教養が発散した。幸子はいよいよ頬をあからめ、茫乎《ぼうこ》とした眼つきになった。

「家は鵠沼《くげぬま》なんですが、ぼくはこんな自由な暮し方をしています」

と、桃川恒夫は洗練された口調で話した。

「父母に会っていただくとよろしいんですが、あいにくと郷里の先輩が亡くなってそっちに行っています。なんですか、父は次の選挙には代議士に立候補するらしいんです」

その夜、父娘《おやこ》は歌舞伎座に招待され、桃川恒夫の費用で帝国ホテルに泊った。幸子の愛情は桃川恒夫に完全に密着していた。

二人は幸福の余韻が消えないまま、山峡の小さな盆地の村に帰った。いまは忌わしくて煩《わずら》わしい手紙である。
帰ると、幸子の机の上には、高森正治の手紙が来ていた。いまは忌わしくて煩《わずら》わしい手紙である。封を開いてどきりとした。

「お父さん。高森さんから、お式を来月早々に挙げたいと云ってきてるわ」

幸子が色を変えてうったえると、徳右衛門は落ちついて云った。

「なに、わしからすぐに断ってやろう」

庭の植木を取りかえるような具合だった。徳右衛門は簡単に当方に事情ができたから今回のお話は無期延期にしてほしい、と手紙を書いた。

当然に紛争が発生した。

高森正治の叔父の剛隆が、いかつい顔をいっそうむずかしくして乗りこんできた。

「当方の事情とは、どういう事情ですか？」

「私事ですから申しあげられません。とにかく、よんどころない事情からです」

徳右衛門はつっぱねた。

「無期延期というのは破談という意味ですか？」

「そうおとりくださって結構です」

高森剛隆は顔を真っ赤にして怒った。ばかにしているというのである。この辺のやりとりをくだくだしく書くことはない。要するに長い激論のすえ高森剛隆は弁護士の顔にかえって云った。

「甥の純情を踏みにじった人権蹂躪《じゅうりん》だ。慰謝料を払いなさい」

「そんなものは払う必要がない」

「甥は苦しい中から金を工面してお嬢さんに贈りものをしている。お嬢さんからも愛情に満ちた手紙を貰っている。あとで困ることになりませんか」

徳右衛門が沈黙したのは、最後のこの一句であった。なるほど、相手が悪く出て、幸子の愛の手紙を、嗅《か》ぎだした新しい縁談の相手に提出したら、事は終りである。弁護士という相手の職業が徳右衛門に理由のない恐怖を起させた。

「いくら出せばよろしいのかな?」

「八十万円いただきたい。これでも安い」

「八十万円?」

徳右衛門は眼をむいた。

「高い」

「高くない、人の純情を踏みにじったのだ。高い、安いの相場はない。私はもっといただきたいが、これで甥をなだめる。高いと思われたら、法廷に出て争ってもよろしい」

徳右衛門はまた沈黙した。公然と明るみに出たら困る。そんな性質のものではない。桃川家から断られるのはわかりきっている。

桃川家は支度金のほかに三百万円結納をくれるという。三百万円から八十万円ひいても二百二十万円が手にはいる。桃川家の財産は当主が死んだら、息子夫婦のものになると云った。徳右衛門の計算が頭の中で働いた。

徳右衛門は山林を売って八十万円を調達し、約束の日に取りにきた高森剛隆に渡したのみならず、気前を見せて因縁の時計も指輪も返した。準備はできた。あとくされはない。いつでも来いである。しかし、桃川恒夫のほうからは、それきり、なんとも云ってこなかった。手紙を出したが、付箋がついて返ってくる。狼狽した徳右衛門が東京に出て行き豪華なアパートを訪ねたが、桃川恒夫という名前の男は、あのころ一週間の契約で借りていたにすぎなかった。徳右衛門は、高森正治のアパートも同様だと初めて思いあたった。

石器時代の石包丁は、粉々に割られて庭のどこかに捨ててある。しかし、これは四人の詐欺者が置いていった唯一の高価な遺物であった。

――週刊新潮（S32・12・2）

生けるパスカル

一

画家の矢沢辰生《やざわたつお》は、美術雑誌記者の森禎治郎《もりていじろう》がいう外国の小説の話を、近来これほど身を入れて聞いたことはなかった。

矢沢よりは十ぐらい若い森は、美術雑誌記者になる前は文学雑誌の編集者志望だった。矢沢は小説の方面に不案内である。話は銀座裏の飲み屋の二階だった。

それはイタリアのノーベル賞作家ルイジ・ピランデルロの小説で「死せるパスカル」というのである。

何からその小説の話になったのか、矢沢はあとまで覚えている。長い間郷里に帰らなかった東北の出稼《でかせ》ぎ農民が殺人事件の被害者に間違えられているのを知って、おどろいて郷里に帰ったというのが発端の話題だった。その出稼ぎ農民は三年間も妻や親戚などに便りを出さなかった「のんき者」だったが、たまたま妻がテレビ報道で、殺された身元不詳の男の特徴が夫に似ているところから警察に届け出た、それが新聞に載って彼の帰郷となったのだった。

新聞には三年間も妻に通信しなかったその出稼ぎ男を「のんき者」と表現してあったが、はたして彼はそうだったろうか、と矢沢辰生はその記事を読んだときからの感想を森に言った。

「その男は、三年間、家庭の束縛を脱《のが》れて案外自由をたのしんでいたかもしれないよ。これは世の亭主たちの願望だからね。もし、殺人事件の被害者に間違えられるようなことが起らなかったら、通信途絶はもっと続いただろうね」

「それは金や生活に不自由しない蒸発亭主のことでしょうね。出稼ぎ農民の実態はなかなかそう楽なことではないようです」

森は言った。

「どうしてだね。農家は米の景気で潤《うるお》っているじゃないか。たいていの家が自家用車を持っている。それに農機具類や肥料の近代化で人手を要しない。次、三男の都会流出による農村人口の過疎化は、なにも若い者が都会生活に憧れるだけじゃない、昔のように農業に彼らの労働力を必要としなくなったからだ。いや、次、三男だけじゃない、亭主の手も要らないんじゃないか。女たちだけで機械化された農機具を操ればいいのだからね。とくに農閑期は、亭主は家にごろごろしていても仕方がないから出稼ぎに行く。そのぶん現金収入がふえる。米のほうは政府が高く買ってくれる。保証があるから結構なことだと思うね。以前は出稼ぎ人というと、貧農が生活の足しにしたもので悲惨な感じがしたが、近ごろのは現金増収の道になっているんじゃないか」

矢沢は酒を飲みながら言った。

それに森は答えた。

「昔の農村出稼ぎ人は、たしかにあなたの言われるとおりでした。けど、今も実質的にはそう変っていませんよ。裕福なのは土地成金か大百姓ですね。ふつうの農家はそれほど楽じゃありませんよ。問題は消費面で二つあります。一つは農機具類と肥料代の払いです。農機具の機械化はどんどん進歩しています。毎年のように開発されたものや改良された農機具類が売り出されています。二、三年たつと、もう前に買ったのが旧式になってくる。新しいのは、どこかが良くなっているにきまっているから、どうしてもそれがほしくなる。車のモデルチェンジと似ていますよ。それから農薬の買込みもばかにはならない。農機具にしても、人の手が要らないように要らないようにとできているから、これをやめるわけにはゆきません。米を農協に持ちこんでも、代金から天引きで、どっと減るわけですね。まあ、これは生産に必要な資本《もとで》のようなものだから仕方がないと言えばいえるが、やっかいなのは生活費の増え方ですね。農村が都会なみの生活になった。農民の長い間の念願で、この不当な生活上の差別がなくなったのは結構なことです。早い話が、自転車がバイクになった、バイクが自動車になった、ラジオはテレビに、そいつの白黒はカラーに、ポータブル蓄音機はステレオに、その他台所の電気製品化、食料革命。もちろん藁《わら》葺《ぶ》きの百姓家は都市ふうな住宅に新築改築といったぐあいに、都市的消費文化が農村に浸透してしまいました。それにはテレビなどの影響が大いにありますね。テレビ情報を媒体とする均一的都市文化の侵略ですね。見た眼には農村は豊かに見えます。けど、その懐《ふところ》具合は都市の貧困地帯と変りませんよ」

「なるほど。そういうものかねえ」

「やはり土地経済が流通経済に敗北するという江戸時代からの法則が変ってないように思われますね。一時期、農村に潤った金はやっぱり都市に収奪されるんですな。そこにもってきて去年からの減反制《げんたんせい》です。これは相当に深刻ですよ」

「出稼ぎはますますやめられなくなるかね？」

「と思いますね。農民は何もよろこんで出稼ぎに行っているのじゃない。これは家庭の崩壊にもつながりますからね」

「家庭の崩壊？」

「夫婦が長期間離れているのは不自然ですからね。出稼ぎの夫に働き先で女ができたという悲劇もかなりあるようです」

「それだよ。……君の話を聞いて出稼ぎの実態はよくわかったが、そういうなかでも家庭からの逃亡というのもかなりあると思うよ。農業経営が苦しい、苦しいから都市にのがれるという現実逃避もあろうが、もう一つの現実逃避は女房からの脱出だな。これは都市も農村もない、世の亭主の共通の心理だよ。ぼくは、その殺された男に間違えられた出稼ぎ人が、どうしてそんな事件を起してくれたのかと犯人を恨んでいるような気がするよ。そういう事件さえなかったら、彼はもっと長く自由を得ていたろうからね。……いや、なかにはね、もし自分がその男だったら、殺されたことになってしまって、女房のもとには永久に帰らないのになんて思う亭主族もいるだろうよ」

「実は」

と、文学好きの美術雑誌記者は赤い眼を微笑させて言った。

「ぼくもあの新聞記事を読んだとき、あなたと同じ感想をもつ亭主たちは少なくないだろうと思いましたよ。で、ぼくはそのとき、同時に『死せるパスカル』のことが頭に浮びました」

「死せる……?」

「……パスカルです。新聞に出ている経過が、小説の設定とどこか似てるんです。ちがっている点は、小説のほうは殺人事件の被害者にされたのではなく、主人公が自殺者に間違えられたことですね。そうして主人公が女房のところには帰らずに逃げたことですね。あなたの言う男の願望がその小説の筋になっているのです」

森の口からイタリアの作家ルイジ・ピランデルロの長編小説「死せるパスカル」のプロットが話し出された。

「マッティーヤ・パスカル……主人公はたしかそういう名だったと思います」

と、森はときどき酒でひと息入れては語った。

「パスカルは金持の家に生れましたが幼時に父を失い、執事に財産を少しずつ横領されて、成年に達したときにはほとんど無一文になっていました。そのうえに執事の姪《めい》のロミルダに誘惑されて過ちを犯し、そのために結婚しなければならない羽目になりました。

パスカルは友人の世話で、ある図書館の書籍係の職をどうにか得ましたが、彼の結婚生活は、貧しさと姑《しゅうとめ》の強欲《ごうよく》と愛情のない妻とに悩まされて悲惨な毎日でした。しかし、世の夫の多くがそうであるように、彼もこうした境遇に反抗することなく、諦めとやり切れない倦怠《けんたい》の生活を送っていたのですが、そのうち彼の唯一の慰めであった幼い娘と老母が相ついで死んでからは、彼の人生はますます灰色になってしまいました。絶望した彼は、これ以上自分の暗い人生に耐えられなくなり、ある日、衝動的に家を捨てて放浪の旅に出ました。ポケットには兄が墓碑の費用として送ってよこした五百リラの金があるだけでした」

「そういう家庭生活だったら、主人公が家出をするのも無理はないね。ずいぶん辛抱したんだろうがね。きっと気の弱い亭主だったにちがいない。強欲な姑と、口うるさくて非情な女房がいっしょでは、たまったものではない。で、彼は放浪の旅に出てからどうしたのかね？」

矢沢は言葉をはさんだ。

「そこに予期しない運命が彼を待っていたのです。モンテカルロに行って何気なく賭博《とばく》に手を出したところ、それが思いもかけぬ運でいっぺんに八万二千リラという大金になったのです」

「五百リラが八万二千リラになったのか」

「それだけではありません。その間に、故郷では、パスカルによく似た男が彼の昔の領地内で自殺し、それが失踪《しっそう》中の彼と間違えられたことです。妻も姑も、自殺者が彼だと思い込み、警察はそのように処理してしまいました」

「パスカルはこの事実を知ると狂喜しました。彼は自分の暗い運命から解放されたことを知りました。女房の束縛から永久に解き放たれたのです。この世にマッティーヤ・パスカルという男は存在しないことになったのですから、女房が追跡してくるおそれもありません。金と自由を得た彼は有頂天になりました」

「なるほどね」

「そりゃ、そうだろう」

「パスカルはすぐに変装して、名前もメイスと改めました。たしかアドリアーノ・メイスだったと思います」

「彼はアドリア海のように明るい光に満ちたわけだな」

「メイスになったパスカルは、しばらく各地に気ままな旅を楽しみました。彼は人生の自由という最高の幸福を味わいました。それまでの灰色の人生を償ってまだ何倍ものお剰《つ》りがきたと思いました」

「思った？」

「そうです、思っただけです。事実はそうでないことがわかりました」

「どうして？」

「期待していた自由の意味がわかってきたのです。彼は真の自由を得たのではありませんでした。まず彼は一年間の一人旅で、孤独と放浪に疲れ切ってしまいました。次に、憩《いこ》いの家を買おうにも、偽名ですから登記することができません。マッティーヤ・パスカルは戸籍簿の上では死亡者として抹消されています。もちろんアドリアーノ・メイスの名は戸籍にありません」

「うむ……」

「仕方がないので彼はローマのある中流家庭に下宿しました。そうして、そこで主婦がわりをつとめている娘のアドリアーナを愛するようになりました」

「へえ。その娘の名もアドリアーナか？」

「仕方がありません。小説がそうなっているのですから。で、パスカルのメイスは、娘アドリアーナの愛を得て孤独感が消しとんだばかりでなく、若いときから渇望していた女の献身的な愛情に心ゆくまで溺れることができました。娘は、彼の女房とはまったく反対の、心やさしい性格でした」

「その幸福はつづいたのかね？」

画家は疑わしそうな眼をした。

「お祭しのように、その淡い幸福もほんの少しの間だけでした。そこに、アドリアーナの死んだ姉の夫が戻ってきたからです。この義兄はやくざな奴で、死んだ妻の持参金を返したくないばかりにアドリアーナとの再婚を望みます。もちろん彼女はメイスを愛しているから、それをこばみます。すると義兄はメイスの持っている金から一万二千リラを盗んでしまいました。それをメイスは警察に届けることができませんでした。届けると自分が偽名で暮らしていることが暴露するからです。しかし、メイスはそれを警察に届けることができませんでした。

森は話をつづけた。

「メイスは、自分があらゆる法律の外に存在していることを知りました。一万二千リラが盗まれて、その犯人がわかっていてもこれを訴える権利がないばかりか、いっさいの法律の保護も受けてないのでした。いや、法律ばかりでなく、彼は人生の外にいたのです」

彼はここで酒を飲んだ。

「彼はアドリアーナを愛し、彼女も彼を深く愛しました。その愛の先にあるのは結婚です。が、偽名の彼にどうして結婚ができるでしょうか。彼は懊悩《おうのう》しました。結婚の不可能な恋愛をつづけていることが、彼女に対してどんなに罪深いかを悟らねばなりませんでした。それだけでなく、いずれは偽名であることも彼女には知れてくる。それは愛の終末を意味します。彼女は彼に欺《あざむ》かれていたことに激しい憤りをおぼえるにちがいないからです。その破局を迎えるのに忍びなかったメイスは、追いつめられたあげく、もう一度自殺者になります。今度は彼自身が自殺を装うのです。そしてローマを去り、再びもとのマッティーヤ・パスカルに戻りました」

「本名にかえって、どうしたのかね?」

「彼は故郷に戻ったのです」

「自由を束縛する女房と、強欲な姑のいる家にか?」

「やむを得ません。パスカルは無籍者の悲哀を、身に滲《し》みるほど味わったのです。無籍者であるかぎり、彼は法律からも人生からも外に投げ出された人間なのです。それなら、せめて法律の権利や保護なりを受けようと思い、再び灰色の人生に逆戻りとは承知しながらも、以前の不幸が待っているわが家のドアの前に立ったのです。……それから、どうなったと思いますか？」

「女房がとび出してきて、よくも欺《だま》したなと嚙みついてきたかね。それとも、生きた亭主が戻ってきたうれしさに、当座は少しやさしくなったかな」

「そのどっちでもありませんね。意外なことが起っていたのです。女房は彼の友人、以前彼を図書館の書籍係に世話した男の妻になっていたのです。女房はパスカルが自殺したと思い、再婚したのですね」

「パスカルはどこまでもツイてない男だね」

「ツイてないですって？　それどころか」

と、美術雑誌記者は杯を眼の半分のところにあげた。

「そこで、はじめてパスカルは真の自由を得たのですよ。彼くらい幸運な男はいません。法律の権利と人生の自由と、両方を得たのですからね。女房の再婚によって、彼は真に解放されたのです」

画家はうなずいたあと、自分の杯をあげた。

「めでたい話だ。……少し、できすぎているが」

「そういう批評は、当時もあったらしいですね。批評家は筆を揃えて、この設定の非現実性を指摘したそうです。これに対して作者のピランデルロは抗議して、実際に自分自身の墓に詣《もう》でる立場になった男の新聞記事まで引用して、批評家たちの想像力の貧しさを嘆いたと言います。

これは、この小説について佐藤実枝《みえ》氏が『世界文学鑑賞辞典』で書いている解説ですが、そのとおりにぼくが記憶したところをいうと、ピランデルロのこうした態度は、『個の一般性に対する抗議』であって、作品の内容ともつながるものだ、パスカルは彼の人生における固有の諸条件をまぬがれようとするかぎり、人生の追放者であり異邦人でしかあり得なかった。ここには人生と形式との、人間的実在と、人間を置き去りにする客観的存在との永遠の葛藤《かっとう》が描かれている、というのです」

「少しむずかしいが、わからないでもない」

「——あらゆる事物・物体・生命はそれが死滅するまで、このような、そしてこれ以外にはあり得ぬ形式の苦悩を持っているのである——と作者は言っている、と佐藤氏は書いていますよ」

「ふうむ」

「いや、矢沢さん」

と、美術雑誌記者は眼にある種の笑いを浮べ、画家の顔を見て言った。

「作者のルイジ・ピランデルロは一九三四年にノーベル文学賞を受けたが、しかし、私生活では恵まれなかったようですな。やはり佐藤氏の解説ですが、彼は三十七歳のとき妻が精神異常者となって、それからは十五年という間、妻の理由のない執拗な嫉妬に苦しめられました。その間、彼にとっては創作だけが唯一の希望だったそうです」

「……」

「彼はシチリア島生れの劇作家でもあり小説家でもありますが、こうした彼の気の毒な人生を除いては、彼の創作の世界は考えられないのだそうです」

画家はバケツの水を掛けられたような顔になっていたが、

「飲もう」

と杯をまたあげた。

「イタリアのそのピラン……」

「ピランデルロ」

「なんでもいい。妻の理由のない執拗な嫉妬に苦しめられ、創作だけを唯一の希望として生きていた男のために……」

二

矢沢辰生は玄関のブザーを押す前に腕時計を見た。十一時を十五分過ぎている。うしろではタクシーが折り返して坂道を降りて行った。道幅のせまい両側は、外灯がさびしくならんで人影はなかった。ところどころ外灯が見えずに道路に光だけが溜まっているのは、木立ちの枝がつき出ているからである。

ブザーを鳴らして待つと、窓に明りがさしてドアが開き、妻の鈴恵《すずえ》が現れた。矢沢は、背の高い妻のわきをすり抜けるようにして中にはいる。靴を脱いでいる間に妻はドアに施錠《せじよう》して、サンダルを脱ぎ、さっさと奥に引っ込んだ。両方とも無言である。

矢沢には妻が不機嫌かどうかは帰ったとき一瞥《いちべつ》してわかる。外出時に妻が快く送り出しても、油断はできない。出るときと戻ったときの様子は別々であった。今は不機嫌のようだった。ちっとも微笑《わら》わない。動作に節《ふし》がある。

矢沢は居間にはいって洋服をふだん着のジャケツと仕事用のだぶだぶのズボンに替えた。妻ははいってこなかった。気がむけば脱いだものをすぐに片づけにくるが、そうでなかったら明日の朝になる。矢沢はひとりで着替えるのに慣れていた。

ズボンをはきかえながら、鈴恵の不機嫌な原因を考えたが、思い当るものはなかった。以前は、用事で出かけても女と遊んできたように邪推されたものだが、最近はそれも下火になっている。嗅《か》ぎつけられるものはないはずだった。だが、妻は何かきっかけがあると前のことを持ち出して険悪になる。

鈴恵は茶の間にいる。矢沢は廊下を歩いてアトリエに行こうかと思ったが、まっすぐにアトリエに行けば故意に彼女を避けたように思われ、いつぞやのように、後ろ暗いことをしてきたから逃げるのだろうと突っかかってこられそうだ。

茶の間の襖《ふすま》を開けると、鈴恵はデコラの座卓のまえにすわっていた。顔も上げようとはしないでじっとしている。こっちは顔を出して引っ込めるわけにはゆかないので——

そうしてもかまわないが、そうすると彼女がけわしい声を出しそうなので――卓の前にすわった。

鈴恵は肩をうしろにねじまげて茶箪笥《ちゃだんす》の戸棚の高いところから湯呑を二つとり出した。背の高い女だから膝を起さないでもそういう動作ができる。はたして横顔は決して和《なご》んだものでなかった。

彼女は黙って急須《きゅうす》にジャーの湯を注《つ》いでいる。しぶしぶでも茶を出すくらいだから、それほど険悪な機嫌でもなさそうだと思い、ふと眼をやると茶箪笥の横わきにデパートの包紙をかけた函《はこ》が見えた。派手な模様が電灯の光をうけて浮いている。

「留守にだれか来たのか?」

話のいとぐちができて矢沢はきいた。妻の不機嫌の探りでもあった。

「夕方に天野さんが見えたわ」

鈴恵は急須の茶を湯呑に入れながら言った。

「天野が」

天野仙太は二流どこの画商である。絵の催促に来たらしい。

「デパートでいいハムが眼についたから持ってきたと言ってらしたわ」

湯呑を彼のほうにちょっと押しやって言った。

「二十号の催促か?」

「口には出さなかったけれど、それで来たことはわかり切ってるわ。……いつ仕上がるの?」

鈴恵は眼を三角にして、はじめて視線をこっちにむけた。眼蓋《まぶた》の脂肪が落ちてからだんだんそういう眼つきになる。

「あと一カ月かな」

矢沢は茶を飲んだ。

「そんなにかかるの? 画料は持ってきてるのよ」

その画料を取り上げているのはおまえじゃないか、と矢沢は口の先まで出かかったがやめた。

「いくら画料を先に持ってきても、気乗りのしないものは仕方がない」

「下塗りから少しも進んでないのね?」

「ああ」

「そんなに気乗りのしないものだったら、引き受けるんじゃなかったわ」

引き受けたのはおまえじゃないか、と矢沢はよっぽど言ってやりたかった。

鈴恵は画商との交渉に当っている。今でもそれほど裕福なわけではないが、矢沢の無名時代の絵を、鈴恵は売ってまわってきた。会社や銀行の幹部社員のところに伝手《つて》を求めては持ちこんだり、名の知れない画商のところに見せに行ったりしては突き返され、値段を叩かれた。保険の勧誘員と行商とをいっしょにしたような屈辱を彼女は経験している。そのときからの習慣で、鈴恵は矢沢と依頼主や画商との窓口になってきている。

他の画家にも妻がマネージャー格になっている例は少なくないから、これは珍しいことではなかった。画家が仕事をしているときにそんな交渉に邪魔されたくないから、妻を代理にするようになった。また、金銭的な問題も画家は自分の口からは言いにくい。妻の側からすると、そんな雑事はいっさい自分が引き受けて、夫には制作に打ちこんでもらいたい「内助」なのである。

しかし、当然のことに、画家はマネージャーたる妻に支配される結果になる。この場合の妻は注文主なり画商なりの代理人である。また一方、その画家の絵をぜひほしい先は、これも当然にそのマネージャーである画家の妻に取り入らなければならぬ。画家に直接依頼する場合はきわめて少なくなり、そのマネージャーをとびこえることは禁忌《タブー》となる。もし、画商がそれを破ろうものなら、大家の場合は出入り禁止にもなりかねない。第一、画家のほうが妻の不興をおそれて直接の依頼には応じないであろう。――だから、ほしい画家の絵を求めたいなら、だれでもその奥さんに気に入られなければならない。

――おれは女房の使用人だ。

という自嘲的な声が仲間にひそかに出るのは、注文主や画商の代弁的な性格の妻を持っている画家だった。

矢沢は、自分もその部類にはいると思っている。

はじめのうちこそ、鈴恵が窓口になっているのを便利に考えていたが、あまり注文の取次ぎが多くなったり、仕上がり期日の催促が急だったりすると、つい癇癪《かんしやく》が起きた。

が、注文を引き受けたマネージャーは決してあとには引かなかった。請《う》けた責任があるからである。鞭《むち》に容赦がないといってよかった。

矢沢も無名時代に鈴恵に絵を持ち回らせているので、その弱味からあまり強いことが言えなかった。鈴恵もそのころの苦労を強調するのである。

よっぽど偉い画家なら別よ、と彼女は矢沢に言った。大家になれば、奥さんがなるべく主人に描かせないようにする。乱作によって権威と市価が下がるのをおそれるからである。

特定の画商は、画家の奥さんに寡作《かさく》を要求する。けど、あんたのような、と鈴恵は矢沢に言った。あんたのような中堅クラスは今のうちにもりもり仕事をしなければいけないわよ、仕事をすることで、絵がよくなってくる、多作のなかから新しい方向の発見が生れてくるわ。Aさんをみなさい、Bさんをみなさい、今でこそ大家でおさまってらっしゃるけど、あんたのような年齢《とし》ごろには精力的な仕事をなさってるわよ、と鈴恵は言う。

鈴恵が名を挙げた大家は外見ではそう見えても、内容的な要素が違っていた。それは彼らを押し上げる外側の有力なものがあったことだ。それが華やかな文学者の勢力集団だったり、有力な画商の思惑《おもわく》による宣伝だったり、また美術に偏奇《へんき》な趣味のある財界の大物の援助だったりした。それらはまた時代によって条件が違ってくるのだ。そうした外的援助が有効な時もあれば、効果のない時期もある。澎湃《ほうはい》と起る芸術運動に適応すれば、幸運な潮に乗れる。いくら押しても抓《つね》っても、おれにはそんなラッキーも才能もないよ、と矢沢は鈴恵に言ってやったことがある。だから、あんたはだめな人よ、と鈴恵は口をとがらせた。どうしてだめだい。気迫がないじゃないの、絵を見てもわかるわ。どんなふうにわかるか。デエモンがないわ、器用だけで描いてるわ。生意気言うな。そんなに怒鳴ったってだめよ、痛いところを衝《つ》かれたから怒鳴るんだわ、気力を集中させて描こうとしないからデエモンが生れないんだわ、ほかのよけいな方面に気が散るからよ。

ほかの方面に気が散るから、と言われると矢沢は勢いがなくなる。これ以上口争いが昂《こう》じると芸術論から彼の過去の話題に飛躍することはわかり切っていた。そうなるとデエモンは彼女に憑《の》り移り、休んでいるヒステリー症状を誘発しそうである。

ある画家がマネージャー格の妻に「使われている」という意識を持つのは、妻が注文主や画商を代弁して制作数や期日の督促をするためだけではない。妻は交渉によって値段を決める（もちろん、画家にはそれについて形式的な相談はある）だけでなく、その画料を取り上げてしまうのである。このときも、もちろん画家には入金の報告はあるが、妻がその金を管理していることに変りはない。すでに先方との値段の交渉などいっさいを妻に委譲している以上、その入金をこっちによこせとは言いにくい。妻の言い分は「預かっている」ことなのである。しかし、銀行の預金やその引出しなど、出納はすべて妻の権限に属している。画家は妻にその権限を渡したわけではないが、煩わしい雑事を任せた慣習が長い間にそういう実質的な形態になったのである。

矢沢は、必要経費、つまり制作の材料費はもとよりのこと、写生旅行の旅費とか、素《す》性《じよう》のはっきりしたお茶屋やバーの飲み代《しろ》といったものは鈴恵に請求書によって支払いさせるが、小遣いは彼女の手からもらわなければならなかった。

小遣いといっても、必要な費用は鈴恵が集金にくる人に支払ったり銀行送金したりするので、矢沢自身はそれほど多く金を必要としない理屈になる。自然と矢沢は鈴恵に常識以上の金額を要求しにくく、もしそれを要求するときは面倒な説明が必要になってくるのである。

しかし、矢沢は金の自由も行動の自由もほしい。矢沢だけでなく、こういう立場におかれたすべての画家が同じである。

しかも鈴恵は「税金の関係」で、依頼先や画商が画料を現金で直接自分の手もとに届けるように指定していた。銀行振込みや小切手などは「税務署の都合」があるからなるべく避けてもらいたいと申し入れた。これも鈴恵だけでなく、同様の立場にある画家の妻もそれほど違ったことは言わないであろう。

絵だけを描かされて、画料は女房に収奪されているという画家の意識はかなり絶望的なものである。自分が金を握っていないから所有感がない。それも自由には使えないのである。金の不自由は彼の行動の自由をも制限する。

職業画家の絵はアトリエで制作されるのが原則である。妻は、始終アトリエに出入りしているから、どのような絵ができたかを一枚一枚、記録または記憶している。絵の渡し先もことごとくわかっている。つまり画家が臨時の金ほしさのために横流ししようにもできないようになっている。アトリエの絵はことごとくマネージャーの管理下に置かれているのだ。

　このような拘束のもとにある画家になればなるほど金の自由を渇望する。それは行動の自由に比例する。画家の必要希求はそこに工夫を生れさせる。そのひそかな工夫は、立場の同じ画家には共通性や類似性があった。——もっとも、これは画商と結託しなければ困難なことではあるが。

　矢沢も、これまでときどきそれをやってきていた。
天野から頼まれた二十号の絵が容易に完成しないのは、画料が鈴恵の手もとにはいっていて、自分に一文もはいらないという虚《むな》しさだけでもない。まさかそんなことで芸術的意欲が減退するとは矢沢は自分でも思いたくなかった。要するに気が乗らないということである。

　天野は、その絵の注文を顧客先の某社の社長から受けているのだが、先方の好みというのが矢沢の気持としっくり合わない。それで意欲が起らないのである。鈴恵にはその理解がなかった。口ではデエモンがどうだこうだと言っているが、天野から請け合った義務に重点が傾いている。

　これが画商との直接交渉なら、先方にも遠慮があるし、こっちも口実がいろいろとならべられるが、女房だと毎日の状況がわかっている。そのうえに遠慮がないから督促はきびしく、皮肉をまじえて責めてくる。苛斂誅求《かれんちゆうきゆう》というのは、税金などをむごくきびしく取りたてることだが、女房が亭主の労働を搾《しぼ》り取っている点でその言葉がぴたりと当てはまるような気がした。

「天野さんには、これ以上言いのがれができないわ。いったい、いつできるの？」

鈴恵は湯呑を口に当てて、じろりと矢沢に眼を動かした。

「うむ。あと二週間ぐらいかな」

矢沢は煙草をとる。

鈴恵の不機嫌は、天野に督促されたせいらしいと矢沢は見当をつけた。

天野仙太のニヤニヤ顔が浮んでくる。鈴恵に愛想を言いながらじわじわ攻めてきたに違いない。矢沢に会えばへらへらと笑うだけの画商だった。

「今夜は何の集まりだったの？」

鈴恵は話をかえた。

「集まりじゃない、森君と飲んでいたのだ。昨日、電話で約束したのさ」

その電話の取次ぎは鈴恵がしたから、今夜、森と会ったのは知っているはずだった。知っていて、わざと何の集まりだったかと聞くのは、以前に別なところに行くのに使った口実をまだ鈴恵が根に持っているからである。

何かからんでくるかと思ったが、鈴恵は話をそのままにして残りの茶を飲み、

「ヤス子があと一カ月でやめると言ってるわ」

と言った。突然に話題をかえるのは彼女の癖《くせ》だった。

「一カ月でやめるって？　しかし、うちに来てからまだ一年にもならないじゃないか？」

ヤス子は二十一歳になるお手伝いだった。北海道のほうから来ている。

「まだ十カ月よ」

「二年間は居るという約束じゃなかったのか。急にどうしたというんだ？」

離れてはいるが、別間にヤス子が寝ているので、矢沢は少し声を低めた。

「なんだか知らないけど、東京でいい勤め口ができたらしいわ」

鈴恵の不機嫌な理由がようやく矢沢にもわかってきた。お手伝いに辞《や》めると言われたのが彼女の神経にさわったようである。

「ひきとめてもだめか？」

「この前から友だちだという女からヤス子にたびたび電話がかかってきていたから、きっと誘い出されたにちがいないわ。ばかにしてるわ、みんなこの家を東京に出る足場にして」

これまで地方から雇ったお手伝いの女のほとんどが一年か一年半ぐらいで辞めて都内で職を求める。出京までの旅費はこっちで負担しているので、何のことはない、東京で気に入った職に就《つ》くまで、この家は彼女たちの腰かけだというのが鈴恵の憤慨だった。

お手伝いが暇を取るというのは、普通でも気分のいいものではないが、鈴恵のような女はことに癇に障《さわ》るのである。

「やめるというなら仕方がないよ。あとの口を急いで捜すんだな」

矢沢は口から煙を吐き、慰めるように言った。

「あと釜がそんなにすぐにあるもんですか。どの家も不自由してるのに」

鈴恵は八つ当りするように尖《とが》った声で言った。

「じゃ、それまでのつなぎに派出家政婦会から来てもらったらどうだい。少々高くついても仕方がないよ。その間にゆっくり捜すんだな」

「いまどきの家政婦にはひどいのがあるらしいわ。農村からの出稼ぎで来ているおかみさんがはいってるというわ」

矢沢は今夜の森との話を思い出した。農村からの出稼ぎは男だけでなく女もある。家に残されているのは年寄りと子供だけだ。これは農村家庭の崩壊につながっていると森は言っていた。――そういうことから農村の出稼ぎ亭主の蒸発の話になり、イタリアのノーベル賞作家の小説「死せるパスカル」に移ったものだ。

「いよいよお手伝いがいなかったら、あんたに捜してもらうわ」

鈴恵は突然皮肉な表情になった。

「捜せといったって、おれにそんな当てはないよ」

「そんなことはないはずよ。ほら、いつかのモデル女のスミ子、あれ、どうしてるの？

あんたの言うことなら聞くはずよ。あの女をこっちに連れてきなさいよ、わたしが女中代りに使ってやるわ」

鈴恵の形相が変っていた。

三

スミ子というのは五年前に矢沢が問題を起したモデル女で、鈴恵は未だにそのことにこだわっている。

今でこそ皮肉を言ったり、ときにはその皮肉から自発して当時の感情がこみ上がってきてヒステリーが起るが、そのころはそんななまやさしいものではなかった。

スミ子は二十一歳の、顔が小さくて身体の発達した、いかにもモデルむきの女だった。絵描き仲間の紹介でアトリエに一カ月ばかり通ってくる間、つい、矢沢とそういう仲になった。はじめは旅館で会い、それからスケッチ旅行に伴い、しまいには女のアパートに通うようになった。

画家がモデルを使うのは仕事だから、画家の女房もべつに何とも思わないはずで、慣れてもいる。しかし、理解を示す女房でも監視の眼は怠っていず、鈴恵はそのほうの型《タイプ》だった。

もちろんモデル女のことごとくが画家に特殊な感情移入を与えるわけではない。つまりは好きな女もあれば嫌いな女もある。裸婦を素材として物質的に見つめているのが本来のものであるはずだから、容貌の美醜はあまり関係がないわけで、絵は画布に創造される。また世俗的な美は、たいてい画家の美とは離れているのである。画家は現実を叩き壊し、自己の意識にある美を造型する。だからモデルの現実的な美には惹《ひ》かれないはずである。

しかし、好みはある。そのために画家とモデルの変愛は生れよう。もっとも、好みだからといっていちいちモデル女に愛情を感じたのでは身がもたないから、なるべくそういう感情を軽蔑するようにする。

矢沢の場合がそうなのである。モデルと画布と両方を凝視していると、画布の上では造型の過程で格闘が生じる。その芸術的な苦悶と精力の投入とによってモデルに抱く卑俗な感情は昇華され、払拭《ふっしょく》される。芸術のもつ至高性であり、現実はそれによって蹴落される。矢沢は、そのような経験をいくたびかもつごとに芸術の喜びを感じてきたのである。

だが、それは青臭い画学生の理論かもしれない。実際、そんな理論どおりにはゆかないことがたびたびあった。好みというのは天性のものだから仕方がない。矢沢は、対象とする女に惹かれそうになると、なるべくその欠点を拾い、それを拡大して見るようにした。

どのような女でも完璧《かんぺき》を備えたものはいない。現実的な顔の美について言えば、鼻の孔が大きいとか、頰骨《ほおぼね》が出ているとか、唇が薄すぎるとか、笑うと歯齦《はぐき》が出過ぎるとか、何か部分的な欠点はあるものである。その醜悪な部分を拡大して全体を否定すれば、きざす邪心から救われる。首から下の身体についても同様である。

モデルが好きになったら、女房の前でそのモデルの陰口をきくことだ、と教えた画家の友人がいた。それによって疑心を抱く女房もたいていは安心するものだという。もう一つは、アトリエに通ってくるモデルに女房をできるだけ接触させるようにしむけることだという。どこの女房も亭主と同格の意識をもつものであるから、モデルに対しては、その職業性から生じる雇用観念によって「主人」のような優越心理になる。すると、相手のモデルはライバルの女ではなくなるような錯覚に女房は陥るらしいというのである。早い話が、とその友人は言った。軽井沢などに夏を過している画家の女房を見ろ、近所隣に名士の別荘があるものだから、それらの家族と保養地《リゾート》的つき合いをしてもらっている、そのために画描きの女房がさ、名士夫人になったようなつもりなのがいるよ。

女の陰口を女房に言うことも、女との職業的な交際に女房を参加させることも、すべては女房の猜疑心《さいぎしん》を逸《そ》らす手段であるが、そのように上手には運ばないことがある。どこかでその手段と背馳《はいち》する証跡がこぼれて、女房の眼にふれるからである。

たとえ対象の部分的な醜を広げてみても、画家はどうしてもそれに打ち克《か》てないことがある。そんな場合、芸術家である前にまず人間でなければならない。芸術は芸術家が空疎な観念で造るのではなく人間こそが血の出るような苦闘によって創造するからである、その地獄のような苦悶をなめる人間にのみデエモンが憑《の》り移る、といったような誰かの言葉が矢沢の頭に浮び、女との人間的な苦闘にはいった。

およそ女性関係が苦悶から進行することはない。はじめは生の充実と愉楽に満ちる。スミ子との交渉のきっかけはありふれたもので、その進捗《しんちょく》も平凡であった。旅館で会うことも、スケッチの旅に連れ出すことも、遠慮がなくなってからアパートに行くことも、とり立てて言うほどの行動ではない。

異常なのは、妻の鈴恵の側にあった。ことが露見すると、鈴恵は自殺をはかった。刃物を握って矢沢に迫ったこともある。

こういうことは過去に何度もあったことなので、矢沢もスミ子とのことでは用心と警戒を重ねたのだが、当初の用心も慣れるにしたがって惰性となるから、矢沢に手落ちが生じたのである。

鈴恵のヒステリックな行動が顕在化したのは、結婚の当初、矢沢に別な女がいたとわかったときにはじまる。

——矢沢は鈴恵とは恋愛結婚だったが、その前から友人の妹とつき合っていた。鈴恵との結婚には先方の親の反対があって、矢沢は絶望のあまり東北を放浪した。三カ月は、そのころはまだひらけていない十和田湖近くの山の温泉宿を一室借りて自炊しながら絵を描いていた。そうして一、二度はそこに友人の妹をこっそり呼び寄せたものである。彼が二十六のときで、寂しさに耐えられなかったからだが、しかしまるきりの享楽だけでもない。彼女の愛情にほだされて、そのままいっしょに暮らしてもいいと思っていたのだ。鈴恵から両親が結婚を承諾したという電報がくるまでは……。あれほど献身的な愛をささげてくれた友人の妹を矢沢が捨てたのは、その女との結婚に踏み切れないものが気持の中にあったからである。まだ鈴恵が現れない前で、これは気移りというものではない。その女は美しくはなかった。それが彼を結婚に抵抗させていた。この人と結婚すれば将来別れることになろう、自分は必ず他の女に惹かれる、この人にとっても自分にとっても不幸な結果になる、結婚することだけはやめよう、そう決心していた。女の愛情と、結婚とを切り離しての考えである。

道子という女だったが、矢沢は彼女から受けるだけの愛情は受けた。彼が二十六歳、道子が二十四歳、お互いが肉体の豊熟期といえる入口に立っていたときであった。彼女が滞在する間、絵は放棄され、夜も昼もない身体の営みがつづいた。それには東北の山の温泉という環境も手伝った。同宿の湯治客はほとんど農家の年寄りだったが、二、三人が廊下にうずくまって聞き耳を立てていたくらいである。自暴自棄のような生活だった。

スケッチ板を抱いて渓流を渡り白樺林の中にはいった。いまほど奥入瀬《おいらせ》に人が来ないころである。写生はせずに、道子と密林の中で抱き合った。彼女の愛情に流されて、いっしょに死ぬならこんなふうに体内から生命力をことごとく出し尽し、涸渇《こかつ》の果てに意識を失いたいものだ、と思ったくらいである。

だが、年齢が年齢だった。身体に強靭《きょうじん》な若さがあった。自暴自棄に似た状態だが、まだ徹底的に打ちのめされた絶望ではなく、絵に対する将来の希望が天の一角からのぞく青空のように見えていた。そして、まったく不都合なことだが、その青空のまた一隅に鈴恵との結婚の可能性が浮んでいたのである。これがいつでも情死を承諾しそうな道子から彼を這《は》い上がらせることができた。

わたしがいっしょにいたのでは、あなたはいつまでも絵を描くことができないわね、と道子は言って彼女のほうから東京に帰って行った。偶然にも幸いなことに、それと入れ違いに、鈴恵からの電報が来たのである。

鈴恵と結婚式をあげる三日前に、矢沢は道子と旅館で最後の夜を過した。何かと準備に忙しい最中だったが、道子の胸中を無視するわけにはゆかなかった。

鈴恵との結婚のことは一週間前に道子に言ってあった。どのような悲劇が起るかと恐れていたのだが、道子は思ったよりはあっさりと承諾し、あなたとはどうせ結婚できないと覚悟していたわ、あなたがわたしをそれほど好きでないことがわたしにわかっていたもの、と言って寂しく微笑した。彼女は矢沢に、おめでとうと言ったあと、初めて身体を激しく慄《ふる》わせて慟哭《どうこく》した。

結婚式の三日前に最後の晩を過したいというのは道子からの頼みだった。矢沢はそれを拒絶することはできなかった。これまで受けた彼女の溢《あふ》れるような愛情と誠意を想えば、どうして切ない彼女の願望を拒絶できよう。

それには利己的な面もある。断わったら、道子がどんな手段を用いるかわからない危《き》惧《ぐ》があった。結婚式を女が邪魔したという例は世間によくある。また、恨みつらみの投書を結婚相手の女に出すとか、そのような遺書を残して自殺する例も少なくはない。矢沢はそうなることを恐れ、自分の幸福を防衛するために道子の意志に従った。もう一つは、鈴恵との結婚を三日後にひかえて肉欲の興奮があったこともたしかである。

気をつけなければいけない、と約束の日に矢沢は思った。友人の知人に、同じ状況のもとに女のアパートに出かけ睡《ねむ》ったところを女に殺された男がいる。違う女と結婚式をあげる前の晩のことだった。矢沢はそれを思い出し、不吉な予感に襲われたが、いまさら逃げるわけにもゆかなかった。約束を破ったときの女の怒りと不測の事態を考えるからである。責任はまったく自分の側にあった。悪い事態を考えれば、いくらでも悪く想像されるのである。

とにかく、眠らないことだ、熟睡が危ない、と矢沢は思った。眼を覚ましていさえすれば、どのような危険でも、とにかく防止できる、と考えて、その日はなるべく長く昼寝をとったあと道子の待っている旅館に行った。

だが、一晩じゅう睡らないでいることがどうしてできようか。これが別れの最後だと思うと、道子の愛情に包まれたとはいえ彼の情熱も燃えてきた。疲労が睡眠を誘わないはずはなかった。

夜が明けかかったころ、矢沢は道子からもう一度抱擁をせがまれた。ありがとう、と道子は礼を言った。これで、もう、わたしにも諦めがついたわ、ほんとにわがままを諾《き》いてくださって、うれしいわ、ごめんなさいね、ありがとう。――矢沢は返事ができなかった。罪人のような気持になったが、心の底では、最後の危機が何ごともなくすんだことに安堵《あんど》した。

鈴恵との結婚式が終った一週めに、道子は自殺した。

奥入瀬渓谷の林中で、紅葉がはじまるころだった。遺体は長いことわからなかったが、兄宛に遺書が届いたのである。矢沢宛のものは何もなかった。

これが鈴恵の耳にはいらないはずはなかった。噂というのはどこかから伝わってくる。半年後に矢沢は鈴恵から詰問を受けた。

矢沢は鈴恵に道子とのことを告白した。が、それは積極的ではなく、詰問に答え得る最小限度のものだった。だから隠していることが多かった。道子との愛欲の実態を伝えようものなら、新婚後まもない鈴恵は気を失うにちがいなかった。

鈴恵が矢沢を許せないというのは、自分との結婚直前まで、道子と交渉がつづいていた点である。一方にそういう女性と関係を持ちながら、素知らぬ顔で求婚した行為が不純だというのだった。欺《だま》したとも言った。弁解のできないことだったが、懸命に陳弁に努めた。

道子のことを君に言わずに結婚したのは、たしかに悪かった。だが、君がほしいときに、どうしてそんな勇気があろうか。告白すれば君はぼくから離れるにきまっている。それが何よりもぼくには耐えがたかった。告白しても君の結婚の承諾を得る自信がなかった。もともと道子とのことはぼくの一時の誤りであって、君との恋愛が生じる前にすべてを清算している。ただ、相手はいつまでもぼくに慕情を持った。それを振り切ってきたのである。ぼくが君に恋愛したとき、決して不純なものではなく、また、欺したのでもない。君の両親が結婚に反対したとき、ぼくは絶望して、十和田湖に近い山の宿に隠《いん》遁《とん》していたではないか。あのときは、自殺も決心したくらいだった。……

矢沢はそう鈴恵に言ってきかせた。その山の宿に道子を呼び寄せ、自棄的な愛欲に沈《ちん》溺《でき》していたことなどは言葉の端にももらさなかった。道子が自殺したのは、ひとり勝手な煩悶《はんもん》の末であって、自分のまったく知らないことだと説明した。友人である道子の兄が持っている彼女の遺書の内容までは噂にのぼらなかったので、その弁明で何とか鈴恵を落ちつかせることができた。それに、鈴恵としても一種の勝利者のような気持になったであろうから、納得もわりあいに早かったのだと矢沢は妻の心理分析を行なった。

虚言が暴《ば》れたのは一年後のことだった。絵描き仲間で十和田湖の一件を知っている奴がいて、おせっかいなその女房が鈴恵にひそかにもらした。表面は、おためごかしか親密のつもりで、裏では悪魔的な好奇心をもつトラブルメーカーはどこにもいるものだ。

鈴恵は眦《まなじり》を決して矢沢に詰め寄った。こめかみに青筋が浮き、下唇を戦《おのの》かせて、顔から血の色を消している。矢沢は、結婚後約一年半にして妻の異常な嫉妬の最初に逢着《ほうちゃく》した。

それからは監視がきびしくなった。何かきっかけがあると発作が起る。過去のことが現在のように思えて腹が立つらしい。それがまったく唐突に発生する。たとえば食後に台所で食器を洗っているときとか、鏡台にむかって化粧しているときとかである。いきなり茶碗を割る音がするので、矢沢が台所をのぞいてみると、鈴恵が矢沢の使う茶碗や皿や湯呑を砕き、箸を折って呆然と立っている。茶碗の破片で彼女の指からは血が垂れていた。矢沢が抱きかかえるようにして部屋に入れると、矢沢の手や腕を引っ掻いてくる。鈴恵は鏡台の前にすわっていると、化粧しながらいろいろなことを考えているらしい。そのうちに道子のことに行き当り、むらむらと憤りが起り、いきなり化粧瓶などを彼に抛《ほう》りつけてくるのである。

そのころは、矢沢も絵に必死だったから、ほかに浮気が起る余裕もなかった。それに、過去のことですら鈴恵があのとおりだから、現在うかつなことをしたらどんなことになるか知れないという自戒があった。

もっとも、その十年の間、まるきり何もなかったのではなかった。スケッチ旅行の旅先での、職業的な女との一夜は言うに足りないとしても、絵の材料店に働いている女店員とか、場末のバーの女とかとの短い交渉があった。これは短期間だったし、鈴恵に気取られないうちに処理できた。

そのあと、べつなバーの女の浮気では鈴恵につかまった。十分に気を使ったつもりだが、うっかりした油断があって証拠品を見つけられた。このときは、矢沢は一カ月あまりも手の甲や背中に生疵《なまきず》が絶えなかったものである。

十年もすると、矢沢の絵もどうにか画商に認められるようになった。展覧会で何度か受賞を重ねると、美術評論家も新聞にとりあげてくれるようになるし、美術雑誌も書いてくれるようになる。

そのころから、矢沢は画料などのいっさいの交渉を鈴恵に任せるようになっていた。絵に精進するためにはそのほうが気楽だと思ったし、大家や第一線の画家がほとんどそうだと聞かされたからである。軽率なことであった。「女房の使用人」になった自分に気づいたときは、もう追いつかなかった。

奥さんがマネージャーになっていることでも知られている老大家の絵が市場に出回り、うかつな収集家がその画家のもとに箱書きを依頼に行った。奥さんが自製の作品リストを見るとその絵は登録されてなかった。もちろん老大家は一言のもとに贋作《がんさく》だと宣言した。

老大家の死後、二人の子供まである女性の存在が知られた。ある画商が、一件の絵はたしかに自分のほうでひそかに別な場所で描いてもらったものだと言い出した。美術評論家もまたその絵の真実性を裏書きした。生前、わりあいに寡作で知られたその老大家の絵は、死後になって数がふえた。

奥さんをマネージャーとしている画家のなかには、小品や色紙、短冊《たんざく》などを奥さんの眼をかすめて手早く描き、こっそりと画商に渡して臨時の費用に当てる者もいる。もちろん税務署にも徴税の資料が押えられないことである。

なるほどな、と矢沢は聞かされて思った。自分も早く、そういう商品価値のある画家になりたい。——

四

森禎治郎から矢沢に手紙が来た。重みのある脹《ふく》らんだ封筒だった。

《先夜はまことに失礼しました。あのとき酔い心地でおしゃべりしたイタリアの作家ピランデルロの「死せるパスカル」の話に先生が興味をもたれたようにお見受けしたので、ぼくも間違ったことをお話ししていたのでは申し訳ないと思い、あれから家に戻って『世界文学鑑賞辞典』というのに当ってみたところ、あまり違ってないことを知って安心しました》

こういう書出しで便箋は十四、五枚ぐらいあるようだった。

矢沢はアトリエに引っ込んで読んでいる。大きな枠の天窓からも側面の窓からも陽光がなだれこみ、まるで戸外にすわっているような明るさだった。アトリエにいる間が自己の世界で、入口のドアを密閉し、女房の出入りも原則的に禁止している。もっとも、この原則は鈴恵の感情の在《あ》り方次第でしばしば破られはしたが。

《そこで、ぼくも、妻の精神分裂に悩まされ、劇作や創作を唯一の愉《たの》しみにして十五年間も耐えてきたピランデルロ当人の生活に興味が湧きました。いったい彼はどういう人間だったのか。だが、ノーベル文学賞の作家なのに日本にはあまり紹介されていないようで、関係書が見当りませんでした。そこでフランス文学をやっている友人の書庫からどうにかそれらしい一冊を見つけることができました。マグダ・マルティーニ（Magda Martini）という人の「ピランデルロ」という評伝です。一読してぼくも予想以上に深刻なピランデルロの私生活に一驚し、かつ、打たれました。ぼくの拙《つたな》い訳文ですが、ご参考にもと思ってお眼にかけます》

美術雑誌の記者だが、文学好きな森の便箋はここで別の紙にかえられていた。

《ルイジ・ピランデルロは一八六七年シチリア島のアグリジェントに生れ、ローマ大学で学んだのち、ドイツのボン大学で言語学を専攻した。一八九四年アントニエッタ・ボルトゥラーを妻に迎え、ローマの高等師範学校で国語の教師をして暮らした。一九〇四年、妻の父が事業に失敗したのが原因となり、妻は精神異常者の徴候を示し、彼女が病死するまで家庭生活は悲惨をきわめた。こうした家庭の悲劇がピランデルロの作品に想像以上に大きく影響している。

一九〇四年に長編小説「故マッティーア・パスカル氏」（邦訳「死せるパスカル」）を発表、ピランデルロ独特の形而上《けいじじょう》的問題を早くも提示していた。これによって人間の本当の生命と、人々が安住している虚構の世界との関係を、極限状況にまで追いつめてみせた。第一次世界大戦後、小説家から劇作家に転身した。名作「作者をさがす六人の登場人物」（一九二一年）は、ヨーロッパの演劇界を震撼《しんかん》させた。その後、欧米各地を巡業して自作の喜劇を紹介、一九三四年にノーベル文学賞を授与された。

ピランデルロの戯曲のほとんどは『裸の仮面劇』という四巻の全集に収録されているが、なかでも「作者をさがす六人の登場人物」と「エンリコ四世」(一九二二年)はともに二十世紀の傑作といわれている。

彼の作品は一貫して虚構の世界の様々な極限状況を設定していて、その中でもがく登場人物の精神的な苦悩を奇妙な現代の悲劇として描いてみせる。たとえば「エンリコ四世」では狂人を扱い、「おまえにくれた生命」(一九二三年)では母親の固執観念を描き、「誰かになる時」(一九三三年)では有名人とみられることの悲喜劇を描き出している。彼の作品は笑劇ふうの形式を備えているが、結局は人間の魂は理解し合えないというペシミスチックな人生観が色濃い。その哲学は、ベルグソンと相通じるものがある。

父の死は、妻アントニエッタの精神状態をいっそう悪くした。それによって彼女の精神の爆発が彼女を錯乱させるのをどうにか押えていた柵《さく》は取り除かれてしまった。前にもまして彼女には父が偉大に見えた。彼女はますます分裂したことをしゃべりまくった。

ピランデルロは妻から逃げ出すために、町に一部屋を借りた。妻は力というものを熱愛し、弱さを軽蔑する女だった。彼女にとっては夫が町に部屋を借りて自分から逃げ出したことは、自ら彼が敗北を認めたことでしかなかった。

妻のこうした神経症の場合には、荒々しい厳しさだけが彼女を制することができたのだ。彼女の病める脳のあらゆる気まぐれに従うことは、降伏することでしかなかった。妻は荒れ狂い、不幸は倍加された。ピランデルロは精いっぱいの慈悲で行動しながら、方法を誤っていた。彼は、妻の精神の分裂や、次の瞬間にやってくる反省などの中に、女の不可思議さを見てしまうのだった。

しかし、狂った妻を見捨てられず、気弱に脱《のが》れるピランデルロの人間らしい豊かな考察が、彼の未来の作品の萌芽《ほうが》となっていた。ピランデルロ的なあらゆる主題の大きな器《うつわ》に。

彼の芸術は、まさしくその偉大なる孤独から生れた。逃亡という心弱いただ一つの方法で。――彼が不幸に苛《さいな》まれている同じ時に、彼の小説は世界を戦慄させたのである。アントニエッタの狂気は少しも回復の兆《きざし》を見せなかった。彼が妻から逃げることは、結局妻から脱れることにはならなかった。

不幸な妻アントニエッタは、そのまぎれもない狂気が世間に知られると、すすんでシチリア行きを決意したりもした。しかし、ピランデルロは医者や精神医の診断に絶望して妻をローマに連れもどした。医学では彼女を救うことはできなかったのだった。ピランデルロはこの悲劇的な状況に一つの説明を加えるためにも、妻の心理をたどってみる。シチリアへの旅が彼女をその青春の日々に対《むか》い合せたことを想って。しかし、妻の病状は悪化するばかりであった。

――現実の生活の中で、彼のイマージュは解体され、それを彼は作品の中で再構築する。その、いつも暗い部屋の、痛ましい気配の中に、妻の影はうずくまっていた。限りなく陰鬱な、救いがたい悲劇が、ピランデルロのペシミスチックな、それでいて、寛大

な芸術を生み出したとは言えないだろうか》

ピランデルロの妻の精神異常が、夫の素行による嫉妬からではなく、父親の事業失敗が原因とは矢沢にとって案外でもあり、いささか失望でもあった。芸術家の妻の精神異常は夫の浮気にもとづくと思っていたからだ。

しかし、その原因とするところを別にすれば、ピランデルロの評伝は、妻の鈴恵を脳裏に置いて、矢沢にいちいち対応するものがあった。

《こうした神経症の場合には、荒々しい厳しさだけが彼女を制することができたのだ。彼女の病める脳のあらゆる気まぐれに従うことは、降伏することでしかなかった》

この一見矛盾した女房への対策は、実は表と裏とを一つに重ねたものなのである。

矢沢も鈴恵を思い切り突きとばしたり、殴《なぐ》ったりしたこともあった。訳のわからないことを言って手むかってくる彼女を荒々しい力で抑え込んだりした。それが妻の異常な興奮を抑制し、従順にさせる亭主の方法であると信じていた。

だが、気違いじみたときの妻にそれがどれだけの対症効果を上げ得たろうか。妻の想像はほとんど妄想に近く、その妄想に導かれての暴力が彼を襲ってきた。理屈で通じないことだから対話は存在しなかった。たとえ話をし合っていても、彼女の言葉は飛躍し、思いもよらないところから攻撃してきた。

アトリエに闖入《ちんにゅう》してきた鈴恵に、描きかけの絵のカンバスをナイフで切り裂かれたこともあった。絵具を溶いたパレットをそのまま絵の上に押しつけられたこともあった。

矢沢が構図を考えているときも妻の悪罵は切れ目がなかった。

これでは仕事にならない。制作中は常に環境の静寂さと落着きとを必要とする画家には、妻の狂乱は致命的に近かった。妻の機嫌にこちらで従うほかはなかった。怒ったり笑ったり、放心したようにおとなしいかと思うと突然に嵐を起して荒れくるう妻の気まぐれに従うのを賢明だ、と思うようになった。自分では待避だと考えていたのだが、ピランデルロの評伝の字句を借りると、それは《降伏することでしかなかった》のである。

いつから鈴恵はそうなったのだろう。その時期が絵の売れ出したころと一致している。金回りがよくなってからだった。

ときどきの、その場限りの浮気は、少しぐらいは妻に怪訝《けげん》に思われてもそう深くはとがめられなかった。そのころは彼女の神経も正常であった。

鈴恵の調子が狂ったきっかけは、瀬戸内海のある都市から岩沢明美が彼をたよって出京したときにはじまる。その年の春、彼は写生旅行に瀬戸内海沿いを歩いたが、その町に一週間ほど足をとめた。夜は、二、三十分も歩くと通り抜けてしまう商店街があるだけで、ほかに行くところもなかった。が、奇妙にこの町はバーだけは多く、キャバレーとよんでいるのも二軒あった。

その一つに明美はいた。最初は彼女が楽団《バンド》についている唄い手かと思ったくらい歌が素人離れしていて、ステージ的なゼスチュアもなれていた。上背《うわぜい》があって、短い髪が瓜《うり》実顔《ざねがお》の額のところで眉に垂れた格好など、有名な流行歌手にどこか似てないでもなかった。本人もそれを意識しているらしく、その唄い手の色気のある身振りを真似ていた。

両手でマラカスを振り鳴らしながらの唄が終ると、彼女は客のテーブルに行って笑ったり話したりした。客とダンスをするのを見て、矢沢は彼女がはじめてホステスだとわかった。

横にいる女に訊《き》くとアケミという名だと教えた。本名は岩沢明美だとはあとで知った。自分のテーブルに呼ばせた。ステージで見るよりは小柄で、あどけなかった。なよなよと腰を揺れさせるのは有名歌手の写しだった。アケミにもグラスをとってやり、二杯ほど空けたところでフロアに出たが、踊っていても、彼女の身体には本ものの歌手ほどの量感はなかった。

踊りながら誘うと、明美は照明で瞳《め》を虹にしてうなずいた。二十二、三ぐらいだった。微笑《わら》いながらのうなずきようなので、矢沢は彼女が本気かどうかわからず、店は何時に出られるのか、待合せはどこにしたらいいのか、と訊いた。はじめて来たキャバレーだし、いきなり成功するとは思えなかったが、そのときは宿でひとり寝の退屈もあって、ぜひとも明美がほしくなり、日ごろの中途半端な気持を捨てて、彼は少し焦っていた。

明美は十二時ごろに店の横に来てくれと言った。あんまり簡単に承知したので、これまでその手ですっぽかされた経験もあって矢沢は半信半疑だった。しかし、とにかく泊まっている旅館と自分の名前を教えた。旅館はこの町の一流だった。

テーブルに戻った彼が帰ろうとすると、五十ぐらいの背の低い、貧弱な身体の女が来た。ママだと明美は矢沢に紹介した。厚化粧をしていたママは矢沢に愛嬌をふりまいたが、彼が絵描きだと名乗ってからは、細い眼の奥から、客の品定めをしているような光が見えた。ママは明美を眼の前でほめた。

矢沢はいったん旅館に戻り、十二時前にタクシーでキャバレーの横に行った。出てくる客の群の中にまじって、明美がママと歩いていた。ほかの女たちもいた。矢沢はママがいっしょなので困ったが、明美が離れそうにないので、思い切って傍に行った。ママは彼を見て、自分の車でいっしょに行こうと言った。いかにも自然な調子で、運転手の待っている自家用車に三人で乗った。どこに連れて行かれるのかと思ったが、ママは今夜はわたしの家《うち》に泊まりなさいと矢沢に言った。名高い寺があるという山のほうへ車はうねうねと登った。舗装された自動車道路で、両側には桜の葉が茂っていた。登るにつれて旅館がいくつも見え、暗い中に乏しい窓の灯が見えた。公園のようなところもあったりした。曲りくねった道の最後は山の頂上で、その広場の突当りに三階建のホテルがあった。ママはホテルの経営者でもあったのだ。フロントから階段のある廊下の両側には陶器類をならべた陳列棚《ケース》がつづいていた。

部屋の窓からは、町の灯と、島影をはさんだ暗い海とが見おろせた。船の小さな赤い灯が海にちらばっていた。いま登ってきた坂道の外灯が螺旋状《らせんじょう》にならんで丘の陰に見え隠れしていた。

矢沢はママがここに明美を連れこませたことが気持にひっかかった。店の女のうしろで、貧弱な身体の経営者が狡《ずる》く糸をひいている気がしたのだが、明美にそれとなく訊くと、ママが自分を可愛がってくれていて、妙な客から護《まも》ってくれているのだと説明した。なるほど漁港で栄えているこの町では、荒くれだった船乗りもキャバレーの客になってくるだろうし、太い神経の団体客もくるだろう。地元にはヤクザもいるだろうから、経営者が店で大事な女のために客を選んでやるのは納得できた。矢沢は、自分がその選にあずかったのを内心得意に思ったくらいだった。

明美は二十六歳だった。が、風呂で化粧を落した顔はやはり二十二、三ぐらいにしか見えなかった。身体も若く、腰も腿《もも》もひきしまっていた。矢沢はその中に没し、夜明け近くなって疲れて睡った。

窓のカーテンの隙間から朝の光と船の汽笛とがもれてくるベッドで、矢沢は明美の身の上話を聞いた。五十をこした母と、まだ幼い妹と弟とがいる。母は小さな駄菓子屋をしている。自分が働かなければ一家の生活が苦しい。縁談は若いときかなりあったが、自分が店に働きに出るようになってからそういう話はなくなった。恋愛は二度あった。唄は好きで、キャバレーに出演にくる歌手の見よう見まねでやっている。歌手にアナが空いたときとか、途切れたときにはああしてステージに立っている。客の注文で唄うことが多い。

矢沢は、明美の唄ではすぐにものにならないにしても、東京か大阪に出して少し磨きをかければ、キャバレーなどで結構アナ埋め的な唄い手がつとまるのではないかと思った。こういう田舎町で同じことをやるよりも、東京や大阪なら、彼女にとっても生きがいになるだろう。収入も多く、どのような幸運にめぐり合わないとも限るまい。キャバレーとホテルとを経営しているママのやり方を考えてみると、必ずしも明美が言うようにきれいごとではなさそうだった。げんに、自分が明美とこうして彼女のホテルで一夜を明かすことができたのもママのアレンジがあればこそだった。明美は遠慮してママのことははっきり言わないが、どうやらあの瘠《や》せて貪欲なママに客を取らされているような気がする。この女を東京にでも引っ張り出して自由な身にさせてやりたい気にもなった。

　矢沢が冗談とも本気ともつかず、ぼんやりした程度で、明美に東京に出て働くつもりはないかと当ってみると、そういうことがかなえられたらどんなにうれしいかわからないと彼女は言った。眼は真剣な色に輝いたが、すぐにその光を消して眼蓋を伏せ、そんな夢なんか実現しそうにない、と投げやりな口調で言った。

　矢沢も、その場ではあまり本気なことも言えなかった。うっかり約束して東京に出てこられたら、いっさいの責任を負わなければならない。彼女の働き口があるかどうかも不明だった。バーなら女の子が足りなくて新宿辺でもどこにでも押しこめられるが、歌が唄えるようなキャバレーとなると自信はなかった。とにかく、その場では、彼女が遠慮がちに言い出す金額の倍の金を与えた。ママの中間搾取を考えてのことである。

矢沢はそのスケッチ旅行から家に戻ったが、明美のことが忘れられなかった。一カ月ばかりして鈴恵には口実を設け山陽地方を写生してくると言った。その前に、詳しい友人にキャバレーの事情をさぐってもらったが、普通のホステスならともかく、地方の店で唄っている女が、いきなり東京のキャバレーのバンドの前に立つのは、絶望に近いことを知らされた。

それでも矢沢は明美に会いに山陽の港町に出かけた。

五

どうして明美なんかを山陽の港町くんだりから東京に連れてくるようになったのか、矢沢はあとになってふしぎに思うのだが、そのときは自分を失っていた。もっとも、まるきり理性をなくしていたわけではなく多少の逡巡《しゅんじゅん》はあった。そんな若い女を東京に引っ張ってきたらえらいことになる、責任のすべてを負わなければならないぞ、そんな面倒が最後まで見きれるのか、その途中、妻の鈴恵に気づかれずにすむか、そして鈴恵に発見されたら明美と手を切ることになるだろうが、東京に連れてきた手前、明美から無責任に逃げられるだろうか。この心配が胸に揺れた。

だが、こうした理性はとかく躊躇《ためらい》と混同されやすく、躊躇は勇気のないことと錯覚される。矢沢は自分を勇気づけ、港町に三度めに出かけたときに明美の出京を約束してしまった。それは騎虎《きこ》の勢いというもので、その場の成行き、退引《のっぴき》ならぬ雰囲気の圧迫、案外うまくゆきそうな希望的観測、そうして無軌道に突入してゆくときの半ば虚無みたいなものが心理的に手伝っている。

矢沢はその方面に顔のひろい知人に頼み、ようやく新宿の「歌も唄える」バーともキャバレーともつかぬ店に明美を入れる約束をつくった。アパートも大久保の裏通りに借りてやった。敷金から権利金まで揃えて二十万円近くはかかった。家賃の三万円も、当分は月々負担しなければなるまい。

こういう決断ができたのも、矢沢の存在が画壇に知られ、絵が売れるようになったからである。画商も一流とは言いかねるがまあまあのところが付いた。すなわち、画商との交渉に当るマネージャー格の妻の眼を晦《くら》まして画商にこっそり絵を渡し、それでポケットマネーを得るというあの憧れの地位に到達していたのであった。十年も前から待望していたものが現実になったよろこびで、秘密な金の自由と行動の自由とにまさる愉悦はない。

一枚の短冊、一枚の色紙に何万円という大家の値段には及びもつかないが、それでも数でこなせば相当な収入になる。短冊、色紙類はいわば画家の余技で、どのようなものを描いても本業の疵《きず》にはならない。ただ、少しまとまった金が必要なときはやはり画布を油絵具で染めあげなければならなかった。

ところが、絵画となると鈴恵の眼にかくれて描くという芸当はできない。アトリエには仕事中用事のない限り出入り禁止だといっても、鈴恵にとっては茶の間の延長で勝手に侵入してくる。マネージャーだから仕事の連絡にくるのは当然で、叱りようもなかった。

そこで矢沢は戸外写生やスケッチ旅行に出かける。旅の宿で画商が要求するような絵を描いて家に戻る前に画商のところに寄って渡した。また、のちには小品を明美のアパートの部屋でも描いた。鈴恵には絵ができなかったといって新しいカンバスを買って持ち帰ればよい。画家が旅先で絵ができなかったり、気に入らずにカンバスを裂いて捨ててくることは普通だから、鈴恵も怪しまなかった。二枚描いて、一枚を画商に渡して帰宅するという手もあるのである。明美を東京に呼びよせたころ矢沢もそういう無理を重ねた。

明美のアパートには二カ月ぐらいの間に七、八回ぐらいも通ったであろうか。彼女は東京に出たら歌を本格的に勉強すると意気ごんでいたが、そういう様子もいっこうに見られず、夜、店に電話しても出ていないときもあった。アパートに寄ったがそこにもいない。若い娘だから東京の街を遊び歩くのは無理もないと思って、あまり気にしてなかった。

それよりも矢沢には、別な悪い予感がしないでもなかった。それは明美がもと働いていたキャバレーのママで、あの貪婪《どんらん》そうな女経営者が店の売れっ子をそうたやすく手放すとは彼も考えていなかった。それが実に簡単に明美の辞めるのを承知したのだった。もちろん裏に矢沢がいることはママも十分に知ってのことだ。彼も少々気味悪く考えないではなかったが、当人が辞める意志なら、いくら強い経営者でも、首に縄をつけてくくっておくわけにはゆかないだろうとも考えた。明美は店の係り客の未収分が十万円ぐらいあるとかで、その責任を果さなければと言うから矢沢は十万円を彼女に渡した。それがまあその店との手切れ金のようなものだった。

明美はアパートで矢沢を待った。見ず知らずの東京に出てきて暮らすのだから、彼ひとりが頼りだと取りすがる。いつまでたっても、山陽の港町のママからは何も言ってこないので、ひそかに案じていた面倒は消えたものと矢沢は信じた。よく聞く話では、前の雇主があとで女の相手に因縁をつけるとか、悪いヒモが威《おど》しにくるなどというのだが、二カ月近くしても何ごとも起らないのだから、そういう後腐れはいっさいないものと思われた。ヒモがいないところをみると、あのママが「保護」していたという話も、まんざら嘘ではなさそうに思える。

矢沢は、ときどき明美の働く新宿のバーに客の顔をして行く。この店には楽団《バンド》があるのだが、ほかの唄い手はマイクの前に立っていても、ついぞ明美が唄っているのを見たことがなかった。彼女の失望を考えて、世話してくれた知人にそれとなく店の意向を聞いてもらうと、歌のほうはまだまだということだった。

有名歌手のポーズを真似てマラカスを振り振り思う存分に唄っていた田舎町のキャバレーのほうが明美にはよかったのかもしれない。やはり東京に引っ張ってくるのではなかった、と矢沢は後悔というよりも彼女が可哀相になったが、当人は案外と平気で歌の修業を口にしていた。店での明美の様子を見るとテーブルからテーブルをにこにこと渡り歩き、客にしなだれかかるところなど地方出とはいいながら見事なプロ根性であった。明美は、矢沢が席に着いてもずっとあとになって回ってきた。わけのある男の席には、女はすぐにはやってこないものである。

破綻《はたん》は思ったより早かった。原因は予感どおりに、しかし結果はまったく意外な形態で来た。

明美の男が別のアパートで事故を起したのである。そのアパートは矢沢の行くアパートとはまったく方角違いのところにあったが、部屋はまぎれもなく彼女の部屋だった。

事故は刃傷沙汰《にんじようざた》だった。明美といっしょに寝ていた男が、怒鳴りこんできた関西弁の男に斬りつけたのである。恐喝者は逆襲されて救急車で病院に担ぎこまれた。加害者は警察に自首した。そこでいっさいが暴露した。

恐喝者は山陽の港町から上京してきたヤクザの組員だった。あのキャバレーの瘠せたママがうしろで糸をひいていた。明美を自分の店に呼び返す手段にヤクザを使った。おれの女房をどうしてくれるかというのは聞き飽いた彼らの台辞《せりふ》だが、それで強奪した金はその男の実収というママとの約束だった、と不運な脅《おど》し役は病床で自供した。

間違いは、その恐喝者が明美と客とを店から尾《つ》けてアパートにはいったのを見届けたところから起った。東京の地理になれない遠い港町の男は、わかりやすい新宿のバーで張りこめば、尾行によって彼女の巣に行けると知恵を働かしたのである。明美と連れ立って店を出た恋人を恐喝者はママから聞いた画家と早合点した。ろくに対手《あいて》を調べもしなかった恐喝男の軽率である。

東京に出てからの明美には、矢沢に隠れた恋人が確実に二人はいた。そのために彼女は矢沢と会うときとはまた別なアパートを一部屋借りて、そこを交歓の場所に使っていた。日を違えれば複数の対手でもかち合うことはない。

明美にとっても不運だったのは、当夜の恋人が脅迫に恐怖して金を出す代り、逆上して台所から包丁を持ち出して対手を刺したことである。小企業の中年社長だったが、身の危険を感じて前後を忘れて行動したと自供した。小心だったのである。

警察は、犯罪に直接関係ないことでも、関連した事項については綿密に調査するものだ。矢沢の線が浮び上がり、警察は彼から秘密裏に参考聴取書をとった。

秘密裏にというのは、世間体もあるが、主としてその女房の手前を警察が考慮してのことだった。警察は同種の事件で経験を積んでいたから、友人の名で矢沢を電話口に呼び出し、当人だというのを返事で確かめてから警察の者だがと名乗り、ほんのちょっぴり明美の事故を臭《にお》わせたうえ、奥さんには黙って近所まで出てきてほしいと頼んだ。矢沢は無抵抗だった。

しかし、このようなことが妻にわからないですむはずはなかった。どこかで洩れているなら必ずいつかは妻の耳にはいってくる。

明美の一件は鈴恵を逆上させた。よくも欺《だま》したな、ちきしょう、と眼を吊り上げ奥歯を鳴らしてとびかかった。矢沢は、妻が夫に対《むか》ってこのような形相を見せ、匹婦《ひっぷ》の如き罵声を発するとは想像もしてなかったので、まったく肝を奪われた。

なだめすかしても効はなかった。自分の過失を認めて彼が謝罪しても反応は見られなかった。妻は一方的な暴力で押しまくってくるだけであった。このときの妻の膂力《りょりょく》は、長い同棲者なのに彼の予想を越えたもので、それは呪術がかってすらいた。彼は木の葉のように押しまくられるだけだった。近所に声や音が聞えてみっともないからやめろ、と言っても、通じる話ではなかった。対手が落ちつくのを待って耐えていられるのは被《マ》虐嗜好者《ゾヒスト》しかあるまい。

矢沢はその時は初めてだから、顔をかばっていた左手で打ちかかる鈴恵の手を強くつかんだ。そうして向うの攻撃がゆるんだところを、右手で思い切り横頬をひっぱたいた。鈴恵はよほど痛かったのか顔をくしゃくしゃにして眼を瞑《つむ》った。その顔が傾《ゆら》いだところをもう一度頬桁《ほおげた》めがけて叩いた。

鈴恵は崩れ落ちて畳に両膝を突いた。矢沢に片手をとられたままだから倒れもしないで、膝突きのまま宙ぶらりんのような格好になった。彼はその手を放さず、かえってぐいぐいと引っ張ったから、彼女は片腕をとられたままで引きずられた。矢沢は四角い部屋の中を円を描いて二、三回ほど重い物体を引きずった。

痛い、痛い、と喚《わめ》くので矢沢が思わず手を放すと、鈴恵はそこにうずくまり、引っ張られていた腕を片方の手に抱きこみ、自分で揉んでいた。ばらばらになった髪を鉢のように伏せ、曲げた背中を大きく波打たせていた。前の乱れもちょっと直しただけだった。矢沢は、その姿を上から見おろし、おい、ちったア性根《しょうね》にこたえたか、と見得を切るような心地になったが、鈴恵はふいにごそごそと這い出してきて彼の片脚を両手でつかまえた。意表を衝かれたのと、その速さに逃げる間がなかった。

ばか、何をする、と背をかがめて鈴恵の肩を両手でこじ起し突き飛ばそうとしたが、彼女は死物狂いに彼の片脚をつかんでいた。つかまったままの脚で蹴上げようとしたが、これは自由が利かず、力も出なかった。むりにすると一本足が安定を失い、こっちが仰向けに引っくり返りそうだった。

放せ、ばか、何をする、と矢沢は叱ったが、対手の背中に手を打ちおろすこともできず、片脚を抜くのにもがくだけだった。

鈴恵は彼がそうすればするほど刺激によって興奮がつのるらしく、脚くびが痺《しび》れるほど両手で締めつけた。このうすばかが、若い女にうつつを抜かして何というざまだ、世間のいい笑いものだ、明日からわたしは外にも出られない、どうしてくれる、くやしい、と彼女は言うなりふくらはぎのところに食らいついてきた。矢沢は悲鳴をあげ、痛いからよせ、ケガをするじゃないか、何をする、お、痛い、痛い、と横倒しになって脚くびを苦しまぎれに回転させた。鈴恵はさすがに口をはなしたものの、いっこうに手抜きはせず、裾の乱れもそのままに、しっかりと彼の脚を押えたまま三角に尖《とが》った爪で脛《すね》をむちゃくちゃに引っ掻いた。こいつ、と矢沢は背中を起して鈴恵の首をつかまえて力まかせに畳に引き落した。そうして彼女の頭を五、六回も殴りつけた。

鈴恵は、殺せ、殺せ、さあ殺せ、と喚きながら下から身体を起し、なおも動物のようにがさがさ這ってきて今度はズボンの上から太腿のところに武者ぶりついてきた。おうおう、と泣くとも呻《うめ》くとも知れぬ声を出し、ちきしょう、ちきしょう、と両手でがむしゃらにぴしゃぴしゃと敲《たた》いた。

明美のことがあってから鈴恵の態度が変った。態度が変ったと言うよりも、それを契機に彼女の性格がひと皮むかれたと言ったほうがいいかもしれない、鈴恵にはもとから異常ともいえる性格があったのだ、と矢沢は感じ取った。

普通の妻だったら、こんなに気違いじみた行為はしないだろう、たとえ一時はカッとして我を忘れた乱暴はするにしても、ひと月もたてば落着きをとり戻すはずである。ところが鈴恵は半年あまりもそれを根に持ちつづけ、何か気にさわることがあると、まったく明美には関係ないことでも、その怒りをすぐに明美の一件に結びつけて逆上した。

女房の狂暴を力で抑えこむ愚かさを矢沢は知っていた。それは、矢沢だけが傷つく結果になった。鈴恵にはそれだけのデリカシイも知性もなかった。人前では口先でそれに似たような言辞は弄するものの、夫に向かってくるときは狂的になった。そうなると言語は不通だから、矢沢はその理不尽な攻撃から逃げ回るのがせいぜいである。平静な環境を乱されては画架に向かうことも不可能で、はては自分のほうが苛々《いらいら》し、神経が尖ってくる。この憤りを爆発させたらおしまいだと思うから、脂汗を流すような思いで我慢し、ひたすら自分を殺して鈴恵の機嫌をとるようにした。機嫌が悪くなる前ぶれは、慣れてくると自然に判断がつく。眉の間に縦皺《たてじわ》が寄ってきて、みるみるうちにこめかみに青い筋が浮くのだが、鈴恵のは簡単にその青筋が露呈するのである。矢沢はあわてて彼女の気に入るような方向に話題を持っていくが、そうなると彼のほうから多弁とならざるを得なかった。むだな饒舌《じようぜつ》だが、それもいちいち彼女の気持を測りながらのおしゃべりだから神経が疲れる。ただ、それだけで相手の機嫌が直るという単純至極のものでなく、間違えると逆効果になって荒れてくる場合があるから、話しかた一つにしても顔色を読みながらのことで、気骨の折れることだった。

さいわいなことに、鈴恵は画料は全部自分が握っていると思いこんでいる。明美のことでも金がなくては不可能な話なのに、鈴恵はそのへんの追及はしなかった。そういう点が単純といえば単純で、また他のことには思考が回らぬ気味悪さでもあった。もっとも、夫の収入はぜんぶ自分にわかっていると鈴恵が信じているのは無理もなく、まさか画商と馴れ合いとは、彼女でなくとも推理が及ばない。それで矢沢も息がつける。亭主によけいな金をもたせてないと鈴恵に思いこませている状態が永続したほうがいいのだ。

明美のことから一年半たって、矢沢は今度は画廊に働いている女店員とできた。これはわからないように半年ほどつき合った。連絡の行き違いで彼女から電話がかかってきたのをきっかけに鈴恵の追及をうけた。鈴恵は電話の日は黙っていて、一週間ほど彼の様子を窺《うかが》っていたようである。ある晩、彼が外出から帰って、その洋服を鈴恵は何気ないふうにしまったが、不用心なことに、そのポケットからホテルのスナック喫茶室の受取が出てきた。二人ぶんの飲食代になっている。ホテルは几帳面に些細な飲み食いのものにも、いちいち領収証を発行するが、この領収証というのは、うっかりとポケットに入れてしまいがちである。あとで破くつもりでも忘れることが多い。

画廊の女店員には、ほかにも若いボーイフレンドがいたことがわかったのに、鈴恵は承知するはずはなく、暴れ狂い、そんなに邪魔になるのなら殺してくれと自分の頸に腰紐を巻きつけ、さあ、絞めろ、早く絞めろ、と彼に身体を押しつけてきた。

六

矢沢は、あるとき「ヒステリー」の研究書を読んだ。

≪ヒステリー患者における心的活動の全領域に対するこの重要命題をみなさんに証明してお見せするとなれば、それで何時間かを要することになりましょうが、ここでは少数の実例を挙げるにとどめねばなりません。きわめてしばしば見られるのですが、ヒステリー患者の心情的敏感さのことを思いおこしてください。軽く見たというそぶりがほんのわずかあっても彼らは、まるで致命的な侮辱をこうむったかのように、それに敏感さを反応させるのです。ところで、もしみなさんが、二人の健康な人間、たとえば夫婦のあいだで、とるに足らない原因による、同様に、はなはだしい傷つきやすさをごらんになるとしたらどうお考えでしょうか。みなさんはきっと、目撃した夫婦喧嘩が、さきほどのわずかな原因の結果にもとづくだけでなくて、長い期間にわたって、火薬がたまっていたのであり、さきほどの一撃によって火薬全量が爆発させられたのだ、と結論なさることでしょう。

しかし、どうかこの考え方を、そのままヒステリー患者に適用なさらないでください。痙攣的《けいれんてき》号泣、突発した絶望感、自殺の試みなどをひきおこすのは、それ自体はとるに足らぬ、最後に加えられた苦痛な体験ではないのです。これは、結果と原因とは比例するという命題を無視したことになるからです。実は、このちょっとした現実の苦痛な体験が、数多くのもっと強度な古傷を目覚めさせ、力を振るうにいたらしめたのであって、それらすべての苦痛な体験の背後には、重大ではあるが、ついぞ気づいたことのない、幼児期の苦痛な体験がかくれているのです》（フロイト『ヒステリー研究』懸田克躬・吉田正巳共訳）

《幼児期の苦痛な体験》というのはフロイト流に性欲の面から解剖する精神分析だが、これは鈴恵の場合にはあてはまらない、と矢沢は思った。

彼は、鈴恵の幼時から知っていたのではない。鈴恵を識《し》ったのは彼女が二十二歳のときで、それからすぐに結婚した。いわば妻としての彼女しかわからないわけだが、それ以来の知識からしても彼女の幼時にさかのぼってフロイトのいう既往病癖があるとは思えなかった。

そんな遠いことよりも、鈴恵のヒステリーの原因は、きわめて近いところで、はっきりしている。それは矢沢が他の女と交情をもつことに対する嫉妬から出ている。それ以外の要因はない。ただ彼女の場合、嫉妬が普通よりは強い。そして、その嫉妬も経験を重ねることによってしだいに昂じてきている。フロイトの言葉で言えば、自分たちの夫婦喧嘩の原因は二十数年間にたまった火薬の爆発であり、その火薬はまったく妻の一方的な嫉妬で練り上げられている。

しかし、痙攣的号泣・突発した絶望感、自殺の試みなど、フロイトが指摘した病的現象は、そっくりといっていいほど鈴恵に当てはまった。いったい、この異常さはどこからくるのか。矢沢はもう少しこの本を読んでみることにした。

≪心的刺激に対する、異常で過大なヒステリー的反応というこの現象の主要部分については、別の説明も可能です。ヒステリー患者の反応は、一見しただけでは誇張した反応にすぎない。この反応は、われわれがその原因をなす契機のほんの一部しか知らないために、そのような外観を示さざるを得ない、と。

実際のところ、この反応は、興奮せしめる刺激に比例しているから、正常であり、心理学的にも理解できるのです。このことは、分析によって患者の意識している顕在的契機に作用を及ぼしてはいるものの、患者がそれに気づかないために、われわれに報告することのできないような、ほかの動機がつけくわえられると、すぐに見てとれるので

す》

少し難解な文章だが、ヒステリー患者の異常反応には、もともと患者自身も気づかないような「体験」が下地にある。その下地が当人の意識している動機に影響を与えている。だから外見では誇張した反応のようだが、実際は正常なのだ、ということであろう。

これは絵のモチーフにならないだろうかと、ふと矢沢は考えた。女房のヒステリーに悩まされて対症療法のよすがにもと繰っていた本から、こんなことを思いつくのは、やっぱり絵描きの性分だな、と自分でも思った。人間に潜在する「体験」的な意識が、顕在的な契機に作用を及ぼしているという図柄。——心理の脈絡を造型してみせてはどうだろう。

だが、このときはまだそれが「思いつき」の程度であった。はっきりとモチーフに意図したわけではない。いわば苦悩の砂漠を彷徨《ほうこう》しているとき緑の林を幻想するようなものであった。

矢沢は、別な本も読んだ。日本の医学者によって書かれたものである。

《このように自分自身のもつ欠点や承認できない欲求を否定し、それが他人に原因があるかのように責めを外部に帰する心理的なメカニズムを『投射』という。妄想反応にはこの投射のほか、不当な欲求を理屈づけるはたらきがあり、このメカニズムがくりかえされているうちに、特定の人や事がらについて被害妄想・好訴《こうそ》妄想・嫉妬妄想・色情妄想などが形づくられていく。妄想の内容から見ると、大別して自分が迫害されたり憎まれたりしているという被害的傾向のものと、自己満足的に自分の能力や値打を実際よりも高く評価する誇大的な傾向があるが、よく観察すると多少とも被害傾向と誇大傾向の両方の特徴をもっている》（加藤正明『ノイローゼ』）

《他人に原因があるかのように責める》という《他人》は、鈴恵の場合、夫である矢沢に当った。この本によると、それは心理的なメカニズムだという。とすると、そのメカニズムの繰り返しで、鈴恵の《被害妄想・嫉妬妄想》は形づくられてきたらしい。

《痙攣的号泣・突発した絶望感・自殺の試み》は、鈴恵の上に見る矢沢の体験だった。あれはモデル女のスミ子と事を起したときだった。鈴恵はいまでも、お手伝いが雇えないときは、スミ子を呼んでこい、女中がわりに使ってやると彼に叫ぶくらいだから、よほど強い印象がある。もっとも、それは鈴恵が自殺を企てた最初のケースでもあった。

矢沢が画家仲間の会合があって、家に戻ったのは夜なかの二時ごろだった。酒の好きな先輩がいて、会のあとで二次会、三次会とハシゴ酒してまわった。矢沢は危ないな、とは思ったが、先輩が音頭をとっていることだし、みんなもつき合っているので抜けることができなかった。

玄関でブザーを押したが、いくら待っても鈴恵は起きてこなかった。睡ったふりでいるのに違いなく、矢沢の帰りの遅いのをスミ子のところで遊んでいるものと邪推しているのだ。

そのころはモデルとして通ってくるスミ子との間が鈴恵にわかってしまい、スミ子は来なくなっていた。このときもたいそうな騒動だったが、矢沢は妻の前ではもう無関係のような顔をして陰でスミ子と会っていた。ときどきは彼女のアパートに行った。なにぶん妻の監視がきびしいのでそれは細心の注意と策略とを要した。

だが、結局はそれは妻に握られ、彼女の痙攣的号泣と狂気めいた怒りとが、彼の上に襲ってきた。だが、矢沢としては、そうだからといって無責任にスミ子を突き放すこともできず、スミ子が納得するように漸次《ぜんじ》別れる方法をとった。といってもこれは鈴恵にはもちろん内密で、彼女に向かっては、とうに女と手が切れたような顔をしていた。

矢沢も、鈴恵がそれをまともに信じていると思ってはいなかった。それでなくとも猜《さい》疑《ぎ》心《しん》の強い女である。で、十分な警戒をしていたのだが、もちろんそれはいつどういう事態が発生するかわからない怖れにつながっていた。そうまでしてスミ子と会っていたのは、やはり彼女を手放すのが惜しかったのである。妻が感づいているという予感におびえながらも、スミ子をひと思いに振りはなすことができず、家を出るときも帰るときも、いちいち鈴恵の一顰一笑《いっぴんいっしょう》を窺うありさまだった。女に会いに行くのではない、他の用件で外出する際も、同じ怯《おび》えがあって、つい妻の顔色を見ることになる。《たまった火薬》がいつ爆発するかわからない怯えであった。

先輩や仲間とハシゴして回っているときにも、悪い予感で、つき合うのにも心そぞろだったが、玄関のブザーを押してもいっこうに反応がないと知ると、胸が波立った。いや、もうそれはタクシーが家の前にしだいにちかづくころからだったが、いつまでたっても妻が戸を開けないとわかると、彼にも意地のようなものが出てきた。あるいはそれは窮鼠猫《きゅうそ》を噛むていのものだったかもしれない。とにかく裏の戸を蹴破るようなつもりで勝手口のほうに回ると、こっちの戸は意外にも手をかけただけですうと開いた。内側からの施錠はしてなかったのである。

中にはいったが、灯は全部消してある。暗がりから大きな鼾《いびき》が聞えていた。矢沢は強盗がはいって鈴恵に凶行に及び、くたびれて寝込んでいるのかと瞬間に錯覚したくらいだった。家の中は鈴恵ひとりしかいないし、彼女は鼾をかく女ではなかった。

寝室になっている部屋の襖《ふすま》を開け、電灯をつけると鈴恵が自分だけの蒲団を敷いて寝ていた。つまり、矢沢の蒲団はなく、そこは畳がひろく空いていた。畳がこんなにひろく見えたことはなく、一人ぶんの蒲団がこんなに侘《わび》しく見えたこともなかった。

鼾の主は鈴恵だった。実は蒲団の感想は瞬時に起ったもので、彼の動転は枕元の睡眠剤らしい瓶を見ることによってはじまった。その瓶は枕から三センチばかりのところに、空《から》になった状態をよく見せるように、きちんと立ててあった。

電話で医者が看護婦を連れてきたのは一時間ぐらいしてからだった。救急車をと初めは考えたが、何もかも世間に知れるスキャンダルをおそれて、かかりつけの医師にきてもらった。日ごろ話好きの医者も、このときは、むずかしい顔で胃洗浄とか注射とかの処置をすませ、終始無口のままだった。三十分もすると鈴恵の意識が戻り、眼を開けてきょろきょろし、びっくりしたように上からさしのぞく医者の顔を見ていたが、矢沢の顔に瞳を動かしてからようやく自分の行動に思い当ったらしく、急に顔をそむけた。医者はあとの看護のことだけを矢沢に短く言って、不機嫌そうに看護婦を促して帰って行った。世間には洩れなかった。

矢沢があとになって考えると、鈴恵は本当に自殺するつもりで薬を飲んだかどうか疑わしいのである。本気に死ぬつもりだったら、裏口の戸を開けておくはずがないではないか。日ごろ戸締まりには神経質なくらいの鈴恵が、深夜まで錠もかけずに放置しているわけはなかった。裏戸を開けておいたのは、帰ってくる夫に早く発見させるつもりだったのだ。つまり彼女は夫に対して面当《つらあ》ての狂言自殺を行なったのである。

だが、そういうことも、矢沢は鈴恵に向かって言葉のはしにも出せなかった。言ったら大変である。それでなくとも彼女の「自殺未遂」のあと、吹き荒れる暴風に、矢沢は頭を両手で押えてうずくまっていなければならなかったのだ。――荒れ狂う妻のこうした神経症の場合には、そのあらゆる気まぐれに従うことで降伏するよりなかった。

すべて悪いことは矢沢の責任にしなければ気がすまないのが鈴恵の性格だった。彼女は自分の落度は少しも認めなかった。どうみても彼女の非としか考えられないようなことでも、それを矢沢のせいにした。たとえば、明らかに彼女の失策――不手際《ふてぎわ》によることか、失念による手違いとかいうような種類でも、その原因を彼に帰した。

それは巧妙な論理のすり替えとか、白を黒と言いくるめるようなまわりくどいものではなく、きわめて率直で、短絡《たんらく》的であった。

——わたしをこんなふうにさせたのも、もとはといえばあんたのせいよ。

こういう言葉で、すべての責任は彼に転嫁させられた。自分は絶対に正常なのだが、不覚な過失は夫の悪業が彼女に禍《わざわ》いしているからだというのである。もともとこの言葉は、鈴恵が興奮から平静に冷《さ》めたときに、矢沢がその反省を求めたときに発せられたものが口癖になってしまったのである。

ところで、その興奮時の狂暴状態については、鈴恵は記憶していることもあるが、こっちで嘘ではないかと思われるくらいほとんど自覚してないことがあった。矢沢が詳しく話してやると、彼女もとびとびには覚えているところもあるので、わたしをこんなふうにさせたのもあんたのせいよ、あんたのおかげよ、あんたの責任よ、と逆に詰め寄ってくるのである。

これは嫉妬妄想とともにならべられる被害妄想であろう。その心理的根底には《自己は絶対に正しい》という確固たる精神構造がある。したがって鈴恵の場合は、この嫉妬妄想・被害妄想から攻撃妄想に移行してくるのである。

嫉妬妄想でも被害妄想でもいいが、そこから派生するものに幻覚がある。幻覚は通常の性格の人間にもあるということだが、通常の人間は、たとえそれが見えても他人にあまり訴えることはしない。しかし、鈴恵はしばしば幻覚を見て、それが事実であるかのように錯覚し、行為に爆発するのである。

あれは画廊の女店員とのときであったが、矢沢が鈴恵から絞殺してくれと彼女が自ら首に巻いた腰紐で迫られたあと、すぐに女店員と完全に別れた。一つは女店員に若い画家志望者や画学生の恋人がいるとわかったからでもあるが、矢沢としても、初めて知る鈴恵のすさまじさに恐怖したからでもあった。ところが、鈴恵は、彼が女と別れたことをなかなか信じなかった。

ある晩、友人の書いた美術評論集の出版記念会に出て帰宅すると、いきなり鈴恵の攻撃をうけた。女と会っていたろうと詰《なじ》ってくる。そういうときの鈴恵は、こめかみの筋が腫《は》れたように浮き、蒼白になって眼がすわっている。ものを言わないうちでも猛威が予見された。

いくら出版記念会のあった会場や時間、そこで挨拶をかわした人々の名前を矢沢が挙げても、彼女はいっこうに承服しなかった。あんたが女といっしょに連込み旅館から出てくるのを、自分は見たと言うのである。その旅館の名前も、場所が新宿であることも具体的に言う。

今夜おまえは新宿なんかに行きはしないじゃないかと矢沢が言うと、たしかにその前を通ったと鈴恵は言い張った。あとでわかったことだが、鈴恵は矢沢が会に出たあと、代々木まではタクシーで行ったらしい。知合いに不幸があって、お通夜の席にちょっと顔を出したのだが、それが錯覚というよりも妄想の生じる原因だった。新宿と代々木とは近いといっても場所が異なっている。しかも代々木にもその途中にも、鈴恵の言うような名前の旅館はなかった。タクシーの中からの見間違いというようなものではなく、完全な幻覚であった。

いま、矢沢がフロイトの翻訳書を読んでいると思い当ることが多い。

《ある奉公人が主人に虐待された結果、ヒステリーになった。発作が起こると、倒れて猛《たけ》り狂うが、口も利けないし、幻覚があらわれるわけでもない。ところが催眠状態でこの発作を誘発してみると、この患者の口からわかったことは、彼は街路上で主人に罵られて、ステッキで殴打されるという場面を再度体験しているのである。この患者は二、三日たつと再びやってきて、同じ発作がまた新しく起こったと訴えた。催眠術によって今度も病気の突発と元来関係をもつ場面を、彼が体験していることが明らかにされた。つまり、それは法廷の場面であって、そのとき彼は虐待に対する損害賠償をかちとることに成功しなかったのである》

この患者の場合は損害賠償が取れなかった、そのために、主人からの虐待が心理的に中止されず、継続状態にあったことからヒステリーになったのであろう。鈴恵の場合は、矢沢がいくら女と別れたと言ってもその保証がなかったので、彼女は信じなかった。証明がない限りその嫉妬妄想・被害妄想が継続していたのである。

もっとも鈴恵の猛威が始終発揮されるというわけではない。それは間歇的《かんけつてき》であって、日ごろは平静なのである。矢沢はそれを彼女が金銭のいっさいを握り、自分をマネージしていると考えていることでまだまだ落着きを残していると解した。それが、まだしも彼女の継続的な暴発を防ぐ柵となっていると思っている。

だが、これは矢沢にとってはたまったものではなかった。

七

結婚は偶然である。恋愛も偶然なら見合いも偶然である。

その出会いで一生を共にできるかどうか、お互いにわかるわけはない。一、二年間の恋愛、二、三回の交際程度で生涯の相手を予見するのはよほどの天才でない限り不可能である。日本全国何千万人のなかの二人がたまたま出遇《であ》っただけのことなのだ。街角で衝突したようなものだ。ほかにいくらでも適性の人間がいるはずであった。

ところがその偶然で一生を共にしなければならない必然性が生じてくるのは奇怪というほかない。必然性の多くは外的条件によってつくられることが多い。肉親の関係とか世間体があるとか子供ができるとかである。世間はまだ離婚を罪悪視している。儒教をとり入れた封建制度の名残りだが、当時の時代観念では家族制度の崩壊がそのまま体制の崩壊にもつながるので、親子は一世、夫婦は二世というようなことを言っていた。亭主と女房を主従関係にして、これを単位に封建制度の主従関係が築き上げられていた。家庭における「貞《てい》」は主家に対する「忠義」と同質であり、夫婦別れは封建君子と家人《けにん》の結合を分裂させることを意味した。

戦後になってもこの観念がまだまだ尾を引いていて保守的な「世間」を残している。これに気がねして思い切って離婚ができないうちに、ずるずると機を失って年をとってしまうのだ。若いうちだと女は別れても二度めの恋愛や結婚の機会があり、独立の生活力ももてるが、年をとるとその可能性もなくなる。経済力の不安から家にしがみつき、居直って亭主を支配しようとする。亭主に憐みを乞《こ》う消極的な立場よりは、彼を支配するほうが積極的な防御なのである。

そういう意味で近ごろの若い人がすぐに離婚するのはまことに合理的で、羨《うらや》ましい。何かの雑誌に出ていたが、統計によると五分間に一組の離婚届があるという。結婚後一年以内に離婚の率がどのくらいかということも新聞に出ていた。若い人が勢いよく離婚をするようになったのはいいことである。最近になってようやく若い層に「世間体」が意識されなくなったのだ。

その彼らでも、もう少し離婚の機が遅くなると、家庭の中の夫婦という因襲の絆《きずな》と憎悪の帯《おび》に縛りつけられて離れがたくなる。年を経るにしたがって相互の憎悪はしだいに濃くなる。因襲によって妥協するか、諦めるか、闘争するか、あるいはまったく放棄して自分の殻に立てこもるかである。世間体をとりつくろって平和な家庭を装い、内情を他人に見せぬために平静な微笑を浮べれば、それだけ憎悪は内攻する。こうして二度と得られない一生を索漠《さくばく》のうちに終ることになる。

わずかな最初の出会いのために生涯を棒に振る、これ以上の大きな不合理はない。望みどおりのことをしようと思っても、そこはそれ儒教的な因襲社会に遠慮して、こうすれば世間がどう見るだろうとか、何を言うだろうとか、いちいち自分のほうからの気がねが先に立ち、右顧左眄《うこさべん》して逡巡する。そうして家では憎悪している妻の一顰一笑に小心翼々としていなければならない。それというのが、外でもよけいな面倒を起したくない中年の因循姑息《いんじゅんこそく》な根性からだ。——矢沢はそう思っている。

矢沢は十何年も以前のことだが、鈴恵と口争いしたとき、おまえとはもうきっぱりと別れるから出て行け、と怒鳴ったことがあった。そのとき鈴恵はもちろん激しく反抗してきたが、まだそのころは彼女も異常性格にまでは到達していなかった。彼女は着替えなどをトランクに詰めて家をとび出して行ったが、遅い夜のことだし、東京には親戚も親しい友だちもなく、矢沢のほうで心配になってきた。ふらふらと歩き回っているうちに妙な了見を起して近くの鉄道線路にとび込むとか川に身を投げるとかの不吉な幻想も浮んできた。以前、奥入瀬の渓谷で薬を飲んで死んだ道子のことが思い出されたのである。矢沢は少々心配になって、駅のほうに向かって眼をきょろきょろさせながら歩いていると、暗い空地のところに鈴恵がトランクを提げて悄然《しょうぜん》と立っているのを見つけた。おい、馬鹿な奴だ、帰ってこい、と言うと彼女はうしろからついてきた。

それで鈴恵がおとなしくなったかというとそうではなく、こぜり合いはたびたび起る。それ別な日にまた、別れるから出ろと言うと、彼女は今度も憤然として家を出て行った。これも夜ふけであった。前のことがあるので、勝手にしろ、このまま別れるのだったらもっけの幸いだと心を決めて、ひとりで睡った。どれくらい睡ったかしらないが、ふと人の気配がして眼をさました。電灯を消していたが、蒲団の裾の方にうすぼんやりと鈴恵がすわっているのが見える。いつのまにか外から戻って、着物も着替えずそのままうずくまっていたのだった。

そんなところで何をしているのだ、と矢沢が言っても、鈴恵は返事をしなかった。押し黙ったまま、向うむきになって背中を曲げ、蒲団の裾にうずくまっている。矢沢は半身を起して二こと三こと言ったが、彼女は耳をふさいだような格好で、ますます身体を硬くし、唖になっていた。いったん家をとび出しておいて、こっそりと戻ってきたのが体裁が悪かったのだろう。帰ってきたのが気の折れた証拠だが、意地で素直になることもできず、ふてくされた様子ですわりこんでいる。

矢沢も勝手にしろと横たわったが、そのまま睡ってしまった。そうして何時間かして眼がさめると、鈴恵はまだ蒲団の裾で身体をエビのように曲げていた。強情な女だと思ったが、その姿に哀れを催してきた。

いまから考えると、あの二つの出来事は鈴恵の策略であった。空地に立っていたり、ひと晩じゅう寝ずに巫子《みこ》のようにうずくまっていたりしたのは、こっちの心を舐《な》めての芝居だったのだ。あのとき、もう少し強い態度に出て徹底的に拒絶していたら、鈴恵とは完全に別れられていたのだ。十何年も前のことだから、まだお互いに若く、簡単に離婚の可能性はあった。あのときのつまらぬ妥協が、現在の煉獄《れんごく》となっている。

こっちの妥協と忍耐の連続がそれだけ鈴恵には暴力をもたせる結果になった。女の無知が男の慈悲的な妥協を無力だと勘違いして侮《あなど》っている。ルイジ・ピランデルロの評伝には《妻は力というものを熱愛し、弱さを軽蔑する女だった》とある。この力とは妻自身の持っている力のことであり、弱さは夫のそれであった。矢沢は自分の場合にひきくらべてそう解釈する。《ピランデルロは精いっぱいの慈悲で行動しながら、方法を誤っていた》。自分もそうだと矢沢は思った。

わずかな息抜きを求めると鈴恵の狂気が襲ってくる。すでに鈴恵は正常ではなかった。矢沢はヒステリーの書物を読んで鈴恵がその患者に完全に該当するのをたしかめた。被害妄想・嫉妬妄想・偏執妄想・自尊妄想などの症状のことごとくを鈴恵の実例に求めることができる。

鈴恵はそうした自分の欠点に気がつくことがあっても、わたしをこんなふうにしたのはあんたのせいよ、あんたが悪いのよ、と夫を罵る。……《このように自分自身のもつ欠点や承認できない欲求を否定し、それが他人に原因があるかのように責めを外部に帰する心理的なメカニズムを『投射』という》

——しかし、ヒステリー症状だけでは精神病院に拘禁することはできなかった。それはせいぜい総合病院の精神科で治療をうけさせることだけである。が、それは鈴恵が絶対に承知しない。口にしただけでも激怒し、何をするかわかったものではない。……それに彼女は始終興奮しているわけでもなかった。日ごろは通常の人間と変らない。何か刺激を与えるとき以外は何でもないのだ。いや、刺激を与えるというのは正確ではない。「刺激」を彼女が勝手に受けるのである。それも被害妄想的な幻覚から発しているのだが。

矢沢は、これまで自分のほうから家をとび出そうと思ったことが何度もあった。そうなったらどんなにいいだろう。だが、それも不可能である。技術的にはもう一軒アトリエをつくらなければならない。これが面倒だ。また、関係先にいちいち言訳や説明をしなければならぬ。対手《あいて》はどうせ好奇心から訊いてくるのだから、陰口をきかれるにきまっている。妙な噂がとぶのもわかりきっていた。友人の画家たちは嗤《わら》い、その女房連中は離婚を犯罪のように非難するだろう。ピランデルロは妻から逃げだすために、町に一部屋を借りた。しかし、画家は劇作家と違って、仕事場の道具立てがたいそうである。ピランデルロの妻にとっては夫が町に部屋を借りて自分から逃げ出したことは、彼が自ら敗北を認めたことでしかなかったというが、その敗北者は妻に降参してすごすご再び戻っている。

鈴恵が一時期でも彼が《町で部屋を借りる》ことを許す道理はなかった。彼女は夫の仕事のマネージと収入の全部を握っている。夫の逃亡は、彼女が自身のために築き上げた経済的な蓄積と基盤を根底から崩壊させることだった。

別れるに当っての条件として、これまでの貯蓄の全部と家と土地とを提供すると言っても、鈴恵は承知しないにきまっている。妻に悩まされた芸術家がそのような条件で自らは裸一貫で家をとび出した例も聞くが、鈴恵にはそれが絶対に通じない。彼女の物欲的貪婪《どんらん》は、収入の永続に執念している。

ああ、鈴恵と別れたら、どんなにいいだろうと矢沢は思った。その収入はことごとく彼自身のものになる。何に使おうと勝手だ。女のために費やそうと好きな物を買おうと自由である。そうなれば今度こそ気に入った女を見つけることができる。独身の画家で、まずまずの収入があれば女のほうから近づいてくる。どうせ心から満足する女はいないにちがいないから契約の形式でいい。いつでも解約できる形式の。——絵の注文をうけるのも今度は自分の自由だから、女房から使われることはなくなる。好きな仕事だけ選び、期限も自分の意志で決め、適当に働き適当に遊ぶことができる。こんりんざい女をマネージャー格にしてその使用人になることのないようにせねばならぬ。遊びに出かけるのにも、女房の顔色を気にし、帰るのにも玄関前で言訳を考えるような惨めさから解放される。それだけでも生きるよろこびがあり、長生きもできよう。

しかし、どんなことを考えたところで、それは結局空想でしかなかった。現実にはとうてい実現不可能なことだった。そんな希望を妻にちょっとでももらせば、どんなに荒れ狂うかわからなかった。

《妻は荒れ狂い、不幸は倍加された。彼は、妻の精神の分裂や、次の瞬間にやってくる反省などの中に、女の不可思議さを見てしまうのだった。しかし、狂った妻を見捨てられず、気弱に脱れるピランデルロの人間らしい豊かな考察が、彼の未来の作品の萌芽となっていた。ピランデルロ的なあらゆる主題の大きな器に。彼の芸術は、まさしくその偉大なる孤独から生れた。逃亡という心弱いただ一つの方法で》

画家は小説家とは次元の違う表現形式をとる。小説家は気弱に脱れるなかで《豊かな考察》が行なえても、画家はそうはいかない。小説家は人間心理を解剖し、その描写をするからそのための観察ができるのであろう。画家は対象の美を、たとえ精神であろうとそこに美をつかみ出そうとする。どだい違うのである。画家は荒れ狂う画室ではなく、静寂なそれを必要とする。

ただこの劇作家の場合と一致しているのは《逃亡という心弱いただ一つの方法》であった。

鈴恵からの脱走はあり得ない。それは自分が死ぬか、彼女が死んだときである。自己の死はもちろん永久の逃亡である。しかし、それでは生の解放感も愉悦も味わえない。死ぬなら妻のほうではないか。

不幸にも——と言っていいが——鈴恵はすこぶる健康に恵まれていた。矢沢はときどきいろんな病気にかかるが、鈴恵は、その精神構造を別とすれば、まことに頑健であった。矢沢の往診にくる医者は鈴恵を見るたびに、奥さんはお丈夫ですよ、とほめるのである。鈴恵が先に死なない限りは、矢沢の願望は空中楼閣であり、現実的には自分の死の間際まで彼女から苛《いじ》められねばならなかった。

ところが、偶然にも夫婦でいっしょに死にそうな機会がきたのである。——

矢沢はレストランを経営している女に心を惹かれるようになった。

空虚な矢沢の気持の中に、その女は青い翅《はね》をひるがえして舞い込んだと言える。それは矢沢が銀座の小さな画廊を借りて個展を開いたときにはじまったのだった。

一週間の期限をつけたその個展に、矢沢は連日出張しては、会場の受付の椅子にすわったり、観覧者のうしろにそっと回って私語に耳を傾け、絵の前に立っている人の顔つきに反応をのぞいたりした。その間々には知った者がくると、いっしょに茶を飲んで雑談をし、受付をつとめてくれている画廊の女店員を喫茶店に誘ったりした。

なんという愉しい日々だろうと矢沢は思った。女房から離れた自由はこういうものにちがいない。鈴恵から《命じられた》絵を描く必要もなく、のんびりと気ままに遊んでいられるのだ。鈴恵も個展とあれば仕方がないので黙っているし、会場に来てくれた先輩や仲間や美術雑誌の編集者と酒を飲んでいたと言えば、夜おそく帰ってもあまり文句を言わなかった。こんなことなら会期が二週間も三週間も続けばよいと思った。

個展の評判も悪くはなく、三年前に開いたのよりはずっと上々であった。ピランデルロのことを最初に話してくれた美術雑誌記者の森禎治郎もやって来て会場をひと回りし、

「なかなか結構じゃありませんか」

と矢沢のところへ寄ってきた。

それはお世辞だけでもないらしく、明日は評論家のA氏を連れてきて次号に書いてもらいますと言った。明日の新聞には別の評論家の批評が出るはずであった。矢沢は幸福感に満ちた。

「ところで、ピランデルロの評伝のことは、いくらかお役に立ちましたか？」

森は真面目な顔で言った。矢沢はその森の表情から、もしかすると鈴恵の悪妻ぶりは画壇の定評になっているのではないかと思った。これが遠慮のない仲だったら、ニヤニヤ笑いながら、参考になりましたかなどと訊くところだろうとこっちで気を回した。鈴恵のことがよく言われているはずはないのだ。

「芸術家の奥さんというのは、あんまり出来すぎたのでは、かえって主人が不幸ですな」

森はそんなことを言った。

「そうかね」

「亭主の芸術をだめにするのは、そういう型の良妻ですよ。女房のサービスで亭主がふやけてしまいますからね。そう言っちゃなんですが、Uさんの絵がすっかり停滞してしまったのは奥さんが甘やかしすぎたという評判ですよ。ぼくもそう思いますね。いつだったか、ぼくがU氏邸に行ったら、Uさんは奥さんのサービスでウイスキーをいくらでも飲んでいるんですね。あの人は完全にアル中ですよ。ところが奥さんはちっとも制《と》めようとはしないで、ウチは芸術を大事にするからつまらない仕事で忙しくさせたくないのです、いま大作の構想中です、などとぼくに言われるんですね。Uさんはすっかりご機嫌なんですよ。あれから三年ぐらいたちますが、大作どころかUさんは何も描かないでいます。あれは奥さんがご主人を怠けさせているんですよ。もうUさんは描けなくなっているんじゃないですかね。少なくとも画壇に登場したときの仲間だったHさんやK

さんには大きく水を開けられてしまいましたね」

「世の中の亭主族は従順な女房を望んでいるが、絵描きにはそれがいけないのかねえ？」

「いけませんね。サラリーマンの女房じゃありませんからね。画家は違いますよ。亭主から反逆精神を奪ってしまいますよ。絵に対する執念も反抗も刈り取ってしまいますよ」

そのとき、青い洋装の女が会場にはいってきた。

八

周囲からどうみても、羽田志津子と矢沢の間は、鈴恵が異常な嫉妬をもつようなものではなかった。画家と通りいっぺんな顧客の関係であった。ただ、この女客が美しい中年の独身女で、しかも都内に三つのレストランをもっている資産家だというのが鈴恵を刺激し、そうして矢沢が羽田志津子に普通以上に興味をもっていることが鈴恵にもわかったからである。

矢沢の災難の種子は、羽田志津子が個展の会場に気まぐれに立ち寄ったときに持ちこまれた。

そのときは矢沢も森も互いに話をしながら、それとなく青い色のスーツを上手に着こなした女の入場者に注意をむけていた。個展というのはデパートなどを会場に借りる人気作家のもの以外は、そう観覧者が押しかけて来るわけではない。三、四人ぐらいが絵の前に立っていればいいほうだが、それだけに羽田志津子は目立ったのである。中年婦人の洋装にはあまり垢ぬけしたものはないが、彼女の着こなしは洗練されていて、とくに服飾の配色に神経がゆきわたっていた。こちらは画家だけに眼ざとかった。

矢沢は、話相手の森もそうだが、それとなく彼女の様子を眼の端に入れて観察したけれど、彼女が立ちどまってていねいに観ている絵が、実は矢沢がひそかに上出来だと考えているものばかりであった。いわゆる玄人《くろうと》好みの絵なのである。これも矢沢の興味をそそった。

矢沢の絵は具象で、裸婦が多い。が、それは肉塊を画布に立たせたり転がしたりしているだけではなく、宗教的な物語性を加味していた。彼はそれが画風として完成すれば批評家に「新古典」と綽名《あだな》されるだろうとひそかに思っている。もちろん十八世紀ごろのキリスト教画ではないから天使も使徒も画面には明瞭に現れてはいない。そこは抽象的な手法で模糊《もこ》たる幽暗の裡《うち》に沈んでいる。——主調はバーミリオンをもって古画の褪《さ》めたセピア調にかえた。

矢沢も一時は抽象画《アブストラクト》を志したが、全盛をきわめたこの画風の行詰まりを予感し、遅ればせながら参加するの愚を悟った。もともと彼は具象が得意で、悪口をいう者は職人芸《アルチザン》だというくらいに技巧がうまい。

岸田劉生《きしだりゆうせい》は、エコール・ド・パリ（セザンヌ以後にパリ画壇を中心として現れた野獣派その他いろいろの新しい絵画運動）全盛の日本の洋画壇の風潮に抗して写実主義一本槍で進み、未完成にして敗死した。だが、いまは劉生の価値は認められている。

その劉生でも初期肉筆浮世絵に打開の手伝いを求めている。これは簡単にいうと「味」の摂取であろう。現代ふうなモチーフには限界があり、それが現代の生活というナマな点においてかえって純粋な美の妨げとなる。美は現代生活と隔絶した世界に求めなければならない。あらゆる芸術至上主義は絶えず現代を拒否し、それを越えて幽玄の桃源郷に遊ぶ。もともと芸術至上主義は現代生活の逃避で完成する。大正期のヨーロッパ様式が流れこむ生活の中で、たとえ野獣派であれ、キュビスム（立体派）であれ、当時のフランスの新傾向画は結局は現代生活の延長にすぎぬ。それは断絶ではなく、継続である。論より証拠、こうした流行的な画風はまもなく下火となった。劉生は案外それを見ぬいていたのではなかろうか。芸術至上主義は、あくまでも現実の継続を断ち切ったところにある。矢沢は劉生の生き方についてそう解釈している。

劉生は初期肉筆浮世絵の、いわゆる「でろりとした味」に惹かれたが、そこに彼の支えとなるものの発見があった。どのような天才でも己れの創造だけの一本槍では行き詰まる。劉生は近世初頭の風俗絵画に彼の芸術の援用を求めた。たとえば、彼の初期の作品を代表する「切通しの写生」などの風景画や、果実などを中央にまとめて背景の上下を真二つに裁断して色違いにするといった構図の静物画だけでは永続できなかったであろう。彼の少女像には初期肉筆浮世絵のもつ気味の悪い、退廃的な美の耽溺《たんでき》がある。そうしてそこにはデモニッシュな物語性がある。これは宗教（あの淫祠《いんし》邪教とも通じる、おどろおどろした魅力ある神秘性）ではないか。

矢沢は抽象画がやがてはすたれ、次にくるものはネオ具象画と呼ぶべきものであろうと予見した。もちろん抽象画のアンチテーゼがただちに以前の具象画に復帰するという意味ではない。抽象画の洗礼をうけた次の具象画が、どのような発展になるか見当がつかぬ。現在のネオ具象画の混迷がそれを表わしている。連中はとまどっている。これは日本だけでなく、パリ画壇やアメリカ画壇など世界共通の現象であるらしい。

矢沢は、その混迷を解決する一つの策は新しい宗教画の創造だと考えている。これには物語性がある。対象の形態を完膚《かんぷ》なきまでに分解して人間の潜在意識を組み立てたアブストラクトはすでにマンネリとなって「図案」化し、「奇型」化している。芸術至上主義的な美神とは縁もゆかりもないものになった。矢沢は自分の将来の行く道にとくに劉生を浮べたわけではないが、十八世紀の西欧宗教画のもつ妖《あや》しい恍惚的な雰囲気と、劉生が援用した十七世紀日本の土俗的な絵画の妖美に相似を認めるのである。

「結構に拝見しましたわ」

羽田志津子は、個展の画家のところに歩み寄ってきて挨拶した。彼女もさっきから会場の隅で森と話している矢沢を意識していたようであった。

「どうも、ありがとう」

矢沢は少し硬くなって頭を下げた。

羽田志津子は唇をほころばせ、光沢ある歯なみを見せて、展示の絵は売ってもらえるのだろうかと遠慮がちに訊いた。

「どうぞ、どうぞ」

矢沢は感激して言った。

「どのぶんがお気に入ったのでしょうか？」

羽田志津子は会場——といっても狭いものだが、そこに引っ返して二点ほどさした。それは矢沢がひそかに「実験」を試みたものだったのでよけいにうれしかった。それにしても売り絵的でないものを指摘した女客の眼の高さには感心した。

「どうもありがとう。もちろん、お売りいたします」

値段も相当なものだったが、これは画商の天野仙太が値を決めたものであった。彼の儲《もう》けが含まれていた。が、女客は値を聞いても眉一つ動かさなかった。即座にそれで購入したいというのである。

「それでは画商のほうから、この個展が終りしだいにお届けに参上させます」

女客は名刺を置いた。名前はそれではじめてわかったのだが、届け先を赤坂のレストランにしてほしいと彼女は言った。画商を通じなければならぬとは矢沢に不便なことであった。

「なかなか鑑賞眼も高いようじゃありませんか」

と、羽田志津子が去ったあと森禎治郎が雑誌記者らしく見送って言った。そのときは彼女は絵については何も言わなかったが、その謙虚さがあとでわかって矢沢に好意を感じさせる。

　個展が終り、画商の天野が羽田志津子に注文の絵を納めて帰り、矢沢に報告した。

「たいへんな女性ですね。付け焼刃でなしに美術のことに詳しいようですよ。赤坂のレストランだってビルの地下一階ですが立派なものです。パリふうにしてしゃれたものです。デザインも豪華で、彼女のアイデアだそうですが、なかなかセンスがありますね」

　天野はベタぼめだった。

「それにあのとおりの美人ですが、独身なんですからね。支店もほかに青山と銀座に二つもっているというんだから豪勢なものです。金があって、事業家で、美人で独身、それに美術に造詣が深いというのだから、こたえられませんよ」

「どういう人なんだろう？」

「やっぱり後ろにすごいパトロンがついているんでしょうな。そのパトロンが美術好きで、彼女の素養はその旦那からの伝授だと思いますよ。それで当人も絵が好きになって勉強したというところじゃないですかね。ぼくはそう鑑定しています」

「ぼくの絵はどこにかけるつもりだろうな。その赤坂のレストランの中かね？」

「自宅は青山のマンションなんだそうですが、そこではなくて銀座の支店なんだそうです。Ｒビルの地下だそうですよ」

「あのぼくの絵について彼女は何か言ってたかね？」

「ちょっと聞きました。しかし、それはぼくがお伝えするよりも、先生が直接彼女に会われてお聞きになったほうがいいでしょう」

天野はにやりと笑った。

「絵を買ってくれたからといって、すぐにぼくが会いに行くのもなんだか気がひけるね」

「なに、そのご遠慮には及びません。先方から先生と食事をしながら話をしたいとおっしゃってるくらいです。彼女のレストランでね」

「そうか、そんなことをほんとに言っていたのか」

矢沢は眼を輝かした。

「嘘じゃありません。美術の知識だって、素人にしては相当なものです」

「そうか、それならいっぺんその店に行ってみるかな。君もいっしょにどうだ？」

「ぼくは遠慮します。お二人だけで話し合ってください。ただし、先生からデートを申し込まれるのも何ですから、ぼくが間に立って連絡してもいいです」

「そうしてくれ。先方もちゃんとしたパトロンがいるとわかっているのだから他人《ひと》さまの花だ。彼女に会ったからといって野心を起すようなぼくではないよ。飯を食いながら芸術の話をしようという公明な心境だからね」

——芸術の話からさきに結論づけて言えば、羽田志津子は、彼の絵の傾向には興味があると言い、そこから先どのような方向に進んでいらっしゃるのかと矢沢に訊いた。彼女の店でフランス料理を食べながらの話である。

矢沢は自分でもまだはっきりとわかっていないが、ぼんやりとした考えはある。それを暗中模索のかたちで描いている。その中の二つがあなたに買っていただいた絵であると言った。その「ぼんやりとした考え」を矢沢はかねての思案どおりに語った。自分でも熱っぽい調子だと思いながらである。彼女はその話をよく理解した。

ご馳走のなり放しにもできないから、矢沢は自分の知合いの割烹《かっぽう》料理店に彼女を招待した。そういう往復が何度か重なった。

「人間の意識を具象で描けたら面白いと思いますわ」

と、そのような席で羽田志津子は言った。

「意識を具象で？」

「そのモチーフは抽象や以前のキュビスムの専売のようになっていますが、具象だってできないことはないと思いますわ」

「むずかしいですな。そりゃ、写実でそれを描こうとすると、たとえば意識を象徴した小道具を配置して処理する手はありますがね、そうなるとおっしゃるようにキュビスムのフォルムに逆戻りです。あくまで写実の手法でゆくとすればね」

「何か処理の方法があるような気がしますわ。たとえば先生が考えてらっしゃる十八世紀の宗教画の方法で、それができないものでしょうか。これはほんとに素人考えの思いつきですが」

「宗教画の手法で意識の表現をねえ……」
矢沢は羽田志津子の美しい顔を見て考えた。

矢沢と羽田志津子との交渉がどのようなかたちで進行したかをべつにとりたてて言う必要はない。矢沢の内側にある旺盛な興味と、羽田志津子の内側にあったらしいいささかの好奇心とを除けば、両人の間は他人行儀的な交際であり、つつしみ深い日常的な、しかもときたまの話合いの機会にすぎなかったからである。ある傾向の小説家だったら、この退屈な関係に心理的な絡《から》み合いと情感的なサスペンスの起伏を与えるであろうが、ここでは行動の上に現れた非日常的な面を見てゆくより仕方がない。

問題の発生は、あとで考えると、画商の天野から羽田志津子買取りぶんの絵の金が鈴恵に手渡された時点となっている。その絵はもちろん矢沢が画室で描き上げたものであるから、妻の「管理」から脱《のが》れることはできなかった。彼女の眼を偸《ぬす》んでこっそりと描く小品（それはたいていスケッチ板だったが）や色紙や短冊類とは違うのである。鈴恵の「帳簿」には、その絵がちゃんと記録されているから、画商も支払わざるを得なかった。

そのとき鈴恵は羽田志津子について何も訊かなかった。だが、彼女は顧客が女名前だというところから関心をもった。ひそかな調査が行なわれた。画商からは客の住所や営業内容がもちろん公明に伝えられている。

ある日、矢沢が画室にいると、鈴恵が血相を変えてはいってきた。彼女は矢沢の顔の前に割烹料理店の領収証二枚とホテルの領収証一枚を突きつけた。

「これは二人ぶんの領収証だわ。だれと会っていたのよ。さあ言いなさい」

割烹料理店での食事は親密な間柄の相手のようにとられる。ことにホテルの領収証がいけなかった。たとえ食堂での飲食代だとわかっていても、鈴恵の妄想はそれからの行動が客室《ルーム》のベッドに結びつくのである。

「あんたが白ばくれても、わたしにはちゃんと前からわかっているのよ。相手は羽田志津子というレストランの女だろう？」

「べつにかくすのでもなければ、白ばくれているのでもないよ。なんでもないことじゃないか。食事をするくらいはさ」

矢沢は真っ蒼な顔で眼を吊りあげている鈴恵にうろたえながら言った。発作が起れば理屈はいっさい通じないのである。彼女は前々から彼のポケットをさぐって領収証を貯めていたとみえて、はじめから挑戦的であった。

「それならどうして、いままでその女のことをわたしに隠していたのよ？」

「べつにかくすつもりはないが、関係ない人のことを言うこともないからね」

鈴恵が狂暴になったのはその言葉を聞いてからだった。彼女は襲撃してきた。長い、尖った爪を彼の頰や手首に刺した。

「ばか、何をする」

矢沢は椅子を倒して起《た》ち上がった。鈴恵は逃げ口をふさぐように入口に走るとドアをばたんと閉めた。さすがに錠まではおろさなかったが、髪は乱れ、眼はすわっていた。

「もう、あんたとはいっしょにいられないわよ。これまでわたしをさんざん欺《だま》しておいて、まだ女狂いがやめられないのか？」

「そりゃ誤解だ。そんなのじゃないったら」

「じゃ、わたしがあの女のところに行って絵を取り返してくる。金を叩きつけてやれば文句はないね」

　異常な興奮に駆られたときの癖で、鈴恵は肩で大きく呼吸《いき》をしていた。苦悶の、荒い息づかいが鼻からも口からも聞えた。

「おい、そんなみっともない真似はやめろ」

　鈴恵は本当に羽田志津子の店に暴れこんで行きかねない。その醜態を想像しただけでも矢沢は羞恥が脳天から走り、力ずくでも妻を押し止めなければならなかった。

　彼のこの抵抗が、よけいに鈴恵を狂暴にした。

「わたしを苛《いじ》めてまでして、あの女を庇《かば》うのか」

　とすさまじい眼つきで彼を睨みつけると、

「おまえを殺してやる。わたしもいっしょに死んでやる。さあ、覚悟しなさい」

　と言うなり、画架の横の台にあった揮発油の大瓶をとりあげると矢沢の頭の上に振りかけた。ふいのことなので矢沢も逃げる間もなく、長い髪が放水を浴びたようになった。揮発油の臭いが顔じゅうに立ちのぼり、鼻をふさいだ。

矢沢は肝をつぶし、ドアに急ぐと、その前に鈴恵は素早くそこに走った。そうして自分の背中でドアを押えて立ちふさがったまま瓶を逆《さか》さまにして残りの揮発油を自分の頭に降りそそいだ。画室に置いて画布の処理に使う揮発油は矢沢の習慣であいにくと大瓶であった。

鈴恵はそれがはじめからの計画だったらしく、すぐに懐からマッチをとり出した。矢沢は全身が凍結するくらい恐怖した。ふりそそがれた大量の揮発油はまだ蒸発が終っていなかった。

ドアが外から激しく叩かれた。この前から派出家政婦会で雇った家政婦で、画室でただならぬ物音を立てるので不審を起し、駆けつけてきたようだった。

「近藤さん」

矢沢は家政婦の名を呼んで悲鳴をあげた。

「早く、こっちにはいって」

「どうしたんですか?」

家政婦はドアの向うで大声を出した。

「たいへんだ、早くそのドアを押し開けて」

矢沢は自分がドアに近づくと、そこに立っている鈴恵がマッチを発火させそうなので、なるべく離れて突っ立ち、ひたすら家政婦の進入を待った。鈴恵はマッチ棒を片方の指に持ち、一方の指にはマッチ函《ばこ》の赤リンをむけて握り、いつでも擦《す》れる用意になっていた。それは狂人の眼であった。その瞳には見る者に戦慄を起させるような、何ともいえない寂しさや哀れさが出ていた——。

九

気の弱い者だったら自殺するか、逃亡したまま蒸発したくなるだろう。こういう抑圧された生涯が死ぬまでつづくと思えば、心に鎖が沈み、歩くと鈍い音が聞えそうである。まるで刑罰として空《から》の石臼《いしうす》を涯《はて》しなく回しているようなものだった。

蒸発できる男が羨ましい。女房から逃げ出すことはやさしいが、むずかしいのはその先の生き方である。矢沢の場合はパレットを捨てることはできなかった。普通のサラリーマンや商人と違うのである。第一、絵を描く以外に取柄がなかった。勤め人ならさしずめ保険の外交などができる。職人だと手に技術がある。商人はツブシがきく。しかし、年を食った絵描きに何ができるというのか。絵以外のことでは無器用で、力仕事も不可能なのである。

絵で食べてゆこうとすれば、画壇や画商との関係が切れないから逃げてもアシがつく。また、それだと、築き上げた地位の手前、応分の面目は保たなければならない。虚栄が残っているから妙な眼で見られたくないのである。

日雇でも何でもやれるという雑草的生活をしてきたほうが、こうなると、むしろ幸福であった。それこそ失踪が自由である。絵が、彼の鉛となって飛翔《ひしょう》を妨げる。

鈴恵に揮発油を頭から浴びせられ、火で無理心中をさせられそうになったが、今後もいつそういうことが繰り返されるかわからない。逆上したときの鈴恵は心神喪失状態だから、間歇的に発作を起す狂人と暮らしているようなものだった。なるべく妻の気に障《さわ》らないようにしようとすれば、彼自身が生きながら亡骸《なきがら》となってしまう。生命の危険を防ごうとすれば、意志も自由もない人間でいなければならないのだ。ひたすら妻の顔色をよんで機嫌をとり結ぶ毎日を送るだけである。

ある日、矢沢は街に出たついでに神田の古本屋にはいった。そこで『自殺の基礎的考察』という一冊のうすい本を百二十円で買ってきた。

その本には「自殺の心理学的観察」というのがあった。①厭世観②生の倦怠③劣等感④無力感⑤運命主義⑥宗教のあこがれ⑦自己の否定感――などが挙げられている。このうち⑥を除くと、あとは全部自分にあてはまりそうに矢沢には思えた。

ところが、その内容の説明が自分の場合とは少し違っている。右の概念を容認するとしても、たとえば本は次のように言う。

《生の倦怠は、多くの人々が生活上になんの苦労もなく一見、めぐまれた状態にありながら、ただ生きていることに疲れたという理由で死ぬと言われているが、しかし、自殺者が書き残した遺書が、はたしてその内容どおりに受け取られるものかどうかわからない。自殺直前の異常な心理状態では、人並みはずれた冷静さをたもつことも可能であり、けっして生の倦怠ばかりではないからである。

自殺の原因として考えられるものにペシミズム（悲観主義）がある。生の倦怠とちがってペシミズムは、多少とも、自己の縮小感、あるいは劣等感をともなっている。そのような劣等感は、多く本人によって意識され、また、場合によっては、他人にも知られているものである。

無力感は、たんに自分が人生の失敗者であるというだけでなく、積極的に生きてゆくための生命力がしだいに枯れてゆく感じで、倦怠感に似た心理ではあるが、かならずしも自分が人生において他人よりも劣っているという意識をともなわないことがある。そのために、自分が精いっぱいの働きをして、ついに力つきた感じが強く、はじめから劣等であったことを認めない場合もある。

運命感は、しばしば人事を尽して天命を待つというたとえにあるように、万策尽きた人間が、すべてを運命として諦め、自殺をも自分に与えられた運命と思って、意外に安らかな気持で死につくことがある。

自己否定感は、外面的な事情にもとづくよりも、内面的な自己追及から自己破壊の理由を自分に納得させるため、非常に複雑な論理と心理によって自己否定に達しさせる場合である。もちろん、分析してみれば、そこには対人関係のさまざまな衝突や矛盾が複雑に入りくみ、それらの心理的苦悶が自殺者に深く食いこみ、純粋な自己否定の論理と心理をもともなって、ふつうの自殺者には見られぬ透明な、拡大した形で、その論理と心理とをあらわすことがある》

こうしたたぐいの自殺者の心理的観察は、自殺者だけに適用されるものでなく、一般の「生存者」についても言えることなのである。ただ、それが自分で「死の手段」を選ぶか、「死んだような状態」で生きながらえるかの違いである。

しかし、こうした抽象的な類別説明は、読む者にいちいち思い当るようになっている。あたかも家庭医学書などに挙げられた症状例を読んだ者が、そのいずれにも自分の自覚症状が該当すると思うのと似ている。

《自殺と精神病理との関係をとり上げ、すべての自殺は精神異常の結果であるという「自殺狂気説」がある。これは一八三八年にエスキロールが偏狂説を樹立し、自殺者はことごとく自殺病という精神病にかかっている結果だとの意見を発表して以来、重視された説であった。その後、ステレッネル、ヒュブネルなどによって研究されたが、ガウプは百二十例の自殺未遂者の精神状態を調査し、三十八名は著明な精神病者で、四十四名は精神状態が尋常人と精神病者との中間にあるものであり、その他の三十一名は精神薄弱者、アルコール中毒、癲癇《てんかん》、ヒステリーと診断すべきもので、精神健康者はわずかに七名であったことから、自殺の原因を精神の狂気によるものと判断したのである。

彼らによれば、自己保存の本能に反して自ら生命をたつ自殺という現象は、普通ではとうてい想像することができないくらいの些細なことが原因となるというのである》

この『自殺の基礎的考察』という本は国警科学捜査研究所の「偽装犯罪に関する研究」の第一巻として出されたものらしく、副題は「自他殺の鑑別を中心として」となっていた。

矢沢は、これを何気なしに古本屋の店頭に出ている「百二十円均一」の雑端《ざっぱ》ものの中から拾い出したのだが、あとで考えると、日ごろの趣味とはいささか違うその種のものを買ったことじたいが、すでに彼の心理の深いところで何かが起りつつあった、と言えよう。

もっとも、矢沢がこれを偶然に買ってきて読んだときは、まだ、それよりも、この本の記述の前半となる自殺の心理が自分に当てはまり、後半の自殺狂気説は、それがヒステリーから発していて《普通ではとうてい想像することができないくらいの些細なことが原因》とある箇所を鈴恵に当てはめ、心が寒くなったのである。

自殺が単に自己だけですませればいいが、この前のように「共に自殺」という行動に鈴恵が出るとなると恐怖なしにはいられない。なぜなら外見からすると、《些細なことが原因》だが、彼女の内側にその妄想からくる「重大な原因」があるため、こっちには狂暴の予想がつかないからである。

こうなると、ルイジ・ピランデルロの場合はまだ仕合せである。彼は精神錯乱の妻を持ってはいたが、その妻は彼に死の脅迫まではしなかった。十五年間にわたってピランデルロは「妻の理由のない執拗な嫉妬」に苦しめられはしたが、それは彼の生命の安全までおびやかすに至るものでなかった。たしかにピランデルロにとっては狂気の妻に対する長期間の忍従ではあった。その苦痛から脱する願望が「死せるパスカル」を書かせたのである。パスカル氏は自殺を装ってまで自己を抹殺し、それによって妻からの永遠な脱出を図りはしたが、それは彼の第二の人生を祝福し、保証するものではなかった。それはあたかも矢沢が、妻の傍からの「蒸発」を考えたところで、絵を描く以外には生活の途《みち》がないのと似ている。せっかく「死んだ」パスカル氏は、仕方なしに「生き」返って妻のもとに戻る。原作を読んでいないからわからないが、たぶんそれは主人公のやり切れない復帰の心理が克明に描出されていることであろう。そうしてその妻が他人と再婚したのを発見し、それによって完全に妻からの脱出を知り得たときのパスカル氏の欣喜雀躍《きんきじやくやく》こそ作者ピランデルロの願望的空想であったにちがいない。

それでも実際のピランデルロは、妻の病死によって解放を獲得することができた。しかし、鈴恵は健康で死にそうにない。参るなら矢沢のほうが先である。しかも、鈴恵は死ぬときは自分まで道づれにしようとするのである。これ以上に残酷な運命に置かれている夫があろうか。何ひとつ自分の愉楽を自由にできずに、虐《いじ》めぬかれた妻に殺されるかもしれないとは。

矢沢は、森禎治郎が翻訳して送ってくれたピランデルロの評伝の一節を何度も読み返してみた。

《狂った妻を見捨てられず、気弱に脱れるピランデルロの人間らしい豊かな考察が、彼の未来の作品の萌芽となっていた。ピランデルロ的なあらゆる主題の大きな器に。——現実の生活の中で、彼のイマージュは解体され、それを彼は作品の中で再構築する。その、いつも暗い部屋の、痛ましい気配の中に、妻の影はうずくまっていた。限りなく陰鬱な、救いがたい悲劇が、ピランデルロのペシミスチックな、それでいて、寛大な芸術を生み出したとは言えないだろうか》

矢沢の心には、この一章が読み返されていた。実は、森から送られて最初に読んだときから、この文句は印象づけられていたのである。

いま、それがあの「青い翅《はね》」の女、羽田志津子のもらした言葉と重なってきていた。

――人間の意識を具象で描けたら面白いと思いますわ。

すでにフロイトの『ヒステリー研究』を読んだときから、矢沢はその本に出てくるヒステリー患者の病的な「深層意識」を絵のモチーフにしたらどうだろうかという思いつきを浮べたものだった。――人間に潜在する「体験的」な意識が、顕在的な契機に作用を及ぼしているという図柄。現代心理をつなぐ脈絡の造型。

すでに抽象画は行き詰まり、次に移行する「新」具象画も未《いま》だ暗中模索の域を出ていない。とすれば、アブストラクトの専売だった観念の構築を、まったく逆な方法の具象によって完成するという試みはその打開となろう。いみじくも羽田志津子が示唆《しさ》しているように、つまり彼女が絵画の愛好家であってみれば、それは民衆の要求ではあるまいか。

矢沢は、それにとりかかることが現在の苦境を克服する唯一の方法であるように思えた。芸術家は新しい創造に意欲を燃やし、その制作に没頭する間だけが天来の妙境である。それこそ、まさに《ペシミスチックな、それでいて、寛大な芸術》を生み出したルイジ・ピランデルロの文学の世界に共通するものではなかろうか。異常な妻に屈伏という慈愛をもって奉仕しながらも、そこからこれまでの矢沢の眼にあった絵画のイマージュは解体される。矢沢はそれを作品の上で再構築しようとかかった。

矢沢は、新しい意欲に奮《ふる》い立った。その熱気にこそ芸術のデエモンはやってくる。また、それへの没入によって彼の好む外界の興味も自ら封じることになった。他の女性への渇望を、羽田志津子との発展の希望も含めて、いっさい中止して制作に没入するのである。その禁欲によってはじめて創造への集中がなされる。

矢沢はそれから二カ月間というものはこの制作生活に打ちこんだ。今度は「狂気」が彼の上に移ったかに見えた。《自分が精いっぱいの働きをして、ついに力つきた感じ》になる寸前から起ち上がったのである。

この禁欲は、当然に鈴恵を満足させる結果になるはずであった。彼はアトリエに閉じこもったままであり、夜がきても外出はせず、仲間からの誘いの電話がかかっても、それに応じることはなかったのだから。

ところが、結果はそうはならなかった。たしかに矢沢が自虐的なほど禁欲して仕事にとりかかっているのは鈴恵に不満でなかった。彼女の狂わしい発作を導き出す「些細な原因」は何ひとつ彼の行動の上に見いだすことができず、妄想の種になるようなものも拾えなかったからである。それは通いの家政婦の近藤イネが、

「旦那さま。そんなに根《こん》を詰められていては身体に毒でございますよ」

と、心配したくらい、わき目もふらない精進であった。

この家政婦にも三カ月前にこの家に働きにきて以来、鈴恵の異常な性格がわかったはずであった。ことに、来てから一カ月ほどして鈴恵が夫婦もろともに焼身心中を企てるのに出遇ったときなど肝をつぶしたにちがいない。この出来事は、近藤イネによって自分の家族や派出家政婦会の朋輩に語られているのであろう。それは、矢沢にとってわが家の恥ではあったが、世間の一部がそれを知っているということで、あとで犯罪を思いつく要因にもなったのである。つまり鈴恵の性格は「他人にも知られているもの」なのである。

とにかく鈴恵は、矢沢の宗教的ともいえる制作態度に当座満足していたことはたしかである。彼女は上機嫌で、矢沢をやさしく扱った。彼女のこめかみの青い筋は、久しぶりに二カ月以上も現れることはなかった。ただ、アトリエに来て矢沢の描く絵が変化しているのを見てから怪訝《けげん》そうに眉を寄せる以外は、何ごともなかった。

しかし、そのわずかな眉の寄せかたが、実は激しい怒りに成長していったのを矢沢は知らなかった。

ちょうどうっとうしい梅雨が明け、本格的な夏がきたころであった。夜、矢沢がアトリエでカンバスに向かっているときだったが、鈴恵が険しい顔ではいってきた。

矢沢はその表情を見て、早くも胸が波打った。これは習性的な恐怖症からでもあった。

いったい何を妻はつかんできたのか。被害意識は、自分の落度をあわてて心の中でさがしはじめるのである。このところ、妻に押えられるような弱味はないはずだと思いながらも、彼はつい、おどおどとなった。

「あんたは、どうしてこんな絵ばかり描いているのよ？」

久しぶりの鈴恵の険悪な声であった。もちろん、妻の眼尻のほうにはもう青い筋がふくれ上がっていた。

「どうしてって、これは描きたいから描いているんだよ」

矢沢は、なるべく取り合わないようにしてブラッシュを動かしていた。そうして妻の不機嫌な原因をさぐっていた。

「この間からこんな変った絵ばかり描いているのね？」

画架の絵を鈴恵は見据えながら言った。

「ああ。これはぼくの新しい創造だ。今までとは行き方を違えたのだ。いうなれば、ぼくの実験だよ」

矢沢は病める妻をさとすように言った。

「そんなものを描いて、お金になるの？」

鈴恵は激しい息づかいになった。

「え？」

「だれも買ってくれやしないわよ。画商だって尻ごみしてるのよ。この前、天野が来たから訊いてみたら、ああいう実験的な絵じゃどうも、と頭をかいていたわ。天野だって買ってくれない絵ばかり描いて、あんた、どうするつもり？」

矢沢は、あっと思った。絵を売るのは鈴恵である。矢沢はただ画家として描いているだけでよかったのだ。これまでがずっとそうだった。妻の「使用人」の立場なのである。いま、絵が売れないことをはじめてマネージャーから聞かされた。道理で、このところ天野がやってきてもこそこそと逃げると思った。

「そうか。天野は買わないのか？」

「なに言ってるの。今まで描いたそんなのが五、六枚たまって埃《ほこり》をかぶっているわ。あんた、だれに唆《そその》かされたか知らないが、そんな変な絵ばかり描いて、わたしを飢え死にさせるつもり？」

「ばか。何を言うのだ」

気をつけてはいたが、思わず口から出た「ばか」という言葉がたちまち鈴恵を毒薬のように刺激した。

「ばかだって？　ああ、わたしは、ばかですよ」

「………」

「畜生。わたしが何も知らないと思って。……そういう一文にもならない絵を描くのも、あのレストランの羽田という女の口車に乗せられたからだ。わたしは、天野から聞き出しているんだからね。畜生。おぼえておれ」

鈴恵は出しかけているバーミリオンのチューブをつかむと、その絵具で自分の手も血のように真赤に染め、精悍《せいかん》に画布に突進した。

十

犯行の計画を、新聞記事から思いつくことがある。矢沢の場合がそうだった。ただし、記事のほうは犯罪でない。

アパートにひとりで住んでいる女性がガス中毒で死んでいた。朝、ガス洩《も》れの臭いに隣室の住人が気づき、管理人といっしょに窓ガラスを叩き割ってはいると、女性は蒲団に横たわったまま冷たくなっていた。バーのホステスだったので、異性関係から覚悟の自殺ではないかと思われたが、警察の現場検証で過失死とわかった。

その女性は、前の晩おそく酔っぱらって店から帰り、ガス風呂を立ててはいった。途中でガス風呂の火が消えた。それが湯からあがる直前だったので本人はそれに気づかず、ガス栓も閉め忘れて風呂から出て床についた。夜中にガスが室内に充満した。そのための中毒死である。――記事の内容はそういうことだった。

矢沢はこれからヒントを得た。鈴恵に睡ったまま死んでもらおうと考えついたのである。

妻の桎梏《しっこく》から脱《のが》れるには妻の死以外にはなかった。ピランデルロの妻アントニエッタは病気で死んだが、その死までピランデルロは十五年間も彼女の狂気と異常な嫉妬とにつき合わねばならなかった。矢沢は、鈴恵の死を待つという気長なことは、とうてい辛抱できなかった。それまでに自分のほうが先に死んでしまう。年齢の順からいってもそうなのだ。妻に苦しめられたまま、何ひとついいことなしに。

　妻がいま死んでくれたら、少なくともあと十四、五年間は解放された生活が送られるはずだった。もしかすると二十年間は自由が享楽できるかもしれない。妻の死が早ければ早いほど、自由の期間は長くなる。

　医者がほめるほど健康な鈴恵に当分死がこないとすれば、こちらから与えるしかなかった。

　しかし、彼女だけが事故死をとげたとすると、当然に嫌疑は同居の夫にかかってくるはずだった。それを逸《そ》らすためには、いったん共に死んで、彼だけが助かる方法をとるしかなかった。夫婦心中で、妻だけが死に、夫が病院で手当ての結果ようやく生命を取りとめたというやつである。世間にはざらにある出来事である。

　だが、矢沢夫婦の場合は、心中する原因も動機もなかった。事業に行き詰まって借金だらけになっている中小企業の社長とは違うのである。困窮した失業者でもなければ、絶望的な病気にかかって世をはかなんでいるのでもない。矢沢の画業は順調であり、経済的には恵まれている。外見的には満ち足りた生活なのだ。夫婦心中するような原因はどこにも見当らない。世間はそう考える。だから、心中で妻が死亡し、夫だけが助かったとなると、警察は擬装心中の疑いをもちそうだった。

しかし、妻が強度のヒステリーで、それがほとんど精神病に近かった場合、発作的に夫と無理心中を図ったと理解すれば、その疑惑は消えるだろう。幸いにも、鈴恵は過去二回ほど似たような行為を仕かけてきたことがある。一回は腰紐を自分の首に巻きつけて彼に絞めてくれと強要した。が、これは夫婦だけの間で、第三者にはわかっていない。あとの一回はまったく格好なものであった。鈴恵はアトリエに闖入《ちんにゅう》して、いきなり彼に揮発油を浴びせ、火を付けようとした。おまえを殺してやる、わたしもいっしょに死んでやる、と叫んだ。幸いなことに、このときは第三者の目撃があった。通いの家政婦が現場に飛びこんできて、鈴恵からマッチを取り上げたのだ。家政婦の近藤はこの騒動を家政婦会の会長や友人たちに話したにちがいないし、その人たちもほかの者に吹聴《ふいちょう》しているだろうから、鈴恵が発作的に無理心中を企てたという状況は周囲の証言で成立していた。

矢沢は、ガス中毒で死んだホステスの新聞記事によって、「無理心中」から自分だけが助かる方法となると、ガス、つまり一酸化炭素中毒しかないと思った。毒薬だと、同量に飲まないと警察に怪しまれそうだし、生命に危険があった。入水とか刃物とかは不適当である。画家である彼は、助かったあとでも絵を描くのに不自由する傷害をうけてはならなかった。それに、鈴恵のほうから仕かけてくる無理心中という体裁なので、女には、そういう荒事《あらごと》は不向きであった。入水にしても、妻が夫を川や海の傍に引っ張ってゆくという状況を他に見せることは不可能である。

矢沢は試みに――というのはまだ意志も計画も決定的ではなかったので――とにかくガス中毒とはどういうことなのかを調べてみることにした。それで得た知識によって、成功がおぼつかなかったら計画はいつでも放棄するつもりだった。

矢沢はある日、都心に出て、なるべく人のたくさんはいっている大きな本屋に行き、棚から法医学の書物を抜いて買った。店員は忙しそうにしていて客の顔もろくに見ようとはしなかった。もし彼がこういう種類の本を買ったことがわかると、計画は成就《じょうじゅ》しても、たいへんまずいことになる。しかし、人の混み合う本屋を選んだだけのかいはあって、周囲の客も彼の買物に注意する者はなかった。

矢沢は東京駅に行き、待合室のベンチにすわってその本を開いた。表紙は本屋が包み紙でカバーしてくれたから、まわりの者が見ても何の書物だかわからなかった。

矢沢は、この本を棚から抜き出したときすでに目次を見ておいたのだが、いまそこで「一酸化炭素中毒」の項のページをゆっくりと開いた。

《……市街地の家庭に配給されている都市ガスの中には、一酸化炭素が六パーセントないし二〇パーセントのわりで含有されている。都市ガスはガス洩れを早く気づかせるためメルカプタンその他で臭いがつけてある。日本では一酸化炭素中毒死はガスの栓をあけてやるのが多いが、外国では車庫に入れたまま、自動車の中で死んでいるのが多い。どちらも自殺もあれば事故もある。他殺も考えられるが稀《まれ》である》

《他殺も考えられるが稀である》という活字が矢沢に希望を与えた。

《一酸化炭素はヘモグロビンと結合する親和力は酸素のそれの二〇〇〜三〇〇倍も強い。したがって一酸化炭素の混じっている空気を吸うと、肺で血液中に吸収され、直ちにヘモグロビンと結合する。このときそのヘモグロビンが酸素と結合しておれば、その酸素を逐《お》い出して自分がそれに結合する。ヘモグロビンは呼吸で空気中から吸いこんだ酸素を肺のところで取り入れ、これを身体の各所の臓器組織に運搬する役目をもっている。人間には大切なものであるのに、これが一酸化炭素を結合してしまってはその働きができなくなる》

この部分は化学的説明で矢沢にはよくわからなかった。だが、この暗いトンネルを出ると興味ある記述になった。

《……その結合した割合が大きくなればなるほど症状が重くなり、七〇パーセント内外の飽和になると完全な麻痺状態となり、急に卒倒し、昏睡状態となり、死んでしまう。組織が酸素をほしいと思っているのに、来る血液も来る血液も一酸化炭素ヘモグロビンの血液で、酸素ヘモグロビンをもつ血液は少ないため、呼吸はすれどその役目をなさず、言いかえると窒息死に陥るということになる。

空気中に一酸化炭素の含有量が大であればあるほど、それだけ症状が高度だし、また速やかに起る。日本家屋より西洋家屋のほうが換気が悪いのでガス中毒の危険度が高い》

ガス中毒の自殺者がガラス窓や襖などに目貼りをするのは、日本家屋が開放的にできているためだ。矢沢は自分たちの寝室を頭に浮べた。壁際の下のほうにガス栓がある。冬の間ここにガスストーブをつけるためだった。この栓をひねればよい。ゴム管も何もないから、じかに管からガスが流出する。

部屋の構造は日本間の八畳である。襖ばかりというのが都合が悪いが、奥のほうなので間に別の襖や障子があって、これを閉めれば二重になってそれほどガスが逃げることもなさそうであった。厚い壁とドアで仕切られた洋室のようなわけにはいかないけれど、それに近い密室にはなりそうに矢沢には思えた。

《……まず空気中の濃度が〇・〇一パーセント以下では危険はないが、これが〇・〇三パーセントとなると頭痛、疲労感などが起る。この時血液の一酸化炭素飽和度は二〇パーセントとなっている。もちろんこのくらいの濃度でも更に長くとどまっていると、血液の飽和度は二〇パーセントから三〇パーセントとなる。

空気中の一酸化炭素の濃度が〇・〇五パーセントとなると頭痛はいよいよ激しく、嘔《は》気《け》、めまいなどが起る。注意力や思考力が冒され、自分が危険な状態にいることも気づかない。またこれにしばらくいると筋力も脱失し、逃げ出そうにも腰が立たなくなる。この時の血液濃度は三〇ないし四〇パーセント飽和で相当な危険状態である》

矢沢は、ガス中毒の人間がそれと気づいてガス栓を閉めるために手をその方向に伸ばし、這《は》ったままの状態で死んでいたという話を聞いたことがある。それがこの《腰が立たなく》なった状態なのだな、と合点した。風呂場でガス洩れのために死亡した人間も、事故に気づいたときは腰が立たなくなって脱出できなかったのであろう。

《……空気中の濃度が〇・〇七パーセントになると症状が更に悪化し、脈搏《みやくはく》は初期は緩徐であったが、この時期では頻小《ひんしょう》となり、呼吸も浅くなり、血圧も下がる。頭はいよいよ錯乱状態で錯覚、耳鳴りに襲われ、視力、聴力は極度に減退し、脱出能力は全くなくなる。この時期の血液中の一酸化炭素飽和度は五〇〜六〇パーセント前後である。

空気中の濃度が〇・一〜〇・二パーセントになると血液中の飽和度は七〇パーセントとなり、一〜二時間のうちに前述のような麻痺状態にはいる。

一酸化炭素中毒の死体は死斑《しはん》はきれいな鮮紅色を呈しており、一見して見誤ることはない。しかしその確実な診断は血液をとって一酸化炭素ヘモグロビンの定性と定量をした上でなければならない》（上野正吉『犯罪捜査のための法医学』）

要するに空気中の一酸化炭素の濃度が〇・一パーセントから〇・二パーセントになった部屋の中で寝ていれば、一時間から二時間のうちに麻痺状態のままで死亡することがわかった。

では、いったい八畳の部屋に一酸化炭素の濃度がゼロの状態から〇・二パーセントになるまでにはどのくらい時間がかかるものだろうか。つまり、栓を捻《ひね》ってガスを出しはじめてから中にいる者が危篤状態に陥る濃度になるまでの時間である。その濃度になっても一時間ないし二時間は中にいなければならないから、その前の時間が知りたいのである。

だが、まあこれだけの知識を得たので、矢沢はそれを十分に暗記するまで何度も繰り返して読み、頭の中に叩きこんだ。あとは買ったばかりのその本を持って暗いところに行き、表紙と中身を引きはがし、それぞれを引き裂いて屑箱の中に放りこんだ。こういう本を家に置いておいて警察に見つけられたときの危険を考慮したのである。

そういうことを考えるのは、矢沢に半ば計画の現実性が出てきたといってよかった。

——小説の主人公パスカルもいったんは死んで生き返った。

鈴恵には、だまして睡眠薬を飲ませるから、部屋の中がどんなにガス臭くても眼をさましても起きることはない。睡眠のままに意識を失うだろう。問題は一酸化炭素の濃度が空気中に〇・二パーセント程度に達するまでの時間だった。矢沢はこれを知るのが先決だと思った。

彼は鈴恵から無理心中の道づれにされたことになるから、同様にガス中毒の症状になっていなければならない。そのうえで自分だけが病院の手当てで助かるのが必須条件である。ところで、危険率は一酸化炭素の濃度、すなわち血液中のヘモグロビン飽和度と比例し、それはまた彼の滞留時間とも比例する。この時間の測定を一歩誤ると、病院に担ぎこまれたときにはすでに自分もまた手遅れだったということにもなりかねない。

賭けは非常な危険を伴っていると言わねばならなかった。だが、これをあえてしないと鈴恵に死んでもらうことはできなかった。絶対の安全地帯にいて人を殺すことは至難な業《わざ》であった。

ガスの放出がはじまってから、八畳の部屋に人間の機能障害が起る程度の一酸化炭素濃度となるまでの所要時間はどれくらいだろうか。

こういうことは、うっかりと他人に質問できなかった。ガスのことはおくびにも出してはいけないのである。

矢沢は、読んだ法医学の本で、市街地の家庭に配給される都市ガスの中には一酸化炭素が六パーセントから二〇パーセントのわりで含有されているとあるのを知った。これはかなりな幅がある。各都市によってガス会社が違うためであろう。含有量が多ければ、もちろん死に至る時間も早くなる。

東京都内のガスの含有量はどのくらいだろうか。矢沢は公衆電話、それも傍に人がうろうろしているような赤電話でなく、ボックスにはいってガス会社にかけてみた。これだったら、先方もだれがかけているのかわかりはしない。

電話に出たガス会社の係は即答ができずに、まわりの者にいろいろ聞いていたが、やっとのことで、当社のガスに含まれている一酸化炭素の量は四パーセントです、と答えた。

矢沢は、さすがに東京だと思った。本に書いてある六パーセントよりも含有量はずっと低いのだ。ガス会社では化学処理で危険度を下げているのであろう。しかし、それだけに人間が中毒症状を起すまで時間がかかりそうだと思った。

家庭用配給ガスの栓を全開した場合、一秒間にどれくらいの量が放出されるものだろうか。これは案外に多いような気がする。というのは風呂場での不完全燃焼ガスでも入浴者が中毒して死亡した例があるからである。風呂場の狭さと、八畳の間《ま》の広さとでは空気の量も違うが、不完全燃焼によるのと、ガス栓の全開とではガスの量も違うから、結局は同じことになろう。一酸化炭素は空気とほぼ同一の比重（〇・九六七）というから、上にものぼらず下にも沈澱《ちんでん》せずにすぐ空気と融合する。

矢沢は、八畳の間《ま》に四パーセントの一酸化炭素含有量のガスを全開で放出しつづけて、その濃度が空気中で〇・〇五パーセントになるまでには十分ぐらいのものだろうと推定した。濃度〇・〇五パーセントだと《血液濃度は三〇ないし四〇パーセント飽和で相当な危険状態である》と本に書いてあった。

さらにそのガス放出を十分ぐらいつづけたら、空気中の濃度はいよいよ増して〇・一パーセントか〇・二パーセントぐらいにはなるだろう。すなわち血液中の飽和度は七〇パーセントとなる。脈搏は微弱となり、呼吸は浅くなり、血圧は下がってゆく、とある。もちろん眼がさめていても腰が立たないし、昏睡状態となる。——それでも、死亡までには一時間か二時間くらいはかかるとある。

これは個人差によって死亡時間が違うのだろうと矢沢は思った。一般的にいって男よりも女は体質的に弱い。鈴恵がいくら気が強くても、女は女である。死亡は速いにちがいない。

そこで矢沢は、鈴恵の死亡時を午前五時ごろにしようと一応考えてみた。七時には通いの家政婦の近藤が勝手口からはいってくる。近藤には、夫婦が寝ていても、また外出中でも、いつでもはいってこられるように合鍵が渡してあった。彼女は、仕事に口うるさいだけに几帳面である。いまだかつて、事前の断わりなしに休んだこともなければ、遅刻したこともない。七時にはかっきりとやってくる。

近藤によって事態が発見される午前七時には、矢沢はたとえ昏睡状態であっても、助かる状況でいなければならない。そうすると、鈴恵がそれよりあまりに前に死亡していては疑いを招く。個人差は考慮されるにしても、二人の症状にあまり格差があっては不自然となる。女のほうは一、二時間前に死亡したというのが理想的であろう。

つまり、鈴恵は例の発作を起し、無理心中を考えて、夜中の三時ごろにガス栓を開く。夫は熟睡している。十五分か二十分ぐらいたつと八畳の間の空気中には一酸化炭素が濃くなり、危険状態となる。鈴恵はたぶんそれより二時間ぐらいで完全に死亡するだろう。午前五時だ。

矢沢自身は、六時四十分ごろに濃い毒素の満ちた八畳の間にはいり、自分の床に横たわればよい。家政婦がくるまで二十分はある。二十分もそこに横たわっていれば、自分も昏睡状態になるが、死亡にはいたらない。外見では、彼が途中からガス中毒に参加したとはわかるまい。

——だいぶん、計画が具体的になったぞ、と矢沢は胸に勇気が出てきた。パスカルの蘇生《そせい》である。それは自由の再生であった。

十一

矢沢の計画には冒険が二つあった。

一つは、彼がガスの充満した部屋に滞在する時間の測定である。彼は、一酸化炭素が濃度〇・二パーセント程度になった八畳の間に十五分ぐらい寝ていれば病院の手当てで蘇生できると計算していた。とくに化学的な知識はないが、法医学書にある「一酸化炭素中毒」の解説からそう考えたのだった。同じ濃度の部屋で死亡するには一時間ないし二時間を要するというのだから、十五分間ぐらいだと十分に生命を取りとめられると思った。発見時に「虫の息」だったというのがいちばん理想的である。横の妻が死んでいるのに、夫があまり軽症では無理心中の点に不審がもたれる。

もっとも、十五分という時間がそれに適正かどうかは実はわからなかった。だれにも相談できないことだから、すべて独り判断である。その時間経過が救助されるには長すぎたとすれば生命を失う。短かすぎたとすれば軽症の故《ゆえ》に疑惑を持たれる。露見すれば万事が終りである。いずれにしても生命にかかわることだった。

もう一つ、さらに生命に危険のある問題があった。彼は、通いの家政婦の近藤イネが午前七時に出勤してくるのを前提にしてこの計画を立てている。すなわち自分のみは六時四十五分にガスの立ちこめる部屋にはいり、すでに死亡しているはずの妻の傍《わき》に敷いてある蒲団《ふとん》に横たわるのだが、もし、家政婦が七時ちょうどに来なかったらどうなるだろうか。

近藤イネは几帳面な女で、毎日午前七時には必ず勝手口から合鍵ではいってくる。彼女を雇って以来その時間は一分と狂いがなかった。鈴恵は彼女に感心して、それを矢沢によく話していたし、彼も目撃しているから間違いはなかった。彼女は第一と第三日曜日に休む。それ以外は合鍵で裏の錠を開ける音がまるでタイムレコーダーの鳴るみたいだし、つづいてその縮《ちぢ》れ毛と筋張った身体とを見せる。鈴恵が寝ていれば黙って台所でコトコトと音を立てて片づけものをするし、起きていれば、おはようございます、と大きな声をかける。

しかし、近藤イネも人間である。ちょうど計画実行の朝、何かの都合で急に休むということが絶対にないとは言えない。彼女に用事があるときは、もちろん前日に断わりを言うが、その朝になって不意に急用ができれば、それはないわけである。また、近藤イネがいかに頑健であろうと、生身《なまみ》の身体だからその朝になって急に病気にならないとは限らない。その連絡が家政婦会からあっても当日の遅い時刻だろうから、そのときは夫婦二人とも冷たくなっている。

これまでは近藤イネにそういうことは一度もなかった。が、今までそうだからといって、今後も変りはないとは言い切れない。その狂いが、運悪くも計画実行の朝に限って起るかもしれないのである。

また、たとえ家政婦が元気であり、急用が生じなかったとしても、その出勤の途上で事故に遭《あ》うという場合も考えなければいけない。ちかごろは交通事故が日常茶飯事化している。彼女が出てくるのは早朝だから、車は少ないにしても、乗った電車が故障を起して遅延するという突発事もないとは言えない。

さらに、そうした大きなアクシデントでなくとも、彼女が出てくる道で、珍しい知合いに出遭《であ》い、そこで長話になるといった場合も想像される。その話が五分もつづくと、それだけ彼女が「夫婦心中」を発見するのがおくれるので危険となる。話が十分ぐらいひまどっても、こっちの生命にかかわるのである。これまで七時に一分と遅れなかった家政婦だが、女にありがちなそうした偶発事も、この際真剣に考慮しなければならなかった。

こうなると、矢沢は自分の生命が近藤イネに握られているのを今さらのように身に感じた。彼女にその朝起るかもしれない偶然の事故が、彼の命とりになるのだから、普通の冒険ではないのだ。

矢沢は、それを考えてこの計画を一時は諦めようとした。しかし、この危険を冒さずには自分の「真の自由」はあり得ないと断定した。生きながら「死んだ状態」になっているのと、「真の自由」獲得に生命を賭けるのとどちらを取るかだ。矢沢は、ついに勇気をもって後者を選択した。彼女が当日の朝、必ず午前七時にくるかどうか前日にさりげなく鈴恵に確かめることにして。

遺書はどうだろうか。──

この場合は、鈴恵が無理心中を仕かけるのだから、遺書があるなら鈴恵だけである。矢沢は熟睡中に道づれにされて死ぬのだから何も残す文章はない。

だが、鈴恵が遺書を書くはずはなかった。擬装犯罪では、よく筆跡を真似てニセの遺書をつくる例があるが、これは危険と言わなければならない。見破られる可能性が多いのである。

では、鈴恵に遺書がなくとも大丈夫だろうか。新聞などに出る無理心中の例では、実行者が他所《よそ》にいる肉親や知人宛てに、「どうしてもこうしなければならなかった、世間を騒がせて申し訳ない」といったような遺書を書いている。鈴恵にそれがないことで不自然に思われはしないだろうか。

しかし、その点はむしろ遺書のないほうが自然であろうと矢沢は考えた。なぜなら、鈴恵は正常な精神でその行為に出たのではないからである。彼女は発作的に無理心中を企てたのだ。極度のヒステリー状態で、ガス栓を開いたことになるのだから、突発的である。つまりは前々からの計画的な行為ではない。計画していたら遺書も残そうが、突然の発作だから、かえって遺書を用意するのが不自然になる。げんにこの前、鈴恵が揮発油を彼の身体に振りかけて火をつけようとしたときも、突然の狂気だったから、遺書なんかなかった。これはないほうが警察に納得される。

それにしても近藤イネが無理心中未遂の現場に居合せたことはどんなに幸運だったかしれない。あの場を救われただけではなく、今度の計画では間接的な協力者になってくれるのだ。彼女だったら、鈴恵の狂暴な現場を見ているし、日ごろのヒステリー的性格を十分に知っているから、警察に対してどのようにでもそれが説明できるし、証言してくれるにちがいなかった。

もう一つ、実行に当っての問題が残っていた。ガス栓に付く指紋である。矢沢は、はじめ映画や小説にあるように手袋をはめたり、ハンカチなどの布でガス栓を開くつもりだったが、それではだれの指紋も付着しないことになる。これも不自然である。自殺者が指紋を恐れるはずはない。そこから作為が見破られないとは限らない。やはり鈴恵の指紋を付けなければならなかった。

だが、この工作は比較的に容易に思えた。鈴恵は、空気中の一酸化炭素の濃度〇・〇七パーセント程度の中で、血液中の飽和度が五〇から六〇パーセント前後となり、《脈搏は頻小となり、呼吸も浅くなり、血圧も下がる。頭はいよいよ錯乱状態で錯覚、耳鳴りに襲われ、視力、聴力は極度に減退し、脱出能力は全くなくなる》からである。すなわち意識はあっても頭が混濁し、腰が抜けた状態に陥るのである。

こうした彼女を抱きかかえて畳の上を引きずり、壁ぎわにある栓に右手の指を触れさせるのは、ごく簡単であった。すでに意識がはっきりしないのだから、鈴恵は自分がどうされているかわかりはしない。抵抗もせず、子供のように彼にされるがままに手を取られて栓の上にくっきりと指紋を押しつけるに相違なかった……。

矢沢は、これでもう手落ちはないかと計画を検討した。あとは部屋の状況を作るだけのようである。つまり、鈴恵が突然に発作を起した痕跡を見せなければならない。そのためには、部屋の中に彼女の荒れ狂った舞台装置が必要であった。あらゆる物が彼に向かって投げつけられたあとを設定することだったが、これはもちろんむずかしいことではなかった。

残るのは勇気の問題だった。

べつに凶器を用意することはない。凶器は常に壁際に冷たい頭をのぞかせている。

――その晩、矢沢は友人の画集出版記念会に顔を出した。仲間が大勢集まり、画商の天野も来ていた。

ひとしきり仲間との話がすんだころに、天野がグラスを片手に持って彼のほうに歩いてきた。こういう場所の天野はそわそわしている。始終眼をきょろきょろさせて、なるべくいいカモをさがそうとしている。二流どこの画商だから、有名な画家や流行画家をつかまえて商売にすることに熱心である。だれかと話していても、視線《いちはや》は相手に落ちつかず、まわりにいる目ぼしい画家の様子を窺っている。機を見たら逸早くそっちに脚を運んで行って見栄も外聞もなく叩頭《こうとう》する。

その天野がその辺にいる先輩画家を捨てて矢沢の傍に来た。ニヤニヤ笑いながら小さな声で、先生、このごろお描きになっている新しいお仕事は結構ですな、と言った。

「結構ですなと言ったって、君はちっとも買ってくれないじゃないか」

矢沢は、天野の見えすいたお世辞に憤《むっ》とした。思えばこの前鈴恵の狂暴を誘発させたのも、天野がその新しい試みの絵をいっこうに買ってくれないということからだった。

「いや、まるきりちょうだいしないと言ったわけじゃありませんよ。ただ、お値段を少し安くしていただきたかったのです。なんといっても、先生のこれまでの画風と違うから不安だったんです。ぼく自身は大いに感服しているのですが、なんといっても先生の固定したファンにはイメージが違いますからね。それで、奥さまに画料の点でお願いしたところ、どうもお聞き入れにならないので……」

天野が新傾向の絵をまるきり買ってくれないと言った鈴恵の言葉は嘘だったのだ。値段が安いために彼女の気に入らなかったのである。マネージャー格としてすべての交渉も収入も女房の手に握られて、「使用人」たる悲哀を矢沢はもう一度味わわされた。

「いや、それはすまなかった」

矢沢は鈴恵への憤りを嚙み殺して天野に謝った。

「どういたしまして。先生もたいへんですね」

天野は笑っている。鈴恵に取り入る一方、絵描きに同情していた。この天野が自分の新しい試みに理解を持っていたとは知らなかった。さすがは画商で、現在の画壇の行詰まりと、それと対角をなす自分の絵の将来に感受性を持っていると感心した。

「四日前、先生のお留守に伺ったとき、アトリエにあった描きかけの十五号、あれも先生の新傾向の一つのようですね」

天野はグラスを一口すすって言った。

「見てくれたのか？」

「お留守中だけど、拝見しました。まだ三分の一ぐらいの進行なので、奥さまはそれとお気づきにならないようですが、あれはその方向に仕上げられるのですね」

さすがに画商でよく見ていると思った。鈴恵はまだ気がつかない。彼女の眼を偸《ぬす》みながら仕上げに向かうつもりだった。ああ、こんな不幸な画家があろうか。新しい指向に情熱を燃やしているというのに、女房に遠慮しなければならないとは。

「あれは結構な作品になると拝見しました。奥さまには申し上げませんでしたがね。これからの先生の画期的な新生命になると存じますよ」

「君もそう思うか？」

「思いますね」

「ぼくも実は自信があるんだよ」

人間の意識を写実的に造型する新しい手法……。

「そうでしょう。わかりますよ。ただ、画料の点が、さっき申し上げたように、まだ新し過ぎるので、これまでの作風のものと同じようにはゆきませんがね。そのうち、きっと人気が出ますから、そのときはご相談させていただきます」

「画料は問題じゃない。画家は値の安いものに情熱を燃焼させる仕事をしなくてはいけない。いつまでも駆出しのころでいるような、そういうパッションを持ちつづける必要がある」

「初心を忘れないわけですね。それはたいへん貴重です。先生ぐらいのものですよ、既成作家でそういうお気持をもっておられるのは。先生には、なにか、こう執念みたいな根性を感じますよ」

矢沢は自分でもそう思っていたから、画商の言葉に激励された。天野を見直した。同時に、内側から盛り上がってくる呪力のようなものを感じた。新しい意欲作に立ち向かうときのこの呪力は、それを邪魔立てするいっさいの存在を抹消する神呪《しんじゅ》にも似ていた。

……すべては計画どおりにいった。

鈴恵は夜の一時ごろから熟睡にはいった。矢沢はことさら彼女の機嫌をとり、このところ不眠症を訴える彼女にジンフィーズをつくってすすめ、それに睡眠薬を混入しておいた。ジンフィーズの白濁した液体はその判別をまったく不可能にさせた。

矢沢は、その翌朝の七時には、近藤イネが間違いなく出勤してくることをさりげなく確かめておいたので、思い切って実行にかかった。

鈴恵は軽い鼾《いびき》をかいて睡っている。矢沢はもちろん気が昂《たか》ぶって睡れなかった。彼は恐怖と興奮とを忘れるために、もっぱら絵のことを考えるようにした。いま描きかけの絵を、画商の天野がほめたことも刺激となった。彼は、進行途上のその絵の構図や色彩の配分の検討に没頭した。この野心作にとり組むのに、明日からは何の遠慮もなくなるのだ。もはや才能の伸長を控制《こうせい》する何の障害物もないのである。

午前三時すぎ、彼はガス栓を布を巻いた指で開いた。きわめて事務的に方法の順序を言えば、十五分後に鈴恵は自然な睡眠から毒素による昏睡状態にはいった。彼自身はガスを放出してからすぐに部屋の外に脱出した。そうして十五分後に引っ返して鈴恵のその様子を確認したのだった。昏睡している彼女の血液中の一酸化炭素の飽和度は六〇パーセントから七〇パーセントになっているにちがいなかった。

矢沢は鼻と口をタオルでかたくしばり、臭気の強い部屋にはいって睡っている鈴恵の身体を抱き、畳の上を引きずってガス栓に彼女の手を近づけた。鈴恵は、うす眼を開けてちょっと抵抗するような反応を示したが、その身震いは痙攣《けいれん》かもしれなかった。彼は鈴恵の右手親指と人差指とを持ち上げ、ガス栓の金属の上に強く押しつけた。その際、自分の指は少しもガス栓に触れぬように気をつけた。

鈴恵をもとの蒲団の中に入れるのに三分とはかからなかった。彼は妻をなるべく安臥《あんが》のかたちにさせ、両手を胸の上で組み合わさせた。夫に無理心中をしかけた妻は、覚悟の自殺だったところを第三者に見せなければいけない。

襖を閉めて部屋の外に脱れたが、息苦しかった。タオルで口と鼻をふさいだうえに、なるべく呼吸をしないようにしていたのでガス中毒の影響はないと思われるが、心理的に肺の中に一酸化炭素が相当量たまっているように思われた。これを吐き出すためにアトリエに行った。

《空気中の濃度が〇・一〜〇・二パーセントになると血液中の飽和度は七〇パーセントとなり、一〜二時間のうちに麻痺状態にはいって、やがて死亡する》

「教程」にはそう書いてあった。

七時十五分前に彼が再びあの部屋にはいるまでには三時間以上もひまがあった。ほかの部屋にはいって睡れるものでもなかった。

彼は気をまぎらわすために、描きかけのカンバスに向かうことにした。「待ち時間」の利用である。アトリエは閉め切ってあるので蒸し暑かった。とくに昨夜から蒸し暑く、その熱気がまだ冷《さ》めないでいる。彼は窓をほんの少し開けた。もちろん厚いカーテンはそのままである。室内の電灯をつけずに、フロア・スタンドだけを点けた。スタンドの笠《シェード》を外側に傾けて、光が外にもれぬようにした。カーテンが厚いからその心配はないが、用心を重ねたのだ。また、こんな時間に起きている近所もなく、人通りもなかった。

絵を描いているうちに、いま死にかかっている鈴恵のことが意識からだんだん遠ざかっていった。われながら身体にデエモンが憑《の》り移っているように思えた。

これこそ真の精霊《しょうりょう》ではないか。ゴッホもピカソもこれほどの強烈なデエモンは与えられなかった。彼は神秘と恐怖とに身体を委《ゆだ》ね、戦慄した。

小さな羽虫の群がとんできた。カーテンをおろしているのに、わずかな隙間から光を見つけて侵入したらしい。虫の鋭敏な感覚だった。その羽虫が画布の濡れた絵具の上にとまった。粘《ねば》い絵具に脚をとられて飛び上がれない虫もいる。白い、小さな翅《はね》を矢沢は一つつまんで絵具の上から除いた。そのはしから新しい虫が光った絵具を目ざして飛びついてきた。

彼は窓を閉め、画布の羽虫をすっかりとり除いたうえ、羽虫の死骸を全部トイレに持って行って水に流した。戻ってくると、指先や爪でキズのついた画布の絵具の上に、もう一度同じ色を重ねた。部分でも、小さな翅の片方がちぎれて執拗に残ったところは、面倒になって絵具で塗りつぶした。——こんなのは、「事件」とは何の関係もない。思うような絵が何の遠慮もなく描ける。矢沢はその喜びに浸った。鈴恵の傍に横たわるには、まだ二時間以上あった。

十二

鈴恵は死亡し、矢沢は病院で助かった。その朝七時かっきり、通いの家政婦近藤イネの出勤によって夫婦のガス心中は発見されたのだった。

救急車が到着したとき、矢沢は、八畳の間に充満する強烈なガスの臭いのなかに意識を失っていた。発見がもう十五分も遅れていたら窒息死は間違いなかったろうと手当した医師は言った。

しかし、かなりの重症だったので、警察が臨床で事情聴取できるまでに三日間は待たねばならなかった。

その三日間、警察は何もしないのではなかった。ガス洩れは過失や事故ではなく、あきらかに人為的に放出されたのである。その部屋の壁ぎわにのぞいているガス栓は開放され、台所の下にある元栓も開かれていた。この元栓のほうはよごれていて指紋が採れなかったのだが、部屋の栓には鈴恵の親指と人差指の指紋が実にはっきりと採取できた。ガスを部屋に放出したのは、この栓に付着した指紋から鈴恵であることは明瞭だった。鈴恵はその壁際に敷いた夏蒲団の中に仰臥し、両手は胸の上に交差されていた。矢沢のほうは俯伏《うつぶ》せになってうすい掛蒲団から這い出し、ガス栓のほうに右手を伸ばし、左手は畳を突くような格好で肘を曲げて倒れていた。これは近藤イネの緊急電話で駆けつけてきた救急隊員らが部屋に踏みこんだとき実見したのだから間違いはない。

ガス中毒の現場を多く見た警察署員、とくに鑑識係員の経験則にしたがえば、矢沢のほうは睡眠の途中で眼をさまし、ガスの流出に気づいて栓を閉めに這い出したが、運動能力を失い、麻痺状態となってそのまま意識不明に陥ったものと推定された。

矢沢はガス栓を閉めに行く意志があった。だからこれは妻の鈴恵が夫を道づれに無理心中を企てたものと考えられた。解剖台に載った鈴恵の身体の背面にはあざやかな薔薇《ばら》色が一面に塗られていた。死斑がきれいな鮮紅色を呈するのはガス中毒の特徴である。死亡は午前六時ごろから六時半の間と推定された。死体から血液がとられ、一酸化炭素飽和度は七二パーセントに達していた。これは空気中の一酸化炭素の濃度が〇・二パーセント前後の状態になってから一時間半ないし二時間後に相当する。そして〇・四パーセントの一酸化炭素を含む都市ガスが八畳の間に流出して、部屋ぜんたいの空気を濃度〇・二パーセントにするまでには約十五分間を要する。したがって鈴恵は午前四時ごろか四時半ごろガス栓を捻ったものと推測された。

入院直後の矢沢の血液を検査すると、これも飽和度七二パーセントであった。矢沢が辛うじて生命をとりとめたのは女の鈴恵よりは体力があり、心臓が強靭《きょうじん》であったからだと思える。

妻の鈴恵は、なぜ夫と無理心中を企てたのか。遺書がなく、死者の意志を確かめることができないため、警察では矢沢夫婦の周辺を調査することにした。これは犯罪事件ではなかった。鈴恵が生きていれば刑事責任を問われるが、本人は死亡しているので、警察も事情調査だけで終らせるつもりでいた。

家政婦が訊かれた。

近藤イネは、二カ月前に起った鈴恵による焼身無理心中未遂事件を述べた。矢沢の叫び声で自分がアトリエのドアを蹴破るようにしてはいらなかったら、鈴恵は矢沢の身体に浴びせた揮発油にマッチの火を投じたであろうと言った。

「わたしが奥さんの手からマッチ函を奪い取ったからよかったのです。でなかったら、どんなことになったかわかりません。奥さんの顔は真っ蒼《さお》で、ものすごい形相でした。旦那さまは揮発油をまるでシャワーのように浴びせられて頭から雫《しずく》が垂れていました。あのとき火がついていたら、今回の悲劇は二カ月前に起っていたのです。そうして旦那さまは火炎に包まれた生不動《いきふどう》のような姿になって黒焦げとなり、決して助かることはなかったでしょうし、大火事になったかもわかりません」

この種の証言は、とかく真相より何割か大げさに語られる。それは自分だけがその場に居合せてその劇《ドラマ》に何らかの役割をつとめたという証人の興奮からもくるし、そのことをドラマチックに語ろうとする婦人の性向からもくる。

常からの夫婦仲はどうでしたか、という質問に、近藤イネは、鈴恵が主人で矢沢が従僕のようだった、奥さんは尋常の性格ではなく、機嫌のいいときはおそろしく上機嫌だが、虫の居どころが悪いと手がつけられないくらい不機嫌となり、怒りっぽくなる、その気まぐれが一日に何回となく起り、しかも予想がつかない、あれは完全なヒステリー症で、旦那さまは奥さんの顔色を見て兢々《きようきよう》と暮らしていた、と、こまかに実見例を述べて語った。焼身未遂事件もそうだが、奥さんが気違いのようになって旦那さんに乱暴した形跡は数多く見てきた。

たとえば、アトリエで描きかけの絵がナイフで切り裂かれていたり、絵具のチューブがそこらじゅうに投げつけられていたり、旦那さまの洋服やシャツが鋏《はさみ》でずたずたに切り刻まれていたりしていたことは珍しくない。そのへんの道具が暴力で散乱しているのは、ほとんど連日のことだった。それに対し、旦那さまは顔を赧《あか》くして、それを奥さんの所行でないように弁解していた。何が不足で、奥さんはおとなしい旦那さまをあんなに虐《いじ》めていたのだろうか。しかも、金に困らない結構な暮しをさせてもらっているのも旦那さまのおかげではないか。しかも、旦那さまのお仕事を暴力で邪魔をし、旦那さまはそれを我慢しながら、そうして奥さんの機嫌を取り取りして絵を描いておられた。ヒステリーの奥さんを持った旦那さまは、ほんとに気の毒だと思った。それについて言えば、いろんなことがお話しできる……。

女の証言は男子にくらべて細目的な個々の観察はむしろすぐれており、男では気がつかないような小さな一部分の事柄には真実性の報告を提供するものだが、とかく総体的な観察力に欠けるところから総体的観察上の供述は比較的に誤る、とされている。これに対し、「知識型」と呼ばれる証人のタイプがある。

《自分独りよく呑みこんでいるような分別顔と自信に満ちた口調で答えようとする証人は、多くは知識型（「教養型」）に属する。彼らは知能と弁力に恵まれているところから、曾《かつ》て自分が経験した事実を確実・明白に理路整然と且つ老練な用語を以て陳述するから、聴く人をして一応本当だと思わせるが、しかし、その曾て認識した事実についての客観的な有りのままの報告ではなくして、ある程度それに代るに主観的の批判、解釈、説明、意見が先立って述べられるという傾向が顕著である》（司法研修所編『供述心理』）

近藤イネは、決して知識人でもなく教養人でもなかったが、その職業柄、年じゅう他人の家を転々として移って働いているため、他家の家庭内情について詳しい知識をもっていた。派出家政婦である彼女は、控えめに台所で働きながらも、その家の内情の観察者であり、探知者であった。彼女の耳目はそのために働いた。豊富な経験は、派出先の家にはいって二時間も働けば、その家庭がどのような色合いをもち、主婦の性格、家族との折合い、経済的な事情、主人が戻ってくればその夫婦仲の善悪などを、彼女の頭の中にある類別に従って本能的に直観できるのだった。そして彼女はもちろん幸福で平和な家庭よりも悲劇的な家庭に興味と好奇心を持った。

《看護婦の甲野は職業がら、冷《ひや》やかにこのありふれた家庭的悲劇を眺めてゐた、――と云ふよりも寧《むし》ろ享楽してゐた。

……お鈴の声は「離れ」に近い縁側から響いて来るらしかつた。甲野はこの声を聞いた時、澄み渡つた鏡に向つたまま、始めてにやりと冷笑を洩らした。それからさも驚いたやうに「はい唯今《ただいま》」と返事をした》（芥川龍之介『玄鶴山房』）

芥川の書いた「甲野」は病家に泊まりこみでいる派出看護婦だが、派出先の家庭の悲劇的な面を冷やかに享楽している面では、近似の職業である派出家政婦近藤イネも変りなかった。

こうして近藤イネの証言は、画家矢沢の家庭――というよりもその夫婦関係について観察したことを詳細に述べ、かつ自己が経験した事実を明白に理路整然と老練な用語をもって陳述したのであった。それには彼女の鈴恵に対する主観的な皮肉と批判と、矢沢に同情的な解釈、説明、意見が先立って述べられるという傾向がかなりあった。

警察は、矢沢の絵を買い、その家庭に親しく出入りしている画商の天野からも事情を聴取した。

「奥さんが変っていたことは事実です。はっきり言うとヒステリーでしょうな。気が強くて、お天気屋さんで、矢沢さんもすっかりもてあましていましたよ。私などにも奥さんは扱いにくい人でした。画家の奥さんはご主人のマネージャー格になって画商との交渉に当る人が少なくないのですが、矢沢さんの奥さんもそうでした。そもそもはご主人を雑事でわずらわせずに制作に専念してもらう善意から出たのですが、奥さんがマネージャーになって絵の注文を選択したり引き受けたりすると、どうしても、奥さんの責任においてご主人に絵を描かせることになりますからね。まあ、なかにはもちろんご主人と相談して画作を決める向きもありますが、奥さんに何というか権力のようなものができると、奥さんが万事ひとりで決めるようになります。矢沢さんとこもそうでした。すべてが奥さんに決定権がありました。だから、矢沢さんは、おれは女房の使用人だとよくこぼしていましたよ。気の毒に小遣いも自由に使えないものですから、こっそり小品など描いて私から現金を受け取ってポケットマネーにしていました」

画料は自分のものにならなかったのですか、という警察官の質問がある。

「画料は全部奥さんの管理です。なにしろマネージャー格ですからね。私が奥さんに直接にお渡しするしくみになっていました。奥さんはそれを銀行預金にしたり、品物や土地を購入したり、生活費に当てたり、絵の材料を買ったりして、まるで自分の収入のように仕分けしていました。そりゃ、矢沢さんには小遣銭は渡していましたが、そんなにたくさんは出さなかったようです。女房というのはケチですからね。それにあんまりたくさん渡すと道楽をするくらいに邪推しますからね」

矢沢氏に女性関係があったのですか、という警察官の質問がある。

「浮気程度のことは多少はあったようです。そりゃ男だし、芸術家だから仕方がありません。けど、みんな大したことはありませんでしたよ。それに、このごろは年齢のせいか、そういうこともないようです。ところが鈴恵夫人には矢沢さんの前からの女性関係で嫉妬が固定観念になってしまったようです。夫人の元来の異常性格もあるようですが、その嫉妬や猜疑心《さいぎしん》が昂じてあのヒステリー的な性格になったんじゃないかと思いますよ。矢沢さんも気の毒でした。夫人にヒステリーの発作が起ると、その暴力の前に矢沢さんはじっと耐えていましたよ。とても理屈のわかる相手じゃありません。まるで狂人ですからね。家政婦のいう焼身無理心中未遂の一件は私も聞きました。矢沢さんは恥しがってぼくには話しませんでしたが、あの人にはそういう気の弱いところがありましたよ。だから今回のガス無理心中も、鈴恵夫人が夜中に発作を起して突発的にしかけたのだと思います」

最近、何か変ったことはありませんでしたか、という警察官の質問がある。

「そうですね。これは家庭の事情に関係のない、絵のことですが、矢沢さんは新境地の開拓にすごく情熱を燃やしていましたね。あの人は具象画が得意なのですが、近ごろネオ・レアリズムというのですか、その方向に光明を見つけたといってよろこんでいました。一口に言うと、それは人間の深層意識、気づかない匿《かく》された本能といったものを分解して画面の造型に構成するというイデーです。これはもともと抽象画の分野なんでしょうが、そのアブストラクト的なものを矢沢さんは写実で構成しようというのです。私は、新しい試みだと思います。矢沢さんはその完成に没頭することによって鈴恵夫人から受ける苦痛を忘れようとしていましたね。ところが、その新しい傾向作が鈴恵夫人にはまた気に入らなかったのです」

どうしてですか、と警察官の理由の質問がある。

「画料が安かったからです。私も商売ですから、自分の趣味だけで絵を買うわけにはいきません。矢沢さんにはこれまでの画風にファンがついていて、相当な値段で売れていたのです。矢沢さんの値は画壇では、超大家のものは別にして、最近は第一線作家に近い値になっていました。が、いわゆる新傾向となるとそれほど買い手は付きませんからね。それが認められるまでは長くかかる。ご本人もまだ未完成なんです。そういう絵を同じ値段では私も引きうけられませんから、どうしても安い。矢沢さんはタダでもいいから描きたいと思っているでしょうが、マネージャーたる鈴恵夫人はそうはいきません。矢沢さんがそんな安い絵を描くのが気に入らず、いつぞやは描きかけのカンバスをナイフでめちゃめちゃに切り裂きましたね。ヒステリーというのはカッとなって発作が起ると心神喪失状態になるのですね。あれでは矢沢さんは地獄の中で制作をつづけているようなものです。まったくお気の毒でした」

最近、あなたが矢沢氏のところを訪問されたのは何日ですか。

「今回の事件が起る五日前です。矢沢さんは留守でしたが、アトリエを拝見して、描きかけの新傾向の絵を見せてもらいました。それは、まだ三分の一ぐらいの進行で、模糊《もこ》として、はっきりしない図柄でしたが、私にはそれが新傾向の絵だということはわかりました。つまり矢沢さんは仕上げ近くなるまで、その絵をはっきりとはさせず、鈴恵夫人には従来の絵のようになるよう見せかけていたのです。そして夫人が暴れるのを防いでおいて、隙を見て一気に仕上げるつもりだったのでしょう」

アトリエの画架に絵が載っているが、それがそうですか。

「まだ、それを見ていませんが、たぶんそうでしょう。そういう涙ぐましい努力を矢沢さんはしていたのです。私は、そう言ってはなんですが、鈴恵夫人と矢沢さんとが死と生をとり違えなくてよかったと思います。あれが反対だったら、矢沢さんがあまりに気の毒です。そうそう、あの事件の前の晩は、ある画家の画集出版記念会が銀座でありましてね。そのパーティの席でも私は矢沢さんに会ったのですが、矢沢さんは野心作への意欲に燃えていましたよ。終始ご機嫌で、そういう暗い家庭をもっている人とは思えませんでしたね。そういえば矢沢さんは、自分はピランデルロの生き方に学びたいとよく言っていました」

ピランデルロとは何ですか、という警察官の質問に、それは、イタリアのノーベル文学賞作家ということだが、詳しいことは、矢沢さんと親しい美術雑誌記者の森禎治郎さんに訊いてください、矢沢さんは森さんの話から感銘を受けたようです、と天野は言った。

　そこで警察官は森に会いに行った。

「ルイジ・ピランデルロの半生は、その精神分裂症の妻の介抱に明け暮れした悲惨な生活だったと言ってもいいでしょう」

　文学好きの美術雑誌記者は言った。

「しかし、その妻の荒々しい発作に苦しめられたからこそピランデルロの作家魂が磨きあげられたとも言えます。彼はその現実の生活の中でイマージュを解体し、それを作品の中に再構築したのです。狂える妻の心理をたどりながらね。矢沢さんはその話に感動されたようです」

　ピランデルロには、どういう作品がありますか、と警察官の質問。

「『作者をさがす六人の登場人物』という劇作が最も有名で、これで彼はノーベル文学賞を受けました。小説には『死せるパスカル』というのがあります。これは作者の心境小説のようでもありますね。悪妻からのがれようとした主人公パスカルはいったん死んだことになる。〝死んだ〟彼はそこで自由と恋愛を享楽するのですが、やむを得ない事情で、もう一度生き返ります」

　なに、死んだ亭主が生き返るのですか、と、その言葉で警察官は衝撃をうけたように問い返した。

十三

矢沢が回復に向かって、臨床質問ができるようになった。犯罪ではないから、尋問でなく事情聴取だった。

「その前の晩は……」

と、矢沢は係官の問いにベッドで話した。

「銀座で絵描き仲間の寄合いがありました。場所はAホテルの四階です。結婚式の控室に使う何とかの間《ま》でしたが、出席者の中には画商の天野君もいました。会が終ったのが八時すぎで、それから天野君を含めて四人で銀座裏のバーを三軒ほどハシゴしました。帰りが十一時ごろでしたが、天野君が心配して、いっしょにお宅までお送りしましょうかと言ってくれたのです。というのは、ぼくの家内は嫉妬が強く、怒り出すと狂って手がつけられず、ほとんど精神分裂症の状態になるのです。天野君はそのことを知っているので、ぼくを送ってやろうという気持だったのでしょう。今から考えると、そうしてもらったほうがよかったのですが、ぼくも画商の手前、やはり見栄《みえ》がありますから、それを断わってひとりで戻りました。帰宅したのが十一時半ごろだったと思います。

妻は玄関を閉めて寝ていましたので、ブザーを押しましたところ、なかなか出てきませんでした。それで妻の不機嫌なことがわかりました。やっと寝巻姿で出てきた妻は玄関の錠をはずすと、あとも見ずに奥にはいって行きました。私は内側から施錠をし、居間にはいりますと、そこに妻が立っていて、いきなりぼくの顔を殴ってきました。それから、そこにあるいろんな物を抛《ほう》ってきたりしたのですが、ぼくは妻の暴言と乱暴に耐えていました。妻の嫉妬は普通ではなく、妄想が浮ぶと狂人同様になり、もしこれに抵抗しようものなら、どんな騒ぎになるかわかりません。ぼくの家は経済的に安定し、妻は何一つ不自由のない生活をしているのですが、そういう理屈はまったく妻に通じないのです。

そのうえ、狂気の発作が起きると、妻にはこの世の中がどうにもやり切れない絶望に映るらしく、自殺の欲望に駆られるらしいのです。それも、自分ひとりが自殺するのではなく、ぼくを道づれにしようとするのです。つまり無理心中です。

過去にそういうことは二、三度ありました。刃物で迫られたこともあります。また、妻は自分の首に腰紐をぐるぐると巻きつけ、さあ、絞めてくれと紐の端を持ってぼくにすり寄ってきたこともあります。いつぞやは、アトリエにはいってきて画材用の揮発油をぼくに降りそそぎ、マッチで火を付けそうになりました。あのとき、通いの家政婦の近藤イネさんが妻の閉めているドアを蹴破るようにしてはいってこなかったら、ぼくはどうなっていたかわかりません。

ぼくは妻の狂気を先天的なものと諦めていました。いまさら離婚することもできません。また、そんな話でも持ち出そうものなら、逆上した妻に殺されかねません。そこで、ぼくは森君という美術雑誌の記者から、イタリアのノーベル文学賞作家のピランデルロの生涯を聞き、彼の境遇によく似ているのを知って以来、ピランデルロのような生き方をしようと決心しました。このピランデルロは十五年間も奥さんの異常な嫉妬と精神分裂症に悩まされたのですが、その地獄のような境遇から、よく精神の実態を見つめ、そこから偉大な文学を構築したのです。ぼくも同じ芸術家として、美術の面でこの逆境から新生面を発見しようと思いました。そうすることによって現実の苦悩から脱れようと思ったのです。

幸い、それは成功するように思われました。というのは、ぼくのこれまでの絵の分野にないものが発見でき、それがうまくいきそうに考えられたからです。もし成功すれば、世間にも大きな反響を呼び、現在混迷している画壇に一つの方向を示す篝火《トーチ》にもなるように思われました。この自負が、ぼくにどんなに大きな勇気づけになったかわかりません。ところが妻は、ぼくのそうした新しい傾向の作品にはまったく理解がなく、アトリエでそういう試作品を描いていようものなら、たちまちナイフで切り裂いてしまうような乱暴を働くのです。

というのは、ぼくは妻に画商との交渉いっさいを任せていたので、妻は値段の安い新傾向の作品をよろこばず、これまでどおり高い値で売れる絵を描きつづけるように望んだからです。ぼくは妻の眼を偸《ぬす》んで自分自身のための絵を描くより仕方がありませんでした。この点は、画商の天野君がよく事情を知っていると思います。

さて、あのときのことですが、ぼくは狂う妻をなだめすかして、やっとのことで床にはいらせました。妻も疲れたのか、案外早く寝につきました。ぼくはそれで安心し、酒を飲んできたうえに、そういうことがあったので、ぐったりとなり、すぐに眠りにはいりました。それが、だいたい二時ごろだったと思います。

どのくらい睡ったかわかりませんが、何だか息苦しくなったので、ふと眼を開けると瞬間に強烈なガスの臭いがしました。いけない、ガス中毒になると思って、壁ぎわにあるガス栓を止めに床から起き上がろうとしたところ、どうしたことか腰が立ちません。腰が抜けた状態になっていたのです。それで床を這い出してガス栓のほうに近づいたのですが、その運動がまるで夢の中で走っているような具合で、どうしても前のほうにすすみません。それでも意識ははっきりしていて、妻が例の癖を出して、ぼくの睡っている間にガス栓を捻ったのだと知りました。その妻は、ぼくの横に敷いた蒲団の中に横たわって身動きしないでいます。ぼくは、自分が意識があるものですから、妻が死んだとは考えず、早くガス栓をとめないと妻が危ないと思い、必死に栓のほうに向かって畳に手を突きながら近づいて行ったのですが、右手がもう少しで栓に届くところで、頭の中がぼんやりしてきて、それきりわからなくなってしまいました。眼をさましたとき病院のベッドに寝かされていたので、びっくりしました」

警察では、矢沢がピランデルロの小説「死せるパスカル」にヒントを得て、自分が一度死んだことにして生き返る方法を選んだのではないか、と思った。そのために警察官はその小説をさがしてきて読んだものだった。

小説と違うところは、小説の主人公は妻に自殺と誤認されるのだが、矢沢の場合は「妻から無理心中を仕かけられた」点にある。すなわち、小説の妻が生きているのに対し、矢沢の妻は死んだのである。そうして、矢沢だけが生き残ったのである。

たしかに、矢沢が妻の鈴恵といっしょにガス中毒になって同じ部屋に転がっていたことは間違いない。近藤イネがその部屋にとびこみ、庭に面したガラス戸や雨戸を開放したから、当時の室内における一酸化炭素の濃度はわからなかった。だが、解剖した鈴恵の血液中の一酸化炭素ヘモグロビンの飽和度は七二パーセントであり、病院で矢沢の血液中から検出した量も七二パーセントであった。完全に両人は同じ部屋の一酸化炭素を吸入し、中毒を起したのである。

さらに、鈴恵がその部屋でガス栓をひねって、ガスを流出させた決定的な証拠があった。ガス栓の捻子《ねじ》に鈴恵のはっきりした指紋が付いていることだった。もっとも、近藤イネが中にはいったとき逸早くこの捻子を閉めたので、イネの指紋もあるが、鈴恵の指紋は一部重なっていても判別ができた。それほど鈴恵の指紋は明瞭についていたのである。

が、一方、台所にある元栓のほうには鈴恵の指紋がうす過ぎて、はっきり検出できなかった。こっちは古すぎるし、埃などで汚れていたからでもある。

このように鈴恵の「行動」が証明されると、近藤イネや画商の天野などの証言もあって、矢沢の中立ては間違いないものとして警察官に受け取られた。

――しかし、猜疑心の強い警察官はいるものだ。矢沢が心を惹かれたと言っているピランデルロの「死せるパスカル」の主人公が《死んだことにして、実は生きている》という筋を重視した。細君に虐待される主人公の境遇が矢沢と似ていて、矢沢がそれに共感をおぼえたとすれば、彼もまた《死んだことにして、実は生きている》という理想を願望していたのではないかと、その警察官は疑ったのである。

そういえば……と、その警察官は考えた。矢沢の話だと、鈴恵のヒステリーは、いつも衝動的であり、発作的であった。それから夫に対して悪罵と暴力とをふるった。つまり、いつも夫が妻の嘲罵に顔を歪めその屈辱に耐えている様子や、暴力の前に敗北している姿に彼女は快感を覚えていたのだ。夫の苦痛の反応を愉しみ、嗜虐性を満足させていたのである。夫が睡っている間にガスを出して心中の道づれにしようとしたところで、彼は熟睡しているのであるから、その恐怖も感ぜず、苦痛も見せないわけである。これでは夫を虐めたことにはならないではないか。鈴恵は狂人的なヒステリーだと矢沢は言っているが、そのヒステリーにはサディズムがあるようである。

同様なことだが、それまで鈴恵が仕かけた《無理心中》は衝動的で、発作的であった。それに比べると、夫の睡眠中にガスを出すというのは計画的である。

さらにもう一つ、それまでの鈴恵の無理心中的行為には、そこに遁《に》げ道が開けてあった。たとえば、矢沢が自分で言っていることだが、鈴恵が刃物を持って追い回したことも矢沢が逃げるか取り押えるかすればよいわけだし、首に腰紐を巻きつけてその紐の両端で絞めてくれと身体をすり寄せてきたところで、矢沢が言うことを聞いてやらなければいいのである。げんに、焼身無理心中の話も、鈴恵はマッチを持っていたが実際には火を付けていない。家政婦が駆けつけてきたから大事に至らなかったと矢沢は言っているが、あるいは鈴恵自身も、火を付ける格好で近藤イネという家政婦がくるのを待っていたかもしれないのである。すべて遁げ道をつくったうえでの、威嚇《いかく》であり、狂言であり、そうすることによって矢沢の驚愕、恐れ、狼狽、苦悶を愉しんでいたふしがある。矢沢は鈴恵が狂人のようなヒステリーだと言っていたが、精神分裂症ではないから正常だったとみていい。

ところが、ガス中毒となると、安全な遁げ道は少なく、死への可能性は高い。彼女も夫も助かる見込みは、まず少ない。彼女もその危険なことは知っていよう。これまでの鈴恵のやり口から考えて、それは特異である。――とすると、矢沢が鈴恵の行状を利用してガス中毒ということで妻を殺し、自分だけが助かるという工夫をしたのではあるまいか。

警察官は、いったん疑惑が生じると、それがたとえ晴れた空の小さな雲ぎれのようなものであろうと、すっかり拭《ぬぐ》えない限りは、最後まで相手を監視するものだ。

矢沢の退院があと二、三日という日、その警察官は画商の天野を連れて矢沢家に行った。矢沢が帰宅するまで、鈴恵の葬式は出さず、家には両家の親戚が詰めかけ、家政婦の近藤イネもそのまま残っていた。

アトリエにはいった天野は画架の上にある描きかけの十五号のカンバスを見て、首をかしげた。どうしたのですか、と警察官は訊いた。

「いや、ぼくがここに来て見たときは、この絵はまだ三分の一ぐらいしか進行していなかったんですがね。それはガス事件の五日前です。ところが、いま見ると半分以上はすんでいる。しかも、矢沢さんの新傾向が画面に明瞭に出ています」

その五日間に、矢沢が絵を進行させたのではないか、と警察官は訊いた。

「いや、そういうことはないでしょう。少なくとも奥さんが生きている間はね」

生きている間は、とおっしゃると？

「矢沢さんは、新傾向の絵を描いているというのを奥さんにできるだけ隠していたのです。でないと、また奥さんに絵を破られますからね。私が三分の一ぐらいのを見た時点では、新傾向のものになるのか、従来のものなのか、まだはっきりしていませんでした。それは奥さんの眼をごまかすためで、仕上げしだいではどっちにでもなるといったものでした。私には、だいたい新傾向になるなアと見当がついていたので、前の晩のパーティで矢沢さんにそれをほめたことを覚えてますよ。奥さんは、やっぱり素人で、それがわからなかったんですな。矢沢さんは、その絵の仕上げを自分のアトリエではできないから、私のとこの画廊の奥にでも、こっそり持ってきてやるつもりだったのでしょう。

……ところが、いまカンバスを見ると、はっきりと新傾向の絵になっています。しかも、これまでになく大胆に、自由に、のびのびと絵具が塗られ、線がひかれていますよ。矢沢さんの近来の佳作になりそうです。そこには、何ものにも掣肘《せいちゅう》されない、また拘束も受けない、自由闊達《かったつ》さがあります。奥さんの監視の眼がある自分のアトリエで、よくこんな絵が描けたと思いますよ。しかも、三分の一のところを私が見てから、今回の事件までの間が四日間ですからね。自由な環境で絵をこの程度までに進行させるにはそんなに時間はかかりませんが、奥さんの眼から隠れながら描くとしたら、もっともっと時日がかかると思いますがねえ」

矢沢が、鈴恵による無理心中を擬装して実は彼がガスを放出したとすれば、同じ部屋に同じ時間寝ている限り、彼も鈴恵と共に死亡する可能性が強い。事実、両人の血液中にみられる一酸化炭素へモグロビンの飽和度は同じだった。この飽和度からすると、室内の一酸化炭素の濃度は〇・一パーセントから〇・二パーセントはあったろうと推定される。

ところが、調べてみると、この状態だと死亡にいたるまで麻痺のまま二時間ぐらいは生存していることがわかった。そうすると、矢沢が鈴恵よりはずっと短時間その部屋に寝ていれば、彼には助かる見込みが十分にある。家政婦の近藤イネは朝七時には判で捺《お》したように家にくるから、七時の発見を計算に入れると、矢沢がその部屋にはいったのは、六時から七時の間ではなかろうか。室内の濃度が〇・二パーセントであれば、短時間そこに寝ていても、矢沢の血液中の飽和度も七二パーセントになるはずである。

矢沢の申立てによると、夫婦は午前二時に就寝したと言っているが、もし実際には矢沢だけが七時二十分前に寝たとすれば、午前二時（この時間は矢沢の申立てを信じるとして）を過ぎた時間、たとえば四時前ごろからガス栓を開いたとすれば、その間約三時間の余裕がある。とすれば、その「時間待ち」の三時間、矢沢はどこにいて何をしていたのだろうか。

矢沢は画家だ。その「時間待ち」の間に、アトリエにはいって、十五号を現在のものに一気に描いたのではあるまいか。鈴恵は死の道への昏睡をつづけている。それへの恐怖を絵にまぎらわせたとも言い得る。また、苦しめられた妻から解放され、いまや何の遠慮も拘束もなく、思うがままに意欲作の完成に向かったとも言える。彼の絵をよく知っている画商の天野が、矢沢としては近来になく、大胆で、自由奔放な出来だと言ったのは、そのためではないか。——そういえば、部屋のガス栓の捻子だけに、鈴恵の指紋がいやに明瞭に付着していたのも不自然で、作為を感じさせる。

警察官は、未完成の十五号に眼を近づけて舐めるように見渡した。すると、天野が指摘したその後の進行部分に当る絵具の中から、小さな虫の翅の片方が出ているのが見えた。干《ひ》からびたレモン・イエローの中で、その翅も澄明な黄色に染まっていた。鑑識で調べてみると、それはニンギョウトビケラという羽虫の一種であった。この絵具を塗っているときに、羽虫が外から侵入してカンバスにとまったのである。

最近、矢沢の家の近くで、この羽虫が多く飛んでいた日が調査でわかった。ガス中毒の前夜遅くから当日の夜明けまでであった。矢沢は、前夜はホテルの画家仲間の集まりに出ているし、十一時半ごろに帰宅してからは絵を描いていない。描かなかった絵に、羽虫がどうしてカンバスの塗りたての絵具にまみれていたのか。警察は約三時間の矢沢の「時間待ち」の内容を知った。

――週刊朝日（S46・5・7〜7・30）

骨壺の風景

両親の墓は、東京の多磨《たま》墓地にある。祖母の遺骨はその墓の下に入ってない。

両親は東京に移ってきてから死んだが、祖母カネは昭和のはじめに小倉で老衰のため死亡した。大雪の日だった。八十を越していたのは確かだが、何歳だったかさだかでない。私の家には位牌もない。

カネは父峯太郎の貧窮のさいに死んだ。墓はなく、骨壺《こつつぼ》が近所の寺に一時預けにされ、いまだにそのままになっている。

寺の名は分らないが、家の近くだったから場所はよく憶えている。葬式にきた坊さんが棺桶の前で払子《ほっす》を振っていたので、禅宗には間違いない。暗い家の中でその払子の白い毛と、法衣の金襴《きんらん》が部分的に光っていたのを知っている。読経のあと立ち上がって棺桶の前に偈《げ》を叫んだ坊さんの大きな声が耳に残っている。私が十八、九ぐらいのときであった。

城下町の小倉には禅宗曹洞派の寺が多い。藩公の菩提寺《ぼだいじ》がそうだし、鷗外の小説や日記に出てくる安国寺もまたそうである。もとより祖母の骨壺を預けた禅寺はそんな立派なものではなく、陰気な庵寺であった。賑《にぎ》やかな通りから裏に入った場所で、低い門と短い塀とがあった。角地にあったが、その小さな寺の前だけは、じめじめと湿って穢《よご》れていた。真向いは酒屋だの荒物屋などがならんでいた。横通りは鳥町といってひっそりと静かな店がならんでいた。

小倉の目抜き通りは昔から魚町《うおまち》で、南北の筋になっている。魚町が南に尽きたところから旦過《たんが》市場がはじまる。ほとんどが魚屋で喧《やかま》しい呼び声の気ぜわしい雑踏となっていた。寺のある通りは、魚町と旦過市場とが交差した東横丁で、侘《わび》しいしもたやばかりの小姓町筋となる。その一つ東側の筋が紺屋町《こうやまち》で、西の端は旦過市場のまん中につながる。小倉の町は碁盤の目になっている。その紺屋町一丁目で両親は飲食店を営んでいた。骨壺を預けた寺と通りが一つ違う。

私はよくその寺の前を通っていた。間口の狭い古い門、その上のずれ落ちそうな瓦、よごれた土塀。塀の下は通行人の棄てたものが散らかり、夜は格好の放尿場所になっていて、じくじくと濡れていた。その塀の上からは本堂の四注の屋根がのぞき、門の中からは蘇鉄の青い葉が見えた。私はついぞ一度もその門をくぐったことはなく、ああここに ばやんの骨が置いてある、と思っては前を素通りした。

骨壺を寺に一時預けにするのは墓ができるまでの約束だが、金のかかる墓石が父に造れるはずはなく、そのまま預け放しだった。骨壺の寺預けというのは大半が貧乏人のすることである。

祖母カネの骨壺は、私の家にそれを置く仏壇もなく、押入れの隅にかなり長いこと置いてあった。黝《あおぐろ》い釉《うわぐすり》のかかった陶器は、蓋の上から一本の針金で十文字に縛ってあり、針金にはうっすらと錆がついていた。木箱にも入れてなく、白い布にかんたんに包んであった。押入れの襖《ふすま》を開けるたびにそれが眼に入った。はじめのうち気になっていたにちがいない父は、馴れるにしたがってその骨壺がガラクタ道具に見えてきたのであろう。

父は幼いときにカネ夫婦に引取られた貰い子であった。しかし、血がつながってないために父が祖母の骨壺を粗末にしていたのではなかった。彼は天成の楽天家であった。どんな苦境でも、くよくよと打ち沈むことはなかった。生涯貧乏に埋もれたままだったが、その貧乏からものごとを苦にしない楽天性ができていた。そうして横着者であった。骨壺の放置もその例だった。

私がもの心のついたときの父の職業は、人力車挽きであった。祖母は餅《もち》を造って往還ばたの店さきにならべ、母がそれを手伝った。それからの父の仕事は空米《くうまい》相場師、債権取立て業、呉服店の下足番、露店商人、路傍の餅売り、飲食店、魚の行商というように変った。どれ一つとして成功したためしがない。が、父はどのようなときでも明るい顔で人としゃべっていた。自分ではひとかどの知識人だと自惚《うぬぼ》れ、座談の達人だと心得ていた。その知識は丹念に読む新聞からのもので、それには若いとき広島で弁護士の書生をしていたときに得た生《なま》かじりの法律知識が下地になっていた。彼は明治十四年の生れで、明治の末から大正、昭和のはじめにかけての政界の話が最も得意だった。しかしその多くは新聞雑誌で読んだ著名政治家のエピソードだった。その話題はたしかに人を面白がらせ、感心させる。

けれどもそれは相手に興味の持続があれば長つづきするが、たいていは彼の「政治談義」につき合いかねた。同じくらいの予備知識がなければ、すぐに飽いてくることだった。

あんたの話は実《み》がないけんのう、と母は、そんなことをひとりで面白そうにしゃべる父を非難した。じっさい母からすれば、父がだれかれとなくつかまえてはする政治講釈は貧乏暮しにはなんの足しにもならない空疎なものだった。実益のないそんな話よりも、一文でも借金返しの工面に動いてもらいたいのだ。母からみると、父は働きがなかった。私の憶えている限りでも借金取りに絶えず責められている父の姿がある。おもに飲食店をしている頃だが、仕入れ酒の代金が重なり、家賃が滞っていた。酒屋からは掛売りを断わられて、一升瓶の現金買いになった。そのほうはなんとかやりくりできても、溜めた家賃の催促はきびしかった。どの家に移ってもそれは変りなかった。明日からのことをあれこれと思い悩むのか、冬は火鉢の前に背を屈めてつくねんと考えこんでいた。人がくると饒舌《じようぜつ》になるだけに、ひとりになって沈黙した姿が哀れに映る。が、灰の中深く突き立てた火箸《ひばし》を堅く握ってうつむく父は、いつか灰の上に水のように澄んだ洟汁《はなじる》を長く垂らしているのだった。

どんなときでもものごとを苦にしない父とは違い、母は心配性で、さきざきのことをいつも気に病んだ。母が心から笑った顔を私はあまり見たことがない。父がそんなふうだからしぜんと苦労性になった。母には妹と弟が一人ずついたが、姉《あね》さんと話すと愚痴ばかり聞かされると言って逃げていた。それは暗に、甲斐性のない姉のつれ合いへの非難であった。父はよく肥っていて七十キロぐらいはあった。その大きな図体が家の中でごろごろしているので、よけいに横着者に映る。前々から労働ができない人だった。

母タニは働き者で勝ち気だった。広島県豊田郡の農家の娘で、紡績女工として広島市にいたとき鳥取県日野郡から出てきた父といっしょになったらしい。父峯太郎は、どのような事情からか知らないが、山持ちのかなり裕福な家から米子市に住む松本家へ出された。はじめは里子だったが、実子のない松本夫婦が返さなかったと父の死後に事情を知る鳥取県の人から聞いた。この貰い子を育てたのが松本カネで、私の祖母である。

峯太郎は米子の養家を十七、八くらいのときにとび出した。若いとき「四十曲り」という伯耆《ほうき》と美作《みまさか》にかかる峠を歩いて越えた話をよくしていた。それは故郷を出たきり生涯帰れなかった郷愁からだった。子供のころに馴染んだ風景を彼はいつでもなつかしがっていた。

峯太郎は広島市でタニと夫婦になって何人かの子を生んだが、タニを籍に入れなかった。これも彼のルーズさからか、生涯の妻にする気がなかったのか、よくわからない。タニは眼に一丁字《いっていじ》がなかった。おまえは素養がない女だ、と峯太郎はよく言っていたから、いつかは別れるつもりで入籍させなかったのかもしれない。先に生れた子らは早死し、戸籍の上で私は「庶子」になっていた。

峯太郎とタニはよく夫婦喧嘩をした。その傍にはいつも影のようにカネが存在していた。

事情を察するに——私は両親についてそのへんをよく聞いたこともないので——峯太郎夫婦が知り合いを頼って広島から小倉へ移ったあと、カネとその亭主の兼吉（つまり私の祖父）は米子を出て下関の壇ノ浦に住み、そこで餅屋を開いたらしいのである。壇ノ浦といっても旧壇ノ浦といったほうで、源平合戦で知られている御裳川《みもすそ》に近い。峯太郎とタニは、小倉からその壇ノ浦の養父母を頼ってきたのだろう。十数年ぶりに峯太郎は女房と子（私）づれで養父母といっしょになったらしい。

旧壇ノ浦は下関と、小さな城下町だった長府《ちょうふ》の途中で、三里の往還を歩く人々にはちょうどいい憩《やす》み場であった。すぐ裏が関門海峡のいちばん狭《せば》まった早鞆《はやとも》の瀬戸で、まむかいの門司側和布刈《めかり》神社との間は渦の巻く海がある。その見晴らしのいいところで、上がり框《がまち》に腰かけて茶をのみ餅を食べる人も少なくなかった。

だが、茶店でもないその程度の餅売りでは二《ふた》夫婦が食べられるはずはなく、峯太郎は同じならびにある人力車の立場《たてば》で車夫となった。私が六つか七つくらいのときだったが、もの心がついてから私が知るかぎりこれが父の唯一の筋肉労働であった。私は、父が三十六歳のときの子だった。

祖父兼吉は早く死んだ。早鞆の瀬戸が真下に見える二階で息を引きとったが、二つくらいの私にはそのときの家じゅうの騒ぎにかすかな記憶がある。

カネは息子夫婦が喧嘩しても、積極的には二人の間に入らなかった。峯太郎はタニを殴打し、タニが髪を振り乱して畳の上や土間を転び回っても、仲裁に割って入るようなことはなかった。坐ったまま襷《たすき》がけで、手でまるめた餡《あん》を餅の中に包みこみながら、峯さんもおタニさんも仲ようしんさいや、夫婦喧嘩をすると家《え》のうちが繁昌せんけにのう、と顔をそむけて伯耆弁で呟くだけであった。

そういうふうにカネは、息子にも付かず嫁の味方にもならなかった。貰い子夫婦の世話になっている気持からか、中立を心がけるのが自分の生き道と考えているようだった。朝はいちばんに仏壇の花をとりかえる。そこには、つれ合いの位牌がある。蠟燭《ろうそく》に火を灯《とも》すのも線香をくゆらせて手を合わすのも、すべて襷がけのままだった。性来働き者だったのはたしかだが、くつろいだところを少しも見せなかったのは嫁への遠慮からだった。峯太郎とはろくに話をしなかったし、何か言っても彼に冷笑された。カネの話というのは米子の想い出にまつわるものだが、いくらか誇張もあったようで、峯太郎はそれを嗤《わら》うのだった。

私は、この祖母のカネの口からついぞ父を育てた思い出話を聞いたことがない。また父からも養父母に育てられたときの様子を耳にしたことがない。父の幼時の話といえば、郷里の矢戸《やと》の川で魚つりしたことや古い神社で遊んだことなどで、米子の話は一度も出なかった。矢戸は父方の田中家のある土地で、米子とは十里近く離れている。

このことからすると、峯太郎は松本夫婦に貰われて行ったが、ときどきは矢戸の実家に遊びに戻っていたらしい。しかし、田中家に帰れなかったのは養家夫婦が戻すのに応じなかったからで、峯太郎にとって米子は愉快な土地ではなかった。

カネは額が出て、眼が細く、頬が高く、鼻が肥え、うすい唇が横にひろかった。眉を剃り落していたから、禿げ上がった額がいよいよ広くて出張ってみえた。今でもその人相の細部を憶えているのは、暗い部屋の蒲団のわきに坐ってその死顔を私が色紙にスケッチしたからである。(そんなことをしたのは、その数年前に自殺した芥川龍之介の死顔を小穴《おあな》隆一がスケッチして、それが雑誌などに載っていたからである。そのころ私は芥川の作品を愛読していたので、そのデスマスクに興味をもっていた。)死顔の色紙はしばらく仏壇に飾ってあったが、いつのまにかなくなった。色紙の横に、二月何日かの死亡日を入れたはずだが、それが昭和何年で、二月の何日だったかはどうしても思い出せない。とにかく、大雪の降った日であった。

祖母が生きているときは、私は祖母にそれほどなついていたとは思わなかったが、死んでしまうと、私がいちばん祖母を愛していたことがわかった。金のない父は祖母の葬式もろくに出せず、その遺骸を火葬場に運ぶのも、よそから大八車を借りてきて棺桶を乗せ、臨終まで使った蒲団一枚をかけ、父が自分で挽いて行った。私はその車のあと押しをした。母の弟が一人つき添っただけで、近所から供に加わる人もなかった。あまりに侘しい葬儀に近所は気の毒がって遠慮したのかもしれないし、父もそれを断わったのだろう。母は門口に立っていたが、寒そうな顔でいつまでも見送っていた。ばばやんとも長いつき合いじゃったのう、と言っているようにみえた。

山の麓にある火葬場までは遠かった。山道にさしかかると積雪は膝の下まで深く、雪にはまりこんだ大八車の車輪を動かすのに力をふり絞った。車が揺れるたびに、縄がけの棺桶も動いた。

火葬場の係員が棺を竈《かまど》の中に入れ、松葉をまわりに詰めこんだ。その松葉の小枝の一つを私も持たされて投げこんだ。このとき嗚咽《おえつ》がこみ上げて、大声で泣いた。

清《きよ》さん（私を呼ぶ名）、わしが死んだらのう、おまえをまぶってやるけんのう、と祖母はいっていた。まぶってやる、というのは守ってやるという意である。

私は、小さいときから他人のだれからも特別に可愛がられず、応援してくれる人もなかった。冷え冷えとした扱いを受け、見くだす眼の中でこれまで過してきた。その環境は現在でもそれほど変ってないと思っている。が、とくにひどい落伍もしないで過せたのは、祖母がまぶってくれているようにときどきは考えたりする。

このごろになって私は、小倉の寺に預け放しになっている祖母の骨壺が気になり出した。妙なことだが、夢を見たせいでもある。

小倉の町の東に足立山《あだちやま》という蝙蝠《こうもり》が翼をひろげたような形の六百メートルくらいの山がある。南側の山裾はへんぴなところで、農家がばらばらとあるだけだった。山裾を回った先は足立山の背後に向かうもっと寂しい土地である。私は滅多に行ったことがない。

その道を私は歩いていた。山裾を回って少し行くと山林の間に小屋が五つか六つぽつんぽつんと建っていた。小さな木造小屋だが、その一軒の窓から老夫婦が姿を出して私のほうを見ていた。ほう、死んだばばやんはこんなところに住んでいるのか、と私は夢の中で思った。祖母の傍にいる体格のいい老人は遺された写真で見たとおりの祖父兼吉の顔である。ばばやん、こんなところに居るんかな、と私は声をかける。向うは二人とも黙っている。色彩はなく、梅雨空の下のように暗鬱な中だった。死んだ人はこういう場所にかたまって住んでいるのかと私はまわりを眺めている。ばばやんは窓のふちに手を置き、身を乗り出すようにして私のほうをじっと見つめている。そういう夢だった。

死人の村を夢に見たせいだけではないが、私は祖母の遺骨を小倉から引取り、両親の墓へいっしょにしてやりたくなった。祖父の遺骨はどこに埋めてあるのか分らない。たぶん、死んだ壇ノ浦近くの寺だろうが、今となっては手がかりがない。

祖母の骨壺の預け先が何という名の寺だったかどうしても思い出せない。寺の外観は、宙でも精密な写生図がすぐにも描けそうなくらい記憶しているのに。

現在の北九州市小倉区というのがもとの小倉市で、私はその地図を買ってきた。碁盤の目の市街図は変らない。ただそれに幅の広い新しい幹線道路ができて、いたるところを切り割《さ》いている。市街のまん中を紫川《むらさきがわ》が南から北へ一本の帯で流れているのだが、それにも後から新しい橋がいくつもできていた。私が居たころは北から常盤《ときわ》橋、勝山橋、陸軍橋、貴船《きふね》橋の四つだったが、いまはそれが七つにもなっている。その紫川の西側一帯は旧城址で、もと第十二師団歩兵第十四連隊が占めていた。いまは市の公共施設や工場地となっている。四つの橋は旧藩時代、西側の城域と東側の町家《ちょうか》とを結んでいたのだが（当時は橋の数がもっと少なかったかもしれない）、この町家が明治以後の士族町や寺町や商店の通りとなった。城下（小倉藩小笠原家、十五万石）だけに禅宗の寺が多く、一向宗（真宗）のそれは少なかった。

私は地図の上で旦過橋を目標にしてみた。紫川から引いた堀川が東南に町家へ彎入《わんにゅう》していて、神岳川《かんたけがわ》といっているが、これは外濠のあとで、旦過橋はそれに架かった短い橋の一つである。昔は紫川に結ぶ神岳川を利用して小さな舟が入り、川岸の市場へ魚や野菜を揚げていた。その市場が旦過という名で、この旦過市場からまっすぐに北につながる筋が魚町であった。あの寺は、旦過橋を東へ渡って魚町と旦過市場の間を過ぎた北の角地にあった。その角というのが南北に走る鳥町と東西に伸びる小姓町筋とが交差した四つ辻で、碁盤の目もこのあたりで終っていた。

そういう見当で地図の旦過橋を東へ二つ目の辻のあたりを見てみると、以前の小姓町筋は道路が広くなって小文字通りという新しい名になっていた。図上ではその角に寺の記号も名もなかった。

道路の拡張工事で、あの寺はどこかに移転させられたのかもしれない。その寺に一時預けした祖母の骨壺も当然に寺といっしょに移っているはずだ。一時預けといっても、すでに数十年が経っていた。一時預けが永久預けになっている。

小さな寺だったから、その骨壺が未だにその寺に保存されているかどうかも分らなかった。

地図にはその近くに寺が二つあった。宝典寺と安全寺という。それらの名があの寺と判断することもできなかった。

私は用事で小倉に行く次男にこの寺のことを調べてくるように言いつけた。次男は骨壺の主にとって曾孫である。彼が帰っての報告では、問い合せてみたが、宝典寺でも安全寺でも僧侶にその心当りがないということだった。ただ、その近くに東仙寺というのがあって同寺は火事で焼け、いまは八幡の桂昌院というのと合併しているという。旧八幡市は小倉の西隣りである。次男の調査はそこまでだった。話にも聞いたことのない曾祖母に彼はあまり関心がなかった。

電話番号だけは聞いてきていたので、私は桂昌院に東京から電話をした。住職が出て、明日までに過去帳を見てあげましょうと言った。翌日電話すると、過去帳に松本姓は多いが、松本カネは見あたらないといった。私が、あの寺の場所を言っても、名前はもとよりそんな寺のあったことも桂昌院さんは知らなかった。

ここで私も手詰りとなったが、戦前の小倉市地図を見ることを思いついた。ちょうど最近、明治・大正・昭和の郷土写真集「小倉」（国書刊行会）が出版された。それに付いている地図はあまりに簡略すぎて町名も記されていない。私は古書店に頼んだが、そういう旧い地図の持ち合せはないということだった。

そこで小倉の北九州市立中央図書館に電話した。そういうのは特別資料室とのことなのでそこへつないでもらったところ、電話口に今村という人が出た。写真集「小倉」の編者の今村元市さんであった。今村さんはその場で戦前の小倉市地図を調べてくれ、あなたの言う寺は大満寺にちがいないと教えてくれた。大満寺という名を聞いても、私には心当りがなかった。

私は大満寺に電話をした。住職が出た。以前の所在地をたしかめると、それはウチじゃがなあ、と年配らしい住職の声は答えた。戦後の道路拡張で前の場所を逐《お》われ、現在は清水《きよみず》へ移っていると言った。自分は昭和九年に先住職のあとを嗣いだとも言い添えた。没年は分らぬながらも、暗い家の棺の前で払子を振っていたのは前住のようであった。

翌日、再び私は大満寺に電話した。昨日あれから過去帳を繰ってみたが松本カネさんの名がありましたよ、昭和六年二月八日、八十三歳で亡くなっていますから、来年がちょうど五十回忌です、と大満寺さんは言った。そうだ、あれは二月の八日だった。あの死顔を描いた色紙の横に、二月八日と書き入れたのを私も憶い出した。とうとう探し当てた。予想したとおり、祖母の骨壺はすでに寺で処分されていた。今は他の一時預りの遺骨といっしょに境内の石塔の下に埋納されてあるということだった。

骨壺が無ければ、せめて祖母の位牌を持って帰り、多磨墓地の両親といっしょに埋めたいと考えた。三、四日のうちにおうかがいするからそれまでに新しく位牌をつくっておいてくださいと私は大満寺さんに頼んだ。手もとの地図を見ると、なるほど清水に大満寺がある。この清水というのは、そこにある清水小学校の前名板櫃《いたびつ》尋常高等小学校に通っていたので、なつかしい土地の名でもあった。

　十二月四日朝八時、私はひとりで羽田を発ち、十時すぎに板付空港に着いた。祖母の骨壺代りの位牌を、その五十回忌の直前に寺へ貰いに行く。そこに因縁めいたものを感じないわけにはゆかなかった。それまではついぞ一度もそんな気を真剣に起したことがなかった。

　博多から小倉まで新幹線の列車で三十分の速さだった。タクシーの運転手は大満寺を知っていた。

　車は駅前の道路を南へ走り、しばらくして広い道路に出る。それを右折してまっすぐに西へ向かった。途中のところどころに見おぼえの旧い建物や町角もあるが、街の様子が一変していて、どこをどう走っているのかよく分らなかった。もっとゆっくり走ってくれたらだんだんに見当がつくと思うのだが、私も先を急いでいた。小倉は初めてですかと五十近い運転手は背中越しに話しかけてきた。ずっと以前に来たことがあると答えると、小倉もずいぶん変ったでしょう、わたしがここへ移り住んだのは十五年前ですが、それからも新しい道路が次々と出来、高い建物もふえました、と運転手は言った。私は、お寺の帰りには三、四カ所回ってみたいところがあるので、そのつど車を十分か十五分間ぐらい停めてほしいと頼んだ。東京から持ってきた市内地図をひろげた。それには行先を赤い印で付けていた。

　タクシーは清水に来て広い道路を左に折れて狭い坂道に入った。まわりは住宅だが、突当りが崖になっている。この低い丘陵は観音山のつづきだと分った。清水観音堂というのが山側にあって、板櫃小学校から近いので放課後よく遊びに行ったものだった。大満寺の標識が崖の下に立っていた。雨の降りそうな曇り空で、暖かかった。石段を登った。上は寺の裏側だった。方丈の中にいた住職夫婦が客の姿を見つけて出てきた。

棟つづきの本堂に通された。電話では松本カネの孫とだけ言っておいたのだが、ここへくるとそれだけでは押し通せなかった。

住職は七十近く、腰が曲っていた。出来たばかりの真新しい位牌を見せてもらった。黒漆《こくしつ》の地に、金泥《こんでい》の文字が光っていた。

《真室智鏡善女　俗名　松本カネ　昭和六年二月八日逝　八十三歳》

過去帳にある戒名は先住が付けたという。私の眼にはまた白い払子を左右に打ち振り、偈を叫ぶ僧が浮んだ。

住職は、道路の拡張でこっちに移ってから本堂の建立を独力でした苦労話をした。が、紺屋町にあった私の家を知る道理はなく、その話は出なかった。七回忌の法事に父が大満寺さんを頼めば、昭和九年から住職になった坊さんには多少の記憶があったかもしれないが、父にはそういうこともできなかった。祖母が死んだのは中島《なかしま》通りというところに移ってからだが、父は前の紺屋町で知った禅宗寺を頼んだらしかった。

住職は位牌を高い仏壇の正面に置いて読経をした。右手で朱の木魚を叩き、左手で鉦《かね》を打った。松本カネの有縁の者は私一人しか居なかった。焼香は私一人であった。

そのあと位牌を貰った。私はあらためて手に取ってみたが、「真室智鏡善女」の金泥文字からは、おでこの額で、鼻孔の大きな、口の広い、そして曲った腰で襷がけしてうろつく祖母の、顔も姿も浮んではこなかった。

住職の奥さんは位牌を包んでくれたが、あり合せの紙しかなく、短い位牌が包み切れずに端のほうがむき出た。が、きれいな紙に叮寧《ていねい》に包みこまれるよりも、その半端《はんぱ》さが祖母の生涯に合っているように思われた。私は戒名にはじめて親しさが持てた。

寺の前の合葬塔に案内された。三十ばかりの古い墓石が四段に積まれ、その塔形の頂上に観音の小さな銅像が立っていた。前の手水鉢《ちょうずばち》の石には「万人講」と彫られてあった。花筒には白と黄の小菊が挿《さ》され、うしろには葉を少し残した柿の木が裸梢をひろげていた。雨雲は前よりも濃くなっていた。

塔形に積み上げられた墓石にはそれぞれの戒名が彫られてあったが、磨滅して字の読めないのもあった。前の寺の墓地からここに移したものだが、一時預りの骨壺は遺骨をとり出してこの塔の下にいっしょにして埋めてある、と住職は説明した。針金で十文字に括《くく》られた鼠色の壺は、寺の移転のときに破壊され、祖母の骨は他の骨と混ざってこの石塔の下にあるのだ。

私は祖母の骨の形をぼんやりと憶えている。係員が竈の鉄の抽出しから長い箸で灰の中から撰《よ》り分けてくれたのは、白い骨の数片だった。一晩じゅう焼いたのをあくる朝に受けとりに行ったのだが、灰にはまだ温《ぬく》もりがあった。私は本堂の仏壇の前に居たときよりも、この野天の墓積み塔の下に祖母の存在を捉えられて、実感が逼《せま》った。清《きよ》さん、遠いところをよう来てくれたのう、と祖母は手で私を撫《な》でて言っているようでもあるし、もっと早う迎えに来てつかあさいや、と恨み言をいっているようでもあった。祖母が手で私を触りだしたのは眼が見えなくなってからである。来年は五十回忌です、と住職はくり返して言った。

もとのお寺には蘇鉄がありましたね、と私がきくと、それはこれです、前のを移植したのです、と住職は方丈の前を指した。そこには蘇鉄の株が四つかたまってそれぞれ青い羽状の葉を上にひろげていた。この低い蘇鉄だけが、あの町角の記憶を現実のものにした。古い門と崩れかかった土塀の上にこの蘇鉄の扇形の葉がのぞいていたのだった。塀の前の、じめじめした地面。

火葬場はこの裏の山を上ったところです、と横で奥さんのほうから教えてくれた。わたしの母もそこで焼きました、とも言った。実は私は焼場の場所を錯覚していて、足立山の麓だと思っていた。いま持っている地図にもそこに火葬場が記入されてある。私がそう思うのは、棺を乗せた大八車が雪の山道を難渋しながら登った記憶があるからだったが、当時小倉市の火葬場はここだけでしたと奥さんは言った。

そう言われてみると、父の挽く大八車の後押しをしていた道がにわかにはっきりとしてきた。雪が横なぐりにくる川の傍を歩いた。紫川の土堤道だった。大八車は橋を渡った。貴船橋だった。低い屋根のならぶ町の中を通った。木町だった。踏切を渡った。日豊線の線路だった。卒業した学校が右手にあった。それから丘陵の坂道にかかった。それが此処だったのだ。父も叔父も、顔の雪を払いながら始終無言だった。父と叔父とはあまり性《しよう》が合わなかった。

私は、位牌を入れた鞄を持って下に待たせてあるタクシーに乗った。運転手はそこから火葬場への道をとった。両側に山がせまってきた。舗装された坂道をタクシーはまたたくまに走り上った。

坂道の勾配の度合に記憶があった。このとおりの坂だった。むろん赤土の道でそれに雪が二十センチくらい積もっていた。車の輪が雪にめりこんで動かなかった。叔父と私とが精いっぱいに押した。祖母カネが八十三で死んだとき父は五十八であった。

火葬場は前の場所だった。うしろの山の形に見おぼえがある。建物は白亜の近代建築となり、「清水斎場」の名に変っていた。私には暗鬱な木造しか浮んでこない。白いセメントの煙突も、やはり赤煉瓦《れんが》でしか映らなかった。遺族らの待合室もビルまがいのものでなく、低い平屋だった。冷え冷えとした漆喰《しつくい》の床に田舎駅のようにベンチがあっただけだった。

そこに父と叔父と私とは二度来ている。翌る日、骨を拾いに来た。骨壺は火葬場で売っていた。

この骨壺を父と私とがかわるがわる抱いて雪の長い道を歩いて戻ると、家に待っている母が受けとって、やれのう、ばばやんも生きているときは苦労しんさったのう、と壺を何度も撫でていた。このとき母は五十二であった。

祖母は、ほかの老婆のように、伴《つ》れといっしょに寺詣りとか遊びに行くとかいうことはなかった。私は祖母がよそ行きの着物をきていたのを一度も見ていない。友だちもなかった。身体が動ける間は、曲った腰で働いた。このひとも字が読めなかった。

私は、タクシーを次の地図の印へ向かわせた。もと陸軍橋と呼んでいた紫川橋から東南の香春口《かわらぐち》へ一直線に延びた道路を中島通りといった。今でもそう呼んでいるだろう。紫川橋に近いその通りの南側が今の地名で中島一丁目の11番地となっている。その南の広い地域は十条製紙の工場である。私が11番地に印をつけた目標はまずこの製紙工場だった。

十条製紙は、私がいたころは、王子製紙と言っていた。その工場から廃液を流す堀川があって、先の住吉神社の横を通り紫川に注いでいた。地図を見ると、昔の堀川の形のまま彎曲した道路ができていた。

私はタクシーを降りてその辺を眺めた。異様な臭いを放つ白いヘドロの堀川が浮び上がってくる。川にはほとんど堤防らしいものがなく、製紙工場へ向かう道が川と並行していて、よそよりも一段と低い町になっていた。低地には小さな家が密集していた。その裏の板壁の小屋が私たちの家であった。

この小屋を家主が二つに仕切って二軒の貸家にしたので、一軒が六畳と板の間しかなかった。出入口の戸を開けたすぐ前に二軒共用の便所小屋があった。

小倉に移ったのは、母の前の知り合いをたよって来たのだが、その一家は旦過市場にある亀井湯という銭湯に傭われていた。亭主は釜焚き、女房は番台に坐っていた。移ってすぐに職のなかった父峯太郎は兵庫屋という呉服を主にした百貨店まがいの店に、年末の臨時雇いの下足番になった。

兵庫屋はのちに小倉商工会議所になったほどの五階建ての堂々とした赤煉瓦館だった。年の暮の寒い日に私がその兵庫屋をのぞきに行ってみると、峯太郎は入口の土間で、店名を染め抜いた紺の法被《はっぴ》と股引で下足番仲間といっしょに働いていた。兵庫屋の売場は畳であった。土間から売場にかけて小旗が張りめぐらされていた。

父は私を見ると、よう来たのう、寒うないか、と声をかけた。どのような苦境でも彼は悲観した表情を見せなかった。へえ、まいどおおきに、などと明るい声を出して着飾った女客らを迎え、肥った身体を窮屈そうにかがめて揃えた履物に紐を通したり、客の帰りには合札を取ってその前に履物を揃えたりしていた。小学校四年生の私にも父のそうした振舞いがふしぎと哀れには映らず、それまで下関で絹ものずくめの恰幅《かっぷく》のいい姿で肩を揺すって歩いていたのと一変したのが、かえって新鮮に見えた。

兵庫屋の臨時雇いのあと、峯太郎は旦過市場の魚屋から塩鮭と塩鱒とを分けてもらい、旦過橋から一つ南の天神橋の上に立って売った。幅の狭い神岳川だが、水面《みなも》から吹き上げる川風は冷たく、彼は水洟を手の甲で拭き拭きして、橋の上を往復する通行人を客引きのようにきょろきょろと見ていた。

私は近くの天神島小学校というのに通っていたが、学校の帰りにはこの橋を渡らねばならず、いっしょに連れ立つ友だちの手前、襤褸《ぼろ》にくるまった父の姿がさすがに恥しかった。が、黙って前を通り抜けようとする私を父は呼びとめ、おまえ、いま帰るのか、勉強せいや、などと声をかけるのだった。そのとき父は数え年四十七歳であった。体格だけは立派であった。酒は一滴も飲めず、甘いものと煙草が好きだった。どんなに困っても煙草だけはやめられなかった。これは母タニも同じで、煙管《きせる》を手から放すことができなかった。粉煙草の「はぎ」を倹約しいしい煙管の先に詰めていた。

私は製紙工場の汚水が流れていた堀川を心あたりに探した。記憶に残っている道路のわずかな曲り具合からおよそこの辺だと思われた。あのころは廃液の臭いがあたり一帯にたちこめていた。土地の者は廃液をアク（灰汁）と呼んでいた。アクの異臭も馴れてしまえばさほど気にならず、よそから戻ってこの臭いの漂う場所にくると、ああ帰ってきたなと落ちついた心になれた。実際、その臭いの中には渋いような、酸っぱいような甘味《あまみ》があった。

私はタクシーを待たせ、狭い路地の中に入って行った。その辺は今も小さな家が密集していた。路地裏に回ると、家のうしろの板壁は剝がれ、床を隠した板もとれて、床下のきたないものが裸でのぞいている。窓ガラスの代りに板ぎれが釘で打ちつけてあった。

板葺き屋根の板も微塵《みじん》に割れて軒の上にはみ出ていた。

　こうした様子には、いくらか私たちの住んでいた家の面影があった。これは家の裏側なのだが、あの板壁の小屋は表も裏も同じであった。板を打ちつけた小さな窓一つしかなく、表の戸を開けておかないと家の中が暗かった。そうした中で、祖母はごそごそと動いていた。このとき祖母カネは七十五歳くらいであった。

　橋の上での塩鮭の立売りをやめた父は、母といっしょに露店に転じていた。父はメリケン粉を銅板の型に流して焼く巴焼《ともえやき》とラムネ、ミカン水などの飲料水、母はスルメ焼きや茹卵《ゆでたまご》などを七輪、木炭、空き箱、古新聞紙などといっしょに荷台に積んで、近村の祭りや寺の縁日などに出かけるのであった。場所が遠いと朝早く出かけ、暗くなって帰ってきた。母は手拭いを姉《あね》さんかぶりにしたエプロン姿で、まだ寝ている私の枕もとをのぞき、おとなしゅうにばばやんと留守番しときんさいや、と言い残して出かけた。

　小さな宮祭りとか地蔵祭りなどでは思うように商売が出来ないので、高市《たかまち》が立つくらいの大きな祭礼を峯太郎はめざすようになった。高市というのは曲芸などの見世物小屋がくることで、人が大勢集まる。けれどもそういうのは、始終あるわけではないので、遠距離のところまで探して行った。今井の祇園《ぎおん》というのは小倉から十里もはなれた行橋《ゆくはし》という町だが、そういう土地にも父は賃借りの大八車を挽き、母は荷台代りに古い手押車を転がして出かけた。

　そんな遠方に出かけても天候の都合などもあったりして商売にならないときがある。

商売になったときは疲れていても元気に帰ってくるが、思わしくないときは夫婦ともぐったりとなって帰ってきた。遠方になるほど戻ってくるのが遅く、祖母と私とが寝ている深夜になったりした。それでも私のためにみやげを忘れることはなかった。みやげは高市の露天商人から買ったものだったが、近所の駄菓子屋にないものがあったりするので、私は愉しみだった。

そのころ模型飛行機が少年たちの間に流行《はや》った。細いゴムの紐を捲いて木製のプロペラにとりつけ、ゴム紐が解ける弾力を利用して飛ばすのである。そういう部品がセットになり組立図を添えて玩具屋で売っていた。近所の子らはしきりと模型飛行機を飛ばした。簡単なものでもかなり高い値段なので、私は買ってくれとも言えず遠慮していた。そのかわり組立図を真似て我流《がりゅう》の模型飛行機の設計図を描いていた。私は「手工」(今の「工作」)が通信簿でいつも乙になっているほど無器用なので、とうてい模型飛行機が造れるとは思えず、ただ設計図を描いて愉しみ、その模型飛行機が堀川の上空を輪を描いてコウモリのように自在に飛翔《ひしょう》するのを空想した。実際に夕方になるとアクの流れる川の上にはおびただしい数のコウモリが出て黒い姿で飛び交った。

父は、そうした私を横眼で見ていたが、ある日とつぜん、模型飛行機を買ってやろうか、と私をのぞきこんで言った。うん、と私はうなずいたが、当てにはしなかった。案の定、遂に買ってもらえなかった。

二つに割った小屋の隣りにはまだ小さい児二人を持つ夫婦がいた。妻は肺を患って寝たきりだった。亭主は日雇い人夫のようだったが、看病のためにたびたび家に居た。が、妻は亭主を仕事に出すために無理して起きた。子供二人の世話もあった。妻が起きているときは仕切りの板壁一つの向うから、ごとごとと足音や物音だけが聞える。夫が休んでいるときは、その音のほかに二人の低い話し声が聞えた。

病人のおかみさんと子供衆二人かかえて隣りの松崎さんも気が気じゃなかろうにのう、と母は同情し、まあウチにはばばやんが居るけに助かるけんどのう、と祖母を見て言った。

厄介者のわしじゃけど、少しは手伝いの役に立つかの、と祖母はまんざらでもない顔をした。このころは、父がまじめに働くので母との間の夫婦喧嘩がいちばん少ない平和なときだった。峯さんもおタニさんも仲ようしんさいや、家《え》のうちが揉めると繁昌せんけに、という祖母の声も休んでいた。

隣りの亭主がやつれた妻を背負って、私の家の前にある共同便所に通った。その妻は亭主の背中から私を見下ろし、愛想のつもりか蒼い顔で、にっとほほ笑む。負ぶさった彼女のうしろ姿を見ると、細い、まるい臀《しり》を亭主の後ろ手が抱え上げ、寝巻の裾からは白い素足がだらりと垂れていた。十三歳の私はそれに奇妙なときめきを覚えたものだった。便所で喀血《かっけつ》すると亭主があとから急いで始末をしにきたが、血の痕は雪隠《せっちん》の板のふちによく残っていた。

隣りにはときどき医者が来ている様子だった。かかりつけの先生が責任もって癒してあげると言ってくれます、と亭主は頼りにしていたが、妻はとうとう死んだ。自分の家はまだましだと私は思った。

松崎さんが引越すと、そのあとに家主が入った。家主は六十ばかりの後家で、小学校三年生ぐらいの孫娘がいて、この二人きりだった。息子は遠いところに出稼ぎに行っていると婆さんは話していたが、行先をはっきり言わないところをみると、刑務所に入っているのではないかと父は想像を言った。そして孫娘というのもどうやら貰い子らしく、婆さんはその子が学校から帰るのを待ちかねるようにして使った。その孫娘も婆さんの心理をよく読んでいて、ばあちゃん、明日は学校の弁当は要らんよ、と三日に一度くらいは言った。おおそうかい、そうかい、と婆さんは弁当の節約に機嫌がよかった。だが、この孫娘を折檻《せっかん》する音と、ばあちゃん、ごめん、ごめん、という孫娘の泣く声はたびたび聞えた。

冬になると板壁の隙間から冷たい風が入りこみ、頭からかぶった蒲団の上に粉雪が舞いこんだ。梅雨どきにはおびただしい蛞蝓《なめくじ》が湿った土間から匍《は》い上がり、すり切れた畳の上に雲母のような光の軌跡を縦横に付けた。

私は待たせてあるタクシーに乗って、もとの連隊跡へ向かった。

これも地図の上の道路の曲りぐあいで見当をつけたのだが、そのへんに来てみると、あたりは工場地帯で皆目様子が知れなかった。地図ではもとの陸軍兵器廠《しょう》が給食センター、連隊のあとが北九州国道工事事務所、練兵場が建設省営繕工事事務所、丸紅油谷重工、安川電機製作所、上村紙業、トラックセンター、北九州食糧センター、川岸工業、日通などになっていた。

　このへんに城あとの石垣があるはずだが、と言うと運転手はこの裏手に少し残っていると答え、そこへタクシーを回した。見おぼえの石垣が眼の前に現れた。横に長かった石垣は削られて短くはなっているが、たしかに私が清水の板櫃尋常高等小学校に通っているとき毎日見ていた石垣だった。中島から陸軍橋を北へ渡ると、左側が兵器廠で、右が陸軍偕行社へ行く道、突当りがこの石垣であった。その兵器廠の外塀の角を左に曲ると、右側に石垣がずっと続き、ゆるい上り坂になって広い練兵場に出るのだ。私は同級生と練兵場の草地の間についた赤土の道を辿《たど》って横断し、だらだら坂を下って原町という土地に出る。細長い町を歩いて日豊線の無人踏切を渡り、学校に着くのだった。中島から一里半くらいあった。

　十四連隊の正門はその石垣の尽きた先にあった。その少し手前、道が練兵場へ向かう上りの坂の右、旧城石垣の前に高い松の木が一本あって傘のように枝をひろげていた。その木蔭に父は小さな天幕を張って屋台を出していた。天幕はメリケン粉の袋をほどいてつなぎ合せたもので、マークや英字が模様のようになっていた。

　売る品は、巴焼、餅、ラムネ、ミカン水、茹卵、稲荷ズシなどで、ふだんの日は通行人相手、日曜、祭日などは連隊を訪れる面会人が目当てだった。巴焼を無器用な手つきで焼いたが、餅は陸軍橋の傍にある原田という餅屋から、稲荷ズシも飲食店から仕入れていたから、利のうすいものだった。巴焼にしたところで、売れ残りが絶えず溜まっていた。餡は母がつくったが、材料の小豆や砂糖は父が小買いに行った。

最近出版された前記の「小倉」には「十四連隊下」の旧い写真が載っている。陸軍橋からきて兵器廠の角を曲ったところで練兵場の方角を撮《うつ》している。それには、はっきりと傘の格好に枝をひろげた松の木が入っている。やや曲っている幹の形、道路へさし出ている枝ぶりなど記憶の通りである。白い洋服にカンカン帽をかぶった通行人、兵器廠側の松の濃い影が道路を横切って石垣へ匍い上がっているその日射しの強さ、など真夏の写真だ。昭和十年ごろのものかと思われる。

松の木の先がゆるい上り坂になって、その先に練兵場入口のポプラの並木が見える。これも私が通学する途中の光景で、ポプラの下では兵隊がよく小休止していた。ただ、松の下にメリケン粉袋の天幕は見えない。だが、この写真を眺めていると、天幕の下の屋台と父の姿が現れてきそうであった。

私がいま立っているのはその写真の地点で同じアングルだった。むろん松の木もポプラもない。練兵場へ向かう上り坂は平坦な舗装道路に均《な》らされ、その上には高速道路の陸橋が架かり、ポプラ並木の代りに波形の屋根を連ねた工場がひろがっていた。けれども、そこが写真と同じ地点だという証拠はあった。右側の旧城の石垣に排水用の古い土管が残っているからである。写真にもそれがあって、石垣上の兵舎の裏から石垣にとりつけた排水土管が二つ写っている。松の木はあの辺にあったという見当はそれからでもつく。

天幕の一方はその松の幹に結ばれていた。大八車の屋台の前では、父が通行人の姿をさがすようにきょろきょろと上り下りの両方を見まわしている。巴焼は冷えている。餅も稲荷ズシも大量に残っている。夏はシャツ一枚、冬は綿入れの盲縞の筒袖、古着を母が仕立て直して半纏《はんてん》のように短くし、つき出た腹の下に兵児帯《へこおび》を結び、古着屋で買ってきた黒のズボンだった。それが三年間変らなかった。

峯さんもよう働くようになったのう、おタニさん、と祖母は母に言い言いした。心を入れかえると人が違ったようじゃ、と母はうれしそうにしていた。下関で父の道楽で泣かされたあとだった。小倉に来てからは呉服屋の下足番、橋上の塩鮭の立売り、縁日《えん》の露店などしながら連隊下の屋台で働いていた。母にとって仕合せな時期であった。家の中が揉めると繁昌せんけに、峯さんもおタニさんも喧嘩しんさんなよ、という言葉を祖母も出さなくなっていた。

私の提げている鞄の中には、大満寺さんからもらってきた「真室智鏡善女」の位牌が、寸足らずの包紙にくるまって入っている。私が動くたびに鞄の中でこそこそと音がする。だが、私はその位牌を、重い骨壺に考えたかった。鼠色をした素焼の壺、蓋と胴とを針金で十文字に縛って押入れにごろごろしていた骨壺に。——ばばやん、見んさいよ、あそこの松の木の下におとっつぁんが店を出して居ったんどな。

学校の帰りに、父の屋台の前を通るのが友だちの手前、私は苦痛であった。おお今帰るのか、まあちょっと休んで行けや、ラムネを飲んで行かんか、と父は一人息子に声をかける。私はなるべく道の反対側を通り、友だちのかげにかくれるようにした。

話し好きの峯太郎は、相手があるとつかまえて放さなかった。話というのは政治談義で、それも明治・大正の有名な政治家の挿話だった。昔の雑誌の知識である。それを唾を飛ばしながら話す。聞くほうは若いし、何も知らないので感心している。それが彼をいい気分にさせ、自分の話に陶酔した。本が好きだったし、どのように貧乏していても新聞はかならず取っていた。

峯太郎は若いとき広島で弁護士の書生をしていたというだけに、法律用語をよく使った。それがひとかどの知識人と相手が考えているように思って得意になっていた。

兄《あに》さんは人がよすぎるのう、あれだけの知識を持っていながら何をやっても成功せんのは、人間がええからじゃ、言うことも実《み》になる話が一つもない、人がええばかりでつまらん男じゃ、とタニの弟は峯太郎の居ないところで姉に言った。ほんまにのう、甲斐性なしじゃ、とタニは短い煙管を空き缶のふちに叩き、苦笑しながら弟に同調した。

一度こういうことがあった。

巴焼の餡の砂糖を父は問屋へ現金買いに行っていたが、帰ってから母が天秤《てんびん》にかけてみると量が不足していた。母につつかれた父は気負って問屋へかけ合いに行ったが、そのとき高等小学一年生だった私もついて行った。夕食中だったらしい問屋の主人は奥から出てきたが、土間に立っている父の激しい抗議を聞くと、主人も気色ばんで言い返した。量が足りなかったらなぜ買ったときその場で言わなかったか、持ち帰ってからあと文句をつけにきても困る、と店主ははねつけた。父は、店の者を信用して秤の目盛も確かめずに現金を払って持ち帰ったのだ、と言い返した。水かけ論だが、量が足りないといっても僅かなことだし、それにいつも買いにくる客だから、父がおだやかに言っていたら店主もすなおに不足分を追加してくれたかもしれない。ところが父ははじめから抗議口調で、しかもその文句に法律用語をはさんだりしたので、店主も腹を立てて激しく応じたのだった。父は、たじたじとなり、黙って相手の顔をじっと見ていたが、突然、ゴシュを召していますな、と眼を笑わせて言った。え、と向うは妙な顔をして問い返した。ゴシュが御酒《ごしゅ》とは、すぐに分らなかったのである。けっきょくは父の敗退だった。

父は、ふだんでもよく漢語を使った。小学校を出たくらいだが、昔の小学校はかんたんな漢文を教えた。社会に出てからも独学したようであった。法律用語と漢語と、それに「政治知識」とが彼の自己満足するインテリ意識であった。

父が砂糖問屋に押しかけてそんな言葉を使って威勢を見せたのには理由がある。下関に居るとき彼は裁判所によく出入りしていたが、それは債権者の代理となり、歩合をきめて貸金の取立てをやっていたからである。そのためにぞろりとした絹ものを着て体裁を整えていた。肥っていて腹も突き出ていたから押出しはよかった。焦げつき債権の取立てだから、相手に威圧的に出なければならない。砂糖屋へ怒鳴りこんだのは、その経験が出たのだった。だが、砂糖屋からは不足分の砂糖の一匁も取れなかったように、下関での債権取立て業も失敗であった。好人物の父には無理だった。

私はタクシーを旦過市場の手前で降りた。神岳川の上は平和通りの広い道路となっているが、その傍らに昔ながらの天神橋が朽ちかけた姿で残っている。兵庫屋の下足番をやめた父はここで寒い川風にさらされながら塩鮭と塩鱒を売っていたが、橋上の立売りだけでなく、自分の家でもそれを売るつもりで、表のほうに「鮭あります」と貼り紙を出した。この「看板」を書くときに鮭の文字が思い出せずに父は考えあぐねていた。小学四年生だった私は「さけ」と書いて教えてやった。父は笑って、それでは一杯飲むほうの「酒」と間違われると言ったので、私はなるほどと思ったことがある。小屋同様の貧弱な家にそんな貼り紙を出したところで鮭を買いにくる者はなかった。

旦過市場を途中から右に回ると紺屋町一丁目になる。左側を見ながら歩くと、二階家のバアがあった。ここが十四連隊下の屋台をたたんで移ってきた家で、飲食店をはじめたのである。

甲斐性のない父が、一足飛びにどうしてこんな繁華街の一角に飲食店を出し得たか、いまだに私にはよく分らない。旦過市場の魚屋に応援者があったのかもしれない。この飲食店は、はじめのころたいそう繁昌した。下が腰かけで、二階が座敷二間だった。繁昌の原因は、腕ききの座敷女中を傭ったことにあった。

祖母と私は近所の家具屋の二階に間借りした。近所に湯葉《ゆば》をつくる家が二、三軒あった。私は十八歳くらいになっていた。十六歳から川北電気小倉出張所というところの給仕をしていた。

カネと私は家具屋の二階で寝たが、昼間は私が勤めに出て行くし、カネは飲食店に下働きに出た。襷がけで飯を炊き、鉢や皿のよごれものを洗い、洗濯などをした。そのころから腰が曲りかけていたが、不服も言わずにごそごそと動いていた。手が空いているときは、おタニさん、ごぼうでもふこう（削る）かいのう、と自分から申し出た。牛蒡を削るのはカネの仕事の一つで、一品料理や稲荷ズシをつくる材料だった。

寝る前に祖母は近所の銭湯にゆっくり入って戻るが、腰が痛いと手をうしろに回して叩いていた。もう八十近くになっていた。銭湯から帰ると木肌を見るように白い顔色になっていた。風呂にはかならず糠袋《ぬかぶくろ》を金盥《かなだらい》に入れて持って行った。母よりもおしゃれであった。

寝る前に、祖母はよく故郷の米子の話をした。その話では、米子は山陰第一の都会のように聞えた。米子米子とどこがようて米子、帯の幅ほどある町を、と小さな声で歌いもし、安来節の、わたすァ雲州平田《おんすうふらた》の生《おま》れ、などと歌っては、ココチャンココチャン、ココチャンと口三味線を付けたりした。

米子で祖母がどのような生活をしていたか私には一切わからない。つれ合いの松本兼吉の前身も不詳だ。米子のほうからカネを訪ねて人がくることはまったくなかった。

そのくらいだから、峯太郎を田中家から貰い子にしたいきさつや、先方からその子を取り返しに来ても絶対に放さなかった事情も分らずじまいである。峯太郎は十七、八くらいのころに養家を出て広島に行っている。伯耆と美作の境の四十曲りの峠を歩いた話はするが、出奔の事情は彼も遂に口にしなかった。

父と祖母の間で米子の話が出たことは一度もなかった。懐旧談が好きで、幼いときに遊びに行った生家の話やその土地の想い出をよく語った父も、青年期近くまで育った米子の町やそこでの人間関係には沈黙していた。暗い記憶しかないようであった。母も聞かされてなかった。

峯太郎が広島でタニといっしょになり、そこから小倉へ行き、さらに下関の壇ノ浦へ移ったのは、兼吉・カネの養父母を頼ったからである。祖父母に当るこの夫婦が、なぜ米子から方角違いも甚だしい壇ノ浦に移住していたか、そのへんの事情も私には分らない。

関門海峡の突端、門司側の和布刈神社のあたりに立って真向いの壇ノ浦側を注意して眺めると、すぐ背後の山の斜面の一部が色違いになっているのが分る。山の色が違うのは山崩れのあとに植林したからである。

山崩れの前まで兼吉とカネはその壇ノ浦で餅屋をしていた。兼吉は私が三歳くらいのときに死んだので、この祖父に記憶はない。餅は祖母と母とでつくっていた。私がかすかに憶えているのは、淡褐色の餅をこしらえていたことで、これは薩摩芋の粉を練って蒸したものだった。見た眼には色がようないけんど、おいしい餅じゃけん、と祖母は客にすすめ、客が一口食べて顔をしかめると、まあ好《す》き好《ず》きじゃけんどのう、と言っていた。私も食べたが白い餅からすると味が変だった。ばばやん、この黄色い餅はまむないい(うまくない)のう、と言うと、それなら食べんでもええ、と祖母は機嫌が悪かった。

薩摩芋の餅を、その後ほかで私は一度も見かけたことがない。芋餅というのは当時米子地方だけにあった特殊なものなのだろうか。その蒸したてのを食べると、土くさいような匂いがぷんと鼻にきた。

峯太郎は壇ノ浦の人力車の立場で車夫をし、長府や下関へ客を送っていた。一時は長いこと神戸へ行っていたことがあり、布引《ぬのびき》の滝の画が付いた土産ものを私にくれた憶えがある。あれは一旗揚げるための出稼ぎだったのかもしれない。成功したら母子を呼んでくれるつもりだったろうが、壇ノ浦に舞い戻ったのは、生れつきの「甲斐性なし」からだろう。

私は新下関駅からタクシーをたのんだ。旧壇ノ浦に立ったときは小雨が降っていた。下関から長府方面へ延びる海岸沿いの国道9号線は四車線の広い道幅で、火ノ山と海峡とに挟まれている。旧道はこの国道の半分にも足りなかった。

御裳川橋は朱塗りの欄干になっているが、その袂《たもと》のあたりの小公園が、ほぼ七十年前には、八軒ばかりの家が長府街道に一列にならび旧壇ノ浦の東端だった。そこから西へ三十メートル寄って道路がわずかにカーブする。そのあたりが西端であった。旧壇ノ浦はまことに短い集落だった。小公園の斜め前には落石防止の設備があるが、そこが旧壇ノ浦を全滅させた山崩れの箇所であった。

今は空に関門自動車道の大橋があって、のしかかるように下の街道を圧迫している。海岸がカーブするあたりにはその巨大な鉄筋の支柱が建っている。ここにはそうした橋梁工学の形状といったものばかりが空間を占めていて、昔の風情をすっかりなくしている。しかし、その橋梁の下をくぐって西へ行くと、山の斜面には赤塗り鳥居の稲荷社があり、海には小さな灯台がある。この灯台を境にして壇之浦町、阿弥陀寺町《あみだじちょう》と下関の中心へつづくのは昔のままであった。

赤間宮の先帝祭、亀山神社の夏祭りなどに母は私を背負って近所の女房連と行った。その戻りにこの灯台が見えてくると、ああ帰ってきたなと私は母の背中から子供心にも思った。汐の匂いが強くなる。白い灯台には桟橋があってその先に小さな円筒形のものが海面に立っている。おかん（お母さん）、あれは何かん、と私は訊く。さあ、なにするもんかいの、と言うだけで母には答えられない。今ではそれが潮流を験《しら》べる施設と分っているが、その独特な形も昔と変っていなかった。その灯台横の石ころばかりの渚には円錐形の赤茶けた岩が立っているが、その岩も母の背中から見ていた。もとは注連縄《しめなわ》がまわされていた。すぐ前は門司側の和布刈の岬《はな》で、この狭い海峡を速い潮に乗って汽船や漁船が周防灘《すおうなだ》と玄界灘との間を上下した。旧壇ノ浦の海岸は岩場ばかりで、漁師の家は一軒もなかった。

現在の稲荷社は二段の石垣で赤塗りの四つの鳥居と赤い欄干を持つ立派なものになっているが、あのころは一本の狭い石段の上の小さな祠《ほこら》であった。背後に火ノ山の密林を負い、石段の両側からは深い藪が逼っていて、うす暗い、気持の悪い場所であった。母は私を背負い、危なっかしい急な石段を踏んでは油揚げを供えた。この油揚げは、今晩のうちにお稲荷のキツネが食べなはると母は教えた。

旧壇ノ浦の家々には電灯がきてなくて洋灯《ランプ》の暮しであった。祖母はよくランプのホヤ（ガラス筒）を掃除していた。対《むか》い側の門司の街は電灯のイルミネーションで、この夜景は、母が泣く私をあやすときによく見せた。嵐の夜には、海から助けを求める難破船の乗組員の声が風の音といっしょに聞え、舵を失った漁船が裏の掛け出しの杭に突き当って祖母と母に悲鳴を上げさせたりした。

祖母は五つくらいの私を連れ、春には前の山麓にツワ（橐吾《つわぶき》）を採りに行く。急斜面の山麓は火ノ山砲台の用地になっていて有刺鉄線が張ってあった。それをくぐり抜けた奥のほうに収穫が多い。蛇が藪の中を走る。クチナワに近よるんじゃないどな、咬《か》まれたら死ぬけんのう、と教える。草の間に光る紐を私は恐ろしそうに見る。夏、父が抱いて海に入れようとすると、溺れ死んだらどうするんなら、と祖母はとめる。海の傍に育ちながら私は今もって泳ぎができない。近所の子に苛められはしないかと祖母は私が遊びに行く先々を監視した。

火ノ山の崖崩れは、夜中に突然やってきた。表戸の雨戸を破って餅の店を土砂で埋め、奥に寝ている四人の枕元へ木を付けた土と岩が押しよせた。母は私を背中に縛りつけ、その母の手を父が引張り、祖母がうしろから押して、闇中に屋根伝いに逃げた。せまい屋根のすぐ下は海だった。――山崩れは、道路拡張工事のダイナマイト爆破作業が原因だったという。

一家の生活がそれから変る。

家は田中町に移った。重砲兵連隊のすぐ前に餅屋を出した。父が足踏みの餅つき器を踏み、母は石臼にしゃがむ。餅とり粉で真白な板の台に搗《つ》き上がった餅が移される。そこには祖母が待っている。父の役目はそこまでだった。母が餅の端を握ってちぎり、祖母はそれを平らにひろげて、団子にした餡を中に包んで手で押える。ときには父もそれを手伝うことはある。が、彼はたいてい絹ものの着物に着替えて外へとび出す。そのころは米穀取引所前に行って仲間と空米《くうまい》相場をやっていた。債権の取立て屋になったのは、その相場の賭けごとに失敗したあとであった。

家のことは少しも構わず、外を歩きまわってばかりいる峯太郎にタニは絶えず苦情を言った。峯太郎は立腹し、でき上がったばかりの餅を集めて抱えこみ、表のゴミ箱にことごとく投げ入れた。峯さんもおタニさんも喧嘩せんようにのう、家《え》の中が揉めると繁昌せんけに、とカネは眼をあらぬところへむけて呟《つぶや》き、また、今日は朔日《ついたち》じゃけに揉まさんようにのう、などとひとりごとのように言いながら水をとりかえた小さな花を襷がけで仏壇へ運んで行くのだった。

私が小学校に上がったばかりのころ、祖母は教室の廊下に立って窓から私のほうを授業が終るまで見ていた。ほかの父兄もはじめはそうしていた者もあったが、最後まで窓から凝視して動かなかったのは祖母一人であった。文字は一字も読めないから授業の内容が判るわけはなく、孫が苛められはしないかと気遣うのであった。四角い窓から身を乗り出すようにしていつまでもこっちを見ている祖母に私は恥しい思いであった。

「死人の村」の小屋の窓から私のほうを見ていた夢の中の祖母の格好は、この小学校の記憶から来ているように思う。

私は、小学校二年生のころのうろおぼえの記憶をまさぐりながら、心当りの地形をさがす。それは園田町という所だった。

目標は瓦斯《ガス》会社の黒いタンクだが、現在もそこにあった。田中町から奥小路という市場の中を通って南へ行く坂道の横にその瓦斯タンクがあり、それを見ると、ばばやんの居る家はもうすぐだな、と脚にはずみがついたものだった。坂道を越えだらだらの下り道を入った町が園田町で、その横町のすこし高みになったところに石塀の家はあった。祖母はその家に住込みの女中となっていた。

こぎれいなその家には女主人が一人のようだった。夫は、外国航路の船長とかで、一年のうちにたまにしか帰ってこないということだった。

その家へ行く短い坂らしいものが今でもあった。もちろん様子が変わっているのでさだかには分らないが、直感でそれに間違いないと思われた。いま私が立っている前を買物袋をさげた妊婦服の主婦がその坂を上がって右へ折れて消えた。雨はやんだが、曇り空の下だった。私の記憶にある勾配もちょうどこの角度だった。

坂を上がって玄関の格子戸を私はたたく。襷がけの祖母が出てきて広い額の顔をのぞかせ、おお来たかや、遠かったのう、早う上がれ、と声をかけて裏手の小さな暗い部屋へ入れる。田中町から園田町は子供の脚ではかなりな距離だった。

そこでの祖母は、すこしもじっとしていられなかった。菓子などを買ってきて私に与えると、女主人の用事でたびたび立って行く。ちょっと近所まで行ってくるけんのう、おとなしゅうに待っとれや、などと言って一時間以上も戻らなかった。そうして掃除や洗濯ですこしも落ちついていなかった。

私は祖母の仕事を察しているので、不平とも思わなかった。いっしょに昼飯や夕飯を食べるのがたのしかった。縁側が総ガラス戸というのも珍しかった。

今になって考えると、遊びにくる孫のことで、祖母は女主人にどれだけ遠慮したか分らない。だが、そのころの私にはその家が、祖母の別家のような気がして、一晩泊りさえしていた。祖母は女主人の前に私を連れて行き、おじぎをさせたが、細い身体の奥さんだった。祖母は離れたところに畏《かしこ》まり、いつになく厳重に私に挨拶の仕方を教えた。

そのころ、父と母との間が悪くなり、父は家に帰らなくなっていた。祖母が他家の住込みの傭い婆になったのも、地獄のような家に居たくなかったからだと思う。祖母と孫は同じ気持で外国航路の船長の家に逃げていたのだった。

おかんはどうしているかや、と祖母は母の様子を私に訊く。蒲鉾《かまぼこ》屋で働いとる、と私は言う。祖母は暗い顔でうなずくが、父のことはあまり訊かなかった。その理由はやがて祖母の洩らす溜息まじりの言葉でわかった。おとっつぁんがのう、ここまで来ては、わしに小遣をせびって行くんじゃ、けど、これは内緒どな、おかんには言うなよ。——傭い婆となっている養母に小遣銭をせびりにその家まで行く父に、私も暗然とした気持だった。そのとき父は四十五歳、祖母は七十歳を三つ越えていた。

父は落ちぶれ、木賃宿にずっと居た。あるとき、小学校の裏門のところに立っていて帰る私を手招きした。いっしょについて行くと、それほど遠くない町の、間口の広い二階家に連れて上がった。梯子段も広く、二階も広かった。が、壁はしみだらけで、襖もなく、下は破れ畳だった。たくさんの人間があちこちにかたまって話したり寝転がったりしていた。新聞紙を敷いて七輪だの鍋だの茶瓶などがあり、飯碗や茶碗が乱雑にならんでいた。壁には着物や印半纏《しるしばんてん》が無数にかけてあり、その下には蒲団が積まれていた。

私には初めての木賃宿であった。

父は肥った身体を畳のまん中ほどに据え、新聞一枚の前にあぐらをかき、途中で買ってきた駄菓子だのナツメの実を私に食べさせた。黒い斑点のある青い皮のナツメを食べたから、あれは初夏だった。

おかんはどうしとるか、と父も私にきく。蒲鉾屋で働いていると私が言うと、そうか、蒲鉾屋はうまいものを食べさせるか、ときく。あんまりうまいものはない、蒲鉾材料の残った腐りかけの魚を煮たのやら、皆で食い散らしたあとの骨をダシにした吸いものが出る、と私は言う。にこにこして聞いていた父も、そこまで聞くとさすがに暗い顔をした。おとっつぁん、いつ家に戻ってくるんなら？　と私は訊く。うむ、もうすこしここに居ってから帰るけんな、おとなしゅうして、おかんの言うことを聞いとけよ、と父は私に言い聞かせる。

父が家を出てしまっては餅屋もできなくなった。母は近所の蒲鉾屋で臨時の手伝い人となった。そこのおかみさんが母の苦境を見かねてすすめてくれたのだが、餅屋をしていればこそ、近所どうしで対等のつき合いだが、その家に臨時でも傭われたとなれば、おかみさんはともかく、家族からはまるで下女の扱いだった。私は当然に下女の連れ子の厄介者であった。蒲鉾屋は家族が多く、二十代の男の子も二人居て、私に白い眼をむけ、口もきかなかった。いっしょに食卓に坐っていると、痩せた顔の亭主は私を不愉快そうに眺め、息子たちは額ごしの上眼づかいに私を睨《ね》めつけた。魚のいいところは当然にかれらが食べ、母と私には蒲鉾材料の腐りかけたものが与えられた。煮魚は家族一同が身のところを食べたあと、骨をいっしょに鍋に移して吸物にするという倹約ぶりだったので、母と私とは言語道断の余計者だったにちがいない。

たまらなくなった母は、蒲鉾屋の手伝いをやめ、連隊の前に巴焼の露店を出した。巴焼は初めての経験で、融いたメリケン粉がゆるかったり、焼いても色が狐色にならずに白けたりして、苦心していた。それまで対等に付き合ってきていた米屋・鍛冶屋・蒟蒻《こんにゃく》製造業・蒲鉾製造業・菓子製造業・雑貨店・薬店などのならぶ前の路傍で巴焼の露店を出した母は、追い詰められて恥も外聞もない勇気を出していた。兵営前のポプラ並木の下で、丸髷《まるまげ》を姉さんかぶりに包んだ母は、売れない巴焼の前に、うつむいて煙管をくわえ、ミカン箱の上につくねんと腰かけていた。姉さんかぶりの手拭いの上にポプラの葉が落ちた。

戻った父や祖母といっしょに一家が小倉へ移ったのはそれから間もなくだった。

祖母カネが晩年を迎えたのは、小倉の紺屋町ではなく、中島通りであった。

そこは前に住んでいた製紙会社の汚水が流れる川の傍ではなく、香春口というところから陸軍橋にいたる本通りであった。紺屋町の飲食店が立ち行かなくなってこの場末に追い立てられたのである。ここでも飲食店をはじめたが、もう見る影はなかった。

その家は、表は本通りに面しているが、裏は落ち窪んだ低地で、そのために一段と低い四畳半の部屋があった。そこが祖母カネの寝起きする場所だった。

八十歳を越えると身体が動けなくなった。おタニさん、ごぼうをふこうかいのう、と母の機嫌とりに申し出る気力もなく、一日じゅうその低い部屋でごそごそしていた。便所にはまだ自分の力で行けて、四段ぐらいの階段を上がり、裏の座敷の端を伝って左突当りにある便所の戸を開けた。

清《きよ》さんや、あんたに小遣を上げようのう、と言って、私に五十銭銀貨をくれたりした。それは財布から出すのではなく、いったん裏からどこかへ出て行って戻ってからだった。近所に金を借りに行く先はないので、財布を私に見られたくなかったのである。が、そうした行動もできなくなっていた。

あるときから、眼がかすむ、と祖母は言いだした。おタニさん、眼医者さんを呼んでつかあさい、と頼んだ。眼医者ではなく内科の医者が来て、懐中電灯で瞳を検《しら》べていたが、おばあさん、心配はない、年をとればだれでも眼がかすむ、と言い聞かせた。医者は帰りがけに母に小さな声で、老衰で視力がなくなっているので癒らない、もうすぐ失明する、と宣告した。あれは栄養失調からだったと思う。

完全に眼が見えなくなってからも、祖母はしばらく眼薬を自分で眼に入れていた。懐の中に持っていて、手さぐりで点眼するのだった。私がそれを手伝うとひどくよろこび、清さん、ウチが死んでもおまえをまぶって（守って）やるけんのう、とまた言った。

手さぐりで便所通いをする祖母が危ないので母が連れて行った。だが、母も飲食店の商売があり、客が来たときは手がはなせなかった。そんなとき、祖母はごそごそと匍って手を泳がせながら黙って便所へ行く。母を呼ぶのを遠慮していた。そのころは母が祖母の白髪を切って短くしてやっていた。

父は相変らず外出が多かった。紺屋町のころ、警察署の意向で飲食店組合が結成され、その初会合の席で父は例の法律用語を振り回して警察にいろいろと質問したため、それを買われて組合の役員に選出された。父は得意になって組合の役員会に出たり、組合長や副組合長の家をよく訪問したりしていた。紺屋町から場末の中島通りに転落しても、役員にはとどまっていたので、組合の用事だと言って出て行くのに変りはなかった。そんなことで、父は盲目になった養母の世話をする余裕はなかった。

それよりも父峯太郎の屈託は、飲食店が不景気で、家賃も払えず、酒屋の借りが溜まっていることにあった。そのころ私は印刷屋の職人見習いのようなことをしていたが、家に戻ってみると、父は火鉢の前に坐ってつくねんと考えこんでいた。楽天家も、借金取りの火のような催促にはさすがに困り、ふうと溜息をついては、火箸を杖のように握ってうつむいていた。それがいつか居眠りとなり、洟汁が灰の上に氷柱《つらら》のように下がった。

近所の銭湯には五日に一度くらい母がざんぎり頭の祖母を背負って行った。寒くなって重ね着させていたので、裾から色褪《あ》せた古い長襦袢《ながじゆばん》がはみ出していた。

死ぬ三日前から祖母は昏睡状態となった。昼となく夜となく高鼾《たかいびき》がつづいた。私は印刷所を休んだ。母は葬式にそなえて店を休業にした。

鼾が熄《や》んだとき、カネは閉じた眼から一雫の泪《なみだ》を出した。頬の半分ぐらいのところで停まったその雫は、ガラス玉のように澄み切っていた。雪がやまなかった。

——中島通りも当時の面影はない。だいたいこのあたりと見当をつけた家は、三階建てのレストランであった。私が歩くにつれて提げた鞄の中で位牌を包んだ紙がかさかさと鳴る。その音を骨壺の重さと思う。

——新潮（S55・2）

第八章
権力は敵か

前口上　宮部みゆき

「機械仕掛けの神《デウス・エクス・マキナ》」という言葉があります。

もともとは戯曲の世界の言葉で、収拾がつかなくなったストーリーを、終幕になってつじつま合わせに登場させた人物にすべてまとめさせてしまうこと、もしくはそういう役割を持たされて登場する人物を指す言葉だそうであります。当然、あまり良い意味ではありません。

私は、「権力」という言葉を見聞きすると、いつもこの「機械仕掛けの神」を思います。

もちろん、本来の意味からは離れた勝手な解釈なのですが、大掛かりで複雑、ひと目では全体像をつかむことも難しいメタリックな機械が、頭のなかに浮かんでくるのです。そして、そのスイッチを押す人間たち。

スイッチを押す資格や権利を与えられた——あるいは与えられたと思っている人間たち。この複雑な機械は、本来、人間社会の役に立つように製造されたものです。ですからスイッチを押す人間たちも、社会の同胞たちのために働くことを目指しているのです。

ところが。

この機械は、ひとたび動き出すと、その近くにいる人間たちに、麻薬的な効果を及ぼします。周囲の人びとは酔っ払い、良い気分になってしまうのです。そのうちに本来の役目を忘れ、この機械を動かし続けることが目的となってしまう。動き続ける機械が与えてくれる陶酔だけが、この世でいちばん価値のあるものだと思い込んでしまうのです。機械の奴隷となるのです。

そういう機械ですから、これはとても危険です。スイッチを押す立場にない人びとからは恐れられ、憎まれ、時に破壊の対象ともされます。

しかし、それでもこの機械が地上から消えて失くなることはありません。扱い方が難しい悪魔的な機械であっても、社会を運営していくためには必要な場合もあり、また、人が何人か集まれば、必ずこの機械を作ってしまうものだからです。だから、ある場所に君臨するこの機械を憎んで破壊した人びとが、実は自分たちも自前の同じような機械を隠し持っている――などという皮肉な事態も、実にしばしば起こるのでした。

実のところ人間は、この機械なしには生きることができないのかもしれないのです。

『日本の黒い霧』より　「帝銀事件の謎」

戦後昭和史検証ドキュメント『日本の黒い霧』では、戦後の日本社会を騒然とさせた大事件がいくつも素材とされています。しかし、それらの大事件も、悲しいかな時の流れによる風化と忘却には逆らうことができません。たとえば、松川事件や「もく星号」墜落事件は、今の十代、二十代の読者の皆さんにとっては、ほとんど初耳の事柄ではないでしょうか。

そのなかで、この「帝銀事件」だけは特異な地位を占めています。閉店直後の銀行を訪ね、業務中の行員全員に毒物を飲ませて殺害をはかり、その阿鼻叫喚のなかで現金や小切手を盗んで逃走する——荒っぽいという以上に、普通の人間の想像力から激しく逸脱したこの手口は、発生から半世紀以上を経た今日に至っても、犯罪史上に残るものです。日本国内だけでなく、世界的にも類例が見当たりません。

ただ、手口は異様でも、なされたことは要するに銀行強盗です。一般の読者すべてに、「自分だってこの行員さんたちのような目に遭うかもしれないんだ」という身近で切実な恐怖感を与える点で、他の事件とは一線を画し、多くの人びとの記憶に焼きついているということもあるでしょう（ここが、近年、真相に迫る力作ルポルタージュが発表され、再び注目を集めている「下山事件」とも違うところです）。

清張さんは、「帝銀事件」に強いこだわりを持っておられました。これよりも以前に『小説帝銀事件』という作品も書いています。こちらはあくまでも「小説」。調べた事実を土台に創作として作り上げられたものですが、しかし、清張さんはそれでは足らなかった。小説は創作だが、素材として取り上げている幾多の事実は作り事ではない。それを読者に知ってほしい。その強い希望が、『日本の黒い霧』に「帝銀事件」を再登場させたのでした。

帝銀事件の真相解明に、当時の警視庁は肉薄していた。捜査方針は的確であり、捜査の手は確実に犯人に迫っていた。

しかし、その流れは強い圧力によって捻じ曲げられ、結果として、この世紀の大犯罪の犯人としてはまことに納得のいかない、つじつまの合わない要素をたくさん持った平沢貞通という人物が、いわば人身御供《ひとみごくう》として真犯人に祭り上げられてしまったのだ——。

捜査を捻じ曲げた圧力の発信源こそが、GHQでした。

GHQという権力、機械仕掛けの神は、このとき、明らかに日本国民に対し、独裁者の顔を向けていたのです。押されたスイッチは、一人の無力な市民を押し潰すためのスイッチでした。

不運な時に、不運な場所に居合わせたならば、私たちもいつ、青酸性毒物を飲まされた行員さんたちと同じような目に遭うかわからない。それと同時に、不運な時、不運な場所に居合わせて、不運な材料をいくつか持っていたならば、私たちはいつ、平沢貞通被告と同じような目に遭うかもわからない。

ひとたび権力という機械仕掛けの神が動き方を間違えれば、こういうことはいつでも起こりえる。誰の身の上にでも降りかかる。この論考を通して、清張さんはそう呼びかけておられます。

それは、GHQが他の何ものかに取って代わられた現代においても、まったく変わりはないこと。また、日本という国が富み、力をつけた現代では、翻って、今度は私たちの方が〝GHQ〟になる可能性もあるのだということも、忘れてはなりません。

「鴉」

それでは、権力というものは、常に国家や社会という「集団」のなかにのみ存在するものなのでしょうか。社会のなかには機械仕掛けの神がいて、それを動かす人間の過ちを誘う。しかし、どんなに機械仕掛けの神の誘惑に耽溺《たんでき》している人であっても、集団から切り離され、一個人に戻ったなら、すぐ目が覚めるものなのでしょうか。個人はすべて、権力とは無縁の善良無垢な存在なのでしょうか。

あにはからんや、個人のなかにも、機械仕掛けの神はいるのです。スイッチを押す人間が一人だけでも、この機械はちゃんと動き、ちゃんと破壊的な間違いを起こすのです。

私はこの短篇が大好きです。何度も読んでいます。でも、読むたびに暗い気持ちになる。あまりにも正確に、具体的に、自分のなかに生じた機械仕掛けの神に踊らされる愚かな人間が描かれているので、読むたびに胸苦しくなるのです。

組合の役員となり、他の社員たちの前で熱弁をふるい、会社の上層部を糾弾する。本来、それは労働条件の改善という、正しい目的のためになされたことでした。だがしかし、その「正しい」ことに向かってほとばしるエネルギーが、主人公の浜島庄作を酔わせます。彼はそのエネルギーの依存症になります。自身の役割が終わっても、「正しいこと」のために作った機械仕掛けの神を、止めることができなくなってしまうのです。彼は機械に憑かれ、そうなっていることに気づかないまま、奈落の底へと転がり落ちてゆく――。

機械仕掛けの神は、いつでも、どこでも、私たちが呼べば、たちどころに姿を現します。それは頼もしく力強い存在であることもあれば、忌まわしく恐ろしいものになることもあります。それにおもねる者を取り込んで酔わせ、それに抗う者を圧殺する。しかし、忘れてはならないのは、前者と後者は容易に入れ替わるものであり、悲しいかな、それが我々人間の持っている本性だということです。

社会派推理作家松本清張は、ただ声高に叫んで、その時代の権力に挑みかかったわけではありません。その「権力」がどこから生じているのか、誰に求められて地上に降臨するものなのか、鋭い瞳で見据えていました。

権力が敵なのではない。人間の内なる、権力をほしいままにしたいと求めてやまぬ本性こそが敵なのだ。我々はそこから眼を背けてはならないのだ、と。

帝銀事件の謎——「日本の黒い霧」より

一

帝銀事件の犯人は、最高裁の判決によって平沢貞通に決定した。もはや今日では、いかなる法律手続によっても彼の無罪を証明することは不可能である。云い換えれば、法務大臣の捺印があれば、いつでも彼は絞首台に上る運命にある。（もっとも再審請求が弁護人側から出されているが、必ずしも刑の執行を拘束しない）

帝銀事件は、これで落着した。少くとも、平沢貞通を犯人にすることによって世紀の残虐事件は終止符を打ったのである。

しかし、弁護人側からは、最高裁の判決が下ってからも、たびたび再審要求などが出されて、儚《はかな》い抵抗の努力がなされた。だが、そのいずれも悉く却下されている。今日では、どのような方法をもってしても、平沢貞通を帝銀事件犯人から取り消すことは出来ない。

私は昨年（昭和三十四年）、『文藝春秋』に「小説帝銀事件」を書いた。かねてから平沢貞通犯人説に多少の疑問を抱いていた私は、この小説の中で、出来るだけ事実に即して叙述し、その疑問とするところをテーマとした。小説の形にこれを仕立てたのは、私の疑問をフィクションによって表したかったのである。しかし、疑問をそのような形で書く以上、内容的なデータは出来るだけ事実に拠らしめなければならない。その小説の中では、殆どフィクションは挿入せず、検事調書、検事論告、弁護要旨、判決書など、裁判記録を資料に使った。

この小説で私がテーマとしたのは、帝銀事件が発生してから平沢逮捕に到るまでの警視庁捜査が、途中で一つの壁にぶつかり、急激に旋回した跡が感じられたことである。今日でも、この疑問を私は捨ててはいない。この小説を書いた当時、私の調査は充分とは云えなかった。すでに、その跡を辿ろうにも、すべての痕跡は土砂の中に埋没されていた。捜査当局や検察筋と何の繋がりも持たず、法律的な知識もない私にとっては、その痕跡を発掘することは至難なことである。私が小説の名にそれを借りて疑問を書いたのは、その貧弱な知識の故であった。

しかし、今でも私は、当時の疑問に対する情熱を捨ててはいない。

二

最高裁の判決は絶対権威である。私は最高裁の権威と尊厳とを支持する。しかし、それには万人が納得するだけの論理と科学性がなくてはならない。少しでもその判決が疑念を持たれたり、曖昧な印象を与えてはならないのである。帝銀事件に対する平沢被告への判決はどうであったか。

最高裁の判決は、殆ど第一審の判決をそのまま通過させたと云ってよい。

平沢有罪論の根底をなすものは、彼の自白である。それが検事に強要されたにしろ、またコルサコフ氏症による平沢被告の異常心理の自白であるにせよ、とにかく、その自白が重大な証拠の一つとなった。

敢えてその自白を証拠と云うのは、この事件の起こったのが昭和二十三年一月二十六日のことである。この年の秋、刑事訴訟法は旧法から新法に変った。いわば、帝銀事件は、幸か不幸か、旧刑事訴訟法の最後の事件であった。

旧刑訴法によれば、本人の「自白」は証拠と見なされる。しかし、新刑訴法では、他の物的証拠がない限り、本人にとって不利なる自白は証拠とは見なされないのである。私は、帝銀事件が旧刑訴法の法則によって悉く処理されたとは敢えて云わない。すでに新刑訴法の発足当時であったから、この事件も新刑訴法の精神によって処理されたであろうと思う。

しかしながら、事実は、平沢被告の自白が最大の証拠になっている。これは何を意味するか。新刑訴法の精神で審理しながら、なお且つ自白を証拠としなければならなかったのは、他の物的証拠がことほど左様に薄弱だったからといえるのではないか。

試みに、この厖大《ぼうだい》な帝銀事件の裁判記録を一読しても、検事側がいかに物的証拠の薄弱さに苦悶していることか。その点では或は、平沢貞通以上の苦悩であったかも知れない。第一、有罪を決定する最大の要素である兇器にいたっては、検事側に少しの解明もされていない。平沢被告が帝銀において十六人にのませた毒薬はどこから入手したのかという、入手経路も定かではない。判決書によれば「被告がかねて所持しいたる青酸カリ」と片づけている。

この毒物の入手については、検事側も懸命に捜査した。平沢被告もその自白の中でそのことに触れているが、裏づけは何もなかった。しかも、使った毒薬が果して青酸カリであったか、そうでない別な化合物であったか、その辺の厳正な判断も下されていない。およそ、殺人事件においては、兇器は物的証拠の中で最たるものである。それがこの曖昧さでは、他の物的証拠と称するものも価値の比重が甚だ軽くなるのである。

他の物的証拠と検事側が主張するものは、例えば「松井蔚」の名刺、強奪した小切手の裏書の筆蹟、アリバイの不成立、事件後被告の手に入ったと称する金の出所不明、面通しによるその人相などである。だが、これらは、科学的には正確に平沢被告に直結する物的証拠とは云いがたい。

三

犯人が帝銀を襲う前年、昭和二十二年十月十四日、安田銀行荏原支店で使用した松井蔚の名刺は真正であった。また、平沢被告も、昭和二十二年の春、青函連絡船の上で、松井博士と名刺の交換を行なっている。だからといって、その安田銀行で使った松井名刺が平沢の貰った名刺だと断定しうる根拠は何一つない。事実、丹念な性格の松井蔚氏は、交換先をいちいちメモしていたが、それでも十七枚の行方不明のいわゆる事故名刺が出て来た。安田銀行荏原支店で使用されたその名刺は、十七枚の事故名刺の一枚かも知れないのである。

小切手の裏書の文字は、帝銀椎名町支店から強奪した犯人が書いたものと推断されるが、この筆蹟について平沢被告のそれとを鑑定した筆蹟鑑定人の回答には、絶対的な客観性があるとは思えない。鑑定人の一人は、平沢のものではない、と云っている。可能性は遂に絶対性とはなり得ないのである。

面通しは、多くの証人によって証言されたが、これも絶対性はない。また、アリバイもどこか作られた感じがする。事件直後に平沢被告が入手したという大金も、その出所不明を事件に結び着けているが、これとても、状況証拠にはなり得ても、それが直接証拠とはならないのである。

私は、ここで再び平沢被告論を書くつもりはない。以前に「小説帝銀事件」を書いて、そのことはすでに云い尽したことだし、面倒な捜査内容や裁判経過をいちいちここに記録する根気もないのである。私が書いた後からも、平沢被告無罪説を論述した著書が一、二出ている。詳細なことを知りたい読者はそれらについて読まれるのが便宜だと思う。

私がこれから書くことは、前回の拙稿に尽されなかったことの疑問に新しく視点を置きたいと思う。つまり、警視庁の捜査主力は、なぜ途中で、傍流だった居木井警部補の名刺班に旋回しなければならなかったか。その突き当った壁とは何か。そして、壁の正体とは何を意味するか。今度はそれについてふれてみたいと思うのだ。

四

帝銀事件の経過は、これまでしばしば書かれているので、詳しくは述べない。

昭和二十三年一月二十六日午後四時ごろ、帝銀椎名町支店に現れた中年男は、腕に東京都のマークの付いた腕章を付け、近所に集団赤痢が発生したから、進駐軍の命令で全員予防薬を飲まなければならない、と云って、吉田支店長代理以下十六人に毒を飲ませた。そのときの模様は、犯人に面会した支店長代理吉田武次郎が生き残って、次のように供述した。

「わたしは銀行で毒を飲まされたことについて申し上げます。本日午後四時ごろ銀行業務を終り、営業の事務処理をいたしておりましたところ、そこへ店の戸の横のくぐり戸を開けて、年齢四十五、六歳の、背広を着て、左腕に白地に東京都の赤じるしの腕章をつけた男が入って来まして、名刺を出しました。『東京都の者ですが、支店長は』と申しましたので、私は『支店長はいませんが、私が支店長代理です』と言いました。そうしてその人より受け取りました名刺には、東京都衛生課並びに厚生省厚生部医員、医学博士と書いてありましたが、名前は記憶いたしておりません。そうしてその方を入口より事務室に上げて、私の座席の隣の椅子にかけてもらいました。すると、その男は『実は、長崎二丁目の相田というううちの前の井戸を使用しているところより、四名の集団赤痢が発生し、警察の方へも届けられたろうが、このことがＧＨＱのホートク中尉に報告され、中尉は、それは大変だ、すぐに行くからお前一足さきに行け、と言われて来たが、調べてみると、その家に同居している人が、今日この銀行へ来たことが分った。ホートク中尉はあとより消毒班を指揮して来ることになっている。その消毒をするまえに、予防薬を飲んでもらうことになった』と言いましたので、私は『ずいぶん早く分りましたね』と言いますと、その人は『診断した医師から直接GHQへ報告されたのだ』と申しておりました。

そうしてその男は『もうすぐ本隊が来るから、そのまえにこの薬を飲んでもらおう。元来これはGHQより出た強い薬で、非常によく効く薬であるから』と申しまして、幅一寸に長さ五寸くらいの医師の持つ金属製の箱を出しましたので、給仕が湯呑を全部洗って持って来ました。するとその男は『この薬は歯に触れると琺瑯質《ほうろうしつ》を損傷するから、私がその飲み方を教えますから、私がやるようにして下さい。薬は二種あって、最初の薬を飲んだのち、一分くらいして次の薬を飲むように』と言われ、その男は小さいビンを出しまして、ガラスにゴムのついたスポイトを出した。その薬は無色で少し混濁《こんだく》しているもので、スポイトで少量ずつ湯呑に分配して、その男は最初の薬を、舌が出せるだけ出しまして、そのなかほどへ巻くようにして飲んで見せました。店員の者も全部それを見習って飲みました。するとその薬は非常に刺激が強く、ちょうど酒の飲めぬ人が強い酒を飲んだように、胸が苦しくなってきました。そうして一分して第二の薬をまた分配してもらって飲みました。そうして私は井戸に行きまして、うがいをして帰ろうといたしますと、みなの者もばらばらと倒れますので、これはいけないと、私の席へ帰りましたが、間もなく意識が分らなくなってしまいました。その男は赤いゴム靴をはき、一見好男子で、知識階級の人のようでありましたが、医者としてはちょっと手が武骨であるようであります。腕章は白い布で、赤く東京都のマークが押捺され、その下に黒字で達筆に防疫消毒班と書かれてありました」

この供述中の、進駐軍の係の名は、初めホートク中尉であったが、のちにホーネット、またはコーネットと云ったように思うと改められた。

五

この犯人が鼻筋の通った品のいい好男子であったことは、生き残りの四人とも証言している。吉田支店長代理だけが左のこめかみから頰にかけたあたりに直径五分くらいの茶色のしみがあったと云い、ほかの三人は気が付かない。オーバーは着ていたのか、手に持っていたのかはっきりせず、吉田支店長代理は背広の腕に腕章を巻いていたと云っている。また男の靴について証言した者も吉田支店長代理だけで、露店に売っているような赤のゴム靴だったと云い、スリッパを揃えて出した阿久沢行員は、靴がどんなだったか分らなかったと云っている。田中行員も靴のことは覚えていなかった。

この薬の味、色、臭いについては、生き残りの四人の行員の証言は少しずつ違っていた。吉田支店長代理は「最初のは少し白く、濁った液で、強いウィスキーか何か飲むように、胸が焼けるようだった」と云い、田中行員は「ガソリン臭くて舌がぴりぴりした」と云い、阿久沢行員は、「薄黄色でアンモニア臭に近いにおいと、苦いような味がした」と云っている。

この生き残りの人たちは悉く、近くの聖母病院に入院した。

一方、予防薬と称して行員に飲ませた湯呑は、行員の数だけの十六個である。だが、犯人が自分で飲んで見せた茶碗があるから、全部で十七個の筈だったが、一個足りなかった。つまり、腕章を巻いた犯人に出したと思われる湯呑は発見されなかったのである。犯人が指紋を恐れて持ち去ったものと考えられる。そして、これらの湯呑の飲み残りは集められてガラスの醤油差しに入れられたが、それはごく少い量だった。また死体の吐瀉物は八個の湯呑茶碗に採集されたが、これらは、翌二十七日に、警視庁鑑識課の理化学室に届けられた。

被害者たちの話では、最初に刺激の強い薬を飲まされ、第二回に飲んだものは、水と同じものだった、ということだから、青酸化合物を飲んだとすれば、この第一の方と思われる。そうすると、この飲み残りは、殆ど第二液が主なわけだ。これを調べると、青酸その他、毒物らしいものは何も出なかった。

そこで、更に精密に検査する必要があって、胃の内容物の分光分析を、東大理学部化学研究室の木村教授に依頼して垣花助手が正式に分析を行なった。死者の吐物を入れた湯呑と、残りの液を入れた醤油差し、更に生存者の胃洗滌による吐物を入れた二本の褐色の瓶が届けられたが、この両方の液からも少量の青酸が検出された。西山技師が、この瓶の一方を開けたとき、青酸の臭いにまじって石炭酸の臭いがした。あとで聖母病院で調べたところ、それは石炭酸の空瓶を使ったことが分った。とにかく、調べた限りでは、胃の内容物や飲み残り液からは、カリとナトリウムしか出ない。そういう試験の結果、青酸カリとして捜査してもいい、という腹を捜査当局は決めた。しかし、西山技師は慎重を期して、第一薬は青酸カリに類するもの、第二薬は水らしいもの、と報告した。

胃内容物には、明らかに青酸が認められる。従って、飲んだ毒物が青酸であることは間違いなかった。ただ、青酸と何との化合物であるかが問題である。そこで、更に胃内容物を濾過した液について、いろいろな反応検査が行なわれたが、カリとナトリウムしか依然として検出されない。だから、結局、青酸カリ、または、青酸ナトリウムというものに間違いない、と推定された。

私が、なぜ、このように毒物検査を詳細に書くかは、この事件ではこの毒物が唯一の兇器だからである。

六

帝銀事件が発生してのち、他の銀行に類似の未遂事件があったことが分った。それは、帝銀事件から一週間前の一月十九日午後三時五分ごろ、新宿区下落合の三菱銀行中井支店に、品のいい紳士風の男が訪れて、厚生省技官医学博士山口二郎、東京都防疫官と印刷した名刺を出して、都の衛生課から来たが、ここのお得意さんから七名ほどの集団赤痢が発生したので、進駐軍が車で消毒に来たが、その会社の一人が、今日この銀行に預金に来たことが分った。それで、銀行の人も、現金、帳簿、各室全部消毒しなければならない。今日は現送はあったか、と訊いた。支店長が、現送は無い、と答え、預金に来た者の会社の名前を訊くと、赤痢が出たのは、新宿区下落合の井華鉱業落合寮で、そこの責任者の大谷という人がここに来た筈だ、と山口と名乗る防疫官は云った。支店では井華鉱業と取引はなかったが、井華鉱業落合寮の責任者の大谷という同じ名前で六十五円預金したことが分ったので、折から、行員が小為替類をまとめて本店に運ぼうとしているのを止めた。

支店長は、一枚のことでそんなことをされては困ります、その為替を消毒するだけにしてもらいたい、と抗議したので、彼は肩に掛けていたズックの鞄の中から、小さな瓶を取り出し、その瓶に入っていた無色透明の液体を、その小為替の裏表全体にふりかけたのちに、それを戻した。そして、彼は、これでいいと思うが、ＭＰがやかましく云ったらまたあとで来る、もし来なかったら済んだものと思って結構です、と云って帰った。

この事件は、実害がなかったため、当時、銀行は警察には届けなかったものである。

問題の松井蔚の名刺が使われたのは、前年の昭和二十二年十月十四日の出来事である。狙われた銀行は、品川区平塚の安田銀行荏原支店だった。それも午後三時過ぎ、閉店直後の銀行に、一人の品のいい男が現れて、渡辺支店長に、厚生技官医学博士松井蔚、厚生省予防局、という名刺を出した。彼は云った。

「茨城の水害で悪疫が流行したので、現地に派遣され、くたくたに疲れて帰ってきた。ところが、今度は、水害地から子供を連れて小山三丁目のマーケット裏の渡辺という家に避難してきた夫婦者が、赤痢にかかり、そこから集団赤痢が発生したので、消毒のため、GHQのパーカー中尉と一緒にジープで来た。調べてみると、きょう午前中、その同居人が、この銀行に預金に来たのが分ったので、この銀行のオール・メンバー、オール・ルーム、オール・キャッシュ、またはオール・マネーを消毒しなければならない。金も帳簿もそのままにしておくように」

そのものの云い方は、威張った風ではなく、叮嚀だった。

ここでは渡辺支店長が慎重で、近くの平塚橋交番に小使を行かせて問い合わせたので、交番の巡査が、早速、小山三丁目あたりを自転車で探し廻ったが、赤痢が出たような家がない。巡査が銀行に行くと、その男は支店長の前にまだ立っていた。巡査の質問に、その男は、確かに三丁目のマーケットのところに進駐軍の消毒班が来ている筈だ、と主張したので、巡査は再び、確かめるために銀行から出て行った。

そのあとで、その男は、予防のため全員これを飲まなければなりません、と云って、ズックの鞄から、茶褐色の瓶と無色透明の瓶を出した。それから、支店長、行員二十九名を集めて、各自の茶碗に、まず茶褐色の瓶から、茶褐色の液体三滴ずつ、およそ一・五ccばかりを入れ分け、自分で飲んで見せたのち、全員に飲ませ、更に二番目の液も飲ませた。のちの帝銀椎名町支店のときと全く同じやり方である。この作業が終ると、もう消毒班が来そうなものだ、と呟きながら、遅いからちょっと見てくる、と云って、通用口の方へ歩いて消えた。それきり戻って来ない。

そのときの液は、渋味のあるえごい味だった、と云うだけで、実害がなかった。だが、一応、荏原署に届けたので、荏原署では、概要メモと松井蔚の名刺を保存していた。

この二つの未遂事件が帝銀事件と同一人物の仕業であることは、間違いなかった。そこで捜査陣は、この三つの銀行の行員の証言と、二枚の名刺という物的証拠によって、著しく捜査の進展を予感した。

七

更に、帝銀事件から二日後の一月二十八日の午前十時には、ようやく被害金品が確定して、盗まれた小切手の手配をしたのだが、それは、すでに犯行翌日の二十七日、安田銀行板橋支店から金に換えられていたことが分った。

それは、振出人森越治、金額一万七千四百五十円。裏書には「板橋三の三六六一」と犯人の筆蹟がしるされてあった。裏書人は後藤豊治だったが、これは本人が名前だけ書いていたので、犯人がデタラメの住所を、横に書き加えたのであった。この男の人相、風体について調べると、同銀行支店長代理の田川敏夫は「その男は五尺三寸前後で、肩は丸みをおび、厚みがあって、猫背ではなく、着ぶくれたような感じだった。ラクダらしい格子縞の白っぽい一枚生地のハンチングをかぶっていたが、そのハンチングは、後のほうが立って見え、新品らしかった。オーバーは茶色で、帽子が合の派手なものなのに、茶色の厚ぼったい冬オーバーを着ているのが、いかにも不釣合いで印象に残った」と述べた。そのうえ、その男は、太い黒ぶちの薄茶色の色眼鏡を掛けていた。

犯人が三つの銀行のどの現場にも一人で現れているのに、金を取りに来るときだけ他人を使うということは考えられない。筆蹟も、犯人の年齢、教養の程度と一致する、という見方から、小切手を現金に換えた男も犯人自身、従って筆蹟を犯人のものとして捜査することに、捜査当局は方針を決定した。

四つの銀行に現れた男が、全部同じ犯人だとすると、その男は、言葉にあまり特徴的な訛がないこと、服装や態度も田舎臭くないこと、三つの現場の選び方が地方からの上京者にしては垢抜け過ぎていること、しかも帝銀から安田銀行板橋支店へと、一日で服装をすっかり変えて現れている点などから、犯人は都内在住者という捜査範囲の、見込みを立てた。

そこで、安田銀行板橋支店に、同じ時刻ごろ居た客の中から目撃者を探すため、聞込みを行なう一方、都電に乗ってきたということが考えられるので、都電巣鴨営業所に、その男の人相を書いた紙を貼り出して、運転手や車掌の協力を求めた。それには、人相、風体ののちに「請負人風」としてしるした。この「請負人風」としたのは、目撃者から得た特徴を汲んだのである。

八

ここで、私は捜査当局が、全国の警察署にあてた「帝銀事件捜査要綱」を書いておくことにする。これを読むと、捜査当局が考えていた、最初の帝銀犯人のイメージがどのようなものであったか、はっきりすると思う。

「刑捜一第一五四号の六。昭和二十三年二月七日。

刑事部長」

「帝銀毒殺事件捜査要綱一括指示の件。

帝銀毒殺事件については、数次の指示に基き、鋭意捜査中のことと信ずるも、更に認識を深め、捜査の徹底を期するため、左に捜査要綱を一括し一部を付加した。

一、都庁、区役所の衛生課、防疫課（係）、各保健所、病院、医師、薬剤師、その他医療、防疫関係者で、松井蔚または山口二郎の名刺を受けた者がないかを調査すること。

二、次の者から更に似寄人相者を物色すること。

①　医師、歯科医師、獣医師、生命保険会社保険医師、薬剤師、または各種医学、化学、薬学研究所研究員及び学校の先生、生徒、薬品製造人、または販売業者、もしくは薬品のブローカーに従事し、またはその経験ある者。

②　進駐軍の通訳、事務員、雑役などに従事し、またはその前歴ある者。

③　銀行員、またはその経験ある者。
④　水害地の防疫に従事したる者。
⑤　引揚者、または帰還将兵中、医療の心得ある者。
⑥　病院、医院、薬局等より青酸塩類を入手し、またはせんとしたる者、または職務上これらを取扱う者、並びにこれらの工場、製作所に出入りする者」
これら捜査要綱や指針はたびたび出されているが、更に捜査当局はこれらの事件を検討して、その「共通点」を発見している。それは、次のような通告である。

「右三件を検討すると、左の諸点が一致し、同一犯人の所為と推断された。
一、犯行の場所。　三件とも、都心を離れた焼け残りの住宅、または商店街にある小規模の銀行である。
二、犯罪の日時。　第一回は火曜日、二回、三回は月曜日を選んだ。月曜は、前日が休日の関係から銀行の取引高が多いので、犯人はそこを狙ったのではないかと考えられる。時は、いずれも閉店後の残務整理中で、これは一般人の出入りもないし、現金も比較的多い時で、犯行の好機であった。
三、犯人の扮装。　表面丸出しであるが、いずれも左腕に、東京都防疫班、消毒班等と毛筆で達筆に墨書し、東京都マーク、または角印を捺した白布腕章をつけ、相手を信じさせようと図った。
四、職権を肩書した名刺の使用。　前述の厚生省技官の肩書がある松井蔚及び山口二郎の名刺を使用し、相手を信じさせた。

五、犯人の言動の一致点。（A）自分は水害地の防疫から帰って来た。（B）銀行付近に集団赤痢が発生した。（C）進駐軍に報告され、パーカー、マーカー、ホーネット、コートレー中尉の命により消毒班が自動車で来た。（D）患者を調べると、同家の者が今日、この銀行に金を持って来たことが分った。（E）それゆえ、この銀行の一切のものを消毒せねばならぬ。（F）消毒班がやがて来るから、すべてのものはそのままにしておくように。（G）今日、現送があったか。（H）消毒班が来る前にみな予防薬を飲んでもらわねばならぬ。（I）薬は二種類を、最初飲んでから一分後に第二を飲まねばならぬ。（J）薬が歯に触れると琺瑯質を害するから、こうして飲むのだ。（K）犯人が各自の茶碗を集めさせて、スポイト様のもので、所持の薬瓶から薬液を茶碗に注ぎ、犯人自身その一つを取り範を示した」

ところが、帝銀事件が起って犠牲者の五十七日目を迎え、巷間には、この捜査の迷宮入りが伝えられて来たのである。捜査当局は「資料潤沢」のこの事件にその懸念はないと、本部や各署を督励している。そして、この頃から「軍関係」が見えてくるのだ。

九

「刑捜一第一五四号の九。昭和二十三年三月二十二日。

刑事部長」

「帝銀毒殺事件については、全国官民の絶大なる協援を得て、五十七日間に亙る継続捜査を推進して来たが、未だ犯人に対する決定的資料を摑む域に達しない。巷間伝うるところによれば、本捜査はすでに行詰りに達し、係員岐路に迷う、の説をなす者あるやに聞くが、およそ本件の如くに資料潤沢にして滋味豊かな事案に対し、僅か数旬の捜査をもって悲観的観測を下すが如きは、断じて首肯し得ない」

と鼓舞し、捜査要綱を新たに左のように加えた。

「㈠、薬学、または理化学系学歴、もしくは職歴、知識、技能、経験ある者より容疑者を物色すること。

㈡、軍関係薬品取扱特殊学校、同研究所及びこれに付属する教導隊、または防疫給水隊、もしくは憲兵、特務機関に従属の前歴を有する者（主として将校級）より容疑者の物色」

これが六月二十五日になると、捜査はいよいよ追込状態となった。その刑事部長の名前で出された捜査の指示の中から拾い出すことにするが、その前段の文章は、極めて示唆に富むものがある。

「帝銀毒殺事件に関しては、百五十二日の継続捜査にも倦色なく、連日、容疑者の物色及びこれが検討に努力し、成績見るものあるに深甚なる謝意を表する。捜査本部も引続き旺盛なる士気の下、各方面の捜査を推進して来たが、このほど大幅な捜査線圧縮を果し、捜査方針の一部を新たな方向に移行した。（傍点、筆者）

○軍関係を最適格とするゆえんは、

第一に犯人は、毒物の量と効果に対し、強い自信を持っていたと認められる点である。犯人が帝銀で使用の毒薬は、青酸化物溶液であって、その濃度は、五パーセント乃至《ないし》一〇パーセント。一人々々に与えた量は、大体五ccほどである。これを化学的に推算すると、右の液は、純粋な青酸カリ（またはソーダ）が、〇・二グラム—〇・五グラム含まれている。これは、青酸カリの致死量〇・三グラム—〇・五グラムとすれすれの量に当るから、そこに、犯人の最少の量（刺激）で目的を達しようと企図した努力のほどが窺われる。特に、犯人が十六人を殺す右の溶液を、僅か一二〇cc入り小児用投薬瓶に一本準備して来て、これを二cc入りピペット・スポイトで、二回を少量ずつ正確に割出し、各自の茶碗に注いだ点を勘案すると、薬の量と効果に対する犯人の深い自信が看取せられる。もし、犯人にこの自信がなかったとすれば、もっと濃度を高めるとか、量を増すとかして、そこに素人臭い何等かの破綻を見せるべきであろうが、これを軽く偶然の一致と看過するわけにはいかない。

第二に、犯人は、毒薬の時間的効果に対し深い自信を持っていたと認められる点である。第一、帝銀の場合は、第一薬と第二薬の間に一分の間を設け、この間、毒薬の嚥下《えんか》者《しゃ》を完全に手許に掌握していた。この一分は、嚥下の毒薬が体内で独自の作用を起し、まさにその効果を発しようとする、犯人にとっては極めて重要な時と推定する。

もし、この間、嚥下者を自由に放任すれば、効果発生時に屋外に飛び出したり、ほかに救いを求める等、致命的な破局を生ずる危険がある。しかして、一分後、第二薬を飲ましてあとは嚥下者に含嗽《うがい》を許し、手許から放している。これは、もう大丈夫である、との犯人の自信、つまり、嚥下者が毒薬に気づいても、外に飛び出したり、ほかに救いを求める時間的余裕がない、との自信と、効果発生時に相手方から受けるであろう断末魔的反撃を避けるための周到な考慮と推測する。これによって犯人は毒薬の時間的効果について充分の自信を持っていたと推定する。

○犯人の所持品中のピペットは、駒込型と云い、細菌研究所または軍関係諸研究所で主として使われ、ケースも、戦時中、軍医が野戦用として携帯した小外科器のケースに型、大きさなどが最も似寄りであって、これからも犯人の職歴が察知される。

○次は、犯人の態度である。当時、犯人は十六人をも一挙に毒殺する者としてはあまりにも落着きがある、堂々たる態度であった。薬を注ぐにも、計るにも、手先一つふるわさず、応答もしっかりしている。それゆえ、誰ひとり不審を抱かず、一同進んで毒薬を飲んだ感じさえ受ける。この度胸というか沈着さが、犯人の経験から生れた自信による、と断ずることが一概に不合理とは云い切れぬ。

○これらの諸点を割って、これにより捜査方針の一部を軍関係に移行し、着々、これが掘り下げを実施している」

　以上が、捜査当局が考えていた帝銀事件犯人の人間像である。この詳細な捜査要綱や指示の各項を読めば、当初立てた当局の推測がいかに精緻であり、合理的であったかがよく分る。まことに見事な推理といわねばならない。

ところが、この六月二十五日付の指示から二月半ほどした九月十四日付の刑捜一第八八七号は、「平沢貞通に対する捜査資料蒐集についての指示」となり、局面は平沢画伯の登場となるのだ。

即ち、平沢に対する逮捕状が出たのが八月十日で、平沢が北海道の小樽で逮捕されて東京に着いたのが、帝銀事件が発生して二百十日目であった。

十

帝銀事件捜査は、最初の段階では本筋の方向にむかっていたと思える。捜査要綱の中では、繰返し繰返し、帝銀の真犯人が医者や医療関係者であり、復員の陸軍衛生関係の公算が大であると強くうたっている。この事件に対して約五千人の容疑者が全国の警察で調査されたが、このいずれもが、捜査要綱に云っているような医薬関係者であった。しかし、ひとり平沢貞通だけには、この医療薬品業務関係がないのだ。彼は一介の画家であった。帝銀であれほど細密な計算や取扱いを行なったほど毒物に対する知識があるとは思われない。

捜査は、なぜに、初期の方針通り最後まで旧陸軍関係にむかわなかったのであろうか。平沢貞通を逮捕した端緒は、松井名刺と人相の点である。だが、松井名刺の根拠の薄弱なことは、前に書いた通りである。容貌は、捜査要綱を読むと「犯人の特徴は目撃者の証言だけでは当てにならないからこれに捉われてはならぬ」と繰り返し注意している。尤もな注意で、正しいといわねばならぬ。だが、実際は、居木井警部補の平沢逮捕のきっかけになったのは、彼の人相が手配のモンタージュ写真とよく似ていたことからである。

平沢に対する面通しは、彼が東京に護送されてから、銀行関係者によって行なわれたが、似ている、と云う者と、あまり似ていない、と云う者との証言に分れた。このことは、ここでは詳しくふれないが、人間が目撃した印象の頼りないことは、すでに捜査要綱自身が、「犯人の特徴を過信し、決定資料とする傾きが今もって絶えないが、再三注意した通り、これは一、二の者が云うに過ぎぬから、全幅の信頼はかけられない」(刑捜一第一五四の八)と自戒している通りなのである。だが、実際は、それに反して平沢は逮捕されたのだ。

この事件の直接証拠となるものは、毒物以外にない。小切手の裏書の文字も、アリバイも、名刺も、証拠と呼ぶにはあまりにも価値稀薄である。例えば、名刺は、松井氏と交換した人物が必ずしも使ったとは云えず、或は第三者に渡したものを悪用されたかも分らないのである。また小切手の裏書も、極言すれば、帝銀で毒殺した当人の筆蹟かどうかは、直接の証明がない。つまり、帝銀の犯人と小切手の裏の「板橋三の三六六一」の住所記入筆者とは別人かも分らないのである。例えばここに共犯者があれば、帝銀の犯人は、その金の引出しだけをほかの者に頼んだという仮説もあり得る。容貌が両者似ているといっても、これが当てにならないことは、捜査要綱の注意事項の指摘通りである。

この事件について共犯者は無い、と捜査本部は決めてかかっているが、しかし、それは共犯者を目撃した者がないというだけのことである。共犯者は必ずしもその犯人と一緒に銀行内に現われたとは限らない。眼の触れないところに共犯者が居たかも知れないのである。

十一

およそ直接証拠として動かしがたいものは兇器と当人の指紋である。しかし、この事件に関しては、指紋の検出は不可能だった。兇器の毒物は、裁判は「青酸カリ」と独断したが、その青酸カリにしても平沢がどうして入手していたかの経路さえ分っていない。平沢の最初の自白によれば、それは、昭和十九年十月ごろ、淀橋区柏木にいるとき、薬剤師の野坂某より、絵具の地塗りに混入して用いる、と称して、約一六グラムの青酸カリを貰い受けた、と云っているが、この野坂薬剤師は、すでに死亡していて、その事実を確かめようがないのである。まして、帝銀に使われた毒物が青酸カリであったという決定的な実証は無いのだ。最初、検事は「青酸化合物」と云っていたが、いつの間にか、途中でそれが「青酸カリ」そのものとなってしまっている。

平沢の手記によれば、高木検事もその毒物について困ったらしく、或る日、「なあ、平沢、青酸カリにしておいていいだろうな。お前がそれを貰ったことにしておこうな、いいだろう」と云って決めてしまったと書いている。その事実の有無はともかくとして、裁判記録には、単純に、悉く「青酸カリ」となっているのだ。だが、「青酸カリ」と決定する何等の根拠も証明も帝銀事件に関しては全くないのである。

また、その毒物を使用するとき、ピペットを使ったが、これは「駒込型と云い、細菌研究所または軍関係諸研究所で主として使われた」と捜査要綱は決めているのに、平沢の場合は、そのピペットを所持していた証明がない。仕方がないので、検事は、これを万年筆のスポイトを使用したと決めている。最初のなんら偏見の入らないころの捜査要綱とはまるで違うのである。

そして、その毒物を入れた瓶は、平沢は、「塩酸を入れた瓶」と云ったので、使用後、その瓶はどこへやったか、と、検事が問うと、「銀行を出て、前の長崎神社の境内の藪の中にあるゴミ溜のようなところで捨てました」(第三十五回聴取書)と云っている。

捜査側では、この自供にもとづいて、長崎神社のゴミ溜を探して、それらしい古瓶を地下四尺から掘って拾い上げたが、もちろん、それが証拠品になるのがどうかしている。ゴミ溜の中から、誰が捨てたとも分らないものを拾い上げたのだ。さすがに公判でもこれを証拠品として取上げていない。

毒物は青酸カリだ、と検察側は云うが、青酸カリは、これを飲むと、普通、十五、六秒の間に絶息するという。ところが、帝銀事件の場合は、第一薬を飲んだ者が、約一分間おいて第二薬を飲み、更に倒れるまで三、四分の余裕はあったようである。青酸カリでは絶対考えられない遅効性であった。これについての捜査当局の推理は、前に述べた通りだが、同一薬を犯人自身も飲んでいながら異状のないことについては、

「(A)飲んだと見せて、実は飲まぬ。(B)飲んだには相違ないが、事前に、中和剤または解毒剤の類を嚥下し、毒物の効力を失わしめた。(C)第一薬を計り出したピペットの中に、予め無害の液または中和剤の類を入れておき、最初、それを自分の茶碗に入れて飲んで見せた。(D)薬液に工作を加え、有害と無害の域を作り、自分は無害の分のみを汲み取り飲んで見せた」

という推定がなされたが、結局、Dの手段によったものと推測された。

十二

その方法は、薬液の中にトルオールまたは油類を入れるのである。すると、比重の関係から、薬液は下層に沈み、油類は上層に浮び、確然と区別されるから、犯人は上層の無害の部分を汲み取り、自己の茶碗に入れ、下層の毒薬を相手方に勧めればよい。事実、帝銀では、第一薬が上層は澄み、下層は白濁しており、若干のガソリン臭があった、というから、犯人はこの方法によったと推定される。また軍関係では、青酸化物溶液を保存するのに、空気に触れさせると炭酸ガスと化合して、逐次表面から無害の炭酸カリに変化するので、その防止方法として油類を入れ、空気との接触を遮断していたとのこと

である。

これだけ正確に突きながら、なおまだ捜査が軍関係にゆかなかったのはなぜであろうか。そして、これほど帝銀の真犯人は軍の衛生関係者に直結する、と考えながら、なぜ、医薬知識ゼロの平沢に向かわねばならなかったか。また、この薬を飲ませるときに、犯人は始終落着いて、経験者であるような印象を受けたと述べながら、なぜ、毒殺には未経験者の平沢と決定しなければならなかったか。

ところが、事実はその捜査は軍関係に向かって絞られていたのである。そのことは、前出の捜査要綱の六月二十五日付には、「このほど大幅な捜査線圧縮を果し、捜査方針の一部を新たな方向に移行した」といい、同日付、国警本部長官の指示には「捜査は、今や細密なる基礎的捜査段階を経て本格的捜査に移るに至った」と述べ、刑捜一第二〇四号の警視庁指示は、「しかしながら、この間、圧縮し得た捜査網は、犯人の方向をある程度限定するものがある」とうたっているのである。それが何を指向しているかは、同じく捜査要綱の中で「軍関係適格者に対する容疑者の物色」にあると書いていることで明瞭である。

繰返して云うが、この捜査要綱は、極めて純粋に、帝銀事件犯人の人間像を浮き彫りにした見事なものである。それをなぜに、およそこの捜査要綱とはまるきり離れた平沢貞通に指向しなければならなかったか。

警視庁は、明らかに、捜査の進行途中、一つの壁にぶつかったにちがいない。

十三

捜査当局でも、この毒物が単純な青酸化物とは思っていなかったであろう。況《いわ》んや、のちの公判廷で決められたような青酸カリにおいてをやである。

捜査当局は、帝銀に使われた毒物について、あらゆる研究を行なったに違いない。そして、青酸カリ以外の化合物が何であるかの究明に力を尽したと思う。

そして、遂に、それが旧陸軍研究所において製造されていたアセトンシアンヒドリンに極めて類似することが分かったであろう。これは、戦時中、軍が極秘に研究し、製造していたもので、軍用語で「ニトリール」と呼ぶものであった。これは、神奈川県稲田登戸にあった第九技術研究所の田中大尉によって発明されたといわれている。そして、これは帝銀に使われたように遅効性のものであった。しかし、この「ニトリール」が帝銀事件に使用された毒物と同一である、という断定は何もない。ただ、大層よく似ていた、と云うことは出来る。

更に、満州では第七三一部隊があり、石井中将の下にさまざまな謀略用細菌が研究されていた。警視庁が、これらの復員者の中に帝銀事件犯人がいた、と当初考えていたのは当然である。

事実、そのような方針がある程度進んでいたことが、その捜査要綱の中にははっきりと出ている。

「前一の(5)後段(注、犯人は、医療、防疫、薬品取扱、または研究、試験等に経験あり、特に引揚者や軍関係当該研究者及び特務機関員、憲兵などを最適格と見なすことを云う)に述べたる通り、犯人は右関係者に属する公算が極めて大であるから、この筋の洗いについて、特に慎重を期せられたい。なお、これまでの捜査経験によれば、右の大部分は、現在、医療、防疫、薬品関係に就職しているにつき、右捜査については、特に注意を要する。なお、本部において発見した右関係者の名簿(貴管下の部)を末尾に添付したから、おのおの本人につき、容疑の有無、御検討相成ると共に、容疑なきときは、名簿登載漏れの多数ある実情に鑑《かんが》み、更に本人につき、同一部隊に属した他の適格者を発見せられ、捜査の上、結果を御連絡願いたい」

とある。

これで見ても、捜査の状態がかなり具体的に軍関係に進んでいたことが分る。これには、その名簿さえ付けているのだ。そして、まだ記載漏れがあるだろうから、名簿の本人について、なおも聞いてくれ、と指示している。

ここで注目したいのは、その軍関係の適格者の大部分が、現在、医療、防疫、薬品関係に就職しているという事実である。

当時、第七三一部隊の要員にしても、第九技術研究所関係のメンバーにしても、その細菌や毒物についての知識は卓抜であった。彼らが復員するや、民間の医療、防疫、薬品関係会社に就職したのは、極めて自然のことだった。現在も、薬品会社の技術畑には、多数残留している筈である。

しかし、問題は、これだけの優秀な技術者を、ただ、民間の薬品関係会社だけが拾ったのであろうか、ということである。決してそうではなく、その中の何パーセントかは、GHQの公衆衛生課（PHW）関係に密かに留用されていたのであった。そして、その関係の最高の長が、第七三一部隊長だった石井四郎中将であった。

石井中将は、終戦時に、逸早《いちはや》く帰国した。同中将は、敗戦後、しばらく、新宿区若松町で旅館を営業していたが、新聞記者の追及にあい、その行方は分らなくなった。

石井中将の第七三一部隊は、戦犯として、その部下はソ連側に逮捕され、裁判にかけられている。その裁判記録も、一九五〇年、モスクワで出版された「細菌戦用兵器の準備及び使用の廉《かど》で起訴された元日本軍軍人に関する公判書類」と日本語訳になっている。

ところが、日本に帰還した石井中将関係の人々は、米軍側から戦犯に問われることがなかったばかりか、かえってGHQの中に留用されたのだ。なぜ、アメリカ駐留軍が彼等を使用したか。石井技術部隊にしても、九研関係にしても、当時の陸軍の細菌研究は非常な進歩をみせ、アメリカとしては、何とかこれを利用したいからであった。

裏返して云えば、ソ連側で梶塚隆二軍医中将（終戦時の一〇〇部隊最高幹部）以下を戦犯に問うたのは、彼らに利用価値なし、と判断したと云えるし、アメリカ側で石井中将以下を庇護したのは、利用価値あり、と判断したと云える。むろん、その価値とは、来るべき局地戦争にこれを応用しようとするものである。従ってその秘密研究がGHQ

内部に存在することは、あくまでも外部から秘匿されねばならぬものであり、世間に洩れてはならなかったのだ。

もし、帝銀犯人が、このGHQ内に庇護されていた細菌部門関係者の筋から出ていたとすると、これは容易ならざることである。当人のことを云うのではなく、そのために、アメリカが日本旧軍人を留用して細菌研究をしているということが分れば大問題だし、世界に知られては、極めてまずいものなのである。だから警視庁の捜査が軍関係にむかって圧縮尖鋭化されると、困った事態になることは当然だった。占領軍の呼ぶ通称「MPB」（警視庁）の捜査技術は優秀であった。徐々に、しかも的確に、精密に、その網を軍関係に絞りつつあった。しかも、これだけの大事件である。日本の新聞はもとより、外国の通信員が鵜の目鷹の目で事件の推移を注視していた。もし少しでも、そこにGHQ内の細菌研究部門の存在が窺知されようものなら、日本の新聞は押えることは出来るが、世界の特派員の通信を押えることは不可能であった。現に、警視庁では、事件が起った最初、生き残りの犠牲者を聖母病院に入院させたが、日本の新聞記者の面会は堅く禁止した。しかし、外国の新聞記者は押えることが出来なかった。共同通信の記者が病院に行って生き残りの帝銀行員から話を聞いてスクープしたのは、外国通信員に化けたためである。

十四

平沢貞通が東京に護送されて来たときは、まだ高木検事も、藤田刑事部長も、平沢を「黒」とする確信はなかった。その途中の護送方法の残酷さに、人権問題の声が起り、検事側では、一応取調べたら、すぐに釈放する、と云ったくらいである。しかし、平沢被告に、図らずも日本堂の詐欺事件の前歴が暴露すると、世間の印象も、平沢はクロかも知れないと強く考えるようになった。警視庁も俄かに平沢真犯人説に傾いていったのである。平沢被告にとっては、日本堂事件はまことに決定的な運命であった。

しかし、考えてみると、日本堂の事件は単なる小切手詐欺事件である。詐欺事件と大量虐殺事件とは、自ら質が別だ。だが、一般には、そのような悪いことをするから大量の毒殺もやりかねない、という印象となる。しかし、詐欺を働く者には殺人が出来ない、という信念は、誰よりも捜査に携わる熟練の捜査員たちが知っている筈だ。詐欺と殺人とは根本的に犯人の人格が違うのである。しかし、世間では、そうは見ない。ここに、平沢に対する巧妙な状況設定のすり替えがあった。

さらに、帝銀に用いた毒物は、裁判で云うように、青酸カリではない。高木検事も、裁判の初めには「青酸化合物」という言葉を使っていたが、遂には、いつの間にか「青酸カリ」になってしまった。確かに、帝銀に使われたのは単純な青酸カリではなく、特殊な化合物である。それがアセトンシアンヒドリンやニトリールと呼ぶものであったにせよないにせよ、とにかく、単純な青酸カリでないことは確かであり、その遅効性の特徴から見て、特別な化合物が創造されていることが分るのである。検事側の主張する「青酸カリが古くなったから遅効性となった」というようなナンセンスな話では決してない。

だから、かえってこう云えるのだ。帝銀事件に使われた毒物が単純な青酸カリだったら、或は平沢が犯人かも知れない。しかし、それが特殊なものだったら、断じて犯人は平沢ではないのである。

では、もし、平沢が犯人でなかったら、一体、真犯人はどのような人物であろうか。次に、その推定を考えてみたい。

十五

それには、いろいろなデータがある。帝銀犯行のときに、犯人が眉一つ動かさず、冷静な手つきで薬品の分量を計り、精密な計算で仆《たお》していったという度胸は、捜査要綱がしばしば伝える通り、過去にその経験があった者という推察がなされる。犯人は、陸軍研究所関係で主として使用されていたという「駒込型」ピペットを持っていた。実演のときに見せた薬の飲み方も、到底、素人の技とは思えない。第一薬を自ら見本として飲んで見せても、自己に実害を与えなかったことの用心深さも、繊細な技術を要する。

犯人は、必ず、近くに赤痢やチフスが発生した、と云って消毒に来ている。事実、帝銀の場合は、近くの相田小太郎という家で、疑似発疹チフスが発生していた。自供の中で平沢は、通りがかりにジープを見たから、と云っているが、それは表通りからはちょっと見えない路地の奥だった。しかも、そのジープが駐車していた時刻は、三時よりも以前である（そのジープに同乗していた日本人、区の職員の証言によると、区役所に帰ったのは三時十五分ごろだったという）。だから、平沢がジープを見ることは不可能なわけだった。

帝銀犯人には、この法定伝染病の発生が一つの条件だったと云える。だから、捜査当局が、犯人は都の衛生関係の情報を知り得る立場にあった、と云っている。だが、それは都だけだったろうか。当時、その伝染病の発生については、都の衛生局からGHQ公衆衛生部にも報告されていた筈である。悪疫発生状態を知っていたのは、都だけではないのだ。

犯人は、現場でパーカー中尉、或いはホーネット、コートレー、マーカー中尉の名前を挙げている。これは、聞く方の耳によって受取り方が違ったのだが、調べてみると、それは実際に存在していた人物だった。

「犯人が現場で云った進駐軍の中尉の名のうち、パーカー及びコーネットというのがあったが、調査の結果、右はいずれも実在し、且つ防疫に従事した事実があるので、犯人はこれに関係を持つ者、即ち、当時、同中尉の防疫に干与した者ではないか、との推定により、目下、極力、捜査中である」（捜査要綱）とある通りである。

名前をデタラメに云って、一人くらいは偶然に符合することはあり得るとして、二人の実在の名前をいい加減に云い当てることは不可能である。犯人は、進駐軍防疫官の名前をはっきり知っていたのだ。

以上のことから、毒殺者は、当時の進駐軍に留用された細菌関係の旧軍人または軍属、と推量していいのではなかろうか。彼が英語を使っていたという事実は、それが巧くはないにしても、留用者を推量する参考にならないだろうか。もちろん、進駐軍の命令だということを本当らしくみせるため、わざと英語を使ったという見方もあるが、それよりも、進駐軍関係者そのものであった、と考えた方が自然である。

そのことをなおも考えるために、犯人が四つの銀行に現れた日と、山口二郎名刺を注文した日を表にしてみる。

二二年　一〇・一四（火）後3〜4時（安田荏原支店未遂）
二三年　一・一七（土）前10時（山口名刺注文）
〃　一・一八（日）午前中（同名刺受取）
〃　一・一九（月）後3〜4時（三菱中井支店未遂）
〃　一・二六（月）後3〜4時（帝銀椎名町支店既遂）
〃　一・二七（火）後3時30分（安田板橋支店小切手受取）

警視庁捜査要綱では、犯人捜査は「日」ではなく「時」である、と云っている。つまり「時」とは、この時間のアリバイを云うのだ。だが、私は、更にこれに曜日ということに注意したい。山口名刺関係の土、日を除いて、あとの犯行は月曜日と火曜日ばかりである。捜査当局では、これを解釈して、「月曜日は日曜日の翌る日で銀行事務が繁雑だから犯人はこの混雑を狙った」と云っているが、では、火曜日はどう説明するだろう。私の観点は違う。

つまり、犯人は、勤務の都合上、月曜日と火曜日の午後しか身体があかなかった、ということが云えるのではなかろうか。土曜日と日曜日（山口名刺）は、進駐軍関係は休みである。だから、午前中でもかまわなかった。しかし、彼は勤務の状態から、火曜日と月曜日の午後だけ身体が自由であった。当時の進駐軍関係では、勤務の状態によってこういうことはあり得た。帝銀犯人の場合は、水、木、金は一日じゅう拘束された勤務だったのであろう。

十六

例えば、二十七日（火）の安田板橋支店に小切手を受取りに行ったときを考えてみよう。普通ならその小切手の手配が回らないうちに、一刻も早く換金したいところである。だから午前中に行った方が、午後に行くよりも安全率が高い筈だ。ところが、実際には犯人は三時半でなければ現れていない。これは、彼が火曜日は午後でなければ身体が自由にならなかったということになろう。それなら、それほど大事な犯罪をするのだから、勤務を休んでやった、という考えも起るかも知れないが、犯行当日に勤務を休めば、それだけ怪しまれるわけである。

次に、犯人は、焼跡の多い辺鄙《へんぴ》な小銀行を選んだ。ここでは人数も二十人から三十人ぐらいで、いわば、人数を掌握する点では、丁度、手ごろではなかろうか。そして、彼の行動範囲は、北は板橋から、南は品川近く（荏原）に至っている。その間に、椎名町と中井が入る。更に、名刺を頼んだ銀座にも現れている。まことに、その行動範囲は全都の南北に亙っている、と云っていい。もちろん、日は違う。だが、彼が午後からしか勤務の拘束が解かれなかったり（しかも現場に現れたのが三時以後になっている）、自由がなかったとすると、一種の機動性がそこに見られるのである。

殊に、帝銀椎名町支店を襲ったときは、雪降りのあとの道であった。

平沢アリバイ論では、弁護側が、五十七歳の平沢が長靴をはいて現場まで僅かな時間で到着する筈がない、と論じていることも参考になる。つまり、この機動性を私は、犯人は或はジープを利用していたのではないかと思うのである。

犯人は、細密な計算をたてて、銀行の犯行をやってのけたが、彼にも、犯行途中で外から人が入ってくることの懸念はあったに違いない。例えば、時間外に得意先の者が用事で通用門から入って来るとか、外勤係が戻って来るとかという心配はあったであろう。そのとき、一人でも外から来て、行員がばたばた仆れるのを目撃すれば、万事休すである。忽ち外に急を告げに行くだろうから、犯人は進退きわまるわけである。あれほど精密な計算を立てた犯人が、そのときの身の処置を考えなかったというのは不自然である。

必ず、そのときの用意をしていたに違いない。僥倖にだけ頼ったのではあるまい。例えば、こういう想定は成立たないか。進駐軍要員であった彼は、その付近までジープで来て、それを目立たぬところに置いて、あとは銀行まで歩いて来る。服装は上から私物のオーバーを被ればちょっと分るまい。事実、行員は犯人の服装を正確に憶えていなかったが、オーバーを着ていたとは云っている。もし追いかけられたら、忽ちそのジープのところまで走ってゆき、それを動かして逃走する、という寸法だ。当時、進駐軍のジープは黄ナンバーであった。日本の警察も迂闊にはこれに手をつけることは出来なかった。昭和二十二年から三年の初めといえば、進駐軍の威力が最も発揮されていた頃である。

ところが、「捜査要綱」によると、自動車の線を洗ってはいたが、当局は途中でこれを捨てている。その対象をもっぱら日本側の自動車に目標を置いたからであろう。進駐軍用のジープは、その対象外であったに違いない。

十七

ジープといえば、帝銀椎名町支店の近所にある相田小太郎方に来ていたジープも、もっと研究する必要があるのではないか。このジープは、相田宅に疑似発疹チフスが起って、その消毒に都の衛生課員が進駐軍軍人と来たものだが、そのチフスは集団発生ではなかった。平沢がこのジープを見たという自供は時間的に合わないという弁護人側の主張は別にしても、ただ一軒に伝染病が発生したからといって、わざわざ進駐軍の軍人が来るものだろうか。そんなことは都の衛生課員に任してよかったのではないか。しかも、それに同乗して来たのは、アーレンという軍曹であった。

それが、例えば、上野の地下道に浮浪者が屯《たむろ》していてＤＤＴを撒布する、といった大仕掛な消毒ならともかく、一個人の家に発生したというだけで、進駐軍の軍曹がわざわざやって来たという事実は、もっと考究されてよいと思う。

更に、犯人が口にしたというパーカーとコーネットの両中尉は、帝銀捜査が旧軍人関係に指向されていた頃、帰国転属になっているのだ。前にも述べたように、犯人は、偶然にこの両中尉の名前を口にしたとは思えない。犯人と、この防疫係の両中尉とは、それが直接的でないにせよ、何等かの関係はあったと思う。だから、両中尉の周辺から洗ってゆけば、或は真犯人に到達する可能性があったかも知れない。ところが、何ゆえか、防疫担当のこの両中尉は転属を命ぜられて、日本から去ってしまった。

帰国と云えば、平沢のアリバイに関係あるエリーという軍人も、同じように転属になっている。

当時、平沢の次女は、このエリーと親密であったが、一月二十六日（帝銀事件の日）、エリーは中野の平沢宅に遊びに来ていたが、ボストンバッグにタドンを入れた平沢の帰宅をその日の夕方迎えている。このことが証言されると、平沢が帝銀に行く筈のないアリバイが証明されるのだが。

エリーの勤務表を調べてみると、一月二十六日は、確かに公休になっていた。だからエリーが遊びに来たのは、日付に思い違いはないのである。ところが、このエリーも、平沢が逮捕されてからすぐに、本国へ転勤となっている。エリーの証言を日本で得る機会は、それで無くなってしまった。

そこで、弁護人側は、アメリカにいるエリーの国際公証を申請したのだが、裁判所は、これを却下している。このエリーの帰国も、前に述べたパーカー、コーネット両中尉の転属と、どこか同じような狙いが感じられるのである。

それなら、私の想像による犯人は、ＧＨＱのどのようなところに所属していたであろうか。

それは、三つの仮説が立てられる。

① 犯人は、現役のＧ３（作戦部）所属機関の極秘石井グループの正式メンバーであった。

② 関係は皆無とは云えないが、上級グループではなく、また、戦後の秘密作業（細菌戦術）の進行には直接タッチしていなかった。

③ 曾《かつ》ての第七三一部隊（関東軍防疫給水部、石井部隊）か、または第一〇〇部隊（関東軍軍馬防疫廠）に所属した中堅メンバーであり、ニトリールのような毒物の存在を知り、かつ、それを使用しうる立場にあったが、戦後の秘密作業は知っていたものの、関係は公的にはなかった。

という三つの仮説である。

その内、実際に考えられやすいのは、第三のケースだが、この方面の警視庁の洗いに対し、GHQやG2のCIC、またはPSD（CIEの世論・社会調査課）が、日本側にある種のサジェッションを行なった、という想像は空想ではないと思う。

実際、警視庁は、最初の捜査要綱に基いて、本格的に軍関係方面にむかって捜査を行なっていたのだし、事実、警視庁本来の実力をもってすれば、遠からず真犯人の身辺近いところに進み得たであろう。しかし、この犯人が分ることは、同時に、現在進行中のG3直属の秘密作業を日本側に知らせることになるので、この捜査方針の切換えの必要を米側は切実に感じたであろう。そこで、捜査要綱に基く本筋捜査の打切りにGHQが大きく動き出した、というのが想像に泛《うか》ぶ状況である。

当時、日本の北や南の涯、或は日本海の沿岸の、しがない開業医や、また医者をしていた者でもその前歴者には、警察機関の内偵が進んでいたのである。（二五〇〜一ページ、捜査要綱名簿の箇所参照）

GHQが、犯人の身辺に当局の捜査の手を伸ばしてもらいたくない理由は、GHQのセクション（作戦参謀部）の、最高秘密作戦計画の一つであるCBR計画のC項（細菌）における石井作業の完全秘匿にあったと思う。この作業内容が日本警察の捜査によって暴露すると、甚だ困ったことになるからだ。

もし、その存在が少しでも漏れたら、忽ちそれは新聞、報道関係、特に東京駐在のU

PやAPなどによって世界に打電される危険があった。実際、その頃、GHQとしては、出来るだけ速かに帝銀事件の締め括りをするように日本側に要望していた。表面では、前代未聞のこの残虐行為を早く解決すべしという慫慂《しょうよう》ではあったが、実の肚は、捜査の手が軍部に伸びない前に、何でもよいから早く「犯人」が検挙されることを望んでいたのではあるまいか。

恰《あたか》も、そこに、警視庁主流派からは冷眼視されていた居木井名刺班が、北海道から平沢貞通を捕えて来たのである。もともと、コルサコフ氏病にかかって精神に錯乱を来していた気味の彼は、検事の取調べに対して、それでも三十日間の抵抗を試みたが、遂に半分発狂状態になって落ちてしまった。GHQとしては、最も望むべき事態に解決がむかったのである。

更にGHQに幸いしたことは、この平沢貞通に日本堂詐欺事件の過去があって、そのために、人権問題まで起していた平沢に対する世間の同情が急激に黒説の印象に変ったことである。ここで再度云う。詐欺と殺人とは全く異った犯罪質なのである。それを犯罪前歴者という概念のもとに状況が作られ、平沢貞通は敗北したのであった。

十八

捜査要綱にうたわれた指針こそ、帝銀事件に対する本筋であったと思う。それが平沢逮捕によって急激に変更されたのは、「壁」にぶつかった捜査本部が、急激に平沢へ廻転したゆえんではないかと思う。とにかく、この事件を何とか解決するためには「犯人」が必要であった。――という私の想像は荒唐無稽であろうか。

　事件捜査が完了して、その打上式に出席したＧＨＱ公衆安全課主任警察行政官Ｈ・Ｓ・イートンが「不可解にも近い障害を克服して、帝銀事件を見事に解決したことは、世界でも類例を見ない。諸君は、容疑者に手錠をはめたり、護送の途中新聞記者に会わせたことに対し、人権を侵害した、と非難を浴びたが、これは事情を知らぬ者の言である」と捜査当局の活動を称讃したのは、また別な意味にも取れるのである。

　警視庁では、帝銀に使われた毒物が、軍で造ったアセトンシアンヒドリンに似ていることを知っていた。だから弁護人にも同じように分っていた。それで弁護人は、第九技術研究所の元課員であった伴繁雄中尉を証人として出廷させることを申請した。伴中尉は、このアセトンシアンヒドリンを使って軍が上海で実験したのに立会った、と云われている人である。ところが、検事はこれを却下したが、そのとき、検事は弁護人にむかって「そんなことをすると、ＧＨＱの壁にぶつかりますよ」と云ったということである。では、上海で実験したというのはどのようなことか。現在いわれているのは、次のような内容である。

　実験に使われたのは中国軍俘虜で、場所は上海特務機関の一室だった。昭和十八年十月のことで、すでに戦局が日本側に不利な時である。俘虜は三人ずつが密室へ閉じ込められた。周囲は、厳重な憲兵の警戒網がしかれている。その中に、白い手術着の軍医が立っていた。これはニセの軍医で、第九技研の所員だった。

医官に続いて、赤十字の腕章を付けた衛生兵（これも本部から特派された憲兵）が入り、すぐ俘虜たちに告げた。君たちの居た収容所では、今、伝染病が流行している。君たちが保菌者でない証拠はない。もし発病したら、この日本軍機関も困るし、君たちも病気にかかるのは辛いだろう。それで、今日、軍医が予防薬を持って来た。飲み方は、こちらから指示する。「第一薬は、この通りにして飲む。すぐあとで第二薬を飲む」と云って、軍医も衛生兵も、俘虜たちと同じ茶碗へ注いだ薬を飲み、更に第二薬を重ねた。もちろん、初めから軍医と衛生兵のものはそれとなく目印がついていた。結果は、予想通りうまくいった。第一薬を飲んだ俘虜たちは、第二薬をつづけて飲んだ。五、六分経つと、俘虜たちは激しく苦しみ出し、忽ち四肢を引きつらせて昏倒し、やがて二、三分ののち絶命した。青酸カリなら即死だが、五、六分を経てはじめて仆れるというこの毒物の成果は、これで実験済みとなったのである。

この薬の使用目的は、敵地に潜入した情報班員が捕われたとき、敵の油断を見すまして、看守を仆し、脱出するための貴重な時間を稼がせるにあった。また、敗戦時の自決用としても考えられたとも云われている。つまり、飲んですぐに断末魔を見せたら、あとから飲む者が勇気を失うので、五、六分の猶予をおくように造られていた、と云うのである。

十九

ところで、帝銀事件捜査に、GHQがあれほど接触されるのを嫌っていた石井中将以下の細菌関係の留用者たちは、何を研究していたのであろうか。

もともと、七三一部隊にしても、一〇〇部隊にしても、日本軍部の上層部ではその技術を高く評価されていたのだ。そのことを証明するのに、次のような事実がある。

軍隊の経験がある者ならば、誰でも知っているだろうが、陸軍には「各部」というものがあった。これは「兵科」というのに対する言葉で、例えば、技術とか、経理とか、獣医とか、衛生とかいうものであり、「兵科」に比べて、最高職は中将までである。特に職業軍人の「兵科」からすれば、「各部」というのは一段格が下のように見られていた。そればかりでもあるまいが、いわゆる作戦ということになると、参謀の起案する作戦命令というものは「作命×第何号」というので、×のところには甲、乙、丙、丁などの区別があって、その重要度を表していた。このうち、甲は最も重要な作戦命令であって、「兵科」はともかく、「各部」などには甲の適用などはまず無かったといっていい。あっても、それは特例中の特例といってよかろう。

ところが、細菌部隊だけはこれと違っていた。即ち、「作命甲第何号」という、甲という特殊ケースが無数にあったといわれる。

では、この甲という特別に重要な意味を持つものにどんなものがあったかというと、例えば、事前に、ある都市や山村に潜入した細菌部隊要員が、その実験経過を試すために、狙ったものや場所に伝染病菌などを撒布するのだ。もちろん、極秘裡に実行された。それは必ずしも占領地域だけではなかった。敵地に対しても潜入して行なわれた。熱河作戦が「阿片作戦」といわれているように、こうした細菌作戦が行なわれた著名な作戦も相当数に上ったのである。

この工作が完了すると、別の名目でその地域に対して作戦が行なわれる。それは軍事行動の場合もあるし、隠密行動のときもある。その時がいずれも「作命甲」というような扱いになされるのである。その狙いとするところは、細菌戦の効果がどの程度にあったか、その状況を知るため、いろいろな方法が取られたのであった。場合によっては、死体を運び出して、これを解剖し、確かに所定の菌や毒によって目的が果されたかどうかを、また、その確率などを調査されたのだった。

その作戦に従う一般兵から見ると、目的を知らされない場合が多かった。だから、今日でも、その真の目的を知らされずに、表向きに下命された状況や命令通りを思い込んでいる人たちの方が多いであろう。

この事実は、この特殊作業を握っていた石井軍医中将に対するＧＨＱの特別待遇に通じている、といってよい。

この細菌戦準備の全貌について明るかった関東軍細菌部隊の首脳高橋軍医中将が、ソ連の裁判廷で供述した内容の一部を摘記してみよう。

問　あなたは第一〇〇部隊の細菌戦態勢について、関東軍司令官梅津大将に報告したか。
答　しました。
問　梅津大将に報告した内容は？
答　第一〇〇部隊は、その使命について努力しつつある。諸設備や細菌の増殖状態も、順調に進んでいるなど……。
問　梅津大将は何と答えたか。
答　非常に満足した。いっそう努力してくれと云った。
問　第一〇〇部隊の年間の細菌生産高は？
答　炭疽菌千キログラム、鼻疽菌五〇〇キログラム、赤痢菌百キログラム。
問　その生産高で十分と思ったか。
答　いや、十分と見なさなかった。
問　第一〇〇部隊が、興安省に派遣された任務は何か。
答　河川、貯水池、牧地、家畜頭数の調査および季節による家畜の移動調査。
問　この偵察の目的は何か。
答　それについて梅津大将は、私に次のように語った。すなわち、対ソ戦が始まった場合、もし日本軍が防禦を行うべき大興安嶺まで退却するならば、第一〇〇部隊は、このさい北興安省の家畜をすべて家畜伝染病に感染させ、これを利用する敵に伝染病を感染させて、戦力の低減をはかるのだと。故に第一〇〇部隊は、その使命を達するため調査を開始したのである。

問　山田大将が関東軍司令官になってから、あなたは第一〇〇部隊の業務について報告したか。

答　三回にわたって概略を報告した。

問　その報告に対する、山田大将の態度はどうであったか。

答「同じ方針で続行するよう」と簡単な言葉であった。だから、私は山田司令官も梅津前司令官と同じ方針だと思った。

問　あなたは第一〇〇部隊で、人体実験が行われたことを知っていたか。

答　聞いていた。しかし、コレラの実験は聞いていなかった。しかし、その責任は私が負うべきものである。

問　この細菌戦の準備は、まず第一にソビエト同盟を目標としたのか。

答　その通りである。(『日本週報』第四五六号)

二十

この日本の細菌技術を、GHQは関係者を留用することによって著しく研究を進歩させた、といわれている。そして、今では殆ど定説になっているが、朝鮮事変については専らこの細菌作戦が取られたという。

ても明らかだ。

だが、アメリカでも、この細菌戦の研究は早くから進められていたのである。この機関がどのような研究をやったかは、一九四六年の、G・W・マーク（のちのアメリカ細菌兵器委員会の委員長、細菌兵器進歩の功によって陸軍長官に任ぜられた）の報告によっても明らかだ。

これによると、細菌兵器の研究は飛躍的に進み、アメリカ陸軍化学研究所の手に移って、その中心研究機関として、別名「特殊計画部」がメリーランド州フレデリック市の近郊キャンプ・デトリックに設けられて、第二次大戦中に約三千六百人がここで働いていたという。また、アメリカ海軍では、これとは別に、カルフォルニヤ大学の中に、直属の細菌兵器の研究機関を持っていた。これらの研究費用は、約五千万ドルに上った。

ところが、朝鮮動乱の三カ月前の、一九五〇年三月三十一日、国防相ルイス・ジョンソンは、大統領に年間報告を行ない、その中で「人間、家畜及び穀物に対し、伝染性の多数の病原体に関する完全且つ詳細な研究がなされている。しかし、国防上の見地から、この研究を公表するのは賢明ではない」と述べた。

また、一九五〇年の「ミリタリー・レビュー」（軍事評論）四月号には、細菌兵器の使用についての論文が掲載され、「感染された病気は、出来得る限り治療困難であることを要し、また、その感染経路が判定困難であることが必要である。そして、場所の如何を問わず、医療的免疫が可能であってはならないし、感染者がいかなる化学的治療にも無反応になることが望ましい」といったことが記されている。

そのうえ、一九五一年三月、アメリカ衛生研究所のヘース所長は「微生物の砲弾と爆弾がすでに完成し、使用出来る段階にまで達した」と発表した。以下、これに関してすでに発表された記録によると、次のようなことが記されている。

米軍が細菌戦をやり出したのは、一九五〇年、国連軍が北鮮から退却する際、米軍は退却のため通過した平壌市、平安南道、平安北道などに細菌をばら撒き、そのため天然痘患者が発生し、一九五一年四月までに三千五百件以上にも上り、一割が死亡した。江原道では千百二十六件、咸鏡北道では八百十七件、黄海道では六百二件で、米軍が通過しなかった地域では発生しなかった。

また、一九五一年三月、米軍は、第一〇九一号細菌上陸用舟艇が、朝鮮東海岸元山港にいた際、艇内では朝鮮、中国人民捕虜に実験をやった、といわれている。米国週刊誌「ニューズ・ウィーク」四月九日号は、このことに触れ、「共産軍の中にはペストが蔓延し、この恐るべき病気が国連側にも広まる可能性があった。この上陸用舟艇には、医学的研究設備と実験用動物が乗せられていた」と報じている。――

二十一

帝銀事件に使用された毒物は、検事側が云うような単純な青酸カリではなかった。それは旧陸軍関係が製造した毒物と思われる可能性が強い。そして、それは旧日本軍の研究していた秘密兵器であり、その業績は、当時のＧＨＱが、九研関係者、七三一部隊帰還者の留用によって秘密の裡に研究されていたことに、われわれの考えは突き当る。

　ここまでくると、帝銀事件の教えるものは、単に平沢への懐疑だけではないのである。恐ろしいのは、それらの秘密毒物や細菌が、日本の旧軍部から米国へ技術参加していたことである。

　以上の米側の出版物によっても、それが朝鮮動乱に使用されていた事が窺い知られる。更にいえば、右に述べた細菌舟艇は、その後、巨済島の捕虜収容所でも実験を行なったと、当時のＡＰ通信は報道している。「毎日、三千人に対して実験を行ない、そのために、十一万五千余名の、主として北鮮捕虜の中で、千四百名はひどい伝染病に侵され、そのほかの八〇パーセントは、ある種の疫病に感染した」という。

　一九五二年、二月二十四日、中共の周恩来外交部長は、その抗議声明に「二月二十九日から三月五日までの間に、アメリカの軍用機が六十八回、延四百四十八機が東北地区（満州）領空を侵犯し、撫順、安東、寛甸、臨江などに、細菌のついた昆虫をばら撒いた。ハエは普通のものと比べて色が黒く、頭が小さく、羽が倍も大きく、毛が多い。ノミも普通よりずっと色が黒く、背が長い。クモは茶褐色。これらの昆虫は、厳冬の山野でも生存し活動することが出来る、耐寒性の強い毒虫として培養されたことが証明された」と述べている。

　北京において、国際科学委員会が発表した「細菌戦黒書」は、この朝鮮の謀略的細菌のデータを詳しく載せている。（片山さとし訳「細菌戦黒書」）

しかし、この出版物については、米側では、嘘だ、と反撃した。だが、U2事件でも分るように、果して米側の嘘だという主張が真実かどうかは、自ら判断されるであろう。

二十二

とにかく、帝銀事件は、その捜査段階で、どれほど国際的に影響のある問題を露呈しそうになったか。そして、この秘密厳守のために、一人の犠牲者がニトリールのニの字も知らないのに犯人にされたり、そして、真犯人が完全にそのために罪を逃れたりしていたとすると、これほど恐ろしいことはない。帝銀事件の真犯人は、金欲しさにやったかも知れないが、妄想を逞しゅうすれば、一種の実験用としてやったかも知れない幻さえ抱くのである。

この帝銀事件を考えると、兇器に使われた正体不明の毒物は、更に最近の安保条約にうたわれた「細菌学職」にも連想されて、われわれは不安を感じるのである。

第三十四回国会参院予算委員会第二分科会では、岩間正男氏の質問に、政府委員小里玲氏は次のように答弁している。

「細菌学職。この職務にある労務者は、バクテリア、リケッチア、ヴィールスその他細菌的組織体ならびにその発生の形状、組織および生命の過程、人、動物または魚類の病気の原因としての重要性、殺菌、消毒および統御の方法、病気療法上の利用、衛生、分解、はっこう、工業的過程または土じょう生産性に対するその活動と効果などに関する研究と調査における研究または他の専門的および科学的作業について勧告し、運営し、監督し、または実施する。この職名にある労務者は、次のごとき代表的な職務を監督または実施する（略）」

しかし、この政府答弁は通りいっぺんの体裁であり、偽装とごまかしが感じられる。この細菌学職が、答弁のような平和的な利用とは、とうてい考えられないのである。問題は、アメリカ側からそれが要求されたということであり、それによってやはり戦術的なものに結び着くとしか思えないのである。

帝銀事件は、われわれに二つの重要な示唆を与えた。一つは、われわれの個人生活が、いつ、どんな機会に「犯人」に仕立上げられるか知れないという条件の中に棲息している不安であり、一つは、この事件に使われた未だに正体不明のその毒物が、今後の新安保による危惧の中にも生きているということである。

原題「画家と毒薬と硝煙」——「文藝春秋」S35・8

鴉《からす》

一

都下北多摩郡××町次郎新田の新道路建設計画は、同地××番地の浜島庄作さんの地所が価格の点で折あいがつかず、目下難航している。

浜島庄作さんの話　道路公団の持って来た価格は大へん安い。現在の地価から見てあまりに少すぎる。いくら道路の建設でも、こんなバカげた値段では承服できない。どうしても道路を通すのなら、ここを避けてでもつくれるはずだ。

道路公団の話　公団としては最高の値段を出したつもりだ。浜島さんのいう値は現実離れがしている。あの土地を避けてもいいが、浜島さんの所だけが残り、あとは承諾を得ているのだから、今さら計画を変更するわけにはいかない。浜島さんがどうしても承諾しないときは土地収用法の適用も考えている。(××新聞三多摩版)

浜島庄作は、現在の火星電器株式会社に勤めて十二年になる。所属は販売部第二課だった。火星電器は大手筋ではないが、メーカーとしては中以上の会社で、戦前からつづいている。工場を東京と大阪に持ち、従業員は両工場合せて三千人である。

浜島庄作は、あまりぱっとしない私立大学を出て、卒業と同時に或る会社に入ったが、そこが不況で閉鎖したので、この火星電器に移って来たのだった。彼は今年三十八歳になる。

両親は死んだが、浜島庄作は百姓を嫌ってサラリーマンとなった。農地改革のときは一町五反の田が削られて、今は宅地だけ約三百坪持っている。中央線の駅からバスで十五分、歩いて四十分もかかる辺鄙《へんぴ》な場所だ。附近は防風林に囲まれた聚落《しゅうらく》が散在している。近ごろになってようやくアパート団地が出来たり、赤い屋根の家がふえたりしている。

浜島庄作は、しかし、サラリーマンとしてはどうやら不適格のようだった。彼は未だ平社員でいる。自分よりあとから入社した連中は早くも課長などになっているが、彼は主任にもしてもらえない。この社に途中から入社したせいかもしれない。しかし、もう十二年も勤続しているのだ。

彼は口下手なほうで、上役に向ってお世辞を云うことができない。友達づき合いも酒ぐらいの程度で、真からその仲間に溶け入るということもできない。それに彼は女にもあまり好かれなかったから、その方の愉しみというものもない。顴骨《ほおぼね》が出て、鼻の平たい、唇の厚い無愛想な中年男の顔なのだ。

仕事もあまり出来るほうではない。仕事が出来なくて、上役に好かれず、いい友達も出来ないとなると、すでにサラリーマンの世界では落伍者である。彼はこの社に入ったときから同じ仕事ばかりをつづけさせられている。つまらない事務だった。こんなものは女の子にでもやれる。

周囲の同僚が次々と新しい部署に移ってゆくのに、彼だけはいつも忘れられたように取り残されていた。上役も浜島庄作の存在は全く無視しているようだった。ただ、間違いを起したときだけは主任からこっぴどく叱られる。事実、彼の仕事は間違いが多いのだ。

だが、浜島庄作をそれ以下の部署に就けるわけにはいかなかった。それが彼の職場では最下位だったからだ。それより下だというと、新入社員程度のものになる。

浜島庄作は、誰からも歓迎せられないこの会社に、田舎の家からバスに乗り、混み合う中央線に揉まれて毎日出勤した。三百坪の地所はあっても、百姓をしない彼はやはり普通の給料で米を購《あがな》わなければならなかった。彼は住んでいる場所が遠いだけに他人《ひと》より一時間早く起きなければならない。帰宅もその時間だけ遅くなる。

浜島庄作は、今まで何度この会社を辞めたいと思ったかしれなかった。しかし、さしたる学歴もなく、年齢も四十近くなると、彼を迎えてくれそうな結構な会社はなかった。さりとて新しい商売をはじめようにもその才覚がないし、第一、資金もない。

現在の会社に勤めていれば、労働組合のお蔭で賃上げ交渉のたびに自動的に給料が上ってゆくから、まあまあ、ぬるま湯につかっているみたいに辛抱できた。

彼は女房と子供が二人ある。この女房も浜島を無能力者として軽蔑している。子供も父親にはあまりなつかない。彼は職場でも家庭でも余計者のように扱われていた。

だから、浜島庄作は職場に少しも熱意を持っていなかった。彼は絶えず上役にも、また自分を冷笑している同僚にも腹を立てていた。進んで仕事をしないことがせめてもの会社に対する仕返しだと思っていた。だが、労働組合のお蔭で、特別な理由がない限り、社も彼を馘首《くび》にすることはできない。いわば、彼は労組の力という隠れ蓑にかくれて、彼だけの仕返しを会社に向ってしていた。社業は折から家庭電化ブームに乗ってまずまずの成績なのである。

が、浜島庄作にとって何が一番辛いかというと、社の掲示板に貼り出される人事の異動発表だった。これは、現実に彼が皆から取残されるのをまざまざと見せつけられるようなものである。

次に、地位が上って大阪支社に栄転する者を東京駅に見送ることだ。彼は皆の中に入って嫌々ながら駅についてゆくのだが、晴れがましい顔で挨拶している人間に万歳を唱えてやるのがひどく屈辱に思えた。彼は皆の万歳唱和の中で、バカヤロウ、と云ったことさえある。なに、それくらいの声なら分りはしない。

そのあとの空虚さは堪らなかった。酒でも飲まなければやり切れない。彼の職場も人生も、彼だけを鉛の中に包んでいた。

十年一日というが、すでに十二年も勤めて平社員なのだ。このままだと定年まで梲《うだつ》が揚らぬかも知れない。いや、頭の上らないことは絶対に見え透いていた。

彼はときにはわざと仕事の間違いをした。休暇の権利は几帳面に行使した。課長の前でも、仕事の区切りがつけば、平気で手を休めて煙草を喫った。どうだ、出世虫には真似ができまいといった顔であたりをわざと見回してやった。

しかし、彼は職場における自分の人生に真から居直ったわけではなかった。元来が気の小さいほうだ。それで、その見せかけの横着ぶりも、実はびくびくしながらやっていた。彼は労組という組織体に安心しながらも、自分が馘首《かくしゅ》されたときの惨めさを怖れていた。自分の家と地所はあっても、それだけでは食ってゆけない。うかうかすると、その僅かな土地も失職のために売り払いかねないのだ。そのときの女房の状態を考えると心が竦《すく》む。

面白くない毎日だった。

だが、その単調な、懶《ものう》い、心の上に砂が溜りそうな彼の生活に、突然、一筋の光明が射してきたのである。

労組の委員改選がきたのである。委員長、書記長は組合専従だが、それ以下は各職場ごとに代議員を細胞的に置いている。

しかし、誰もその役目になりたがらなかった。品物を直接造っている工場と違って、経理、販売、庶務などといったところは組合委員になることを面倒がって回避している。そこで、いつも改選のたびに委員の押しつけ合いがはじまるのだが、今度の改選で浜島庄作が新しく代議員に当選したのであった。それは別に彼が認められたからではない。いわば、あいつ、いつも遊んでいて役に立たないから、そんなことでもさせておけ、といった皆の軽蔑からだった。

浜島庄作はそれを引受けた。いや、正確には押しつけられたのだった。他になり手がなくて、仕方なしにその役が一ばん余計者の彼の上に落ちたのだ。この販売課での労組代議員というのは、それだけ価値が下落したかのようだった。

しかし、浜島庄作にとって、それが思わぬ光明になったのは、改選後の組合がベースアップを要求して闘争を開始したからである。

もちろん、これは彼の意志ではない。またそれを予期して代議員を引受けたわけでもない。実に偶然にそういう事態になったのである。

二

ベースアップ要求は労組新役員が構成される毎にほとんど年中行事となっている。会社は今までその度に幾らかは色をつけて、当面を処理していた。

だが、浜島庄作が代議員になったときの執行部はこれまでと違って、真剣に賃上げ交渉に腰を入れた。一つは物価の上昇で組合員全員の支持が圧倒的だったからでもあった。委員長は総務課から出た男で副課長をしている柳田修二という男だった。彼は秀才で仕事もよく出来る。ゆくゆくは幹部にもなれる社員だ。この会社ではよそと同じように課長以上が管理職となる。

柳田修二は組合員の信用を一身に受けていた。理論家でもあるし、実行型でもある。少し切れ長の眼と、形よく通った鼻梁と、うすい唇とは、彼の白晳《はくせき》の顔に具合いよく配置されていた。少し長目の髪を一筋額に垂らした柳田修二が職場大会などで髪をかき上げながら、一席ぶつと、女子社員などは陶酔的な眼を向けた。学歴もいい。彼は一流の高校と一流の大学を出ていた。

この柳田委員長になってから、ベースアップ要求は大幅なものを会社側に要求した。団結力もこれまでにみられないものだった。このことは一つに柳田委員長の人望と統率力の結果であった。

浜島庄作は代議員として、たびたび労組の委員会に出席した。このころから彼の心にはバネのような弾みがついてきた。彼の発言は委員会の開かれるたびに激しい意見になっていた。

よし、この機会に会社をいじめてやろう、仕返しをやるのだ、と浜島庄作は実は決心していたのである。

こうなると、いつも自分を冷遇している課長などはものの数ではなかった。浜島庄作が直接目指すのは会社の経営者なのである。社長や労務担当重役に向って彼は直接に喧嘩が売れる。団交の席ではあくまで彼は会社役員と対等の位置なのだ。

日ごろ、課長などが口もきけないような偉い人たちと、こちらは堂々とやり合うのである。もちろん、課長以下の副課長、主任といったてあいは、彼の新しい眼からすれば小石のように無価値だった。

浜島庄作の意見は、組合執行部内部でも強硬派として見られた。会社は新執行部が提出したベースアップ案に対して最初から拒否してきた。組合の要求通りを飲むと企業体として経営が危険になるというのだ。

何回か折衝がつづけられた結果、いよいよストに持ってゆくかどうかにまで事態が切迫してきた。

このときも一番強硬だったのが浜島庄作であった。会社の回答には全く誠意が見られない、この際妥協せずに一挙にストに踏み切るがよい、と彼は主張した。

職場ごとの会が持たれ、つづいて全体の職場大会が持たれた。こういうときでも浜島庄作は、闘争本部員として各職場をめぐってアジテーションを行った。

これが、日ごろあの無気力な、そして碌に口も利けない浜島庄作かと見紛うばかりだった。彼は額に汗を掻き、吃りがちだが、厚い唇を尖《とが》らせて激しい口調で会社の不誠意を非難するのだった。

会社側は事態の急なるのを見て、二回に亙って妥協案を出してきた。これ以上はどうしても出せないという線が第二回の回答だった。執行部もこれを最終通告とみて、ストに突入すべきか、或いは回避してこれを飲むべきかを大衆討議にかけることに決定した。

このころになると、浜島庄作も会社の一室に部屋をあてがわれている労組の闘争本部に詰めきりだった。交渉が切迫すると、彼はそこに寝泊りするようになった。委員長以下の眼が血走り、睡眠不足で蒼ぶくれするようになっても彼の闘志だけはますます熾烈《しれつ》になってゆくかに見えた。

一体、現場の労働者で占められている職場よりも事務系統の職場のほうが闘争力として弱いのは、どこの会社も共通である。この火星電器労組もその例外ではなかった。過去にも、事務系統の組合員があまりに強い現場組合員の意識についてゆけず、脱退して新組合を作ろうという気運さえあったくらいだ。

その事務屋である浜島庄作が誰よりも強い意見を吐くことを、工員側では高く評価した。彼らは浜島庄作の肩を叩いて、こちらは事務屋さんのほうではあんた一人を頼りにしている、と激励した。現場の組合員の中でも腰の弱い者が出てくると、販売部の浜島さんを見習うがいい、と引合いに出されるくらいだった。

このころの柳田委員長はさらに水際立った統率ぶりを示した。彼は浜島庄作の意見をよく聞いてくれた。遂に火星電器労組は闘争態勢に入り、全面ストの危機に直面した。

浜島庄作は、自分の職場に来ては机の上に立ち上り、皆を睥睨《へいげい》して演説した。課長は彼が机の上に立ち上ると嫌な顔をして席から離れた。むろん、演説するのは彼だけではなかったが、日ごろ彼をばかにし、軽蔑し、無視している上役や同僚たちが彼を驚異の眼で見つめていると思うと大そう心持がよかった。

永い間、このおれを苦しめてきた会社にストを喰わせて大損害を与えるのだ。それが長い間冷遇されてきたおれの仕返しだ、と彼は思った。

柳田委員長はスト権を行使する意志を固めているように見えた。また、浜島庄作の激烈なアジが功を奏したのか、いつも脱落しがちな事務系統の組合員が今度だけは正確に歩調を合せてきた。

会社側が第三次の最終案を提出してきた。闘争本部はこれを検討した。しかし、このときになって柳田委員長の顔色にいくらか動揺の色が見えてきた。

職場大会が何回かに亙って開かれた。現場はほとんどスト決行賛成だったが、今までと違ったことは反対の数がふえた現象だった。しかし、ストに踏み切っても出来ぬことはなさそうだった。

闘争本部での会議が頻繁に持たれた。このとき、浜島庄作はその闘志を買われて本部の実行副委員長に選ばれていた。

彼は会社役員との団交の席に何度も現われた。ここでは柳田委員長が主に発言したが、浜島庄作は委員長のすぐ隣に坐って腕を組み、社長以下の重役を睨みつけていた。溜飲が下る思いだった。

今こそ彼は会社役員と対等の位置にあった。彼は職場にちょっと帰っては同僚たちに左翼理論を説いた。それはきまり型の文句だったが、彼はこの会社をわが手中に収めたような錯覚さえ覚えるのだった。彼の常からの無気力は遥かな遠くに消し飛んでいた。

出世を狙って小心翼々としている販売部の連中が、彼の眼にはひどく滑稽に見えてきた。彼の背後には労働者の団結がある。彼の指導する組合の前には、火星電器の社長など一気に粉砕できそうだった。

遂に各職場ごとに、ストに入るべきか、入らざるべきかの大衆投票が行われた。その結果、スト突入賛成と反対とは半々の票に分れた。

「しかしですよ」

と浜島庄作は委員長以下の闘争委員の前で云った。

「反対票を投じている人も、ストに入れば必ず従《つ》いてくる。また、これから説得すれば、こちらの意志がよく分ってくれると思います。この半数の反対に眼が眩《くら》んではならないと思う。半数はストに賛成しているんだという事実を尊重すべきだな。なあに、やればやれるんだ。やれば必ず遅れた者も従いてくるし、また、そういう意識の低い組合員をわれわれが引張り上げなければなりませんよ」

三

現場から選ばれた工員の闘争委員たちは浜島庄作の意見に賛成した。しかし、事務系統出身の委員たちは躊躇していた。

柳田委員長は、こういう会議が持たれるたびに、ただ両方の意見を黙々として聞いているだけだった。彼の言葉は急に慎重となり、口数が少なくなってきた。何か意見を云っても、それは決定的なものではなかった。

つまり、柳田委員長は職場の空気が「煮詰る」のを待っているかのように見えた。と委員長はスト突入に積極的に賛同もせず、また慎重組の意見にも賛成しなかった。

いうことは、同時に両方の意見を尊重していたともいえる。委員長はただ、組合の団結をあくまで守るべきである、とだけ説いた。

会社案は第一回の回答よりも大幅にふえていた。これが最後だと会社自体が云うように三回目は相当な幅のベースアップになっていた。

「まだ出せますよ」

と浜島庄作は嘯《うそぶ》いた。

「会社はずいぶん儲かっている。経理はその儲けを匿しているんです。この際、匿し金を吐き出させて、われわれ従業員に利益を再分配すべきです。ストを三日もつづければ、会社は音を上げますよ」

浜島庄作の意見は一貫して変りはなかった。彼は「非常に強い」ことで伝統的な現場側よりもさらに前進していた。

闘争本部は労組の事務所だったが、何の飾り気もない。ただ、闘争態勢に入って以来、友好団体から寄せられた激励文が書きポスターになって壁にべたべたと貼られてあった。すでにこのころは全組合員が鉢巻を巻き、鉢巻の額には「団結」という合言葉の文字が入っていた。

だが、ストに入るべきか、入らざるべきかは最後まで決定しなかった。闘争本部は毎晩おそくまで協議した。どの本部員の顔にも疲労が強く出て来た。疲労は全組合員を引きずって一挙にストに突入すべきかどうかの情勢判断の低迷だった。

本部員たちは毎晩そこに残った。一升瓶が何本ももち込まれ、湯呑茶碗で冷たい酒を飲み、元気をつけた。浜島庄作はその中で最も酒を飲んだ一人かもしれない。彼はスト突入意見組の最尖兵だった。

柳田委員長は疲れたのか、そういう相談の席からときどき中座した。元から身体の弱いほうだったので、別の副委員長がいたわっていたくらいだから、その中座もべつに不思議には思われなかった。事実、柳田委員長に仆《たお》れられたら、せっかく盛り上った闘争も雲散霧消することは明らかだった。

「委員長を引きずろう」

と浜島庄作はいつも主張した。

「どうも、委員長は迷っている。われわれで委員長の背中を押すのだ」

そうだそうだ、といつも賛成するのは現場側だった。

そんな或る晩である、長いこと中座した柳田委員長が戻ってきた。

「どうです、委員長」

と、これは別の闘争委員が云った。

「いよいよストをやるのならやる、やめるならやめるで、はっきりした線を出さないと、組合員の気勢がだれてくると思います。この辺で委員長自身の裁決を下してはどうですか？」

これには皆の意見が賛成だった。

「ぼくらは、委員長がどんな裁決をしても服従しますよ」

これは事務系統から出ている委員だった。現場側は大阪を含めて強硬なことに変りはない。

少し大げさな言い方をすれば、火星電器の全労組員が柳田委員長の一挙手、一投足を注目しているといっても云い過ぎではなかった。

が、柳田委員長はまだ意見を云わない。彼は中座から戻ってきても、眉の間に皺を作って黙々と考え込んでいた。

浜島庄作がふと見ると、そのとき、委員長は煙草を咥えて、ポケットからマッチを出していた。浜島庄作が気づいたのは、その委員長の持っているマッチだった。恰度《ちょうど》、彼の席が柳田委員長のすぐ傍だったので、そのレッテルの文字がよく分る。うすい黄色の地に、小さな文字で「バー・ゼブラ」と印刷されてあった。ゼブラというのは、たしか自転車のマークにもあった。そんなバーがあるのかと、何となく見詰めていると、そのマッチを急に、しかし何気ないふうに掌の中に握りしめ、つづいてさりげなく上衣のポケットの中に納めた。

ただ、顔だけは浜島のほうを向かず、折からスト突入をしきりと説いている現場出身の委員の意見に熱心に傾聴している表情をつづけていた。

はてな、と浜島庄作は思った。なおもそれとなく注意していると、煙草好きの柳田委員長は一本を喫い終り、ちょっと休んでまた新しい一本を口に咥《くわ》えた。

つづいて委員長はマッチを入れたポケットに無意識的に手を入れた。しかし、はっとした眼つきで手はそのままポケットの中で動かなくなった。

斜め前にいた委員の一人がライターを取り出して、委員長に火を点けてやった。柳田委員長は二、三服、煙を吐き出したあと、徐《おもむ》ろに片手をポケットから出したが、その手は何も握ってはいなかった。

はてな、と浜島庄作は思った。委員長はポケットにマッチを持っている。それなのに、それを出さないで他人の火を借りている。――

しかし、ときにはそういうこともあり得る。人間はほかのことに熱中していると、自分のマッチを使わずに他人から火を点けてもらうこともままあるものだ。

また、委員長がマッチをそっとポケットに忍ばせたのも別段他意あってのことではあるまい。何となくそうした動作をしただけだろう。浜島庄作はそう考えていた。

本部はその夜は遅くまで協議をつづけたが、遂に結論までには到らなかった。

しかし、翌晩は、夜明けまで討論がつづいた。

気の早い闘争委員は二日前から持場を回って、スト決行の準備態勢にとりかかっていた。どの職場もおちおちと仕事ができない状態であった。殊に事務系統では三、四人ずつ集ってはひそひそ話をつづけていた。工場ではそれとは対照的に絶えず職場大会を開いていた。

会社側でも万一に備えて保安要員の確保に努めはじめた。会社全体からいえば、非組合員は管理職の課長以上だが、ただ文書課、人事課だけは事務的に会社側の枢機に参加しているので、非組合員となっている。

その人事課員が、職場大会の中にこっそりスパイを入れているらしいという騒ぎも起っていた。要するに、スト決行前夜の社内では、神経質な殺気と不安とが充満していた。

今まで意見を吐かなかった柳田委員長が、その払暁になって初めて重々しい口調で裁決を下した。

「いろいろ考えましたが、わたしの状況判断では、いま、組合員を引きずって一挙にスト決行に持ってゆくのは困難かと思われます。大へん残念ですが、この際、第三回の会社回答案を全面的に呑むことにして、今度はストを回避したいと思います」

闘争委員たちは一斉に柳田委員長の口もとを見つめていた。苦渋、悲哀、忿怒《ふんぬ》、安堵、さまざまな感情がそれぞれの眼に現われた。

「いま、無理をしてストに持ってゆくとすれば、わが火星電器労組は分裂するとわたくしは判断します。われわれはこれだけの威力を会社側に示したのだから、それをもって不満ながら一応の成果を上げたこととして、当面の収拾を図りたいと思います」

「委員長」

と口々に発言を求める声が上った。その多くは現場出身の闘争委員だった。しかし、柳田委員長は全労組員から信頼されていた。

ストは回避された。つづいて闘争態勢も解除され、火星電器の労働争議は収まった。

――浜島庄作はまた前の職場に帰った。今度こそ皆が自分を畏敬の眼で見るに違いないと思っていた。いや、そこまでゆかなくとも、これまで彼に向けていた蔑視的なものは一切拭われると思っていた。彼は「英雄」だったのだ。

だが、実際はそうではなかった。彼の周囲、つまり販売課の連中は、実に奇妙な眼つきで浜島庄作を見るのだった。それは前とは別な意味の軽蔑であった。誰も浜島庄作にものを云いかけてくる者がない。わざと彼を避けているところが露骨に見られた。

(闘争委員になって張切っていやあがったが、終ったら、また元の木阿弥さ。あいつ、変な気を起して一人で跳ね上っていやがったが、とんとお笑い草さ)

そういう言葉が、どの眼つき、どの表情にも表われていた。それは、日ごろから仕事の上の無能力者である彼に向けられた今まで以上の冷笑だった。

課長や副課長などは、全く彼にそっぽを向いている。

浜島庄作はこの職場の空気に無数にちりばめられた針の毒を感じた。

いや、それは感じただけでは済まなかった。

その騒ぎがあってから二週間後である。浜島庄作は珍しく課長に呼ばれた。

「君、今度社内で人事異動があるがね、君にも動いてもらうことにするよ」

課長は眉の間に皺を立てて云った。

「販売課から資材課に移って、倉庫係をやってもらう。分ったね。これは内命だが、明日中に辞令が出るはずだ」

浜島庄作は途端に耳鳴りがした。

四

資材課倉庫係というのは、会社に必要な物品を出し入れするところだった。倉庫は本館の裏側に当っている。高い建物に囲まれているせいか、そこは陽当りが悪く、始終、じめじめとして冷たかった。

倉庫の中は、事務用品はもとより、工場で使用する消耗品が一切格納されてあった。もっとも、製品材料はここからはずされてはいたが、夥しい品だった。

倉庫は一棟だが、直接物品の出し入れに当る作業には、臨時雇が二人いる。しかし、係長一人と係員一人のこの小屋の中は、昼間でも電気を点けているくらい陰気である。

浜島庄作も曾ては何度かここに品物を取りに来て知っているが、係員は始終伝票の整理に追われている。彼はかねてそういう係に同情していたが、今度はそれが自分の番に回ってきたのである。

浜島はよほど会社を辞めようかと思った。しかし、辞めてもすぐに行く所がない現在を考えると、腹をさすらねばならなかった。明らかにそれは浜島庄作に対する課長の厭がらせだった。浜島が闘争委員として事務机の上に仁王立ちとなってアジっていた姿に課長は憎悪を燃やしていたに違いない。

しかし、この左遷が課長の意志だけでないことも、また犠牲者が浜島庄作一人でないことも、やがて分った。

彼が課長から倉庫係の内命を受けた翌々日、社内の掲示板には一斉に人事異動の告示が貼られた。人事課の判コを捺したそのタイプは、十枚もの多きに達した。社員たちは掲示板の前に群らがった。その中に浜島庄作の「資材課倉庫係ヲ命ズ」というのも入っていたが、「製品部第一課長ヲ命ズ」という柳田修二の辞令も加わっていた。

それだけではない。発表された辞令は、昇進、栄転、左遷さまざまだったが、その人名を見てすぐに分ったのは、それがこの前の組合闘争に関連した異動だということだった。仔細に見ると、かの闘争で強硬にストを主張した連中は枕を並べて日蔭の職場に追いやられていた。その逆が、スト突入に反対した者か、日和見主義者たちへの厚遇だった。その連中はほとんど一階級ずつ上っているのである。

柳田修二は総務課副課長からいきなり製品部第一課長だった。この会社では製品部は販売部と同じように大切なのだ。

柳田修二の二階級とも云っていいこの躍進の理由は誰にもはっきりと分った。委員長としてスト突入を回避したことへの褒賞なのである。

掲示板の前で浜島庄作は思わず拳を握った。

やられた、と思った。あまりにも露骨な会社の対労組政策だった。この信賞必罰的な人事異動は、明らかに労組の骨抜きを狙っているのであった。

ところで、あれほど浜島が信用していた柳田修二も、ぬけぬけと会社側の厚遇を受入れているのだった。柳田の白皙な顔、賢そうな広い額、憂いの表情を溜めた哲学的な眉毛、苦悩ありげに額にかかった髪、それが悉くまやかしものだった。

――われらの「輝ける委員長」として全労組員の信頼を受けていた柳田修二は、実は労組員全部を裏切っていたのだ。今にして初めて思い当る。スト突入前夜、柳田は最後の断として回避を決定した。それまでは、うんともすんとも自分の意見を吐かずに、皆の意見を傾聴していたのだが、あれは見せかけで、実はスト回避の裁決をするチャンスを窺っていたのだ。

すると、柳田修二の賢そうな顔が一変して狡智に長《た》けたものに浜島には映ってきた。

しかし、浜島庄作は、辞令が出たので自分の机を整理し、私物をまとめた。それから、長い間いっしょに机を並べていた同僚たちに挨拶して回った。

だが、どの顔も彼に対して同情を見せていなかった。口でこそ、お名残り惜しいですな、とか、お世話になりました、とか、これからも遊びに来て下さい、とか体裁のいいことばかり云ってはいるが、本気に浜島庄作を惜しんでいる顔は一つもなかった。なかには彼がこの運命になったのを当然だと云わぬばかりの表情を露骨に示す者もいた。

「英雄」は転落した。

彼はすごすごと資材課にゆき、課長に頭を下げ、陽当りの悪い倉庫の中に入って行った。どう見ても事務室とは云いがたい小屋の中だった。

仕事は忙しかった。ここでは彼も今までのように手を休めて適当に油を売ることはできなかった。各部課の女の子や若い社員が伝票を次々と運んで消耗品をとりにきた。そのたびに彼は現品出納帳に書き入れ、出品伝票を書き、絶えず元帳とも照合しなければならなかった。伝票が彼の尻を叩き、彼を追いまくった。

ここにも無能のくせに横着に油を売っていた今までの彼に対する会社側の痛烈な仇討ちがあるようだった。

これは、ばかをみた、とだけでは済まされなかった。

浜島庄作は、会社の冷酷な仕打ちも恨んだが、それよりも、会社側の術策に乗って嬉々として「昇進」のポストに就いた曾ての闘争委員たちに激しい反撥を覚えた。殊に委員長の柳田修二に憎悪が集中した。

浜島庄作が憂鬱な顔で仕事をしているそんな或る日だった。真向いには、もう定年間近い係長がむずかしい顔をして坐っているのだが、ふと、その老係長がパイプに半分に切った両切を詰め、マッチで火を点けているのが見えた。

何気なくそれが眼に止った瞬間だった。浜島庄作は、はっとなった。

——柳田委員長がポケットにバーのマッチを隠したことだ。たしかにあれは故意に隠したという動作であった。なぜなら、浜島がそのマッチのレッテルに眼を止めていると、柳田は彼の視線に気づいたのか、そのマッチをさりげなく自分の掌の中に隠し、つづいてポケットの中に仕舞い込んだではないか。

のみならず、柳田は二度目の煙草を喫うときに無意識に手をポケットに入れたが、途中で気づいたようにマッチは取り出さず、手もポケットに納めたままにした。斜め前にいた闘争委員の一人がライターを鳴らしたが、なにも他人の火を貰うことはない、柳田はマッチを持っているのだ。それを彼はどうして使用しないのか。いや、どうしてそれを掌の中に隠したのか。そしてポケットからそれを出さなかったのか。

バーのマッチは「ゼブラ」という店のものだった。ゼブラという自転車の名前があるので、浜島はそれをはっきりと記憶している。

しかも、あれは柳田委員長がスト突入の決断を迫られている直前の出来事だった。彼はたしかにその前にも中座してしばらく姿をそこに見せなかった。彼は外から帰ったときに、そのマッチを持っていたのだ。

バーや喫茶店で煙草を喫う者が、ほとんど無意識に店のマッチをポケットに入れることは普通である。そして、煙草を喫うときに、これまた無意識にポケットのマッチを取り出す。おそらく、柳田委員長はそのバーのマッチを闘争委員たちの眼の前に晒《さら》したくなかったのに違いない。が、彼の喫煙の際の無意識な習慣がついうっかりとそのマッチを出してしまったのだ。

浜島の視線に気づいた柳田委員長のあのときの微かな狼狽――微かなというのも、内心の狼狽をごまかすための抑えた動作である。

何かある。あれは妙だった。――

浜島は「バー・ゼブラ」を探すことにした。彼は電話帳を繰った。すぐに名前が出てきた。

「バー・ゼブラ」は京橋裏としてある。正確に町名も番地も記入してあるから、探すのに骨が折れない。

浜島は会社が終ると、顔を洗って帰り支度をした。倉庫係に移ってからいやに顔も手も埃で汚れるようになった。

五

浜島庄作は、それからつづいて十日間ばかり「バー・ゼブラ」に通い詰めた。

「バー・ゼブラ」は京橋裏でも、この辺では目立つほうの店だった。女給も二十人ばかりいる。店内もきれいだった。

マダムというのを初めて見たが、三十二、三歳くらいの丸ぽちゃの可愛い顔立ちだった。そのくせ、着物の着つけが花柳界の女のようにあだめいている。近ごろの傾向で、洋装の影響のせいか、着物でも前衿を広く開き、つまり、洋装のV字型の感じに似せている。それが背のすらりとしたこのマダムによく似合った。

初めて逢った晩には、マダムも彼の席へ来て愛想を振り撒《ま》いてくれた。なかなか美人だし、笑顔に吸いこまれそうなところがある。それに、仄《ほの》かな色気といったものがその姿態から漂っていた。

浜島庄作はわざと、自分は火星電器の者だとマダムに云った。

「あら、そうですか」

マダムの二重瞼がぴくりと動いたのを彼は見逃さなかった。

「うちの社の連中は、よくここへやって来ますか？」

「そうね」

時間にしては短いが、答えの前に彼女の思案が挟まった。

「よくは存じませんが、お見えになっていらっしゃるかも分りませんわ。わたしのうちは、この通りビル街が近うございますから、そりゃいろんな会社の方がいらっしゃるんです。いちいちお聞きはしませんけど」

巧く逃げた、と浜島庄作は思った。たしかに、あれは火星電器の社員を知っている表情だった。それを匿しているところが怪しい。しかし、その場は浜島も深くは追及しなかった。

その代り、彼は十日ばかりを「バー・ゼブラ」に通い詰めた。それから、少し金の欲しそうな年増女給を一人つかまえた。彼はいかにもこの女に気がありそうな風情をして、相当にチップもはずんだ。いや、それはチップという性質のものではない。彼は調査料だと思って、かなりな金をそのつど彼女の掌の中に押し込んだ。

彼は、到頭、その女を店がしまってから近くの喫茶店に引き出すことに成功した。やはり金がモノを云ったのだ。

その年増女給は、浜島庄作の云うことをきいた。しかし、彼女は無愛想な顔をしている浜島に惚れて身体を与えたのではない。やはり金だった。このぶんだと、この女は誰とでも客の要求する場所にゆくふうだった。

浜島庄作もその女給が好きで意に従わせたのではなかった。そういう関係をつけなければ、口の固い彼女らは店の秘密を洩らしはしない。

「火星電器の方は、二、三回だけ、前にお見えになったことがあるわ。その方、そりゃハンサムだったわ」

「何という名だい？」

浜島がそれを聞いたときの胸のときめきはあとにも先にもないくらいだった。

「名前は分んないわ。とても内密な話があったようだから」

「誰と会ったのだね？」

「同じ会社の偉い方よ。でも、これは絶対に内緒よ。その人たちは、いま云ったハンサムな人と、二階の一部屋で内密な相談をしていらしたの。昼間と夜だわ。昼間は、わたしと、もう一人の女の子だけしか店にいないの」

「君はそこに住みこんでいるのか？」

「ママは青山のほうでアパートを借りているので、わたしともう一人の女の子とが留守番を兼ねて、あの店の二階に泊ってるわ。それで分ったの」

「火星電器の偉い人ということは、どうして分った？」

「もう一人の女の子がそう云ったわ。よくママのアパートに来る人だって」

「それはどんな人相の人だね？」

浜島がいろいろ訊いてみると、それが労務担当重役だということが分った。重役は頭が禿げて、そのてっぺんがキューピーのように尖っているので、それだけの特徴でぴんと来る。

今や事態ははっきりとした。輝ける委員長柳田修二は、「ゼブラ」の二階で会社側と裏取引をしていたのだ。その女の話から判断すると、柳田がしばしば組合事務所から中座していた日付とぴったり一致するではないか。

浜島庄作はこの「証拠」を握ってから、さらに柳田に対して憎悪が燃えた。

畜生、どうしてくれようか。おれは倉庫番として蛆虫《うじむし》のようにじめじめした場所に蹴落されている。柳田は会社側に組合を売り渡したばかりに製品課長に出世した。何という違いであろう。しかし、何という宥《ゆる》せない柳田の欺瞞と背徳行為であろう。

浜島庄作は、柳田修二の面皮を衆人の前で剝いでやろうと思った。大声に喚いて、この裏切者の正体を白日のもとに曝してやるのだ。どんなに爽快なことかしれない。

しかし、その計画を考えついても、実行は彼に不可能だった。なぜなら、もし、そんなことをしようものなら、彼は忽ち会社から馘首されるに違いなかった。

彼は、しかし、だからといって自分の気持を抑えることができなかった。何とかして柳田を追及せねばならぬ。浜島は当時の闘争委員たちを招集して、柳田修二の査問会を持とうかと思った。

だが、これも現在の彼には不可能だと分った。つまり、彼自身にはそれほどの人望がないのだ。なるほど、闘争中は彼もひとかどの「英雄」に見られたが、今ではそのときの面影もない。人間の気持は妙なもので、そんな落ちぶれた境涯に追いやられると、曾ての闘争委員の同僚たちも、道で彼と行き遇ってもろくに笑顔を向けてくれないのである。

浜島庄作は心が荒《すさ》んできた。一つは不当な左遷に対する不満と、一つは柳田修二に対する憎悪の昂進からだった。そんな彼が帰り間際に倉庫内の見回りを怠ったとしても不思議ではない。その晩、倉庫は誰の棄てた煙草か分らないが、それが原因で火を発して半焼となった。

浜島庄作は責任を問われて三日後には会社から馘首を云い渡された。クビになった浜島庄作は昼間から酒に酔っては火星電器の本社の玄関へ怒鳴り込むようになった。もはや、何も怖れることはないのだ。馘首されてから何が怖しかろう。酒の手伝いもあることだ。

「柳田は裏切者だ」

と彼は玄関に入って大声で叫んだ。

「奴はスト前夜になって会社と妥協した。裏取引はバー・ゼブラだ。ゼブラのママは労務担当重役の二号だ。さあ、これだけ云えば誰にもはっきり分るだろう。柳田は、ストをやるかやらないかの相談の最中に、その場を脱け出してはゼブラにゆき、労務担当重役と会っていちいち内通していた。見ろ。君たち全部は柳田委員長に騙されていたんだ。おれは証拠を持っている。柳田は組合を売って出世した裏切者だ」

守衛が寄ってたかって彼を表に突き出した。

しかし、彼は止めなかった。毎日のように同じことを怒鳴りに来た。

「柳田は裏切者だ、やつはスパイだ」

「柳田は会社と内通した。バー・ゼブラで重役と密談をしている。証拠は握っている」

「柳田は裏切者だ。柳田はスパイだ。柳田は組合を売った」

そのたびに守衛から彼は表に突き出された。

浜島庄作は、泣くとも喚くとも分らない顔で、玄関前の地べたを匍いずりながら、会社中に聞えよとばかり叫びつづけた。

「柳田は裏切者だ。バー・ゼブラで会社側と取引をした。おれは確かな証拠を握っている」

浜島庄作は洋服を泥だらけにし、酔って真赧な顔に泪を流しながら、絶叫しつづけるのだった。

六

柳田修二は、近ごろ、元気をなくしてきた。

彼は製品部第一課長になった当座はひどく意気が揚っていた。彼は新しいポストに就いてから、仕事に対してさまざまな企画と改革とを考えていた。それだけのことは出来ると、彼は自分の実力を信じていた。部長も課員も新しい課長を信頼しているように見えた。

しかし、浜島庄作という男が毎日のように玄関に現われて、彼を「裏切者」呼ばわりしはじめてからは、社員たちの自分を見る眼が妙な具合に変ってきたのに気づいた。

柳田修二は委員長時代に、浜島庄作という男のことはよく知っている。委員会では、奇矯なぐらい激烈な意見を吐く男だった。しかし、その発言にはあまり現実性はなかった。客観的な分析力もなかった。ただ、がむしゃらに、ストをやれ、ストをやれ、という猪突的な意見だけ吐きつづけていた。それを云うときの浜島庄作は、何か熱に浮かされた人間のような、ちょっと得体の知れない執念にとりつかれているような状態だった。委員長である柳田は、むしろ浜島庄作を厄介な男だと見ていた。どうしてこんな男を販売部第二課が自分たちの職場代表の委員に選んだか分らないくらいだった。

しかし、浜島庄作が資材課倉庫係に左遷されたのを発表で知ったとき、柳田は、困ったことになったと思った。会社が浜島庄作の跳ね上り言動に罰を加えたことは明らかだったが、柳田修二は、あの奇矯な人物がそれによって黙っておとなしくしているとは思えなかった。あの男の異常な性格から何かが起りそうな気がした。

この予感は不幸にも的中した。

浜島庄作は会社を馘首されると、毎日のように玄関に現われて、柳田修二の裏切行為を大声で喚きつづけるのだった。「それには証拠がある、バー・ゼブラで会社の首脳と密談をやった」と叫ぶのである。

柳田修二は、この「バー・ゼブラ」の一件がこたえた。また、「はっきりと証拠を握っている」という浜島庄作の喚きは、ほかの従業員たちの間に微妙な効果と変化とを与えはじめていた。浜島庄作自体に対する皆の信用はあまりなさそうだった。しかし、毎日のようにやって来ては叫びつづける浜島の声に、社員たちの心理が徐々に侵蝕されていった。

たしかに、柳田は「バー・ゼブラ」の二階で労務担当重役と会っている。しかし、それはただの二回だった。それも彼が求めてそこに行ったのではない。恰度、スト決行をやるかどうかの切迫した時期に、彼は会社側から密かに伝達されたメモを貰った。柳田は何気なしにその使者と一しょに外に出た。連れ込まれたのがゼブラというバーの二階だったのだ。

しかし、それは浜島の云うような裏切りではなかった。労務担当重役は、ほかの公開の場所ではいろいろと君も云いにくいこともあるだろうし、ぼくもとことんまでは云えないから、二人だけで底を割った話をしよう、と提議しただけである。

そのときも、柳田は用心をして実際の真意をうち明けなかった。酒を出されたが、それも断った。会社の苦しさをありのまま愬《うった》えたのは労務担当重役のほうだった。

柳田修二がストを回避したのは、彼があの委員会の席で説明した通り、組合が二つに割れることをひたすら懸念したからだ。また、会社の第三次回答も、それ以上の要求は何としても無理だということが分っていた。これは労務担当重役の内輪話だけではなく、ほかから入手した情報でも柳田には分っていた。

あのときの情勢では、スト突入は無理をすれば出来たかもしれない。また、組合を二、三日間はストに引きずることも出来たかもしれない。しかし、それ以上は絶対に無理だった。うかうかすると、事務系統だけの第二組合が出来かねなかった。事実、或る方面では内密のうちにその工作が進んでいることも彼は情報で知っていた。

スト回避は柳田修二にとって正当な判断だったと今でも信じている。彼は、何よりも組合の分裂が怖しかった。「柳田委員長」の時代だけには分裂するのを防ぎたかった。これが彼の偽らない気持だったのだ。

しかし「バー・ゼブラ」で密かに労務担当重役に会ったことは、彼のひけ目だった。落度は、彼が重役の懇請を入れて、その会合を闘争委員の誰にもうち明けなかったことである。だから、そのことに関してあとでどのように肚を探られても弁解しようのないことだった。

それ故、柳田修二は友人にすすめられても浜島庄作と対決することができなかった。何と云っても「バー・ゼブラ」の一件は浜島庄作に対して彼の致命的な敗北だった。その点を突かれると、彼には返す言葉もないのである。残念なことに、その場に第三者の立会いはなかった。会談に、客観的なオブザーバーを置かなかったのは、柳田のための証言者を失ったことだった。また、あとで知ったのだが、そのバーのマダムが重役の二号だったことも、彼の弱点を倍加させた。

「柳田は裏切者だ。柳田はスパイだ」

この浜島の喚きが彼に聞えてくる。耳を塞ぎたくなるような絶叫だった。

周囲の者が柳田修二に疑わしげな眼を向け出したのは、その叫喚が幾度も繰返されてからである。それに、何よりも痛いのは、柳田修二が総務課副課長から製品部第一課長という栄職に一挙に昇進した事実だった。浜島の叫びをまつまでもなく、それが柳田に対する会社側の行賞であることは誰にも分っていた。

眼に見えない不信感と疑惑とが柳田の周囲にかたちとなって次第にふえてきた。柳田は仕事に対する最初の意気込みを失った。それだけではない。彼は自信の喪失と、周囲や部下からの不信感とでノイローゼに陥ってきた。製品部第一課長という現在の位置が、何よりも浜島の弾劾を実証しているのである。

柳田修二は夜も睡れなくなってきた。それでなくても白い彼の顔は蒼ざめ、眼が血走り、女子社員を恍惚とさせた長い髪は、絶えず彼の額や耳の上に乱れかかった。眼に見えて目方が減った。

彼の顔つきは、短い間に、尖ってきた。

浜島に会って話せば分ることだ——彼は何度それを実行しかかったかしれない。しかし、そのつど彼を躊躇させたのは、現在の浜島の立場だった。彼は倉庫係に追いやられただけではなく、馘首されている。平衡な心理状態ではない。

これは話合いの場が絶対にないことだった。それでなくても闘争委員時代の彼の奇矯な言動を見ていると、柳田がどのように説得しても、浜島に通じることではなさそうだった。浜島庄作は、今や火星電器に対して遺恨に徹しているのである。柳田修二への弾劾はその現われの一つだった。これは、会っても無駄なことは分り切っていた。

「柳田君」

と或る日部長が呼んだ。

「どうも元気がなさそうだね。どうだね、このへんで少し休養してみないか」

「は？」

柳田は部長の顔を血走った眼で見つめた。

「なに、いろいろ雑音もあるようだが、気にすることはないよ。しかし、君自身としては、たしかにこの辺で休養を要すると思うね。身体を大切にしなければいけない。それは、君の将来への飛躍に対する小休止だ。そして身体と精神とを回復したら、また社のために大いに働いてくれたまえ。これはぼくの意見じゃない。重役も心配していて、ぼくにそう云えということだった」

休養——それがどのように出世をストップさせることかは、柳田修二にもよく分っていた。その前例は数え切れないくらいこの会社にあった。休養は悪くすると、主流から永久にはずされることを意味した。彼は、ふと、これはスト突入直前の険悪な状態にまで組合を引きずってきた彼の行為へ会社側が企てた復讐ではないか、という猜疑《さいぎ》さえ起った。

柳田修二は首をうなだれた。

彼は最後に浜島庄作に会おうと決心した。今の立場になって初めて、浜島庄作と話し合う勇気が出たのだった。

彼は誰にも浜島と遇うことを告げなかった。


それから三カ月経った。

浜島庄作は、火星電器を馘首《くび》になってから名も知れない会社の警備員に傭われていた。彼は日勤と夜勤とを繰返していた。夜は懐中電灯を持って小さなビルを見回るのである。小さな光の環を先頭に立てながら、彼の靴音は冷たいコンクリートの上に固く響いた。

一晩の勤務が終ると、翌る日は明け番として一日中家にいた。あたりは武蔵野の中で、とき折、行楽客が通りかかる。浜島の家の前で脚をゆるめながら、

「こういう場所に住むと健康にいいわね」

などと羨ましそうに云って過ぎた。

道路公団から新しい道路がつく計画が発表されて、その土地買収に浜島の家に交渉員が何度もやって来た。彼の家と土地とが、恰度、道路の中央に当るというのだった。

近所の土地は、ほとんど交渉が成立した。しかし、浜島庄作は、公団側の値段では絶対に応じられない、と断った。交渉員は他所《よそ》には内緒にしてくれと云って、次第に値段をつり上げてきた。浜島はそれも断りつづけた。彼は、誰が来ても云うことを聞かなかった。土地の顔役や区長が説得に努めても、彼の意志は変らなかった。それは依怙地なくらいだった。

道路公団でも補償の値段には限界があった。浜島庄作の理由は、ここは親父が遺してくれた土地で、その思い出があるから他所には移れないというのだった。

浜島庄作は皆からこよなく強欲で非妥協的な人間に見られた。

道路公団では、どうしても浜島が承知しなければ土地収用法によって強制執行も止むを得ない、と云っていた。

浜島庄作は、自分の土地の下に睡っている死体が三カ月経っているのを知っていた。その上は雑木が立っている。まだ死体の肉は溶けないでいるだろう。これが完全に骨だけになるには、あと一年ぐらいはかかりそうであった。

その間に、死体を取り出して他の場所に埋めるのは危険な作業だった。白骨となって了えば、処理はずっと簡単になる。それまでは、この土地の下から動かせなかった。

あと一年――その間だけ交渉を頑張ろう。そのうち、自分の家と土地だけを残して道路の工事が進むかもしれない。土地収用法の適用などと云っても、こちらで訴訟を起したりすれば二、三年ぐらいはゆうにかかる。柳田修二の肉体はその間に完全に液体となって土地の中に沁み込み、白い骨だけが残るであろう。

浜島庄作は、明け番の日はうつらうつらと居眠りしながら家の中で暮した。日勤の日は朝早く出て夕方に帰る。夜勤の日は夕方から出勤して翌朝に戻ってくる。

家は武蔵野の散在聚落の中の一つで、防風林に囲まれて建っている。春は一面の雑木林が新芽を吹き、秋は黄色くなり、冬は裸の梢ばかりとなる。

——今はその冬だった。

明け番から帰ってきた浜島庄作は、ふと、畔道に立って自分の土地の上を見上げる。今日もおびただしい鴉があの場所の上で舞っている。鴉はあの物体を埋めてから毎日のようにここに群れてくるのだった。

浜島庄作は、今までにない鴉の現象で、近所の者が不審を起して警察に密告していることに気づいていなかった。

——週刊読売（S37・1・7）

第九章

松本清張賞受賞作家にききました

松本清張賞は一九九四年に創設され、日本文学振興会によって運営されている公募文学賞です。第十回までは、対象を「長篇ミステリと歴史時代小説」に限っていましたが、本年第十一回より、この枠を「長篇エンタテイメント小説」に拡大しました。実は宮部もこの第十一回から選考委員の末席にちんまりと座っておりまして、候補作のレベルの高さに、その席から転がり落ちそうになるほど驚いたばかりであります。あなたもう、マジでですね、「こんな凄い新人にボンボン出てこられた日にゃ、あたしゃ廃業だよ」と思うほどだったんですね。思わず取り乱した文章になってしまってますが。

清張賞デビュー作家の方々は、どの清張作品をこよなく愛しておられるのか。幸せなことに、この質問に、素敵な回答をいただくことができました。それぞれに「おお」と膝を打つチョイスですが、横山秀夫さんが「地方紙を買う女《おんな》」を挙げてくださったことに、宮部は大喜びをいたしました。マイ・フェイバリットと同じだ！　という次第で、この作品は上巻第二章に収録してあります。

それでは、お待たせいたしました。豪華なゲストの登場です。

（宮部）

「真贋の森」と「西郷札」

山本兼一

清張作品を読みはじめたのは、三十歳を過ぎてからだ。

二十代で、手にとったことがなかったわけではないが、まだ、しっくりなじめなかった。清張作品にながれる人間のどす黒い情念や愛憎を、読み物として楽しむためには、ある程度の社会経験が必要なのだと思う。小さい出版社に勤めてはいたが、いっこうに地に足のつかない気持ちで、アンチロマンやシュールな小説をめざしていた二十代のわたしに、清張作品は、赤裸々すぎて入りこみにくかった。

三十歳でフリーランスのライターとなったわたしは、ピュアだけれども、ちっとも売れそうにない文学を求めていたそれまでとは、百八十度の方向転換を決意していた。生業として、きっちりしたエンターテイメントを書きたいと思うようになっていた。

売れる小説のお手本――のつもりで、清張作品を読みはじめた。愕然とした。とたんに、その世界にはまってしまった。

最初におどろいたのは、「西郷札」だった。練り上げられたプロットが、大げさでなく神業に思えた。凡庸な書き手には、とても真似できない高度なレベルの作品だと、素直に頭が下がった。アイデアの新鮮さ、人物の造形、ハラハラさせる展開。どこをとっても揺るぎない精緻な彫り物細工のように感じられた。

それから何作もむさぼるように読んだが、どれも陰影がくっきりしていてすばらしかった。「真贋の森」「顔」「張込み」「二階」などと、好きな作品タイトルをならべてみて、いま、あらためて気がついたのは、わたしの好む清張作品に、昭和三十年代前半に書かれたものが多いということだ。

清張氏が、新聞社広告部を退職されたのは、昭和三十一年、四十六歳のときだ。その年に生まれたわたしは、いまほぼそのときの、清張氏の年齢になり、氏の名前を冠した賞をいただいた。ささいな偶然にも、いささか身の引き締まる思いがするのは、氏の作品にそれだけ重みを感じているためである。

さきほどの作品群が書かれたのは、わたしがまだ小学校に通う以前の時代である。牧歌的——というありきたりの形容で、わたしはその時代をふり返っていたが、考えてみれば、それは、少年未満だったわたしに、世の中のことがなにも見えていなかっただけの話だ。世界中が、平和だった時代なんて、一度もない。人間が、嫉妬や怨念、あるいは、悪意や呪詛《じゅそ》といった黒い情念をいだかなかった時代なんて、あるはずがない。

人間の心の奥底にながれるおどろおどろしい情念を底辺にすえて、清張氏は作品を構築した。その作品世界は、日本に生きている人間なら、どこのだれの日常にも、ぽっかり口を開けて待ちかまえている落とし穴のように見える。それだけリアリティーが深く、作り物めいた軽さやけれん味がまるで感じられない。

たくさんある初期の名短編のなかでも、わたしは「真贋の森」に、いちばん惹かれている。ほかのどの作品より、不思議とくっきり記憶に残っている。主人公の美術評論家や、骨董屋たち、あるいは美術史学究たちの姿が、色あせることなく、いつまでも、わたしの脳裏で生き続けているのである。

なぜなのか、その理由について意識したことはなかった。ほかの作品より、出来がよいからだ——と思い、それ以上、詮索しなかった。

いま、あらためて考え直してみて、わたしが、この作品に惹かれる理由に気がついた。うかつにも、それは、わたし自身の問題だった。

「真贋の森」は、わたしのすぐそばに、ぽっかり空いたのぞき穴であった。その底に渦巻く黒い情念に、わたしは身近なにおいを感じたのだ。

いささか個人的な話をしなければ、その意味は、お分かりいただけないだろう。

わたしの父親は、学究生活を送っていた。学者という生き物の生態を、わたしは、じっと観察しながら育った。学者の高慢さや、くだらなさについて、わたしは、なにがしかを知っているはずである。

それとは、まったく別の話なのだが、わたしは古美術のオークションで働いたことがある。学生時代のアルバイトではあったが、そこで見た古美術界の裏側に、正直なところ、唖然とした。そのことについては、多くを語るまい。いずれ、作品に投影するつもりである。

わたしにとって「真贋の森」は、ふたつの身近な世界が重なった作品であった。だからこそ、作品のなかに渦巻く欲望や情念を肌でひりひりと感じ、登場人物たちが、いつまでも鮮明な記憶として残っていたにちがいない。

清張作品の真骨頂は、なんといっても透徹したリアリズムにある。基地の町に住んでいた方なら「黒地の絵」に戦慄するだろうし、実家が印刷所を営んでいた方にとって「二階」は、悪い夢のように記憶に残るのではないか。そんな気がしてならない。

冒頭にもふれたが、わたしが「西郷札」に惹きつけられるのは、それとはちょっと違った理由からである。清張氏のデビューを飾るこの作品には、歴史小説の醍醐味がたっぷり投入されている。

歴史小説の面白さは、歴史的事実の裏側をどう読み解くかという点にあるだろう。記録や教科書、あるいは研究書には登場しなくても、歴史的事件の隙間や周辺には、じつは、どろどろした黒い情念が渦巻いているはずである。むしろ、そんな情念が歴史をうごかしてきたといってもよいだろう。

「西郷札」は、たしかに実在した軍票の裏側に、どんな人間の物語があったかを、克明に描いた小説である。

そこに渦巻いているのは、金銭欲と、愛、そして嫉妬。考えてみれば、人間の世の中なんて、そんな単純な情念だけでうごいているのではないか。複雑に見える社会も、じつは、ほぐすように読み解いてみれば、そんな単純な要素が、からみ合い、もつれ合って出来上がっているだけなのではないか。清張氏は、そのことを熟知していて、歴史のなかに渦巻く人間の黒い情念を、みごとに描ききった。その腕力に、凡百の書き手は、ただ脱帽するしかない。

清張氏の初期短編は、いずれも甲乙つけがたいすばらしい完成度を誇っている。どれもが名作、どれもが傑作である。

そのなかで、好きな作品を選ぶということは、とりもなおさず、自分の過去にまとわりつく黒い情念をさがすことなのではないか。

あるいは、書かれざる歴史の隙間に眠る黒い情念が、どれだけ巧みに描き出されているかに、新鮮な驚きを見いだすことなのではないか。

そんなことを考えて、清張作品の底知れぬ深さに、あらためて畏怖を感じた。

（二〇〇四年・第十一回受賞）

「菊枕」と思い出の高校演劇

森福　都

およそ物事は最初の出会いが肝心であり、後々までも深い影響を及ぼすものだ。私の場合、生まれて初めて鑑賞した生の舞台が、その後の演劇観をかなり長い間支配したと思う。

ただし舞台は舞台でも、立派なホールで演じられる商業演劇を想像されると困る。旅回りの大衆劇団ですら滅多に訪れない郷里の島で、私が観たのは演劇部の学生による公演だった。当時中学二年生の私は、友達を誘って高校の文化祭に潜り込んだのである。ストーリーはほとんど覚えていない。記憶に残っているのは、主役の男女の噛み合わない表情と、暗く重苦しい雰囲気ばかりだ。

男と女は恋人同士だった。何かのきっかけで女は徐々に狂い始めるが、男は女の狂気を受け入れ献身的に尽くす。愛情だけでなく負い目があったのかもしれない。精神がいよいよ常軌を逸すると、女は四つん這いになった男の背に跨《また》がって哄笑する。男はそのまま馬のようにひたすら床を這い続けるというシーンで幕は降りた。

いつの間にか拳に力を入れて舞台に見入っていた私は、しばらくの間放心状態だった。頭の芯に埋め込まれた音叉が、震え続けているようだった。

初《うぶ》な中学生の目には、高校生が別世界に住む大人のように見え、強烈な衝撃を受けたのである。とりわけ、着物の衿をはだけ帯を引きずりながら、舞台をふらふらと歩く女生徒の鬼気迫る演技に畏怖を感じたが、今にして思えばあのステレオタイプな狂女ぶりが、高校生ならではの純粋で凝集された表現となって胸に迫ったのかもしれない。

それ以来、私の中では「高校演劇」＝「暗さ、重苦しさ、そして狂気の女」という（偏った思い入れたっぷりの）図式が出来上がってしまった。世の中を大げさに絶望的にとらえる年頃にふさわしく、最後に狂気がもたらされなければ、物語の納まりがつかないと信じていたふしもある。

密かに火がついた私の演劇熱はその後数年間、テレビで舞台中継を観たり、脚本を読んだりということでしか満たされなかったが、二歳年下の妹が私と同じ島の高校に進学したとき、思いがけず高校演劇が身近なものになった。べつだん口が達者なわけでもなく、人前に出たがるたちでもない妹が、なぜか演劇部に入部したのである。

妹の初舞台は「楢山節考」だった。一年生なので、もちろん端役である。原作が原作だけになかなか感動的な芝居に仕上がっていたが、これを老人ホームの慰問で上演してしまうのだから、田舎の高校生は天真爛漫というか神経網が大雑把だ。

部外者ながらあきれ返った私は、もっと演劇部にふさわしい脚本を探してやろうと、お節介にも決意した。そんなときたまたま出会ったのが、「菊枕」だったのである。

美貌と才気に恵まれた主人公のぬいには、奔放華麗な俳句と勝ち気な性格で知られた杉田久女の生涯が投影されている。平凡な田舎教師の妻に納まることができなかったぬいは、才能を開花させて中央俳壇で認められたものの、貧しさゆえの焦燥、俳壇での軋《あつ》轢《れき》、過剰な自負に囚われてもがき、やがて狂気の淵へと落ちてゆく。

一読して、私は「これだ」と膝を打った。狂気の女を筆頭に私が高校演劇に求めるものが全て揃っているだけでなく、ビジュアル面でも舞台映えするシーンがいくつもあるではないか。

大量の菊の花を縁側で陰干しして菊枕を作る場面では、ないまぜになった師への憧れと恨みを表現するために、童女めいた純情なぬいと自我の突出した年増女のぬいが交互に顔を出す演出にしたらどうだろう。

ぬいが句想を求めてしばしば分け入った英彦山《ひこさん》の場面は、劇の前半と後半にひとつずつ欲しい。最初は「時鳥《ほととぎす》」の句を得た絶頂期で、季節は初夏。二度目は師から忌避され句作にも行き詰まった凋落期で、ぬいは髪を振り乱し目には妖気を漂わせて晩秋の英彦山を徘徊するのである。

演出の構想は着々とまとまり、主役のぬいには身《み》贔屓《びいき》が高じて妹を抜擢するというところまで、私の勝手な空想は膨らみに膨らんだが、実際に脚本を書き出すまでには至らなかった。結局のところ私は演劇部員でもなければ、芽生えかけた「創作」の衝動を後押してくれるような環境からも遠かったのだ。（言い訳じみているが、地方と首都圏の文化的温度差は決して小さくない。ぬいの苛立ちが、私には実感として理解できる。）

幻のまま終わった脚本「菊枕」では、ぬいが圭助に引き合わされる場面を冒頭にもってゆこうと考えていた。夫となる男の容姿に不満はあるものの、ぬいは娘らしく結婚生活に明るい期待を抱いている。後年の絶望の陰影をより深くするために、先に希望の光を配そうというわけだ。

しかし、今もしも私が「菊枕」の脚本を書くとしたら、帰宅した圭助が近所の主婦の立ち話を漏れ聞き、妻ぬいの芳しからぬ噂を知る場面を第一幕第一場に据えるだろう。隠れるようにして家に入ると、今度は玄関先で妻の激しい面罵に迎えられるが、圭助は黙って顔を背けるだけである。彼のことは終始無口で凡人ならではの悲しい善良さを備えた男として描いてみたい。

ぬいが狂気へと引き込まれる原因やその過程ではなく、狂気を受けとめる圭助の側に関心が移った理由は自分でもわからない。初読から二十数年経ったのだから変化は当然だともいえる。そういえば例の文化祭の高校演劇のことも、近ごろは男子生徒の繊細な演技ばかりが思い出されてくる。女を背に乗せて這いながら、悔恨とも被虐の喜びともつかない涙を彼は確かに流していた。

（一九九六年・第三回受賞）

「火の記憶」の記憶

岩井三四二《みよじ》

松本清張氏の小説を、「救いのある話」と「救いのない話」に分けたら、どちらが多いだろうか。

清張氏の小説をすべて読んだわけではないけれど、「救いのない話」が圧倒的に多い、と断言しても、反対の声はあまりあがらないような気がする。

例を挙げればきりがないが、長篇でいえば「砂の器」、「点と線」、「ゼロの焦点」など、代表作と言われるものは、みな救いがない。

推理小説であれば、小説の最後で犯人はあばかれ、逮捕されるが、被害者がそれで救われるわけではないし、犯人を生んだ社会の闇や歪みはそのまま残る。推理小説ではない一般の小説でも、主人公の身の上に起こった事件は、小説の終わりには真相がはっきりしてくるが、状況は悪いまま、あるいはさらに悪化する様相を呈している。

短篇でも、芥川賞受賞作の「或る『小倉日記』伝」はじめ、ほとんどの小説は主人公が失意のうちに話が終わっている。「憎悪の依頼」なんて、題名からして救いがあったらおかしいようなものもある。

そういうことだから、たいていの場合、読後感は暗い。非常に暗い。それが清張作品だ、といっても、大きくはずれてはいないだろう。

なぜそう暗い小説ばかりになるのか、という点については、「半生の記」を読んで納得した憶えがあるけれど、ここでは追究しない。たぶんこれまでに多くの人が言及していることだろう。

誤解のないように付け加えておくと、暗いから悪い作品だ、と言っているわけではない。社会の暗部や人生の陥穽《かんせい》を、圧倒的なリアリティでもって提示されれば、読み手が暗い印象を受けるのは当然である。救いがないのは、清張氏の作品が現実を正確に、容赦なく切り取っている証拠とも言える。

しかし、人生が暗い場面ばかりではないように、清張作品にも、救いのある話が、わずかだがある。私の読んだ範囲で言えば、「張込み」「投影」などの短篇がそれにあたるだろう。

「火の記憶」も、そのひとつである。

そもそも主人公が善人に設定されているところからして、清張作品には珍しい。さらに言えば、この小説では最後まで悪人は出てこない。苦悶する善人を、周囲が暖かく見守り、理解して支えてやる、という形である。

とはいえ、これも全体に暗い話である。主人公は自分の出生の事情に疑いを抱いていうとする。ある日、母がしまっておいた古いはがきを見つけたことから、長年の疑問をはらそうとする。細い手がかりをたどってゆくと、幼い頃の記憶にぶちあたる——。

読めば、夜空に浮かぶボタ山の火をみつめる三人の、絵画のような情景と、「女の、最後の、必死の、悲しい方法」という印象的な言葉が、くっきりと頭の中に残るだろう。それだけでも忘れがたい佳品である。

しかし「火の記憶」のキモは、最後の数行にある。主人公にとって最悪とも思える真相が明らかになったあとに、主人公の妻がとった行動。ちょっと意表をつかれるが、すぐに「ああ、なるほど」と思えてくる。ちゃんと救いが用意されているのである。だから読後感はさわやかだ。

ここで話はいきなり私事に飛ぶのだが、私に清張氏の小説を紹介してくれたのは、中学時代に通っていた塾でアルバイトをしていた大学生だった。

退職した先生がやっている寺子屋のような塾で、教室は先生の家の食堂を使い、先生は英語を、下宿している大学生が数学を教えていた。

授業後の雑談の最中に、私が推理小説に興味があるとでも言ったのだろう。数学を教えていた大学生が、「推理小説なら、セイチョウがいいな」と自分の文庫本を貸してくれたのである。渡された文庫本の目次を見て、おもしろそうな短篇を、帰りのバスの時間まで廊下の裸電球の下で読んだ。

そのため、「火の記憶」というその小説は、私の中では、裸電球の薄暗い明かりと分かちがたく結びついている。内容を憶えている小説は無数にあるが、読んだ状況まで記憶に残っている小説はあまりない。それだけ印象深かったのだろう。

清張作品の暗さと救いのなさに辟易《へきえき》しながらも、飽きずにいくつもの作品を読んできたのは、作者の人間性に信頼感をもっているからだろうと思う。それは、私が最初に読んだ清張作品が、「火の記憶」だったせいかもしれない。

それにしても、塾の先生にセイチョウと言われて、それが人の名前だとは思えずに何度か聞き返した少年が、後年、その名を冠した賞をいただくことになるのだから、人生というのはわからない。

（二〇〇三年・第十回受賞）

『地方紙を買う女』もどきを書いてみる

横山秀夫

作家が先達を仰ぎ見る瞬間というのは、名作傑作を読了したその時よりも、むしろ、自作の執筆中に感じることのほうが多いのであるまいか。満天の星を思わす清張作品群の中にあって、私が『地方紙を買う女』に執心するのは、そうした実感に基づいている。中年の作家が読者の犯罪を暴いていく短篇推理である。潮田芳子なる東京在住の女が、Y県の地方紙甲信新聞社宛てに、連載中の小説《野盗伝奇》が面白そうだからと購読を申し込んでくる。作者の杉本隆治は大そう喜ぶが、それも束の間、わずか一月後に「小説がつまらなくなりました」と購読中止の葉書が新聞社に届く。不快感を覚えた杉本は、この気まぐれな読者に疑心を抱く。そして一月だけ地方紙を購読した芳子の思惑を見抜き、さらには背後に潜む犯罪の臭いを嗅ぎつけ、それを確かめるべく動きだす——。

筋書きの面白さはさておき、杉本が芳子に疑いの目を向ける〈きっかけ〉に私は唸る。主人公の作家杉本を、物語の探偵役として腰を上げさせる、その動機付けの妙味に先達を仰ぎ見るのだ。

その〈きっかけ〉とは何か。作中にこうある。

その読者が「面白いから読みたい」と言った回よりも、「つまらないから」と購読をやめた回の方が、はるかに話が面白くなっているところなのだ。（中略）
「あれが、面白くないとは」
と彼は変に思った。

この一文の重みを知るには、実際に〈作家が読者の犯罪を暴いていく短篇推理〉を創作してみるほかない。

さしずめ私なら、こんな話を書くだろう。

雨が災いした。新刊『野盗伝奇』のサイン会の列は、思わず顔が強張るほど短かった。雨が幸いしたとも言える。そのせいで客が来なかったのだと方々に言い訳が立つ。音のない溜め息を漏らし、杉本隆治は書店が用意した席についた。
「それでは、始めさせて頂きます」
四、五冊の為書《ためがき》をこなしたところで、二十代半ばだろうか、その割には地味な出で立ちの女が、おずおずと机の前に進み出た。彼女の存在には初めから気づいていた。列が短かったこともあるが、杉本の小説を好む読者の大半は年配の男性で、若い女性がサイン会に姿を見せることは珍しかった。

まずは、必要不可欠な作家と読者の〈接点〉をサイン会に求めた、ということだ。

こう続く。

杉本は、女が新刊本とともに差し出した整理券の書き込みを目の端で読んだ。〈×郡×村　芳子〉。ハッとしたのは、別れた妻と同じ名前だったからだが、四十を過ぎた厚顔に表立った変化はなかったろう。著者に対するメッセージ欄には〈甲信新聞に連載されていた時から読んでいました。すごく面白いです!〉とあった。

口元が自然と緩む。

「ご愛読ありがとうございます」

「そんな――こちらこそ、今日はお会いできて嬉しいです」

上気した声が返ってきた。顔立ちは十人並みだが、粘っこく絡ませてくる視線に妖しげな色香があった。

「お名前と日付を入れていますが、フルネームを教えていただけますか」

杉本がペンを手に尋ねると、女は一瞬思案の表情を覗かせ、そして何やら意味ありげに微笑んだ。

「苗字は結構です。《芳子》だけで。近々、姓が変わりますので」

「あ、そうですか。それはおめでとうございます」

杉本は微かな落胆を自嘲しつつ、また一方の頭で妻に三行半《みくだりはん》を突きつけられた苦々しさを反芻しながら、《芳子さんへ》と為書して目線を上げた。

「どうもありがとうございました」

女は両手で本を受け取った。爪を短く切り込んだ、生活感のある手だった。婚約指輪はまだ貰っていないのか、その手に光るものはなかった。


ここまで書いてふと思う。短篇の構成上、サイン会の場面は回想として処理したほうが良い。書き出しは、サイン会から三月ほど後にするべきだろう、と。


鳥が発つように眠気が飛んだ。焦がしたトーストの咀嚼《そしやく》が脳を動かしたからではなく、ながら読みをしていた甲信新聞朝刊の三面記事が杉本隆治を刮目《かつもく》させた。

《三日午後七時頃、×郡×村の惣菜店パート潮田芳子さん（26）から「臨雲峠で夫が崖から落ちたようだ」と一一〇番通報があった。署員が現場へ急行し崖下を捜索したところ、中古車販売業、潮田早雄さん（36）の死体が発見された。死因は全身打撲。芳子さんの話では、潮田夫妻は二歳の長女を連れて車で親類宅へ向かう途中、峠で霧に巻かれ立ち往生した。早雄さんが小用を足してくると車から降り、しばらくして悲鳴のような大声と石が落下する音が聞こえたという。当時の視界はわずか一メートルほどで芳子さんは車から出られず、携帯電話で車内から通報した。警察では、霧で視界がきかない中、早雄さんが足元を見誤って崖下へ転落したものとみて調べている》

杉本は唸るように息を吐き出した。

×郡×村……。芳子……。小さな記事だったにもかかわらず、すぐにその名が目にとまったのは、別れた妻と同じ名だったからだ。

おそらくそうだ。三月前、杉本が上梓した『野盗伝奇』のサイン会に現れたあの女だ。整理券に記された住所も確か、〈×村〉だった。

主人公杉本の頭はフル稼働する。サイン会での芳子とのやりとりを回想し、その後、彼女が〈潮田〉という男と結婚したのだと得心し、そして、二歳の長女の存在に首を捻る。別人だろうか、とも考えるが——。

杉本は膝を打った。

近々入籍する。そういうことだったのだ。潮田が渋っていたか、別の事情があってか、ともかく娘が生まれて二年も経つのに入籍がまだだった。それが近々叶う。芳子が見せた意味ありげな笑みは、そのせいだったに違いない。生活感のある手も、婚約指輪がなかったことも、それで合点がいく。

いや待て。潮田は三十六だ。初婚にしては少々歳がいっている。長女は連れ子かもしれない。ならば先妻との絡みで入籍が遅れていたとも考えられる。

いずれにしても……。

杉本は宙を見つめ、芳子の不運に嘆息した。事情はともかく、晴れて夫婦になったというのに、その矢先、夫に事故死されてしまうとは――。

ここで私はしばし考え込む。命題は〈作家が読者の犯罪を暴いていく〉である。だが果たしてこの状況で、主人公杉本は探偵役として腰を上げるだろうか。夫に死なれ、幼子を抱えて生きていかねばならない芳子を不憫には思う。自分の小説のファンであり、サイン会で言葉も交わしている。しかし、だからといって杉本が、知人と呼ぶにはあまりに希薄な関係にある芳子に対して、連絡を取ったり会いに行くといった具体的な行動を起こすだろうか。作中の杉本は、芳子の企てた犯罪に疑念を抱く〈きっかけ〉を何一つ与えられていないのだ。

思案を巡らす一方で、実のところ私は、次の展開を書きたくてウズウズしている。杉杉本の脳内で〈逆転の発想〉が立ち上がる場面である。

杉本は自らの思いつきに震撼した。

近々姓が変わる。それがもし〈離婚〉を意味していたのだとしたら。

頭の中で描いていた絵は一変する。元々、潮田と芳子は夫婦で、二歳の娘がいたのだ。そして、理由はわからないが、芳子は三月前には既に離婚を決意していた。〈近々〉そうしたいと願っていた。だが、昨日の事故の時点で芳子は潮田の妻のままだった。

なぜか。

芳子の気持ちの変化か。

それとも、夫の潮田が離婚話に応じなかったということか。

霧の中……。転落……。

杉本は額に冷気を感じた。

芳子は潮田と別れたがっていた。ことによると彼女のその心情は、たった一人、杉本しか知らない事実なのかもしれなかった。


かくして杉本は動きだす。疑念と憐憫の情を併せ持った探偵役として芳子の身辺に迫っていくことができる。だが——。

課題はクリアされていない。杉本の〈逆転の発想〉がいかにしてもたらされるのか、その〈きっかけ〉は何であったのか、という課題だ。多くの場合、こうした部分の繋ぎは〈ふとした拍子に〉の類で処理される。私は脳味噌を絞り、この作品に最もしっくりきそうな〈ふとした拍子〉を探す。

結論はこうだ。


郵便受けに葉書が一枚届いていた。

別れた妻からだった。

《新刊の上梓おめでとうございます。わざわざお送り頂きありがとうございました。でも、少々心苦しくもあります。ご存じのように私はあまり本を読みませんし、あ

なたからの郵便物が届くと母がひどく気にします。ですから今後は――》

杉本は舌打ちをして、葉書を睨み付けた。《桑田芳子》。旧姓を記した筆圧の強さがうらめしかった。

畳に大の字になった。

しばらくそうしているうち、あっ、と声がでた。

一つの短篇推理が生まれた瞬間である。

だが、その同じ瞬間、私は先達を仰ぎ見ることになるのだ。

その読者が「面白いから読みたい」と言った回よりも、「つまらないから」と購読をやめた回の方が、はるかに話が面白くなっているところなのだ。(中略)
「これが面白くないとは」
と、彼は変に思った。

作家を生業《なりわい》とする者の内面世界、見方によっては滑稽ですらある自意識を見事に炙《あぶ》りだした一文である。

〈はるかに面白くなっている〉。誰に言われたわけでもない、書いた自分がそう思っているだけなのだ。読者の側からみて、実際に面白くなっているかどうかはわからない。なのに作家杉本の思考は、面白くないと思うほうが変だと決めつけ、これを境に芳子に対する疑念を際限なく膨らませていくのである。

清張作品群に共通する緻密さからみれば、『地方紙を〜』は中盤以降、やや乱暴とも思えるストーリー展開をみせる。疑念を膨らませた杉本は探偵社に芳子の身辺を調べさせ、わざわざ何度も上京して彼女に揺さぶりをかけ、遂には自らが囮《おとり》となって芳子が前に犯した偽装心中事件を再現させようとまで画策する。だが、そうした杉本行動の〈乱暴さ〉に、自意識を踏みにじられた作家の胸に渦巻く負のエネルギーの大きさを読み取ることができる。〈きっかけ〉をもたらした人間の感情が濃密であるからこそ、濃密なストーリーが約束されるのである。

結論を言うなら、『地方紙を〜』の主人公杉本は〈作家〉でなければならなかった。その必然性があった。一方の、私が創作した物語の中に存在する杉本は、たとえば、ゴーストライターに自伝を書かせた〈落ち目の俳優〉や〈引退したプロレスラー〉であったとしても一向に構わない、ということだ。主人公に職業や性格をあてがい、物語の中の役割を演じさせるのではなく、その職業なるが故の〈人格〉を持った主人公が、物語そのものを作ってしまっているところに、『地方紙を〜』の凄味があるのだとも言える。

さて、役割をあてがわれたほうの杉本はどう動いていくのか。書き出した以上、自らの作家的自意識を大いに見つめつつ、話の結末をつけておくとしよう。

芳子に対して杉本が持ち合わせている追及のエネルギーは、幾ばくかの疑念と憐憫の情とが入り交じった脆弱なものだ。一旦は、別れてくれない夫に対する殺意や保険金殺人を疑うが、雇った探偵は「夫婦仲が悪かった話は出てこない」と報告を上げてくる。疑心はぐらつき、保険金の受取額が常識に照らして妥当な金額だったと知った時点で、追及の推進力は一気に失速するだろう。ならば憐憫が増し、あるいは独り身の寂しさから〈妖しい色香〉を漂わす芳子に情を移していくのが自然の成り行きかもしれない。何かと理由をつけて芳子の家に出入りするうち、二歳の娘も杉本になつく。歳の割に言葉が早く、「おじちゃん、またきてね」などと甘えられ、「よし。今度の休みにドライブに連れていってあげよう」と——。

だとするなら、結末はこうだ。

　フロントガラスを打つ雨音が一段と強まった。エアコンの効きが悪く、ガラスの内側が曇り始めて視界も怪しい。おっかなびっくりアクセルを踏み込んでみたが、タイヤは空転するばかりで泥濘から脱出するのは難しそうだった。

　杉本は、助手席の芳子に、処置なし、の顔を向けた。

「近くの家まで走ってスコップでも借りてくるよ」

「ひどい降りよ。小降りになるまで待ったら？」

　芳子に釣られるように、後ろのチャイルドシートに収まった千鶴も不安げな表情を見せた。

「大丈夫だよ。すぐ戻るからね」

杉本は自分の言葉の柔らかさに、照れ臭さと嬉しさを同時に感じた。家族になれる。いや、もうなっている——。

芳子と千鶴に交互に笑みを投げ、ドアを押し開いた。

「やーん!」

突然千鶴が叫んだ。

「ママ、いっちゃいや!」

「ハハハッ、ママは行かないよ。おじちゃんだけさ」

「やー! こわいもん! ママ、いて!」

「だからね、チーちゃん——」

「いっしょにいっちゃいや! ひとり、こわいんだもん!」

「まいったな」

杉本は苦笑いを浮かべ助手席を見た。

思わず息を呑んだ。

血の気の引いた芳子の顔が、黙れとばかりに千鶴を威圧していた。

杉本は瞬きを忘れた。

いっしょにいっちゃいや——。

視界が白かった。フロントガラスの曇りは、霧が巻くように、じわりと広がっていた。

（終）

（一九九八年・第五回受賞）

西郷札

去年の春、私のいる新聞社では『九州二千年文化史展』を企画した。秋には開催の予定で早くからその準備にかかっていた。私は一ヵ月間つづけて九州中をかけ廻り、大学の図書館や寺や古社、旧家をたずね出品資料の蒐集につとめた。成績はよい方で、長い出張が終る頃には大体の目鼻をつけて帰ってきた。

出品の中には国宝もあるし、いわゆる門外不出のかけ替えのない重要品もあるので、その取扱いや輸送に前もって万全の方法を講じねばならなかった。その計画のため概《おおむ》ね出品の決ったところで品目のあらましをリストに作ってみた。すると出来上ったその表を一瞥しただけで、予期以上の成果ということが分った。殊に切支丹物では今までにない逸品が見事にならんだ。

「おい、これは何だ、西郷札《ふだ》とは何だ？」

と突然若い部員がリストを見ていった。四、五人の目がそれを覗き込むと、そこには、

一、西郷札　二十点

一、覚　書　一　点

としてあった。私にもそれは分らなかった。

「誰だい、これを扱ったのは？」

とたずねると、リストを作った男が書類綴を出して繰っていたが、

「あ、それは宮崎の支局から廻ったものです。先方から出品を申込んだことになっています」といった。

綴込みの手紙を見ると支局長のE君からで、「宮崎県佐土原町、田中謙三氏より申込み委託を受く。近日発送の予定」としてある。

それにしてもこの『西郷札』というのが分らなかった。名称から見て西郷隆盛に関係あるらしいことは分るがそれ以上の知識は誰にもなかった。なかには西郷を崇拝する地方の一種の信仰札《ふだ》だろうと云う者もいた。しかし出品を申込むくらいだから史的価値のあるものだろうと反対意見を出す者もいる。遂に誰かが給仕を走らせて調査部から百科事典を借りて来させた。冨山房版の同事典には次の通り出ている。

さいごうさつ『西郷札』――西南戦争ニ際シ薩軍ノ発行シタ紙幣。明治一〇、西郷隆盛挙兵、集ルモノ四万。（中略）同年四月熊本ニ敗レ日向ニ転戦スルニ及ビ鹿児島トノ連絡ガ絶エタ為、遂ニ六月ニ至ツテ不換紙幣ヲ発行シタ。コレガイハユル西郷札デ寒冷紗ヲ二枚合セ、ソノ芯ニ紙ヲ插ンデ堅固ニシタ。十円、五円、一円、五十銭、二十銭、十銭ノ六種。発行総額ハ十万円ヲ下ラナカツタト云。額面ノ大ナルモノハ最初ヨリ信用ガ乏シク小額ノモノノミ西郷ノ威望ニヨリ漸ク維持シタガ薩軍ガ延岡ニ敗レテ鹿児島ニ退却スルヤ信用ハ全ク地ニ墜チ、為ニ同地方ノ所持者ハ多大ノ損害ヲ蒙ツタ。乱後コノ損害塡補ヲ政府ニ申請シタガ賊軍発行ノ紙幣ノ故ヲ以テ用ヒラレナカツタ。（津田）

これで疑問は解決した。これは薩軍の軍票のことである。恐らくこの出品者の父祖もこの不換紙幣をかかえて『多大の損害を蒙った』一人なのであろう。その子か孫かが家に残っていたものを出そうというのである。西郷ふだと読んだ連中は笑い出した。

　この西郷札のことはそれなりに忘れられて、われわれは開催準備に忙殺された。夏も終り秋風が立っていた。社告も出たし、もう時日がなかった。私は連日、鉄道や運送会社の交渉やら会場の陳列プランに没頭した。社会面では出品の解説めいた記事を連載しはじめた。

　ある日、企画部員が笑いながら、

「来ましたよ、来ましたよ、西郷ふだが」

　といって小包を置いて行った。宮崎支局から原稿便で着いたものらしい。丁度手の空いている時だったので、すぐにそれを開いた。小さい桐の木箱があり、そのなかにいわゆる西郷札が入れてあった。百科事典のいう通りのものである。長さは四寸ばかり、幅は二寸ぐらいだろう、仙花紙のような薄い質の紙を中に目の粗い寒冷紗が貼り合せてあった。種類にしたがって黄色や藍色も昨日刷り上ったばかりのように新しかった。よほど保存を丁寧にしたものと思える。表は地に鳳凰と桐花を図案し金額と『管内通宝』の文字の下に『軍務所』という印がある。裏を返すと、「此札ヲ贋造《がんぞう》スル者ハ急度《きっと》軍律ニ処スル者也、明治十年六月発行、通用三ケ年限、此札ヲ以テ諸上納ニ相用ヒ不苦《くるしからざる》者也」とあった。

　この西郷札とは別に桐油紙に包んだ分厚い帳があった。これが目録にある『覚書』であろう。菊判くらいの大きさだが三百枚くらいの和紙を二つに折って綴じ、毛筆で細かい字がぎっしり書き込んであった。紙の色は茶色にすすけていた。
私は一緒に添えてある支局長のEが私に宛てた手紙を開いた。
「(略)西郷札は田中氏宅に所蔵の分より二十枚ばかり撰って送ります。別に覚書がありますが、これは田中氏の祖父の知人が書いたもので、この人が西郷札の製造にも関係したそうです。小生は内容をみていませんが、田中氏の話では種々経緯がかかれてあって面白いそうです。内容を要摘して目下掲載中の解説記事にでも廻したら如何《いかが》ですか」
もう一度、古い分厚な帳を取り上げて、はじめの方をめくると別に題名らしいものはなく、
日向佐土原士族　樋村雄吾　誌す
明治十二年十二月
とあった。
私はこれを家に持って帰って読んだが、思わず夜を徹して読了した。その結果、社会部にも廻さず、従ってE君の希望する記事にもならなかった。この内容を宣伝記事の材料にするには忍びなかったのである。
私は近頃にない昂奮に駆られすぐ田中氏宛に手紙を出した。それは同氏も新聞記事にして欲しい意向があるように思われたのでその断りと、その『覚書』を自分の手で他の機会に発表したいというその許しを乞うたものであった。間もなく田中氏からは返事が

来て私の身勝手な申出でを諒として、いいようにしてくれとあった。

『九州二千年文化史展』の開催中、この『覚書』は西郷札とならんで陳列され、札の方は珍しがられたが『覚書』には特に注意を向ける者もなかった。

会も無事にすんで出品を田中氏に返す前に私は『覚書』を全部筆写した。こういう次第で、士族樋村雄吾の手記を発表する段となったが、そのまま現代の活字にするには勿論あまりに文章が古風であり、明治調の一種の風格はあっても今の世の人には馴染めない。

その上、その全文は前にも云う通り浩瀚《こうかん》だから思い切って縮める必要がある。結局この内容を私の文章に書き改めて、何だか私の『樋村雄吾伝』のような形式となった。といっても別に他の文献をせんさくして参照した訳ではなく、ただ『覚書』通りに書いていったに過ぎない。

『覚書』の主人公は無論樋村雄吾自身で『余』という第一人称で書き表わされている。これも私の書き方では不便なので、樋村雄吾という名前通り第三人称に改めることにした。

一

前置きが長くなったが、樋村雄吾は日向国佐土原に生れた。佐土原は宮崎市からほど近い。旧領は島津氏の支藩である。父は喜右衛門といい三百石の藩士であった。母は、同藩の内藤氏より来てつねといったが不幸雄吾が十二歳の時死去した。ほかに兄弟がなかったから彼は母の愛も同胞《はらから》の情愛も知らずに育った。喜右衛門は彼が十六歳になるまで後添《のちぞえ》をめとらなかったので五年間、彼は父の手一つに育てられ、一切の教育も父の手によった。

雄吾が十二歳のとき御一新が行われ世は明治となり、それから四年たって突然断行された廃藩置県で父は世禄《せろく》を失った。廃藩置県は西郷隆盛が中心となったもので、喜右衛門の本藩の当主島津久光を激怒せしめたという。とにかくこれによって収入の途が絶えたので城下を去る二里の土地に田野を求めて百姓となった。しかし雇人数人を入れて耕作に従わしめたが自らは畠に立つことはなかった。

この年すすめる人があって、父喜右衛門は後妻を入れたが、これが雄吾の第二の母である。この新しい母には連れ子があり、雄吾とは五つ違いの女の子で妹となる訳であった。喜右衛門が後妻をもらったのは恐らく新しい世が肌に合わず、百姓として余生を楽しむ気持になったからかも知れない。

この母が士族の出でないことは年少の雄吾の目にも何となくだけたその物腰で分った。大体、島津領内は士族平民の区別のやかましいところで、近年までその風習が残っていたくらいである。ましてその頃は両族の平等結婚は殆どなかった。それを平民から而《しか》も連れ子まであるものをよんだのは、いよいよ喜右衛門が世を遁《に》げたのか、それともこの後添が気に入ったからであろう。恰《あたか》もこの年八月には華士族平民婚嫁許可令が出ていた。新政府を嫌った喜右衛門が真先に新法令を実行したのは皮肉である。

家の中は何となく艶めかしくなった。母は父の年齢に合わせてつとめてじみな身装《みなり》をしたが三十五歳の容色は争えず、また、新しく雄吾の妹となった季乃《すえの》も人が見て可愛いと讃《ほ》める顔立ちであった。

ずっと女気のない家で育った雄吾はこの二人がきて家の空気が軟らいで楽しかった。しかし素直にこの感情を二人の前に出すには後めたいものを感じて何となく拗《す》ねた態度に出ていた。季乃は雄吾を兄さまといって慕ったが兄から酬いられるものは邪険な冷たい仕打ちであった。しかし心から冷淡であったかは疑問で、後年のことを考え合せると、いろいろ想像出来るのである。

この間『覚書』の原文には大した記載はなく、ただ月日が水のように流れている。季乃の美しさは年と共に顕《あら》われて佐土原でも評判となった。雄吾が二十一歳、季乃が十六歳となった正月は、明治十年であった。

早々雄吾は鹿児島の親戚の家に年賀のために赴いているが、これは恐らく表面の理由で実は既に物騒となった鹿児島の情勢を偵察に出かけたものと見える。

来てみると聞いた以上に形勢は緊迫していた。もうこの時は公然と戦争準備をしていたのである。雄吾は蒼惶《そうこう》として佐土原に引返した。この時分父の喜右衛門は病床にあったが雄吾は詳しい報告はせずに、近日西郷先生について上京するからとその許容を乞うた。喜右衛門は顔を天井に向けたまま、一口もその理由をきかずにうなずいたが、万事は分っていたのであろう。

雄吾は別間に母を呼んだが、季乃は折悪しくその二、三日前から母方の親戚に出向いていたので、別れを云うことが出来なかった。原文には何とも説明がないが恐らく心残りのするものを感じたであろう。

雄吾は家重代の銘刀をたばさみ鹿児島に駈けつけたが、東上軍の編成の所属は三番大隊で隊長は永山弥一郎であったと彼は誌している。

二

二月十五日、西郷隆盛は政府詰問の理由で寒風の吹く鹿児島を精兵を率いて出発したが、これから先のことは普通の歴史にある通りで詳しく書くことはない。

『覚書』の筆者もその克明な筆で鹿児島城包囲から植木方面の戦闘を叙しているが、別段関係もないから略する。ただこの筆者のために彼が勇敢に闘ったことを記しておくことにする。

三月十九日、さしもの薩軍も田原坂《たばるざか》の嶮を背面攻撃で官軍に奪われたことが大勢の決する岐《わか》れ目となった。これより人吉に退き遂に日向路に奔り、主力が宮崎一帯に集結したときは、も早鹿児島との連絡は絶えていたのであった。

薩軍が紙幣発行をやったのはその頃である。その製造所を宮崎郡広瀬に置き、造幣局総裁という格には桐野利秋がなったが、工事は昼夜兼行で行われ、監督には池上四郎が当り、実際の仕事は佐土原藩士の森半夢（通称喜助）が運んだ。職人は三十人ばかり使ったようである。兵站《へいたん》方に金が少しもないので、この造幣のことは大急ぎですすめられた。

樋村雄吾はこの新設造幣局の所属となったが、それがどんな役目か、彼自身が語る『覚書』にははっきりしない。しかし森が佐土原藩士だから同藩の雄吾をひき抜いて来たであろうことは想像に難くない。恐らく森の助手のようなことをしたのであろう。

この紙幣の体裁は前に記したから繰り返さないが、薩軍はこれを以て近在の商人や農家から必要な物資を得ようというのであった。十銭、二十銭札はともかく、五円、十円という高額札は発行のその日から頭から信用がなく、皆それを受取ることを渋った。だが薩軍が実際に使用を望んでいるのはこの高額札の方だから、半分は威嚇でこれがどんどん商人達に押しつけられて食糧や弾薬と変った。遂には兵士達は隊を組んで富裕な商家を訪れ、僅かな買物に十円札を出し、太政官札のつり銭を受取るという手段をとった。

この紙幣の性格を語るによい材料が明治十年十月の東京 曙《あけぼの》 新聞に出ている。当時の賊軍に対する記事だから少し悪意のあるふざけた報道だが、薩軍紙幣の一端を説明している。

「桐野利秋が日向宮崎にて賊徒が濫製したる金札四百円を投出して歯を染めさせたる城ケ崎の芸妓は兼て去る方より四百円の負債ありしかば右の金札を受取るや（略）これでよろしく御勘定をと彼の金札を差出したるにイヤ此札ではと貸主が額にしわを寄せしが、

あなたそんなことが桐野さんに知れましたら人切り庖丁の御馳走がまゐりませうぞと、おどし付けられ、不用の札と承知し乍ら、命惜しさに勘定をすましたりといふ（略）」

この紙幣はどのくらい刷られたか。一寸はっきりしたことは分らないが二十数万円くらいではなかろうか。確かな文献を知らないから分らないが『覚書』ではそのくらいの数字になっているし、明治十年八月二十四日の大阪日報は「賊は贋札紙幣を凡そ二十四万余円製造したる由なるが、その中、十四万円を流通し、残り十万円はも早使ふ能はず、そのまゝ積重ねてあるといふ」とのせているから、まず大差ないであろう。その「残り十万円はも早使ふ能はず」とあるのは恐らく事務所のある宮崎が危険となって立退かねばならなかったからであろう。七月十日日向小林が敵の手に落ち、次で二十日都城が陥落すると、宮崎は直接脅威を受けることになったので本営を延岡に移し、造幣所も閉鎖となった。

しかし官軍の追撃は急速で二十八日早くも大淀川南岸に到達し、翌日は之を渡河して宮崎に入り旧県庁を占領した。薩軍は戦闘しつつ佐土原、高鍋、美々津と退却をつづけ、遂に延岡の北郊長井村に本営をおいた。これが八月十四日のことで、官軍も各道より集った諸軍と合して延岡に悉く入ったのであった。

十五日は長尾山一帯の戦闘で、熊本以来最大の激戦といわれる。官軍は長井村を衝くため隣接の熊田を奪おうと兵を稲葉崎にすすめたが猛烈な薩軍の抵抗に会い、一時は危険であった。この日は西郷自ら陣頭に立って指揮し桐野、別府、村田、池上、貴島などの本営付の諸将がみな第一線に働いたから薩軍の士気大いに揚ったという。

樋村雄吾は西郷のいる和田峠附近で闘っていたが一弾が彼の右肩を貫いたため倒れ、後退して長井の病院に入った。病院は民家を三軒借りていたが、昨日以来の戦闘で傷兵が充満している。

官軍は後続部隊の到着で総攻撃を以て長尾山附近を占領し、十六日には完全に薩軍を長井村に包囲してしまった。そこで脱出を図り、背面の山をぬいて三田に出て、豊後か薩摩に行こうとする策を立てたのは、何度も軍議を開いた末であった。有名な可愛岳《えのだけ》突破である。このとき傷兵は置いてゆくということになり、西郷隆盛は病院長中山盛高を呼んで病院の屋根の上に高く赤十字の旗を掲げさせた。病院の攻撃は万国公法の禁ずる所だから官軍もこれは守るだろうというのである。樋村雄吾は肩の負傷を忘れて志願し、西郷の一行に加わっている。

薄暮、西郷は本営となっている児玉家の庭前で陸軍大将の制服や重要書類をことごとく焼いた。一切の準備をおえて夜十二時、ひそかに可愛岳に出発した。前衛は辺見、河野が当り、西郷は桐野、池上に護られて山かごに乗って登山した。かごかきがあまりの道の嶮《けわ》しさと西郷の重量に苦しんで号泣したということである。樋村雄吾は貴島清らの後衛に加わったが、鹿児島を出るときの四万が今は総勢五、六百人にすぎなかった。

暗中、この可愛岳を登ることは非常な危険で、断崖が至るところに口をあき、一歩道をあやまると深い谷底に落ちる。官軍もまさかこんな所に薩軍も来まいと油断していたくらいだからその嶮阻は思うべしである。前衛は土地の者の案内で途中、木の枝や笹などに白紙を結びつけて後続部隊の道しるべとした。

誰も一語も発せず、黙々として闇の中を木の根を手がかりとし、岩角を足場として登っていく。遥か眼下に官軍陣営の篝火《かがりび》が点々として星を連ねたように輝き、それが今まで見たことのないように美しい。

三

雄吾はだんだん息苦しくなってきた。肩の傷が非常な痛みとなって圧迫してくる。山を登る激動で傷口が再びあいたのであろう。次第に足が鈍くなり、遅れがちになって来た。

どのくらいたったであろうか。急に雄吾は自分の周囲に人影がなくなったことに気づいた。変だと思ったときはいつか部隊からはぐれて別な方角を進んでいたものらしく、どこを探しても結んだ白紙が見つからない。耳を澄ましても人の気配もなく、大声で呼ぼうにもこれは禁じられていることである。

彼は右にゆき、左を追った。といっても熊笹や自然林に近い密生した樹の中では道のような道はなく、気ばかりあせる。こうして雄吾は何時間か山中を彷徨した。

眼は利かず、足場は見えず、肩の傷は殆ど我慢以上に疼《うず》く。も早、味方を追うことも断念してその辺の笹の中に転がると、自然に気が遠くなっていった。

夜があけてきて運のよいことにはこれがいつか可愛岳をはずれて北側の山に出ていたことである。それでなければ追撃の官軍に捕《つかま》るところであった。雄吾にとって更に幸運は、炭焼きに拾われたこと、この炭焼きが村の素封家伊東甚平の家に抱え込んだことである。

伊東家では雄吾を官軍側に届けなかったばかりか実に行届いた介抱をしてくれた。伊東家は昔でいう郷士の家で、その先祖は島津に仕えている。一体薩摩藩には『麓《ふもと》』と呼ぶ一種の外衛制度がある。これは他領に見ない特殊のもので記録に現われるのは文亀《ぶんき》、天文《てんぶん》の頃からだそうだが、『麓』即ち郷士の居住地で、鹿児島本城に対して外城のような意味をもっている。この制度は昔、豊臣秀吉のために一時は九州全土にわたっていた封土を減ぜられて薩隅二州と日向の一部に限られた島津では、多数の武士の処置に困った結果これを各地に配したのが起りだという。この伊東家もその『麓』の一つの岐れであってみれば、雄吾を庇護したことも祖先の血といえよう。

こういう家柄だし、また事実医者にも遠いので負傷や病気に対しては伝来の製薬法をもっている。この薬や介抱で雄吾は日々快方に向い、その年の暮には全快した。彼が『覚書』で繰り返して当主甚平を称讃しているのは当然である。

暮に伊東家を辞そうとしたが、甚平がまだ身体の様子を心配してもう二カ月のばし、明治十一年二月の末にやっと世話になった家を出て佐土原に帰った。まさに一年二カ月ぶりである。

ところが故郷では意外な悲惨事が彼を待っていた。それは彼の父喜右衛門が去年六月に死去したこと、家が戦火で焼かれたことである。あまりのことに暫らくは口もきけなかった。喜右衛門が病死した頃は雄吾はしきりと紙幣製造をやっていたわけである。継母と季乃はどうなったか、家が焼かれたのちどこへやら避難したことまでは分ったが、それから先がわからない。

雄吾は自分の幼少の友達の田中惣兵衛（これが『文化史展』に西郷札とこの『覚書』を出品した謙三氏の祖父）を訪れたが、ここでも事情は分らなかった。雄吾は季乃の消息なら母方の親戚でも探せば知れると思ったが、生憎《あいにく》その所も名前も訊いてみたことがなかった。彼はこれ以上、知りようもなく諦めねばならなかった。

もう、この地に居つく気持もなかったので雄吾は残った田畠を全部金に換えて、さすがに早い桜や桃など咲き揃っている南国の春をすて悄然と立ち去った。

東京に向ったのである。

四

東京に出た雄吾はしばらく何をする気力もなく、毎日を怠惰に暮した。

明治十一年の東京はこの二十二歳の若者をもっとも刺戟するものがあった筈である。西南戦争以来政府のインフレ策で物価は高騰していたが、諸事業は勃興し人心は投機に熱中していた。事情は異うが昭和二十二年頃にどこかほうふつたるものがある。一方明治六年征韓論に敗れて以来、土佐に引込んでいた板垣退助が立志社を結成して、いわゆる南海の草廬《そうろ》より出て大阪に来り同志を糾合して愛国社と改称し、全国の壮士達に自由民権を謳《うた》わせたのもこの年である。

だが樋村雄吾には昭和のインフレ時代の狸青年のような覇気もなかったし、共産党員のような昂奮もなかったから、無為のうちに日を送っていた。

そういう彼がある日不測の奇禍をうけたのはやはり運命というより仕方がないであろう。

ある日、正確にいうと明治十一年七月三十日のひる頃、雄吾はぶらぶら歩いて赤坂の紀国坂下を通りかかった。正午をすぎて空腹でもあったし暑くもあったので傍の茶店に入って何かとって食べていると、隣の席にこの真昼間から一人で酒を飲んでいる若者がいる。彼はしきりと往来の方をむいて、何やら待っているような様子であった。

やがて、向うからかっかつたる蹄の音を鳴らして黒塗りの二頭立馬車が近づいて来た。若い男は急に席を立って、二、三歩馬車の方に歩み、その中を覗くように注視した。何事かと雄吾も少し興味をもって馬車の方を見た。

車上には豊かな髯を蓄えた肥大な老人が背をうしろに悠然と凭《もた》せている――と思った瞬間馬車は車輪の音を地にひびかせて忽ち目の前を走り去った。

若い男はやや暫らくそれを見送ったが、また席に帰って来て再びゆっくりと盃をとり上げ、暑気払いに一杯いかがですか、というのである。

頭を下げて雄吾はその盃を謝したが、そのついでに、今の馬車の高官はどなたですか、とたずねた。すると、西郷参議です、という答えである。ああではあれが西郷従道だったか、この西郷先生の実弟は、雄吾はいつも噂にきいていたが見たのは初めてだったので、彼は思わず馬車の去った方へなつかしそうに眼をやった。すると横の若者は、昨日も西郷さん、今日も西郷さんか、と呟いた。この語が何か他に期待するように聞えたので、では誰かを待っているのかと雄吾がきいた。

その男はきっと彼の方を見据える目付をしたが、酒のためか目は血走っているようであった。そして、そうです僕は二、三日前から待っているのです、だがまだ会えません、運のよい男ですよ、と答えたが、それが誰だか説明しなかった。

それから二、三日して、雄吾が再び紀国坂下を通ったのは、また、あの若い男に会えるような気がしたからである。だがこの間の茶店の中には今日は姿がなく、彼は一寸当てがちがったような心持ちでそこに腰かけて冷たい麦茶をたのんだ。すぐ一人の男が茶を汲んできたが、雄吾がうけとろうとするといきなりその手を逆に摑まれた。愕いて立上ったときに背後から抱きつかれた。三、四人の壮漢に組まれて雄吾は忽ち地上に転がると、いつの間にか縄が身体をぐるぐる巻いていた。呆然としていると、その中の一人が、御用の筋だ、おとなしくしろ、とせせら笑った。

訳の分らぬ中に鍛冶橋門の東京警視本署（明治七年に創置された警視庁は明治十年から一旦廃止になっている時であった）に連行され留置された。

取調べの係官は彼の身分を問うたが、佐土原士族だと答えると、賊党だな、といった。これによっていよいよ彼を頭から罪人扱いにしたが、それからの取調べは少しも彼の理解のゆかぬことであった。

山本とどこで連絡して、どういう手筈になっていたか、とか伊藤内務卿をどこで狙っていたかとか、まるで思いも寄らぬことばかりである。

五

高知県士族山本寅吉が伊藤（博文）参議を付け狙ったのはこの六月頃からである。彼はつい先般、紀尾井坂で大久保（利通）内務卿を襲った島田一郎の遺志をつぐ者であると人に語ったが、日頃から少し奇怪な言動があった。山本は先ず伊藤の顔を覚えるため六月下旬、同邸に名刺を出して訪問したが、御用繁多という理由で警戒の巡査に遮られた。翌日出直したが同じ、その翌日は参朝の時刻だからと追い出された。それで面会を断念し、友人の懐中時計を売って短刀一本を購《あがな》い、伊藤の霊南坂邸に忍び込んだが、警戒厳重で果さず、参内の帰りを狙って紀国坂下の茶店で待ち伏せることにした。

果して馬車が来たが、先頭は西郷参議で、つづく馬車は伊藤かと中をうかがったが、新聞を拡げて読んでいて顔が分らない。人違いしては不覚だと、その日は帰り、翌三十日また昨日の茶店で待つことにした。この時樋村雄吾が来合せて話を交したのである。まもなく馬車は来たが今日は西郷だけで、あといくら待っても別な馬車は来ない。諦めて家に帰った。その夜捕ったのは、友人の密告のためであった。雄吾が嫌疑を受けたのは偶然、茶店で山本と話していたことが、この茶店の亭主清水某に同志と誤解され、調べに来た巡査に報告したため、雄吾の通りかかるのを張っていたものである。

彼が警視本署で知らぬ分らぬの一点張りで突張ったのは、当人としてはこれより他に仕様がないが、警察ではその態度が太々しく見え拷問にもの云わせてかかって来た。取調べの度に半死半生の目にあわせられ、いつも気を失って留置場にかえされたが、遂に音を上げなかった。警察の方でも山本の方を調べて、どうやら見込違いと分りかけたけれど、雄吾が降参しないのが取調べの連中に気に入らず、十日ばかりで済むところを二十日も入っていた。

その時一緒の房に入っていた男があった。この男は卯之吉といい、神田の方の紙屋の伜である。まだ若い道楽者で博奕《ばくち》で挙げられて来た。彼は雄吾の毎日の勇壮な姿に感じて、房では親切に介抱してくれた。それも雄吾の罪が国事犯だというので敬意を払った上のことである。これは雄吾にとって少し見当違いだが、無実の罪だときかされて、それなら猶更気の毒だとその態度を改めなかった。

卯之吉の方がさきに釈放になったので、出る前に、もう自分もあんたをみて道楽を止める気になった、ここを出たら自分のうちに是非来てくれ、といって所書きも詳しく教えて行った。

雄吾もようやく許されて外へ出たときは、半病人のような身体だったから、厚意に甘えて卯之吉の家をたずねることにした。店舗は思ったより遥かに大きな構えで、この若旦那が何の間違いで小博奕打ちになったか分らないくらいであった。その若旦那の卯之吉が飛んで出て来て奥に引き上げ、親父はまた息子以上に歓待するのであった。これは息子の道楽が止んだという感謝である。その身体では何処へも行かれまいから、ここを親の家と思って、ゆっくり養生してくれと、親父の卯三郎は云うのであった。

雄吾が『覚書』で、この卯三郎を日向の伊東甚平につぐ恩人であるといっているのは、まことにその通りで、彼はこの家に一ヵ月余を置いてもらって、身体を養生している。

そのうち雄吾が働く気になったのは、身体も元通りになったし、遊んでいてはつまらないからというのだが、国許で売った田畠の金も長い徒食で少くなったのである。

卯三郎親子が親切に仕事を探してやろうといってくれたが、実はこの間から考えていた人力車を挽く車夫になりたいと云い出した。あれなら身体が資本《もとで》で、別に金なしでやれるし、煩しさがない、というのが理由であった。卯三郎は雄吾の肩を叩いて、偉いことを云う、士族さんでありながら一介の車夫から身を起そうとする心がけがさすがだ、よろしい、わたしの知り合いがあるからあそこにお世話しましょう、あれは色街が近いから俥《くるま》の用事は多い筈だと、よろこんで云ってくれた。

山辰という俥屋の親方は六十近い爺さんだが、雄吾の頼みに、それでは土地の地理や要領を覚えるまで、見習のつもりで俥の後押しをやれと云った。

こうして彼は仲間の俥の後押しをつづけているうちに、やがてぼつぼつ挽くようにな

った。初めは、

「何だ、お前、新米だな。新米の俥なんざ乗ってやらねえ」

と酔客に悪態をつかれて途中から降りられることが度々であったが、それもどうやら慣れて来て、そのうち彼の車夫姿も板についた。

ある時、偶然、俥に置き忘れた新聞を次に乗った客が車上でしきりと読みふけっているのを見て、なるほど新聞を俥に備えておけば乗客は退屈しまいと考えつき、その通りやってみるとなかなか旨くゆく。そこで山辰の親方に話すと、それは面白い思い付きだと早速山辰の俥だけ新聞を置いた。するとそれが大好評でだんだん東京の方々に真似をするものが出来て、遂には新聞記事にまでなり、さすがに士族さんだ、眼のつけどころがよいと云われたこともあった。

こうして樋村雄吾の車夫生活がつづいていると、ある夜のせた客は、後に彼の運命をつくった人物であった。

六

客は三十前後と見える洋服姿で一目で官員であることが知れた。

本所清住町まで、と命じて車に上った。みなりから見て可なりの上級官員らしいし、街路に立つ瓦斯《ガス》燈の光は威厳をつくっている髯のある横顔をみせた。

雄吾は夜更けた街を走り、長い塀の多い屋敷町の一郭に客をおろした。黒々と寝静まった屋根の下から急に灯りが見えたのは俥の音をきいたためであろう。その頃の俥はまだゴム輪でなく金輪だったから廻ると金属性の音がしたものである。

手燭代りに洋燈《ランプ》を掲げた婦人の影が二つ、門の戸をきしませて出てきた。

「お帰り遊ばせ」

という女どもの声に、

「うむ。車賃を払ってやれ」

と主人は鷹揚《おうよう》に奥に消えた。

一人が洋燈を持ってその後を追い、あかりを取られた残った方が、

「俥屋さん、済みません、あかりをどうぞ」

といった。

雄吾が梶棒から提灯を抜いて相手の手許を照らすと、

「ご苦労さま、おいくら？」

と手を懐に入れた。

暗い中から丸髷《まるまげ》が浮き出たが、くっきりと白い顔をみた瞬間の雄吾の驚愕は何にたとえようもない。幽霊を見てもこうは驚かなかっただろう。錯覚かと疑ったくらいである。

——季乃であった。

金を受取ったのも夢中、彼は一散に俥を曳いて走った。提灯の灯影で相手にはこちらの顔は見えなかったが、激しく打つ動悸はいつまでも止まなかった。

季乃が東京にいる、人妻となっている。この動揺は大きかったし、それからの数日がまことに落ちつかなかった。どうして東京にきたか、どうして人妻となったか、疑問は尽きなかった上、現在の様子が知りたかったが、会う決心はつかなかった。

だが、雄吾はこの間の客を送った家をもう一度明るい陽の下で見たいものと思い、思い切って帰り俥を曳いて清住町に廻ってきた。

俥賃を払ってやれ、と悠揚と消えた男の門がそこにあった。扉は閉っているし、前後を見渡してもこの屋敷町一帯は明るい陽の下に沈んで人影がなかった。

雄吾は身体を寄せて門札をうかがった。『塚村』とかいた厚い柾目の木札の横には、当世風な名刺が貼ってあった。

太政官権少書記　士族　塚村圭太郎

これだけを見届けて帰ったが、この官名がどのくらいの身分か分らぬながら、相当な地位であることは想像がつくばかりか、何となく出世する人間のように見えた。これは季乃が幸福だということであるが、そう考えても雄吾の心に喰い入るような淋しさはどう紛らしようもなかった。国許ではあれほど邪険にしていた季乃にこの感情は不思議で、自分ながら扱い兼ねるのであった。それからの彼は何度も塚村の近所を廻ってくるようになった。

しかし『塚村』という名札が冷然と彼を関係のない赤の他人だと冷たく突き放しているようで、雄吾に出直して門を叩く勇気はとても起る筈がなかった。門はいつも閉じ、家の中はひっそりと静まっているのが余計に冷厳な感じを与えて、よそながら季乃の姿を垣間《かいま》見たいという彼のはかない望みは、その度に消えた。

ある日、俥をひいて門の前を通りかかると、思い掛けなく急にくぐり戸があいて塚村家の下婢に呼び止められた。

「あら丁度よいところに俥が来たわ。俥屋さん頼むわ。奥さまがお乗りになるから一寸待って」

と云ったので、あまりの不意打にこちらは思わず叫ぶところであった。少からず狼狽して胸は早鐘のように鳴り、咄嗟《とっさ》に被っている日覆笠を伏せて顔を見せないようにして待った。花が目の前に現われたように若奥様らしく着こなした服装《みなり》で季乃が出てきた。雄吾は用心深く笠で顔をまもったまま車上の人となった季乃の膝に膝掛けをまいたが、その手先は不覚にもふるえていた。

「回向院《えこういん》前までね」

という声を、俥を曳き出したときに背中できいたが、ともすると疾《はし》っている彼の足は平衡を失うのであった。

回向院の前に梶棒を下ろした時、威勢よい相撲のやぐら太鼓が鳴っていた。蹴込みにのせた白い爪先が、すらりと地上に立って、

「ご苦労さま」

といったが、思わず上げたこちらの視線と合った。これは白日の下だから、どうとり

つくろいようもなかった。

「あ、義兄《にい》さま」

と季乃の口から低いが鋭い叫びが洩れて、驚倒の表情が顔いっぱいに出ていた。こちらも何か云おうとして云えず、咽喉《のど》が詰っているようであった。

すると突然、季乃は降りたばかりの俥にまたとび乗って、さ、兄さま、どこかへ行きましょう、早く、というから、彼はあわてて、

「す、相撲は？」

と思わず問うと、

「相撲なんか、どうでもよござんす」

というのが返事であった。

『覚書』の原文が――まことに夢心地にて何処の道をいづれにとりしやもさだかならず、我に返れば一小社の境内に入り、人気なき処にて、互に言葉もなく相対し居たり。――とよくその情景を活写している。

どういう会話が行われたか、細《こまか》いことは書いてないが、おそらく肉親の久濶《きゅうかつ》以上の情愛が溢れた語が交わされたことであろう。もう昔のよそよそしい気持はなく、なつかしさで一杯であった。

何よりもききたいことは季乃のその後の様子であった。彼女の語るところによると、父は五月頃から高い熱がつづき意識不明となり、東京から西郷先生の手紙が来た、伜も

近く帰ってくるそうな、とうわ言を云って息を引きとった。戦火で家が焼けてから、母子で親戚に身を寄せた直後、母は心労が昂じて病気になり二た月ばかり床について死んだ。あとに残った季乃はそのままその家に居ついている中、この親戚の主人がはしなくも東京で官を得たので、一家はあげて東京に移り彼女もついて行った。主人の官というのが大蔵省で、ある機会にそこの上役である塚村圭太郎に見そめられ、懇望されて妻となった。これは全く厄介になっている親戚の義理を立てたものであると、彼女は長い話を終えた。

それから彼女は雄吾の車夫姿を怪しんだので、今度はこちらが話す番となった。季乃は始終感動してきいていたが、

「それではあんまり義兄さまが可哀想です。塚村に頼んで何とかならないものでしょうか」

と云うので、

「いや、それは困る、自分はこれでよい」

と断った。季乃の主人の世話なぞ、いさぎよしとしない気持があった。

その日は季乃が回向院前の相撲に、それも塚村の役所関係の交際であったが、その方へ行くので別れることになった。季乃は眼のすみに泪を光らせて、

「義兄さま、この次にゆっくりお目にかからせて下さい」

といった。雄吾の心のどこかでは弾んだ気持を抑えるものがあって、曖昧《あいまい》な顔色にな

ったが、

「季乃から伺います。きっと会って下さい。お所を教えて」

と云うので、それで山辰の所を教えたのであった。

七

伺います、という季乃の言葉は雄吾の心に喰い込んでいたが、四、五日過ぎたある日、若い女が立場《たてば》に入って来て、雄吾を見て、一寸そこまで、というから、これはお客だと思い、すぐ支度をして俥に乗せ、指図通り走っていると、あ、そこを右に曲って、というから曲ると、小料理屋のような小店があった。客は降りて、そのまま、その家に入ったかと思うと、季乃が恥しそうな笑いを浮べて現われた。おどろいていると、

「すみません、お呼びして。わたくし、どうしても上りにくかったものですから」

といい、少し休んでゆきましょう、と云って内に入ると、さっきの客だった女中が席をとって食べ物の用意をしていた。

その時は、この間つくせなかった話のつづきのようなことを話したが、季乃は、義兄さまにお目にかかるときが一番仕合せだという意味をふと云った。この時の彼女の表情もことばの調子も、何か雄吾の気持を騒がすものがあった。

そのことがあって四、五日して、また、使いが来た。出てゆくと町角に季乃が立っていたが、雄吾の俥をみると、

「済みません、乗せて頂きます」

といって乗った。お客をのせて車夫が曳くのだから、これは怪しむ眼がなかった。

「どこへ行く」

ときくと、

「どこも行かなくとも結構です、そこいらをぐるぐる廻って下さい」

という注文に雄吾は苦笑して、あてもなくゆっくりと曳いてまわった。こうして一時間も話を交わして歩いた。

「こんなに家をあけてよいのか」

と云えば、

「構いません、塚村は役所ですから」

と俥の上から返事があった。

「それは、いけない。用もないのに出歩く法はない。俺も困るよ」

「何故でしょう。義兄さまですもの、塚村に御遠慮なさることはないと思います」

「俺はまだ塚村さんに挨拶してない、兄とは云えない。あまり出て来ない方がよいな。用があれば、俺から出向く」

「嘘です。義兄さまがいらっしゃることはないに決っています、もうおっしゃらないで。お目にかからせて下さい。兄一人、妹一人とお思いになって」

雄吾にとって、これはどう扱ってよいか分らぬ感情であった。——

さて『覚書』の記述はここで一転している。

それは雄吾が紙屋の卯三郎に呼ばれたことから始まる。出向くと奥座敷に通され、そこには既に先客がきていて、ひき合されたが、客も紙問屋の主人で幡生粂太郎と名乗った。やせた五十年輩の如才のない男だが、卯三郎の方が下に廻っているような風が見えた。雄吾を呼んだのは粂太郎の依頼であったらしい。

粂太郎は雄吾に初対面の挨拶の後、愛想のよい雑談をはじめたが、いつかその雑談が本筋の話に変っていた。彼は云うのである。先日、自分の知人が九州の旅から帰っての土産に西郷札というのをもらった。かねがね新聞や噂で話だけは聞いていたが見るのは初めてで、貰った札は五円札と十円札であった。その人の話によると日向の方では、一時はこれがお上に買上げになるということで大切にしていた。また、実際、申請もしたのだが、賊軍の出した紙幣というので沙汰止みとなり、一文の値打ちもないことが分ると、反古《ほご》同然、今は子供のオモチャになっているということである。——

「これが、その実物です」

と粂太郎は懐から風呂敷に包んだものを出して、中をひろげた。

雄吾には忘れられないなつかしい薩軍紙幣であった。この二、三枚にも戦塵の匂いの濃い思い出が湧く。

しかし雄吾は黙って粂太郎の話を待っていると、彼は意外なことを云い出した。

「わたしは、ふと、この札の回収をもう一度政府に運動して実現させたらと、まあ夢のようなことを考えましてな。これは今のところ夢のような話ですが、必ずしも夢ではないのです。うまくゆくと成功する見込みがあります。それには是非あなたのお力をかりねばなりません」

雄吾が、おどろくと、

「いや、あなたは塚村さんの奥さんを御存知でしょう。実はこの間、お二人で話して通られたのをお見かけしました。わたしは奥さんのお顔はよく存じ上げているが、あなたを知らない。そのときわたしと一緒だった卯三郎さんが、あの男なら自分の知り合いだという訳で」

と笑って、

「それで卯三郎さんに頼んであなたにお目にかかった次第です」

というので、雄吾が、

「あれは私の妹です」

と云った。すると粂太郎は膝を叩かんばかりで、

「おお、妹さんとは知らなかった。それならなおさら好都合です。ぜひ塚村さんに会って頼んで下さい。塚村さんは、御承知かも知れんが、大蔵省切ってのやりてでしてな。大隈（大蔵卿）さんや松方（大蔵大輔）さんにも篤《あつ》い信用があるということを聞きました。塚村さんにこの西郷札の買上げを頼むのです。そして塚村さんから大隈を動かすの

です。大体前年に賊軍紙幣だといって買上げしないのが無茶でしてな。損を蒙っているのは何も知らない人民だし、薩軍に強制されて押しつけられて物をもってゆかれたのだから、その損害の補償をせんという法はありません。政府もそれは分っていたにちがいないが、何分当時は戦争直後で、薩軍のことなら未だ眼の敵で、俗にいう坊主憎けりゃ袈裟《けさ》までも、という地口《じぐち》の通り、西郷札も買上げしなかったのでしょう。もう一つの考え方は、おびただしい戦争の費用で、その余裕がなかったのでしょうが、近頃は十五銀行という華族さんの銀行をつくって、そこから金を借りたり、紙幣の増発をやったりしているから、西郷札の十万や十五万円の塡補が出来ぬ筈はないと思いますよ。これは押せば必ずモノになる話です」

と非常な雄弁であった。

条太郎が帰ると、卯三郎は、

「迷惑な話だろうが、これは是非力添えをしてやって下さい」

と義理のありそうな話し振りは、考えようによっては商売上のことで頭を抑えられているのではないかと思われた。雄吾は心の中では重たくはあったが、表面は晴々と承諾の返事をしない訳にはゆかなかった。

条太郎の狙いは勿論、只同様な西郷札を買占めして政府の補償回収で大儲けしようというのである。

これは当時、日の出の勢にあった岩崎弥太郎の亜流を学んだように思われる。その頃、岩崎は西南役で政府の輸送方を一手にひきうけて大儲けし一躍天下の三菱商会になっていた時であった。その三菱の基礎が藩札買占めである。明治四年の廃藩置県で政府は各藩が勝手にばらばらに発行していた藩札を買上げることになったが、その時期と価格は絶対に秘密にしてあった。そうでないとボロ屑同然の藩札が暴騰して収拾がつかないからである。岩崎はこのことを後藤象二郎からきき、すぐに藩札を買占めて、適当な価格で政府に交換買上げしてもらい、最初の資金をつくった。これは有名な話だが、これで粂太郎も西郷札買占めを思い立ったのであろう。

更に当時の岩崎は大臣参議しか乗らぬ黒塗の二頭立馬車に乗ったり、貧民どもに大盤振舞をしたり、前島密のいた四万余坪の邸宅を買って奇石巨岩を庭に運ばせ、「世に比類なきお楽しみならずや」（曙新聞）といわれたり、とかく世間の耳目をひいている折なので、粂太郎も殊更に刺戟されたと考えてよい。

八

雄吾と塚村の対面はこうして行われた。彼が話して季乃が予《あらかじ》め通じておいたのである。もとより塚村はこれがいつぞやの夜、自分が乗った俥を曳いた男とは知らず、初めて会う妻の兄として充分の敬愛の情を現わしているようであった。いつぞや見た威厳のある髯の顔もにこにことして愛想のよいことで、

「もっと早く見えるとよかったのですが。わたしも季乃《これ》からきいて、そんな義兄さんが

わたしたちにあったかとおどろいた始末です」

　と云ったりしたが、雄吾の、

「わたしの方こそ失礼していました。実はまだ志を得ないので、適当な時まで上るのを御遠慮したかったのです」

　という言葉をきいて、

「そりゃ、いかん。兄弟の家にその遠慮はいけません」

　と終いに笑い話になるのであった。とにかくこちらが恐縮するくらい親切である。

　雄吾がいよいよ用件に入り、頼まれた話題を出すと、この如才のない義妹の婿は急に中堅官吏の態度に変り、当惑したような浮かぬ顔になった。お話はよく分ったが、どうもむつかしい、というのである。

「だが、とにかく一応当ってみることに致しましょう」

　とつけ加えたのは単に初対面の義兄への儀礼的な言葉のようであった。

　塚村圭太郎は雄吾が帰ると急に不機嫌な顔色になった。雄吾に会うまでは、季乃の話をきいて、ぜひお会いしたい、といった時の愉しい顔とはまるでちがったものである。

　季乃が、

「義兄が何かお願いしたようですが、よろしくお願い致します」

　というと、常のように役所から持って帰った書類を机の上にひろげて見入ったまま、返事がなかった。仕事となると、いつも難かしい顔になる人なので、季乃が退ろうとすると、文書の文字に眼を曝《さら》したまま呼び止められた。

「義兄さんとお前は幾歳《いくつ》違いか」

という質問である。

「五つでございます」

と答えても、黙って、書類の文字を追っているようである。しばらくして、

「義兄がこちらに来ているということを何故早く云わない？」

「わたくしも存じませんでしたが、先日途中で偶然に——」

「それは聞いた」

「はい」

「その時、なぜ、すぐ云わなかったのかというのだ」

「なにぶん、車夫をしておりますので、つい、申上げにくかったのです、申訳ございません」

夫は黙って不機嫌にむっつりしているばかりである。指の先で白い書類だけが動いている。そして暫らくして云い出した言葉は、思わず季乃を赧《あか》くさせたものであった。

「色白の好男子だな、初めて見たが。女でもいると聞かなかったか」

季乃が低い声で、

「別に」

と答えると、

「国許では仲よくしていたか。いや、お前達の間のことさ。義理の兄妹だったな」

といった。季乃が返事に迷っているのをみて、

「まあ、よい。お前にとって義兄なら、俺にとっても義兄だ。仲よくしよう」

と笑いもせず云った。

塚村はそれから翌日もどことなくいらいらした様子が見えた。日頃は落ちついた、世間では大器と見ている、悠揚たる彼には珍しいことであった。

その晩も、塚村はまた雄吾のことを云い出して、季乃を何となくはっとさせたが、

「義兄のいるのはどこの傭屋か」

ときいたが、今度は機嫌のよい声であった。季乃の返事を受取ると、

「うん、そうか。いつまでも車夫でもなかろう。よい口があればお世話したいものだな」

といって妻を安堵させた。

だが翌朝、塚村は役所へ出ると下僚にも内密に、かねて目をかけている気の利いた小使を呼びつけ、他人には聞えぬように何事か頼んだ。行先は山辰だというのである。

「その男に女が会いにくるかどうかそっと内密にたしかめてくれ。いや女の身許は探るに及ばぬ。二人が会っていることが分ればよい」

夕方、役所が退ける頃に帰ってきた使の報告をきいた塚村の表情は、使の者の前では普通だったが、席にかえると難かしい仕事上の問題と取り組んでいるように考え込んで

いた。しかし家に帰って妻に告げた言葉は、

「義兄さんを呼びにやれ。この間の話がうまくゆきそうだとな」

であった。

雄吾が使をうけて塚村を二度目に訪ねると、先日と少しも変らぬ歓待で、柔和に笑っていて、弟分として親しみをみせていた。

「どうもお呼び立てして恐縮ですな。この間の一件ですが、ありゃ全然絶望ではありませんよ。実はさる上の方にさぐりを入れたんです。すると満更でもなさそうです。義兄さんのお話のように、西郷札では地方の者が大変迷惑しているのだから、政府に補償の要があるのは僕も同感でね。そこで上の方に脈さえあれば、一つうんと踏ン張ってみようと思うんですよ。勿論、他言は困るのです、人に知れては僕の立場がまずいことになる。これは義兄さんだけが含んでいて下さい」

この語調は熱心で誠意が溢れているようにみえた。一旦見込みがないと云い切った話をここまで運んだのは塚村の才覚によるのであろう。気休めの言葉とは思えなかった。

雄吾が厚く礼を述べて今後を頼んで帰ると、卯三郎と条太郎に塚村の話を報告した。すると条太郎のうれしがりようは関係のない者から見て可笑《おか》しいほどで、やせた顔の相好を崩して雄吾の肩を叩くのであった。

「よくやって下さった。塚村さんの云う上役とは、きっと松方さんか大隈さんにちがいありませんよ。松方さんあたりが請合えば、こりゃ間違いない。成功疑いなしじゃ。い

や、他人には内密内密」

と一人有頂天になるのであった。

九

塚村の毎日は忙しい。役所で終らず家まで仕事をもって帰って、夜まで洋燈の下で調べものをしているのも珍しくなかった。同僚の間でもきれものだと定評があり、先輩は彼を人材とみて好意をもっていてくれ自然に栄達は約束されていた。夕方は同じ時刻にはきまって帰ってくるし、時々どこかの宴会に出ることはあっても他の者のようにだらしなく泊ってくることはない。一部の政商が塚村に注目しはじめ将来の大物として接近を図っているという噂である。

この夫に近頃季乃は何となく不安を感じていた。不安――以前になかったものである。考えてみると、これは雄吾がこの家に訪ねてきて以来であった。

夫に黙って雄吾をたずねてゆくのが何か見すかされているような危い気持である。義兄のところへゆくとどうしても云えないのは、初めかくしていたことがそのまま云う機会を失った故にもよるが、漠然と夫が雄吾に不快をもっているのではないかという気おくれである。しかしそのようなことは考えられないはずで、雄吾に会う夫の顔は朗かで親切だし、妻の義兄として何か頼みごとも熱心に心配している様子である。理くつはそうだが、やはり季乃の気持は落ちつかない。

そういう靄《もや》のような不安をつつんで季乃は雄吾をたずねた。雄吾に会うのは兄妹の感情だと彼女は信じている。この感情が夫の平静を失わせているのだとは気がつかないのである。

雄吾はのんきに俥を曳いて出てくる。屈託のない顔だ。来たか、というように顔を笑わせて梶棒を下げた。季乃も遠慮しないで俥に上った。いつものことである。

一台の幌を被った俥が横を駆け抜けて行ったのはその時であった。そのあとには白い埃が煙となって舞っている。季乃は一時に顔色が変るのを覚えた。幌の窓から瞬間に見せた客の横顔は塚村に相違なかった。いや、違いないように思われた。あまり塚村のことばかり考えていたのでそう見えたのであろうか。或は別の人かも知れない。だんだん確信がもてなくなった。これは季乃の希望がそうありたいと願った故であろう。不安な迷いであった。

雄吾は何も知らないでいる。雄吾に確かめる訳には行かない。

川の見える場所に来てしばらく話した。とりとめない話だが、義兄と話していると季乃の心に肉親に近い和やかな情愛が動く。味気なくくらした親戚の家から、そのまま感情もなく他人に嫁いできた寂莫が、何か春風のようなものを求めていた。

塚村はその夜、酩酊して帰ってきた。季乃が恐る恐る出迎えると、機嫌は上々で、これは昼間見た幌の俥はやはり別人だったかと思われた。

だが、季乃が一寸姿を消すと、塚村は急に下婢に小さい声で、今日昼間奥様は何時頃

帰ってきたかときいた。そして返事をきくと、

「俺がきいたと云わずにいろ」

と圧えるような顔で云った。

塚村が、話があるから義兄を迎えにやれ、といったのはその後である。

雄吾が来ると、いつもの陽気な塚村であった。

「時に先般からの話ですがね」

と彼は始める。

「あれは充分見込みがありますよ。ところがここに一つの条件がある。それは政府でも明治四年に貨幣統一の際、岩崎が藩札買占めをやって苦い経験をなめています。今度の西郷札もこれが世間に洩れたらどんな思惑買がはじまって西郷札の値が奔騰するかも知れない。もともとこの札は宮崎県あたりの人達が迷惑しているのだから、政府としてはなるべく現地から回収買上げしたいのです。つまり東京あたりの商人が思惑をやらない前にですな。ですから無論その期日も価格も極秘中の極秘です」

至極順当な話であった。しかしこれでは条太郎は手も足も出ぬではないか。雄吾のその顔色で察したように塚村は声をひそめた。

「いや、これも裏に廻れば道がないでもないのです。それはいよいよ決定が大丈夫になったとき、わたしが教えますから、義兄さんのその知り合いという人に宮崎に行かせて西郷札を買い集めさせたらよいでしょう。勿論、引換えになるまで現地に滞在させるこ

とが必要です。東京に持って帰ったんでは前に云った理由で不味《まず》いことになります。しかし、その人一人に買占めさせても困りますな」

と塚村は少し考えて、

「そうだ。これは義兄さんも一緒に行かれるとよいですな。そして向うで義兄さんの適当と思う人にも買わせることですよ。そこは相談して目立たぬようにやって下さい。実は、わたしはその義兄さんの知り合いという人とは交渉を直接持ちたくないのですが、義兄さんだけの取次の話では先方も信用しないかも知れませんね、だからよそながらその人に会おうではありませんか。いや、何も挨拶はしませんがね。会うというだけで意味は察して貰えると思いますよ。幸い、明後日の晩は貿易関係で外国公使夫妻の招待を新富座でやりますから、その時、義兄さんもその人と一緒においでなさい、わたしがその人に安心出来るよう取計いましょう」

とも云うのであった。

十

この時の新富座は外国使臣の見物にふさわしく、世話物の他に操三番叟《あやつりさんばそう》と勧進帳を演じている。前者には宗十郎（翁）左団次（千歳）菊五郎（三番叟）後者には団十郎（弁慶）左団次（富樫）菊五郎（義経）其他仲蔵、団右衛門という絢爛たるものであった。

一方見物の方も舞台に劣らぬ豪華さで正面桟敷には椅子席をしつらえ、外国使臣夫妻を中心に大隈大蔵卿をはじめ、河野利鎌《とがま》、前島密、松方正義、中上川《なかみがわ》彦次郎など、民間側からは岩崎弥太郎、渋沢栄一、益田孝、大倉喜八郎など儀礼にならってそれぞれ夫人を携えて接待に当っているのは、この外国使臣と何か経済的な交渉中であったにちがいない。

雄吾と粂太郎はずっと離れた桟敷でそれとなく一行の様子をみていた。花が一時に咲いているといってもよい華麗なこの貴賓席には正装の塚村がたち交って見え、それが渋沢のところへ来て話をしたり、松方に何やら耳打ちしたり、いかにも敏捷な能吏の働きに見えた。

一代の名優を蒐《あつ》めた豪壮な舞台も、粂太郎には上の空で、一行の方へ気もそぞろという風であった。彼にとっては乗るか反るかの大仕事が、成否の瀬戸際というところであった。

『勧進帳』の幕がしまったとき、使いが雄吾の傍へ来て、どうぞこちらへ、と廊下に誘った。

雄吾と粂太郎が待っていると、颯爽《さっそう》と塚村が現われた。塚村だけではない、今まで気づかなかったことに、季乃がその後に従っていた。

今夜の季乃は大柄な牡丹を裾に華やかに咲かせた紋服で、塚村家の家紋の抱茗荷《だきみようが》が小さく白々と目立った。濃い目の化粧は結い上げたばかりの髪によく映えて雄吾も少し呆れるほど見事な令夫人姿であった。

塚村は家で会うときよりはよほど威厳を顔に見せ、

「やあ、この間は失礼しました。近くまたお遊びに来て下さい」

と云い、雄吾の後に控えていた条太郎が平伏に近いお辞儀をすると、

「やあ、どうも」

といっただけで引返して行った。

この会見が極めて僅かな時間だけにかえって堂々たる強い印象を相手に与えた。

「大したものですなあ」

と条太郎は毒気を抜かれて恐れ入った。

芝居がすむと、

「さあ、これから一寸、つき合って下さい」

と条太郎は雄吾を柳橋の茶屋に誘った。芸妓も二、三人呼び、

「どうもあなたには大そうなお骨折りを願って申訳ありません。何分よろしくお願いしますよ。これはわたしの運の岐れ目だ。しかし何ですな、こう話がとんとんと運ぼうとは思わなかった。夢のようですよ。ま、とにかく前祝といきましょう」

と声も上ずって、祝盃を上げるのであった。

雄吾は芸妓の顔をみていると、さきほど新富座で見た季乃の顔が浮び出るのをどうすることも出来なかった。そのまま一輪の牡丹のような高貴な妖艶さをみせた季乃の姿に、雄吾はわれ知らず憤懣《ふんまん》と絶望感に押しつぶされていた。彼は盃を夢中で重ねて行った。

「おや、これはお強い。やはり若い人だ、さあ、今夜は帰れませんな。ははは」

条太郎はどこまでも上機嫌であった。雄吾は酔いに疲れて別間に運ばれると、鮮かな季乃の印象を抱いて、一人の芸妓の身体をひきよせた。――

塚村がいよいよ大丈夫だ、近く決定になる、と知らせたのは間もなくであった。

この報告を雄吾からきいた条太郎は、かねて用意していたことを急速に運んだ。家作も土地も商品も全部売り払った。出来るだけ現金を集める必要があるのだ。

卯三郎が、

「家だけは――」

と忠告したことがあったが、

「なに、この家くらい十倍になってかえって来ますよ」

と豪快に笑い飛ばした。

それで足らず親戚からも借金をした。無論事情は伏せておいた。彼が恐れるのは何よりも競争者が出ることであった。このため塚村を極力握っておく必要がある。

条太郎は雄吾に、

「これを塚村さんに届けて下さい」

といって金包みを渡した。中身は百円入れてあった。今ならどのくらいに当るであろうか。明治十一年六月末の物価指数は勧商局の報告によると、東京で米が石当り約六円、麦が二円であり、大阪では米一石五円六〇銭であった。米一升が六銭で買えたこの時代でも貧民には高すぎて、当時各地で米騒動が頻発している有様だった。百円の価値を知るべしである。

条太郎がおどろいたことに、塚村がこの金を雄吾にそのまま返したことであった。収賄のように誤解をうけるから困るというのである。その上、雄吾を通じて、

「宮崎あたりであまり露骨な行動をしてくれるな」

と釘まで一本さしてきた。

「恐れ入ったものだな。なるほど塚村さんは傑物だ。こりゃあ、将来の大臣参議ですぞ」

と感に堪えぬ条太郎であった。

いよいよ条太郎と日向に下る日が迫って雄吾が夜になって塚村を訪ねて挨拶した。

「そうですか、いよいよ出立ですか。そりゃあどうも。では、何も出来ないが、とにかく壮途を祝しましょう」

塚村は酒の支度をさせた。

「それから買上げの価格ですがね、額面の七、八割というところでしょうな。これ以下ということは、まずない。そのつもりで買って下さい」

これは破格の交換値であると塚村は説明したが、雄吾もこれほど好条件で買上げされようとは思っていなかった。現に条太郎は半額くらいに考えているところであった。

「それは喜びましょう。何から何まで今回はいろいろと――」

と雄吾が心から礼を述べると、塚村は笑って、

「そんな他人の挨拶はない。まあ、とにかく運よく話が決って何よりでした。実のところ、わたしもどうかと危んでいたのですよ。いや、運ですな。運がよかったのです。これから義兄さんも、運が向いて来そうですな。はははは」

と心から愉快そうであった。

雄吾が辞去すると、

「おい、そこまでお見送りせよ」

と季乃にいった。

「はい」

季乃が雄吾のあとについて、暗い表の路に出ると、塚村も急に立ち上って下駄をはいた。

十一

雄吾と条太郎は横浜まで汽車でゆき、横浜から郵便汽船に便乗して神戸に上った。ここから別の便船を求めて瀬戸内海を西へ西へと航行した。

条太郎にとって生涯これほど愉快な旅はないように見えた。ただでさえ風光の佳い、島の多い、おだやかな内海である。ここが明石の浦、あれは阿伏兎《あぶと》の岬、あの島は宮島だそうなと移りゆく名所を人からきいて、雄吾に教え、愉しく眼を細めた。彼にとって見

るもの、眼に入るものすべて気に入らぬものはなく、この旅の結果を考えると、嬉しさがぞくぞくと身に迫って、立っても坐っても居られぬ風であった。

雄吾はときどき季乃を思い出している。殊に最後に塚村をたずねて別れた晩、暗い他家の垣根で、思わず季乃の細いしなやかな身体を抱いた感触をまだ覚えていた。匂いがよく甘かったのも忘れられない。きちんと固くしめた帯の上の胸が高鳴って動悸がこちらにも伝ってきたくらいだった。吐く息が弾んで、頬は夜気に冷えもせず、ほてっていたが、丸い肩は震えていた。

――塚村さんに悪い。

どうしたあの時の衝動であったか。自分の軽率が身を裂かれるように辛かったし、悔いられた。だが身体の過ちはまだない。――

――やはり妹として愛してゆこう。

この決心は揺がすまいと心に誓った。

船は諸所に寄港してやっと臼杵《うすき》港に入り上陸した。ここから馬車また馬車に乗り継ぎして十日余を費して東京からの旅を終った。

宮崎についたときは、明治十二年の秋の深いときであった。――と『覚書』は云っている。

宮崎にゆけば、西郷札はどこにも転がっている、簡単にこう考えていた二人の考えは間違っていた。

雄吾は粂太郎と相談して、まずなるべく老舗《しにせ》らしい商家をえらんでたずねたが、

「さあ」

といって、うさん臭そうにじろじろ見るばかりで、あるともないとも云わなかった。

別な旧家を訪ねると、

「うちにはありません」

という挨拶であった。二、三軒当ったがどこも結果は同じであった。話があまり違うので、二人は何だか狐につままれたような気持であった。宿について、宿の人の世話で近所から三枚ばかり買って貰ったが、こんなことでは大量買占めなど、どこから手をつけてよいか見当がつかなかった。

「いっそ西郷札買いますという引札か看板でも出したら」

と雄吾は云ったが、

「そうだな、それはもう少し待ってみよう。なるべくおおびらにしたくない」

粂太郎は慎重であった。

雄吾の頭には早くから延岡在の伊東甚平があった。自分の命を救ってくれた恩人としてこの人こそ塚村のいう『土地の者』という資格で儲けさせてやりたい候補者に考えていた。雄吾ははじめ粂太郎の買付分が済んだら、あとは甚平に任せるつもりでいた。ところがこの有様では、甚平を始めから出さねばならない。甚平なら土地の事情にも通じているし、郷士のながれだから信用もある筈であった。粂太郎は甚平と共同で買うべき

だと思った。この意見を雄吾が出すと、

「そういう人が居るなら結構、わたしに異存はない、あなたに任せます」

条太郎は云った。

二人は早速、延岡に向った。

伊東家の門をくぐると、甚平はこの遠来の珍客を大いに喜んで歓待した。雄吾が条太郎を紹介し、いよいよ目的の話を切り出したのは、家族も寝静まった夜更けであった。

甚平は、うん、うん、といって聞いていたが、西郷札が手に入らぬことを雄吾が云うと、笑って思いがけないことを云うのであった。

それは、この古い札がこの辺でも薄々近く買上げになるという話が伝わり、一般にはまだ知れていないが、大量に札を抱えているものはそれで出さんのだろうというのである。

雄吾と条太郎は思わず顔を見合わせた。このことは自分たちだけが聞いて知っているのに、早くもこの土地にも聞えているとはどこから洩れた話であろうか、油断ならないと云えばそれまでだが、何か腑に落ちぬことであった。

甚平は考えていたが、

「だが、これはまだ見込みがありますよ。というのは買上げの話は目下まだ単なる風評で、あなた方のように確実な情報をもっている訳ではありません。それに前にも一度、買上げの話があって流れたことがあるので、今度の噂も実は半信半疑で迷っているわけです。だから今なら安く買えましょう」

といった。粂太郎がそれをきいて、

「それでは手前と一緒に買って頂けましょうか」

というと、甚平は、

「これは一世一代の金儲けの機会です。何で見逃がされましょう」

と大口あいて笑うのであった。

後から考えると、西郷札買上げの風評が伝わったというのは既に塚村の手が廻っていたのであろう。彼が早くも宮崎県庁あたりの役人にそれとなしに暗示的な書類を廻していたかも知れない。尤もあまり露骨な作為があっては後で証拠となる恐れがあるから、書類を読む側が先走って考えるような暗示であったろう。

三人は相談して、どのくらい西郷札が残っているかを目算した。雄吾の知る範囲で実際使ったのは十四万円くらいだが、散逸した分を三万円とみても十万円以上はある筈である。

今、千円を五、六十円くらいなら手に入るだろう。そうすれば二人の資力でも相当買えると思った。

この計画で急いで三人は宮崎に出た。甚平はさすがに顔はひろく、旧い商家の主人も彼らを粗略に扱うことはなかった。西郷札の話をすると、

「いやア有るには有りますがね、近々お買上げになるそうで、手前どももまだこの上ど

こからか欲しい位ですよ」

と話にならなかった。弱点は、前にも一度その噂があって実現しなかったことで、ここで相当な値さえ出してくれるなら譲ってもよいという肚《はら》はたからもうかがえた。面倒な掛引きが繰り返された末、結局千円につき百二十円なら話に乗ろうというのである。これでは見当値の二倍以上だから三人も愕いた。

しかしこの値がどこも『通り相場』ということは四、五軒廻って分ったのである。考えてみれば百二十円が七百円にも八百円にもなるのだから、これで飛びついてよい筈なのだが、もともと甚平にも粂太郎にも、今はタダ同様の値だと思っているので、この法外な値で買う決断がつかなかった。まあよい、明日ゆっくり交渉しようと宿に引き揚げたのが不覚であった。

その晩のうちにどこからどういう情報が入ったか分らぬが、翌日は西郷札の値は十円につき二円になっていた。甚平も粂太郎も狼狽してこれは一刻も猶予出来ぬと『買い』に走ったがもう思うように集らず、先方の言い値の通り二円五十銭出したり三円出したりして、やっと一万円の西郷札を集めたときは、粂太郎は持ってきた全財産の金を全部投じてしまい、甚平も同じであった。

この二人の買い方で煽られたのか、確実な情報が入ったのか、それからも西郷札の値は上りつづけ、この買い漁りに金持達は躍起となるのであった。

『覚書』には、

「西郷札、急に高き値にて交渉出来ると聞けばあわてふためき、あちらの押入の奥、こちらの物置の隅にねずみの巣になるばかりなりし札束急ぎ取り出して清め神棚に上げる者あり、子供の玩具箱より一枚二枚と拾ひ集める者あり、時ならぬ家中の大掃除畳あげて床下に落ちてなきやと探す者あり、あれは去年何処其処に土産に遣りしぞ至急手紙持たせて取返せといふ者あり」

という状態で、

「目の色変へて買占めに廻る者は一枚にても余分に蒐めんものと身代限り家屋敷田畠を質に金借りてまるで狂奔せるさまとても尋常とは思へず」

で、この地方一体は西郷札旋風が起ったのであった。

十二

原文を引いたついでに、この『覚書』の最後の章まで雄吾自身に語らせよう。字句は現代文に近く訂正してある。

「条太郎氏を宮崎に残し余が東京に帰りしは十二月下旬、既に枯風《こがらし》のすさぶ頃なり。直ちに卯三郎宅に到る。既に夜半近くなり。卯三郎氏余を見て愕きて内に引き入る、そのさま頗《すこぶ》る狼狽に似たり。余これを怪しむ。彼曰く、君は何も知らざりしかと、奥より一葉の新聞紙を取り出して余に示す。その指すところを見れば記事に云う。近頃日向辺りにも先年賊軍が発行せし不換紙幣を近く官にてお買上交換相成が如く誠しやかにふれ廻り、土地の住民この言に惑わされ大金を投じて紙屑同様なる紙幣を買集めに狂態を為し居る由宮崎県庁より真偽問合せを兼ね報告来りしかば政府に於ても捨ても置かれず、何者の仕業にやと詮議相成りし処、此者は宮崎県士族樋村雄吾とて去る明治十年賊軍に投ぜし一人と判明せり。味方の発行せし金券贔屓《びいき》の余りに誑《たぶらか》したるにや或は金欲しさの為にや今の処分明せざれ共、そもそも虚言を以て住民共多勢を欺すは重罪に付同人が東京に舞戻る節は直ちに逮捕するよう警視本署にて御用意ありと。余は余りの意想外のことに暫し呆然自失、言葉もなく立ち居たり。こは何かの間違いなり、余は此耳に幾度も塚村圭太郎氏の確言を聞きたり。直ちに塚村氏に質《ただ》すべし、と漸くのことに云えば卯三郎氏は否、こは塚村氏の策する処ならん。委細は塚村夫人に聞かれよ、夫人は君が帰りし節は密かに知らせよと山辰まで云い置かれたりと彼の主人の云えり。万事は明日のことにして寝《やす》まれよと云うに余は終夜輾転《てんてん》反側して眠る能わざりき。明れば卯三郎氏使を以て季乃をひそかに呼び出せしに、季乃直ちに来り、室に入るや余の膝に打倒れ歔泣《すすりなき》す。そのやや鎮まるを待ちて余の不審に答えて曰く、一切は塚村の陰謀なり、彼は兄上を嫉妬の余り陥れたるものなり。早くより塚村の只ならざる様子薄々には気づきたれど、まさか此の如き謀あるとも知らずして過し、兄上を今日の苦境に立たしむ、何を以て辞に代えん、直ちに逃れ給えと流涕《りゅうてい》これを久うす。嗚呼《ああ》かの俊敏なる能吏よく余が心底を看破す、流石《さすが》と云うべし。而《しか》して其の余に対する憎悪の情は寧《むし》ろ彼の妻を愛するの証ならん、こは余の諒とするところなれど、その余に酬いし手段の陋劣《ろうれつ》なる、策の卑怯なる、まさに云うところを知らず。かの令色の陰に此の牙を匿し有りしか、その巧言の裏に此の毒ありしか、思うだに痛憤に堪えず。余の愚昧なる、彼の舌三寸に唯々《いい》として踊らされ、遂に粂太郎、甚平氏らをして全財産を挙げて一個の反古紙を購《あがな》わしむ。惟《おも》うに両人共、事茲《ここ》に至れば産を破り、家を傾け妻子をして或は路頭に嘆かしむるに至るべし。これ余が意思に非ざれ共余が罪なり。何に代えて謝せん。況《いわ》んや恩人たるに於てをや。聞く塚村は季乃に対し今回の事は一言も云うところなしと。こは余を葬り去ること彼が日常の机上役務の如く書損ぜし一枚の文書を破るよりもいと瑣事なるべし。事終れば或は妻に向って云わん。汝の義兄も莫迦《ばか》な事を仕出かしたるものなりと。その自若《じじゃく》として動ずるところなき面構え見る如し。今、余の採るべき道三途あり。一は季乃のすすめる如く逃晦することなり。二は官憲に自首して理非を正すことなり。而して一のことは余の保身のみ計りて罪を自ら被り彼の術中に陥る愚挙なり。二はたとえ法廷にて争うも塚村の確言を聴きし証人なく、いわんや証明の文書となければ水掛論に終るべし。是も余の採るところに非ず、残るは最後の策なり」

『覚書』はここで終っている。いや原文はもっと長かったのであるが、明かにその後が破り取られている痕跡がある。従ってこれからどういう結果になっているか判然しない。云うところの『最後の策』とは何か、塚村や雄吾や季乃はどうなったか、何も分っていない。

しかしこの『覚書』の手記が知人の手に送られたのは雄吾が『最後の策』を決行した後ではなく、その直前であったような気がする。はっきり想像出来ることは、破られた原文の部分が、何か他人の目に触れるに好ましくないことであり、それを嫌って保存者が破棄したのだろう。破り取った人は勿論この手記を受取った明治の人である田中氏の祖父にちがいない。そう思うと破られた部分の内容も漠然と分るような気がする。

私は一日図書館にこもって明治十二、三年頃の古い新聞記事を限なく捜した。そこには広沢参議を暗殺した真犯人が分らず容疑者を釈放していることや、吉原の方で殺傷事件があったことは載っていても、私の目的の記事は遂に見当らなかった。

当時の太政官権少書記といえば奏任官であり、矢野文雄、犬養毅、尾崎行雄、中上川彦次郎、小野梓、島田三郎などのクラスである。あれほど俊英をうたわれた塚村圭太郎の名が遂に世に残らなかったのは何故であろうか。そこにも破られた部分の秘密をとく鍵がありそうにも思える。

図書館で新聞記事を捜している間にふとこんなことが目についた。

日向通信（明治十二年十二月輿論新誌）薩賊の製造せし紙幣は特別の訳を以て政府に於て御引換可相成旨道路の風説。

私はこの二行ばかりの記事のあいだに、顔色変えて西郷札の買占めに狂奔している二人の人間が眼に泛ぶのであった。

——週刊朝日春季増刊号（S26・3）

菊枕

ぬい女略歴

一

三岡圭助がぬいと一緒になったのは、明治四十二年、彼が二十二歳、ぬい二十歳の秋であった。結婚は双方の父親同士が東北の同県人で、懇意であったためである。

ぬいは九州熊本で生れたが、これは父親が軍人で家族と任地にあったのである。父親は聯隊長などをして各地を転々としたから、ぬいも赴任の先々で大きくなった。父親は現役をひき一家は東京に居を構えた。ぬいが東京お茶の水高等女学校を出たのは、そのためである。

在学当時のことについては格別のことをきかない。ただ、作文が巧みであったという。その時、もう一人同級に作文のうまい娘がいた。二人はそのため互に意識していたが、仲よくは出来なかった。その娘は、後年、名のある女流作家となった。

ぬいの母は士族の女《むすめ》で端麗な顔だちをもって郷里に知られた。ぬいの容貌はこの母のものをうけついだが、舞台にでも出せば映えそうな、他人よりも一まわり大きい華やかな顔の道具立は、父親の相貌が加勢したといえる。父親は六尺近い大男だったが、ぬいも普通の男以上に長身であった。女学校を出る頃は道で行き遇う学生達が眼のやり場に狼狽した。

圭助は山形県鶴岡在の酒造を業とする旧家の三男に生れたが、幼時、多少絵を好んだところから、父が美術学校に入れてくれた。彼は何となく学校を卒業したが、もともと画家で名を成そうという気持はなく、才能のないことは自身でよく承知していた。学校はただ技術や知識を教えるところで、才能とは別個の問題だと自分でも悟りきっていた。だから九州福岡の或る中学校の絵画の教師の口があると、彼はすぐ話に乗って九州に下った。ぬいと一緒になった翌年の春である。

ぬいが厳格な父親の命とはいえ、一言の苦情もなく、体格、容貌共に見劣りする彼に嫁いだのは、美術学校卒業というのに期待したからである。美校出であれば相当な芸術家になれると思った錯誤の甚しさは彼女に似ず愚かである。

福岡の家は城に近い士族の借家で、昔通り内部《なか》は暗かった。その頃の福岡はまだ城下町の名残りをとどめていた。ぬいは家の中が暗いので、どこかもっと明るい家に引越そうと主張した。圭助はこの暗い家が気に入っていたが、ぬいは日頃、滅多に戯談《じょうだん》などいわぬ代り、いい出したらきかなかった。それで止むなく別の借家を求めたが、甚だ品のない家であった。

美校出というので彼の学校での評判は、多少の東北弁への非難を別にすれば、概して人気があった。事実、彼は授業に熱心であった。中学校の先生ながら、絵の教師としては、最良を志したのである。

しかし、これはぬいの気に入る所でなかった。ぬいは圭助が展覧会の出品一枚描こうとしないのを不満とした。そして次第にそれを露骨に非難するようになった。

「うん、そのうち気分が出たら何か描くよ。わしも一生、田舎の中学校教師でもないからな」

と彼もまだ多少の見栄があったからこう応えた。ぬいは当座この返事に満足した。以来、ぬいは何度もこの言葉に欺《あざむ》かれた。彼もまたこの文句を呪文のように何度も使った。その間に、ゆうに数年が経った。

その頃の画壇は、後期印象派が入った頃で、若い画家達は、セザンヌ、ゴッホ、ゴーガンなどの目新しい絵に昂奮していた。雑誌『白樺』でも有島生馬や柳宗悦などが図版をつかって頻りとこの新風を紹介していた。中央と離れたとはいえ、画壇のこの活気が地方にもひびかぬ筈はない。しかし彼は目のあたりにそのような傾向をみても一向に血も沸かなかった。野心とか覇気というようなものは彼の体質にはみじんも存在していないようであった。

そのうち描く描くと一寸逃れをしながら、圭助は海や川に釣に行ったり、近所の碁打ちのところへ出かけたりした。そんな風にして数年もたつと、さすがのぬいも彼に諦めてしまった。いつかそのことをいわなくなり、その失望は、ひそかに彼への軽蔑に変った。

ある時、圭助の家に同僚の教師達が二、三人遊びに来たことがあった。その時ぬいの態度は、さのみ変るところはなかったと思ったが、あくる日、学校に出ると、

「三岡さんの奥さんなじょうもん（美人）ばってん、一寸吾々じゃ近づき難い権式があ

るやな」

という蔭口をきいた。彼が帰ってぬいにこの事を告げてたしなめると、

「そうですか。どうせ中学校の先生では、私には性に合いません」

といって硬い表情になり、横をむいて泪を流した。

圭助がぬいの心底を知った、これが最初である。

しかし、ぬいはその時、最初の子を妊《みごも》っていた。

二

長女が生れた。ともかく、彼らは世間態には仕合せそうな夫婦であった。圭助は美人の妻をもった幸福な男という評をとった。二年後には次女が生れた。二児の世話でぬいは忙しい母親となった。大正四、五年の頃である。

そのころ、彼らの間には、小さないさかいが起りがちであった。多くは日常、愚にもつかぬことが原因である。そして少しばかり言い争いが縺《もつ》れると、ぬいは忽ち癇癖《かんぺき》の声をあげて、その場の物を抛《ほう》るようになった。

圭助は最初はぬいのこのような態度がひどく腹に据えかねたが、よく考えてみれば、ぬいが斯く怒り易くなったのも、元《もと》は自分への失望が起因であると思った。当時のお茶の水を卒業し、美貌にも恵まれていることであるから、もし縁あればどのような良家へ

もとつげたかも知れない。それを貧しい田舎教師の妻になった忿懣《ふんまん》が鬱積してこのヒステリーをひき起したとすれば、もともと自分の甲斐性のないことに在るのだから、ぬいが却って哀れだ。そう反省すると、それからは出来るだけ自分の感情を抑えるようにした。このことが習慣となって、ぬいが圭助を下に敷いているなどと世間に伝わったのは余儀ないことである。

或晩、圭助が学校から帰って教材など調べていると、ぬいが幼児を寝かせつけて、いつになくおとなしく机の横に坐って云った。

「あなたと毎日、口争いばかりしても詰りませんから、少し趣味をもとうと思います」

圭助は、ふだんと異うぬいの態度によろこびながら、

「それは結構だ。趣味とは何か、茶か、花か」

ときくと、

「俳句をやろうと思います」

と云った。圭助は、ぬいがかねて文章を好み、小説をかこうなどと云っていたことを思い出し、

「俳句か。お前は小説を書くつもりだと云ったではないか」

と云うと、ぬいは彼を強い眼つきでみて、

「あなたは何もご存じではありません。とにかく俳句をやります」

と宣言するように云った。ぬいにすれば、彼から苦情が出ぬよう、これで彼の承諾を

とっておいたつもりである。

ぬいが俳句に志したのは、国許にいる従姉のすすめに依った。すでに福岡から発刊している俳誌『筑紫野』に句を投じはじめていた。『筑紫野』の主宰者は、ぬいの句を女流俳句の新しい秀絶であると評した。選は東京の瀬川楓声に送っていたが、毎号、ぬいの句は上位に採られぬことはなかった。楓声はやがて、ぬい女は九州女流三傑の一人であると評した。他の二人はぬいよりずっと俳歴は旧かった。

俳句をはじめてからのぬいは、以前のように些事に怒り易い癖がおさまった代り、俳句に凝るのあまり家事を疎かにする風が見えてきた。例えば、圭助が勤めを了って帰ってきても、夕飯の用意が出来て居らぬ。二児は腹を空かして泣いている。本人は机の前に坐って凝然としているという具合である。これを咎めると、またどのような騒動になるかも分からぬので、仕方なく圭助が台所に下りたりした。其他、子供の世話、家の掃除、洗濯物、彼の身の廻りの始末まで目立って疎略になっていった。日中、句作を求めて家を外にして彷徨するのが多くなった故でもある。夜中、寝しずまって、四囲寂寥たる二時、三時の頃を好んで起きていることも頻りとなった。

句の知友もまた出来たと見え、知らぬ名前の手紙もくるし、訪問客もぼつぼつあって、圭助が帰ってみると、玄関に来客の靴や下駄が揃えてあったりした。

圭助はぬいの客にはつとめて会わぬようにした。玄関脇の階段から二階に上って、本をよみながら客の帰るのを待った。階下から頻りと笑声が聞え、ぬいの別人のような活活とした話し声がした。

ぬいも彼を客に引合せようとはしなかった。彼も客に会うことを好まない。止むなく家の中で顔を合す時は、一寸、頭を下げる程度であった。そのため、彼は陰性で、人嫌いで、家では妻の頤使《いし》に甘んじているという評判をひろめられた。

三

初めて瀬川楓声が九州に来たのは、大正六年頃であったろうか。『筑紫野』社同人あげて歓迎したが、楓声が福岡滞在中の三日間、ぬいは毎日朝から晩まで傍に詰めていた。句会とか吟行とかが連日つづいていたのである。この時、ぬいの楓声に対する態度は、他人からみて聊《いささ》か含嬌《がんきょう》に過ぎたという。

その時を契機としたように、ぬいは俳誌『コスモス』に投句しはじめた。『コスモス』が天下に雲霞の如き読者を持ち、その主宰、宮萩梅堂が当代随一の俳匠であることは、俳句に縁のない者でも知っている。楓声が梅堂門下の逸足だから『コスモス』への投句は彼がすすめたのであろう。ぬいの句は『コスモス』の婦人欄に出はじめた。

大正六年暮、梅堂選の雑詠に初めてぬいのものが一句載った。ぬいはその句を短冊にかいて床懸けにし、神酒を供えて祝った。

爾来《じらい》、毎月かかさず投句をつづけたが、雑詠に入らぬ月は殆どなかった。多い時は四句、少ない時でも二句は載った。

大正七年三月頃、再び楓声が来福することになった。前回の来遊より半年も経って居なかったが、理由は筑紫の春を探るというにあった。

そのため、ぬいは春着を新調したいと言った。実は去年の句会の折にも苦しい中から一枚つくってやった。圭助がそれを云うと、ぬいは、楓声さんの前に同じ物を二度着て行かれないと返事した。彼は思わず赫《かっ》となり、それなら俳句など止めたらどうかといった。するとぬいは眦《まなじり》をあげて彼を罵り、ここに嫁いで以来、八、九年の間、着物らしいものを買ってくれたのは去年一枚ではないか。その他、帯一つ、半衿一本買ってくれたことがない。羽織でも娘時代の派手なのを未だに着くずしている有様ではないか、と並べ出した。果は、

「じゃあ、よろしいです」

と切口上に云うと、ぷいと彼の前から立って行った。

云われてみると、成程その通りで、圭助の貧乏な教師の収入では、何もしてやれなかった。二人の子供のもので精一杯である。またも自分の才覚の無さを反省して、ぬいの怒るのも一理あると思った。しかし、ではといって買える訳もないので、そのまま黙って過した。

ところが、ぬいはどう工面したのか、新しい着物をつくった。春らしい色と柄でぬいによく似合い、気品があった。

楓声が来た第一日は、ぬいは朝から出かけ、夜遅く帰ってきた。尤も今までも夜の句会は遅くなり勝ちであるが、この時、ぬいは少し酒気を匂わせていた。多分、歓迎句会というので、座上、酒が出たのに違いない。

その翌日、ぬいは今日は太宰府、観世音寺、都府楼址《とふろうし》などの吟行で、晩はまた句会でおそくなるかも知れないからと、晩飯の支度などこまごま云いおいて出て行った。そしてその夜、十二時近くになってかえって来た。

あくる日、圭助が学校に出ると、かねて俳句が好きで、昨夜の句会にも出ていた教員が寄ってきて、さり気なく彼に話しかけ、

「昨夜は大変でした。楓声がどこか雲がくれしましてね、とうとう夜の句会はお流れでさ」

といって、圭助の顔から、何かを読みとろうとした。それから更に、

「そういえば、奥さんも早くお帰りのようでしたね」

と云いながら、自分でごくりと唾をのんだ。

が、圭助の一向に動揺のない顔色が、

「いや、帰りは少し遅いようでしたよ」

と答えた時、相手は、へへえ、とさも案外そうに彼の顔を眺め、やがて底に嘲りの色をみせてはなれた。

ぬいと楓声の間は、とかくの風聞があった。当時、ある者は二人の姿を近郊の温泉地

でみた人があると云った。この噂はぬいがあまりに楓声に近づいたためで根はなかった。楓声が東京に帰ると、それまで頻りとあった文通は遠ざかった。それについてぬいは俳句の友達に斯う語ったことがある。

「楓声という人は、遠くから考えると、なかなか風袋《ふうたい》の大きい人ですが、叩いてみると、内容のない人ですね」

この言葉によると、ぬいは楓声に失望したのだ。これは楓声が到底ぬいの話相手とならなかったということである。以来、ぬいは彼を歯牙にもかけなかった。

四

大正八年。ぬいは、ひたすら『コスモス』の雑詠に打ち込んだ。その頃のぬいは生々としたものがあった。句も、当時の梅堂門下の錚々《そうそう》の者とならんで巻頭にせまった。このような月には非常に機嫌がよく、意気があがったが、成績の悪い月は沈み切ったり、と思うと、必死の面持で勉強にたち向った。

この頃から梅堂がぬいの太陽となった。梅堂は客観写生を喧ましく云ったから、彼を崇拝するぬいが、花鳥諷詠に心をひき入れられたのは当然である。例えば、椿の句を作るために、毎日、弁当もちで野山を歩いた。郭公《かっこう》を写すために、英彦山に登ったのは何度か知れなかった。

その間、家の掃除も、飯も、二児の世話もすべて圭助がみなければならない。彼の市場に行く買物姿が、生徒の嘲笑に曝《さら》されたのはそのためである。

大正の終りから昭和の初頭にかけては、ぬいの好調の時代で、巻頭をたびたびとって天下の俳人にその名を知られた。

ぬいの句は、華麗、奔放と称され、後年評家によると、「奔放な詩魂、縦横なる詩才を駆って光焰を放った。その句は一言をもっていえば、古代趣味であり、浪漫派であり、万葉趣味である」ということだ。

だが、ぬいは同性の俳人からは、あまり人気がなかったようである。それはいわばぬいの方から求めたことで、それについて、ある評家は斯う云った。

「ぬい女は勝気の念が甚しく強かった。従って瀬川はな女、竹中みちの女、窪田りえ女、山本ゆり女など当代の女流を殆ど仇敵視していた。自分より地位の高いもの、才藻の豊かなもの、権勢のあるもの、学歴のあるものを甚しく悪《に》くんだ。上記の人はその何れかを具備していると、ぬい女はきめていた」

これはぬいの性格を云い当てている。ぬいが女流俳人に迎えられなかったのはこのためである。

ぬいの名が知れるにつれ、俳句を教えてくれという人はあったが、女の場合、永つづきはしなかった。裕福な弟子達の機嫌をとったり、世辞をいったり、甘やかしたりするのは、ぬいの我慢出来ないことであった。

いつだったか、土地の良家の夫人達の集りに俳句を教えに行っていたが、ある日、その日に茶会があったので、この次に来てくれと云われた。ぬいは色をなして、わたしは、しがない中学教師の妻だが、俳句は自分の生命と心得ている、あなた方のような有閑夫人のお相手はご免ですと座を蹴った。その頃は有閑何々という言葉がはやったのである。ぬいはその日家に帰って泣き、勤めから帰った圭助にひどく辛く当った。彼女の心の底には絶えず、無気力な貧乏教師の妻というひけ目が、のた打っていた。

女流の俳人に概《おおむ》ね同情をもたれなかったとはいえ、少しの知己はあった。例えば植田幾久女がそうである。幾久女は植田巴城の妻で、殊更にぬいの句を好んで東京から度々手紙をくれた。ぬいにすすめて上京させ、片瀬にいる梅堂にひき合せたのも彼女である。はじめ幾久女から、上京して梅堂に会わないかという手紙がきた時、ぬいの喜びは一方ではなかった。梅堂はぬいにとって神様にも等しい。それまでにも、度々、梅堂に手紙を出して一、二回くらい返事をもらっている。その書簡は大切に蔵ってある。梅堂に面接することは、ぬいの宿願である。彼女はすぐ前後の考えもなく幾久女に上京するといってやった。

ぬいは圭助に上京を強請《せが》んで止まぬ。その費用がない。圭助は止むなく国許の兄に無心してやった。国では父が死に、兄の代になっている。家業は傾いていた。が、兄は云う通りに送金してきた。ぬいはさすがに夫に手をついた。

上京したぬいは植田巴城夫妻の所に十日ばかり厄介になった。その間、圭助にはがきが一本来た。片瀬に梅堂を訪ねた直後らしく、簡略ながら昂奮した文字が綴ってあった。一生の感激だと書いてある。俳人が梅堂を見ること殆ど信仰的なのは、ひとりぬいに止らず、他人の想像以上である。

ぬいは更に梅堂信者になって帰ってきた。会う人ごとに吹聴する。時にはその回想に陶然茫乎となり、一切の憂苦、煩悶を忘れるのだといった。

ところが、ぬいが梅堂に会った時の模様はこうである。ぬいは初対面の梅堂に向って、わたしは魂全部を先生に捧げているといい、天下に女流俳人多しと雖《いえど》も、学ぶに足りない、また自分の句を真に理解するものは少い。ただ自分の才能天分を認め、これを引伸ばしてくれる者は、ひとり先生あるのみと臆面もなく云った。傍に居合せた弟子の二、三は呆れてぬいの顔を見た。ぬいが梅堂の周囲から顰蹙《ひんしゅく》され、排斥された原因は既にこの時からである。

ぬいは競争相手の女流俳人が雑詠で自分より上位に出ている時などは煩悶やるかたなかった。果は、たまたまあの作家が金持であるところから、何か先生に裏で工作したのではあるまいかと疑う始末だった。金持には敵わない、貧乏人がいくら真剣になっても、相手は金を持って立廻るから駄目だ、とはぬいの口癖であった。

五

いつかぬいは梅堂のことをかいた本をよんで、彼が以前脳溢血をやり、以来、要心しているということを知った。それからは心配で心が落着かなかった。梅堂が死ねば、自分の俳句生命もないと思ったのである。

昭和三年か四年の秋であった。ぬいは布で作った嚢《ふくろ》をもって頻りと出歩いた。帰ってくると嚢の中は、大小色々の菊の花が入っていた。それを縁側にならべて蔭干しにした。大輪の花でも干すと凋《しぼ》んで縮まる。それを香りがぬけぬよう別な布嚢に入れ、更に花を摘んで来ては乾した。何をするのだと圭助がきくと、

「先生に差上げる菊枕です」

といった。

「これをするととても寿命が永くなるんだそうです。陶淵明の詩文の中にあるそうです」

その菊の花が一杯詰った枕は長さ一尺二寸ばかりで、普通の枕の上に重ねて頭を載せるのだと説明した。（近頃、教えてくれた人は、陶淵明に菊枕の詩はなく、澄懐録というのに、秋采㆓甘菊花㆒、貯以㆓布嚢㆒、作㆑枕用、能清㆓頭目㆒、去㆓邪穢㆒とあるそうである）

ぬいはその菊枕を幾日がかりで丁寧に作り上げた。そして嬉しくて堪らず、菊花に因んだ数句を作った。

その時の三句は、今でもぬいの代表作に入る。

それから、ぬいはこの枕をもって片瀬にまた行き度いと云い出した。送ったのでは真

心が届かぬというのだ。

云いだしたらきかない。圭助は仕方なく金の都合をした。尤もその頃になるとぬいの弟子達の謝礼もあるにはあった。が、無論知れていた。彼はまた国許に借金をいってやった。兄からしぶしぶ送金があった。ぬいは菊枕を大切そうに持って上京した。

この時も十日あまり、巴城の家で厄介になった。そして心を裏切られて帰ってきた。その次第は次の通りである。

ぬいは片瀬の梅堂草庵をたずねて梅堂に会い、菊枕を呈した。梅堂は期待したほど喜ばず、ただ簡略な礼だけ一言いった。彼にすれば、その場に他の弟子達がいたのでその手前を考えたのであろう。ぬいには案外であった。沢山な菊花を丹念に採集し、苦しい都合をして九州から持ってきた苦労を少しも梅堂が認めてくれぬと思ったのである。それで周囲を見ると、誰もその枕のことを云ってくれる者は居らず、鼻白んだ思いで梅堂の前を退った。

その翌日は武蔵野に吟行があった。ぬいも行くと五十人ばかり集っていて、さすがに賑かであった。

ところで、ぬいは梅堂が自分に注目してくれるであろうと思って、彼の前に行って挨拶すると、梅堂は一寸頭を下げただけで、忽ち周囲の者と雑談のつづきの中に戻った。ぬいなど眼中《まど》にないようである。ぬいはまた突きはなされたような気がした。それで気持ちが惑い、いい句が出来ず、披講の時も名乗るのを怯《ひる》んだ程だった。勿論よい成績ではなかった。それでいよいよ心が乱れた。

三日目には句会があった。この時も、誰も自分に構ってくれぬ。ぬい女といえば俳句をする者は誰でも知っているようにひそかに自負していたぬいは、裏切られた思いがした。皆が何をこの田舎者が、という眼つきをしているように思えた。そう思うと、自分の身なりまでが何だか野暮ったく、甚だ見劣りがした。

一体に梅堂の側近の弟子達は、それぞれ社会人としても地位のある人達であり、富裕である。

『コスモス』で出世するには金か地位がなければならぬという悪口はしばしば云われているのをぬいは思い出し、貧しい田舎教師の妻という自分の身分を考え、ますます恥と憤りに心が騒いだ。

それで、その晩の句会の成績もよくなかった。その夜、ぬいは床の中で反転して睡れず、一夜を煩悶に送った。朝、巴城夫婦がぬいの眼の赫いのを咎めたので、先日来の忿懣と悩みを明かした。

巴城はぬいの自負の強いのに内心驚き、その時は何とか慰めておいて、外から電話を片瀬にかけ、今度ぬいが行ったら何とか云ってやって下さいと頼んだ。梅堂は仕方なく電話口で苦笑していた。

その午後ぬいは片瀬に行った。梅堂はぬいの顔を見ると横に人はいたが、巴城から頼まれた通り、

「この間の菊枕は有難う。大へん気持ちよく眠れます」

とお世辞を云った。

ぬいの今までの不満も恚《いか》りも、その一言で俄かに消え、代りに、甘える気持ちが湧いて、

「先生は他の人達ばかり大事にされて、ちっとも私のことなんか考えて下さらないんですのね。それで吟行でも句会でも気持が乱れて日頃の調子が出ませんでしたわ」

と恨み言をいった。

それをきいて傍の弟子達が愕いた。ぬいの華やかな美しい顔が自然と上気し、殊更に媚態もみえたので、ぬい女は怪しからぬ、先生を色仕かけで籠絡しようとすると陰で憤慨する者があった。多少は嫉妬もあった。

あたかもその非難に油をかけるように、ぬいは毎日片瀬に日参した。梅堂の家で自分から台所に下りて家事を手伝ったり、客には茶を運んだりした。ぬいにすれば、少しでも梅堂の身近かに居られるのを嬉しく思い、お客らしくぼんやりもして居られないので、女らしい振舞をしたまでである。しかし、他人には随分苦々しく映った。

梅堂も少し手にあまり、遂に、ぬいに向って、他の者の思惑もあることだから、もう九州に帰られた方がよかろうと云った。

ぬいがそれから死ぬるまで、

「先生は例えば月のようなものです。いつも澄して居られる。その月影をとりまいて周

囲の蛙どもが、があがあ騒ぐのです」

とも、

「先生のお側の者がいけないんです。あれは君側の奸です」

とも云いつづけたのはこの時からである。

ぬいは失望して帰ったが、それは梅堂の周囲に対してであって、梅堂自身への尊敬の念は少しも衰えなかった。彼への景仰はいよいよその念を増した。

六

昭和七年、圭助四十五歳、ぬい四十三歳。

圭助は一度の転勤辞令も貰わず、同じ学校にいつか在職二十年以上となった。図画の教師であれば校長にも教頭にもなれない。自身も一教員で満足している。

ぬいにとっては圭助は気力のない無能者である。彼への軽蔑は二十年来のものだが、時には限りない憎悪を感じて、訳の分らないことに突かかって罵った。

ぬいは外では出来るだけ圭助のことは口外せぬことにした。お宅のご主人は、と訊かれるのが骨身に徹した。

「はあ、何をしておりますやら」

といって、さりげなく話題をかわした。しつこく粘られても、はあ、はあ、と要領を得ぬ返事をした。相手の方があわてて話を変えた。

ぬいは土地の良家に出入りした。その前から『コスモス』の同人になっていたし、およそ俳句をするもので、ぬい女の名をきかぬ者はなかった。ぬいが地方の、医者とか、弁護士とか、実業家とかの知名の家庭に出入りするようになったのは難事ではなかった。ぬいは四十をこしたが、色白の大柄な派手な顔だちは三十四、五ぐらいにしか見えぬ。濃茶の縦縞のお召に錦紗の黒紋附を羽織った姿は、背が高いという難を除くと、中年以上の男心をそそった。あまり艶色がありすぎるという非難で相変らず夫人達には人気がなかった。

ぬいが自分の主宰誌『春扇』で育てた女弟子は十数人で、それもたいていの者はぬいの性格のあまりの強さに恐れをなしてついて来なかった。その一人の若い娘も、『コスモス』の雑詠で伸びはじめると、

「あなたの実力ではありません。お父さんの商工会議所会頭という財力がモノをいっているのです。『コスモス』という所はそんな政策的な一面がありますから、うぬぼれてはいけません」

と云って相手を怒らせ、以後絶縁となった。ぬいの嫉妬は必ず教師の妻に過ぎぬという自分の卑屈と焦躁につながっていた。

しかし『春扇』は二号で潰れはしたが、ぬい女の秀作を多く残した。その句は浪漫的な香りの強いもので人の心をうつものがある。彼女の性格として一木一草の客観をうつ

すよりも奔放な詩情を託した主観句にみるべきものが多い。彼女自身も、
「栴堂先生は写生句をやかましく仰言るけれど、御自分のは主観句の方が面白い」
と洩らして自分の本心を覗かしている。が、そういう心を出来るだけ抑え抑えして客観からはみ出ることを自戒した。ぬいにとっては栴堂は絶対であり、その教えは聖典であった。

その頃の栴堂の門下にも、その『砂を嚙むような写生俳句』にあきたらず、主観句に奔る者があった。ぬいはその主張に心をひかれながらも、弟子達には、
「俳句は心をさきにして作るのではなく、自然を虚心に詠むべきです」と云い、栴堂の許を背き去った者は、忘恩の徒であると悪口した。

ぬいは写生のためなら気のむくまま、どこへでも出かけた。思い立つと矢も楯も堪らぬのだ。圭助が学校から帰ると戸締りがしてある。こじあけて入ってみると、机の上に紙片があって行先が書いてあるという風で、そのまま二晩も三晩も帰って来ないことが多かった。

ぬいが好んで行ったのは英彦山であった。高さ千二百米、北九州最高の山で、昔は修験者の霊場であった。全山老杉がしげって昼間も暗い。ぬいは宿をとって二日でも三日でも山を歩いた。

ある時、知人である二科の画家がこの山にスケッチにきて山中でぬいと会った。巌角から現われたぬいは、髪は乱れ、顔色はなく、眼は憑《つ》かれたように光り、りんどうの花

を手にもったその姿には一種の妖気が漂い、画家は顔色を変えて宿に遁げ帰った。昭和十年頃のことである。

この頃から次第に彼女の神経に苛立ちが感ぜられ、様子が変った。評する者は、「昭和八年と九年とはぬい女の詩魂が最高度に飛躍発揮された年で、昭和十年となると彼女も俄かに衰微を見せて、その数もぐっと少く、且、頗《すこぶ》る精彩を欠いている」という。

その後、ぬいは『コスモス』にどれだけ投稿しても載らなくなった。

彼女の顔は日々憔悴して行った。焦慮《あせ》れば焦慮るほど駄目であった。

「先生のお側の連中が悪いのです。あの人達が私に妬いて邪魔しているのです。先生に会ってきます」

といった。圭助が制めてきく女でもなければ、そんな状態でもなかった。

上京して、まず巴城の家に行くと、巴城夫婦はぬいの様子のただならぬのに愕き、いろいろなだめすかして九州に帰した。

七

ぬいは殆ど毎日のように梅堂に手紙を書いた。

「先生。私はもっともっと先生にお近づきしたいのです。弟子としてもっと先生の懐にとび込み、愛されたいのです」

とも書いた。

「先生はおやさしい反面、冷たい方です。私は淋しくて仕方がありません。先生の御身辺に侍されている多くの方々が、先生の鍾愛を擅《ほしいまま》にしていると思うと、ほんとに悲しくなります。でも、先生、私をお見捨てにならないで下さい」

とも書いた。

「先生。どうぞわがままをお許し頂きとう存じます。私の俳句がどうして掲載にならないのでしょうか。悪いところはいかようにも御指摘下さいませ。何卒、御高教を賜りとう存じます」

とも書いた。

しかし梅堂からの返事は滅多になかった。

ぬいは毎日時刻になると門口に立ったが、郵便配達人は素通りした。知らぬ顔をしてゆく配達人の姿は、自分を構ってくれない梅堂の冷淡さをそのまま見る思いで、ぬいには憎々しかった。

句は相変らず入選しなかった。彼女は日夜懊悩にやせた。家の中は、ぬいの喚く声や、泣く声がして、訪問客を門口から遁げ帰らせた。

昭和十一年、梅堂は外遊に旅立った。船は箱根丸で、途中、門司に寄港した。

ぬいは梅堂に会うため、花束をもって門司の港に行った。その頃、汽船は横づけでなく、沖合の碇泊だった。ぬいは小舟をたのんで箱根丸に乗船した。一等船室の梅堂の部屋は人でいっぱいで入れなかった。ぬいは人に頼んで梅堂に通じて貰ったが、忙しいのか梅堂は出て来ずに代りの者が現われた。そしてぬいの手から花束をうけとり、

「どうも有難う。先生によく云っておきます」

といって、何気なく、その辺に置いた。その人はせまい船室に持ちこんでも人で一杯だから、後から持って入るつもりだったかも知れないが、ぬいにはそうは思えなかった。梅堂にも会えず、すっかりいらいらしていた彼女はかっとなってその花束を奪いとるなり、束を崩してばらばらになった花を甲板いっぱいに撒いた。花束は二月の寒い海峡の風に散った。

ぬいは下船してまた門司に上り、昂ぶる気持にすぐにも立ち去りかねていると、箱根丸からランチが離れてこちらにくるのが見えた。それは梅堂の一行が他の船客や見送人と一緒に海峡にのぞむ和布刈《めかり》岬に吟行するためだった。一行が桟橋から上って、待たしてある自動車に乗り込む姿を遠くから目撃すると、ぬいは堪らずに走り寄った。しかし、もう梅堂も他の者も車内に入っていた。

「先生、先生。私もお供させて下さい」

ぬいは自動車のステップに片足かけようとしたが、ばたんと音たてて内側から扉が閉った。走り出る車内の中央には、澄んで端正な六十何歳かの梅堂の横顔が、ちらりと見えただけであった。ぬいは声を上げて哭《な》いた。

それでも、ぬいは梅堂が帰朝するまではと思った。その梅堂は数カ月間、ヨーロッパ

を廻り、六月に横浜に還った。

しかし、ぬいは『コスモス』同人を除名されただけであった。

彼女の句集年譜によると、この年、『句作を断念す』とある。

その後も、ぬいは頻りと梅堂に手紙を出した。その数は前後二百数十通に達したという。終りになるほど常態を失った。文面は前後の意味が分らなくなり、一通一通、哀訴したり、憤慨したり、電報で前便の手紙を取消したり、また以前にかえったり、支離滅裂であった。如意輪観音がどうの、観自在菩薩がどうの、とかいたり、ぐるぐると墨を塗ったり、くしゃくしゃにしたり、次第に健康人でなくなる状態が知られた。

ぬいは昭和十九年、圭助につれられて或る精神病院に入った。はじめは、俳句を作らねばならぬなどと口走り、しきりと退院をせがんだが、その後は、終日、ひとりで口の中で何かを呟いていた。

ある日、圭助が面会に行くと、非常によろこび、

「あなたに菊枕を作っておきました」

といって布の嚢をさし出した。時は夏であったから、菊は変だと思い、圭助が内部《なか》を覗くと、朝顔の花が凋んでいっぱい入っていた。看護婦がぬいにせがまれて摘んできたのである。

圭助は泪が出た。狂ってはじめて自分の胸にかえったのかと思った。

ぬいは昭和二十一年に病院内で死んだ。五十七歳であった。

看護日誌をみると、連日『独言独笑』の記入がある。彼女をよろこばすどのような幻聴があったのであろうか。

――文藝春秋（S28・8）

火の記憶

一

　頼子が高村泰雄との交際から結婚にすすむ時、兄から一寸故障があった。兄の貞一は泰雄に二、三回会って彼の人物を知っている。貞一の苦情というのは泰雄の人柄でなく、泰雄の戸籍謄本を見てからのことだった。

　その戸籍面には、母死亡、同胞《きょうだい》のないのはいいとして、その父が失踪宣告を記されて名前が除籍されていた。

「これはどうしたのだ、頼子は高村君からこのことで何か聞いたかい？」

　滅多にないことだから、貞一が気にかけたのであろう。頼子の家では父がなくなってからは万事この兄が中心になっている。三十五歳、ある出版社に勤め、既に子供がいる。

「ええ、何かご商売に失敗なすって、家出されたまま、消息がないと仰言《おっしゃ》っていましたわ」

　それはその通りに頼子は聞いていた。が、泰雄がそれを云った時の言葉の調子は何か苦渋なものが隠されているように感じられた。それで悪いような気がして、そのとき、頼子も深くは訊かなかった。

「あまり変なことだったら、この話は少し考えるよ」

　貞一は謄本を眺めて浮かぬ顔で云った。そういう兄の気持は分っていた。『失踪』という文字に兄は暗い事情の伏在を考えているのだ。もともと泰雄が天涯孤独であることで、兄や母は気がすすまなかった。肉親としては矢張りちゃんとしたところにやりたかったのであろう。しかし、頼子が泰雄を好きになったのだから、これは諦めた。しかし、それ以上に暗い秘密めいた内情が相手の家庭にかくされているのだったら、兄は考え直さざるを得ないというのであろう。

頼子は、或る商事会社に勤めていた。その取引先の会社に泰雄がいて、商売上よく頼子の会社にやって来ているうちに近づきになった。頭髪は油気がなく、いつもばさばさしていて、服装も構わない方であったが、眼はやさしかった。あの眼の象徴化したのが仏像の慈眼というのであろうと、頼子はひとりで微笑したことがある。

二人は社が退けると、電話で誘って銀座で落ち合い、茶をのんだり、時には映画をみたりするようになった。泰雄は口数も少く、動作も無器用であったが、誠実さが溢れていた。それは彼の日頃の仕事面にもあらわれていて、取引先である頼子の社の者は誰でも、彼に好感をもっていた。泰雄は両親なく縁辺《よるべ》の者もない環境の中で、働きながら勉強してきたという経歴に似合わず、いつまでも世慣れのしない稚《おさな》さがどこかあった。

頼子は泰雄と結婚する決心がつくと、兄に話して彼と会って貰うことにした。二、三度、兄は泰雄と会ったが、その印象はよかったようである。ただ、彼が全くの孤独なのが多少気にそまなかったが、大体、結婚には同意してくれた。そのため泰雄の原籍地役場から戸籍謄本をとりよせたのだが、そこではじめて彼の父の名が『失踪宣告ニヨリ除籍』されてあるのを見たのである。戦時にはあることだが、平常は珍しかった。

「よしそれじゃ俺が確かめよう」

そういって兄の貞一は、そのことで泰雄に会ってきたらしい。その後で頼子に、

「おい、お前の聞いた通りだ、あれはもういいよ」

といった。その言葉で兄に納得がいったということが分った。事実、それからすぐに結婚の話がすらすらと進んだ。それで、泰雄の父の失踪の事情は、兄が気にかけた程のことはなかったのだと頼子は安心した。

しかし、問題はそれで済んだのではない。

泰雄と頼子は式をすませて湯河原に新婚旅行した。一夜をそこで送ると、泰雄は急に伊豆に廻る予定を変えて、房州の或る漁村に行ってみようと云い出した。

「まあ、そんな所、何があるんですの？」

と頼子は愕いて泰雄の顔をみた。

「いや、何もないけれど——とにかく、前から行ってみたいと思っていたんです」

泰雄は頭髪を指でがりがり掻きながら、弱った表情をした。

泰雄が云うように、行ってみて、其所はやはり何もない淋しい普通の漁村であった。二人はその村にたった一軒しかない、魚臭い宿に泊った。どうしてこんな処に来なければならないのか、頼子は訳も分らず少し情無かった。

「いや、済まない済まない、急にこういうところに来てみたかったのでね、どう、夜の海を見に行かない？」

泰雄は少し機嫌を悪くしている頼子を賺《すか》すようにして海岸につれ出した。月のない晩で、ほの白い砂浜を劃《くぎ》って、真黒い海がねっとりと塊のように見えた。岸を嚙う単調な波音のくり返しと汐香の強い風だけで、沖に漁火《いさりび》一つなかった。泰雄は黙って、その真暗な海面を眺めていた。

頼子はふとここで泰雄が何か云い出すのではないか、と思った。例えば、告白のようなものを——。が、泰雄は頼子の指を重ねて握っただけで、しばらくすると、

「さ、帰ろう」

と、ゆっくり云った。気のせいか、それはいかにも何かを云い出しそびれた、という感じであった。頼子はひそかに緊張していた気持を軽く突き放された気がした。

泰雄が、そのことを打ち明けたのは、それから二年もたってである。長い迷いの末、やっと話す決心になったという風だった。

二

僕の父は三十三歳で行方不明となり、母は三十七歳で亡くなった。父の失踪は僕が四つの時で、母の死は十一のときだった。母の死後二十年ほど経つ。

僕は父母の素姓をはっきり知らないが、父は四国の山村が故郷で、母の方は中国地方の田舎が実家だ。が、両親とも他国に出てからは一度も生れ在所に帰ったことはないと

いうことだ。今日まで、僕も両親の郷里に行ったこともなければ、郷里の人たちの訪問をうけたこともない。要するに、典型的な流れ者なのだ。

従って父母の身の上については他人の口から聞くよしもなかった。三十七歳まで生きた母も、僕にはあまりそんなことを話さなかった。

父と母が一緒になったのは大阪だということだけは聞いた。しかし四国の山奥の青年と中国地方の片田舎の娘とがどのような縁で大阪で結ばれたかは分らない。しかしこの結婚は、どちらも故郷を出ていわゆる旅の空で出来合ったのであろうことは想像がつく。事実、母は死ぬまで戸籍面では内縁関係であった。当時、父は何をしていたであろうか。父のことになると母は不思議に話を回避した。

僕は本州の西の涯B市で生れた。大阪からB市に両親が移った事情もはっきりしない。

父は僕が四つのとき失踪したから、僕の父に対する記憶は殆どない。印象も残っていない。写真すらみたことがない。あるとき、僕がそれを母に云ったことがあるが、

「お前のお父さんという人は写真にうつることが嫌いでのう、とうとう撮らず終いだったよ」

と母はいった。

その頃の父の職業は何だったか。母にきくと、

「石炭の仲買での、始終、商売で方々をとび廻って忙しがっていなさったよ」

ということだった。それが欧州大戦後に襲った不況で山のような借財が重なり、遂に

朝鮮に渡ったきり、行方不明になったという訳だ。「大正×年――日、届出ニヨリ失踪ヲ宣告」と戸籍面で父の存在が抹消されたのは、それから十年もたって後である。

実際、父の足跡はそれきりかき消えてしまった。生きているのか死んでいるのか、もとよりさだかでない。生きていれば、今年六十歳の筈だ。

「ちょっと神戸まで行ってくる」

といって、トランク一つ提げて家を出て行ったそうだ。商用で旅は常だったから、母は怪しみもせずに出した。それが父の最後の姿だった。最初からその計画で家出したのか、途中でその気になったのか分らない。遺書一つない。朝鮮行きの連絡船で見たという人もあった。

その後の母は僕一人を育てながら、後家を通した。暮しには小さな駄菓子屋を出した。前の往還は二里ばかりはなれた旧城下町に通じていたから、電車も何もない時分のことで、かなりの人が歩いて通った。そういう人が中休みに寄ったりして、まず親子二人だけたべる商いはあった。附近の眺望のよいことは今も変りはない。

前にも云う通り、僕は父について全然憶えはないが、三つか四つの頃の記憶というものは硝子の細かな破片のようにちょいちょい連絡もなく淡《あわ》く残っている。その幼い記憶には母の憶えはあっても、父の姿がない。勿論父の家出前だから家にいた筈である。僕は幼い頃の記憶を思い出して、よく母を驚かしたものだが、家に父が居たという印象がどうしてもないのだ。

例えば、その頃の僕の家はすぐ裏は海になっていて、冬の風の強い日は波音が高く、僕は懼《おそ》れてよく泣いたらしい。僕も母にだかれて愛撫されたような憶えはぼんやりあるが、ついぞその時、父の姿がそこにあることを思い出したことがない。

夜は暗い海をこして対岸の島や灯台の灯がみえる。母は僕を抱き、その灯を指して機嫌をとった。黒い山影を背負った島の灯が砂粒のように光っている。そういう時でも、父が一緒にいたような記憶がない。

家の前は往来を隔てて藪の深い丘があった。夏には蛍が家の中に飛んできて、吊った蚊帳の周囲でひっそりと青い光の呼吸をしていた。僕と母は寝ころんでそれを見ている。その時も、母子二人だけで、父らしい姿が横に寝ている気配はなかった。

つまり、僕には父が家の中に一緒にいたという気がどうしてもしないのだ。

三

父は自分の家には居ず、どこか別の家にいたのではないか——僕はそう思った。それにはそう考えてよい或る記憶があるからだった。

——僕は母の手にひかれて暗い道を行っていた。その時、僕がすぐくたびれるので、母は道の途中でよく休んだ。

その時分の僕の思い出には、ガラス瓶を製造している家の光景と、あかるく提灯の灯を道路までこぼした大師堂とがある。ガラス瓶つくりの職人は、火の前に立ちはだかって口に長い棒を当て、棒の先の真赤なホオズキのようなガラスを吹いていた。大師堂からは哀切な御詠歌の声が遠ざかってゆく僕の耳にいつまでも尾をひいた。――これは今でもなつかしい遠い幼い日の思い出である。

あるとき、僕がこれを話すと、

「お前はよく憶えている」

と、母は少し愕いていた。

「あの時は何処へ行ったの？」

と僕がきくと、

「買い物に行ったんじゃろう」

と母は何気ないように応えた。

嘘だろう、と僕は思った。夜、暗い道を歩いて何を買いに行ったというのであろう。あの道は遠いようだったし、度々そこを通った記憶がある。

――あれは父に会いに行ったのではなかろうか。どうも、そんな気がした。父が他所の家にいて、母子二人で会いに行った。それに違いない。僕は今でもそう思っている。では、父は何故、別の家にいたか。母が僕を背負ってそこを訪ねて通ったのは、どのような事情か。

母の生前、僕はこのことを訊くことが出来なかった。それは何となく両親の秘密を衝くような気がしたからだ。

たしかにそれは秘密の臭いがした。それも一種の忌《いま》わしさで僕の記憶に残っている。それは父とは思えない一人の男の影がからんでいるからだ。もとより、その男がどのような顔や姿だったか憶えは更にない。しかし、その頃の母に関係する思い出には、そんな男の残像もあるのだ。

今も憶えている、こういう記憶がある。それはやはり、母が僕を連れて夜道を歩いているのだが、その母の横にその男が歩いていた。僕は母とならんでいるその男の背中をはっきりと憶えている。——

その時、母が手をひいている僕に云った言葉も忘れていない。

「お前はええ子じゃけん今夜のことを人に云うんじゃないよ。お前は云うなというたら、云わん子じゃけんのう」

これを思い出す度に、僕は母に憎悪を感じるのだ。或る忌わしい懐疑は神経にべとつく。僕は成長するにつれて、その意味がわかってきた。三つか四つの幼児に口止めした母の心底に僕は唾を吐きかけたいくらいの憎しみを覚え出した。

こんな記憶があるから、僕は母に何も訊く気がしなかった。いや、出来なかった。僕は母の秘密を憎みながらも、かばっていたのであろうか。

それでも、いつか、一度だけ、それとなく母にたずねたことがある。

「あの頃、家に始終くる誰かよその小父さんがいたろう?」

「いいや」

と、母は首を振った。

「では、懇意な人は居なかったかな？」

「居らん。どうして、そんなことを訊くんなら？」

僕はそれで黙った。

こういう記憶もある――

真暗い闇の空に、火だけがあかあかと燃えているのだ。赫《あか》い火だ。それは燃えさかっている火ではなく、焔はゆるく揺らいで、点々と線を連ねていた。山が燃えているのであろうか。なるほど火は山の稜線のような形を這うように燃えている。

幼い僕は母の手を握って、息を詰めてこの光景をみていた。この闇の夜に、魔術のように燃えている火の色は、僕は後年まで強く印象に残って忘れることが出来なかった。

ところで、この光景をその場で見ていた者は母と僕だけではない。あの男がいたのだ。母とならんで、彼が立っていたのを覚えている。暗がりの中でこの山の火を三人でみていたのだ。

四

父は家に居ない、母はどこかにいる父に会いに行く、その母には別の男がついている――、そういう淡い記憶が、どれだけ僕を苦しめたか知れない。もとよりそれは記憶と呼ぶにもたよりない遠いものだ。或はただの幻想かも知れない。何分、三、四歳の頃の思い出だから。

しかし僕は単なる幻想とは思っていない。事実、それを説明するような出来事が二十数年後起ったのだ。

今から数年前の母の十七年忌だった。母が三十七の生涯を了えてから十七年たった。兄弟もなく、親類縁者もない僕は、古ぼけて色褪せた母の写真を仏壇にかざり、寺の坊さんにお経をあげて貰って、ひとりだけの侘しい法事を営んだ。いかなる秘密をもっていたにせよ、僕にはやはり母である。

その際、生前母が手函にしていた古い石鹸の空箱を行李の底から引張り出してあけてみた。その中にある母の写真をとり出すためだったが、函の内部にはその他、母の知人らしい婦人の写真とか、その子供の写真とか、およそ縁もない詰らぬ写真が十枚ぐらいあった。僕は小さい時からそれを見慣れているから詰らないことは分りながらも、久しぶりだから、それを手にとって一枚一枚みていた。その時、ぱらりと一枚の褐色になった古ハガキが写真の間から離れて落ちた。

もう渋紙色したそのハガキのうすい文字は『河田忠一儀永々療養中の処、薬石効無く――』という極り文句の死亡通知だった。普通は大てい活版刷りだが、これは下手な字で書いてあって、B市にいた頃の母宛、差出人は九州N市で恵良寅雄という名で、日附は十九年前のものだった。べつに何の奇もないハガキだから、気にも止めず、そのまましまった。

ところがそれから二、三日して、奇妙なことに、電車の中でふとこのハガキが頭に泛んだ。全く、何の連絡もなく不意に思いついたのだ。

あの死亡通知の『河田忠一』とは何者であろう？　単に誰か母の知った人間であろうぐらいに考えて少しも疑問をはさまなかったこの名が、急に気になり出した。『死亡通知』という形式的なハガキの文句が、今までさほどの意味を考えさせなかったのである。そういえば、死んだ本人の名と、通知を出してくれた人間の姓が違い、近親者でもなさそうなのが変だ。大てい、『父何某儀』とか『兄何某儀』とか書いて通知した者との続柄が分るのだが、単に『河田忠一儀永々――』とあって、それも判然としない。

僕はとにかく、ハガキの差出人九州N市の恵良寅雄という人宛に河田忠一という人物のことを問合せてやった。勿論、もしやとは思ったが、この時まではっきり僕の幼時の記憶にあるあの男と河田忠一とを結びつけた訳ではない。

この問合せの手紙は付箋がついて空しく帰ってきた。死亡通知のハガキは十九年も前だからこの長い期間に転居したに違いないし、受取人居所不明となっても無理はない。これで僕の手がかりはなくなった。

しかし、それから三カ月ばかり後だったか、僕は或る必要から電話帳を繰った。その際、ふと思いついて『エ』の部をさがしてみたが、恵良という姓が極めて尠《すくな》いことが分った。東京都の電話帳にも記載が稀なくらいだから、この姓が珍しいことが分る。僕はここに目をつけた。

僕は九州N市の市長に手紙をかいた。どうしても貴市管内に居ると思われる恵良という人を捜したい。ついては恵良という姓はそうザラにないから管内の米穀配給所に問い合せて頂いて、登録台帳の恵良氏の住所をお知らせ願い度い。自分が捜しているのは恵良寅雄という人だが、或は死亡ということも考えられるから、とにかく恵良姓の住所氏名をピックアップしてお知らせ下さいと頼んでやった。

この無茶な依頼は、親切なN市長によってきき届けられた。市長はもの珍しく思ってか部下に管内十数カ所の配給所を調査させたのであろう、N市役所から三軒の恵良姓の住所を知らせてきた。それには寅雄という名はなかったが、僕はこの時ほど遠地の市長の好意に感動したことはない。

それが分ると簡単だ。僕はその三軒の恵良家に手紙を出して、恵良寅雄氏という人を御存知ないか、と問合せた。返事のくるまでの十日間は永かった。するとその一軒の恵良家から、「寅雄は自分の亡父だ」という返書がきた。死んでいるのに一寸落胆した。が、重ねてその家に問合せを出した。実は寅雄さんが御存じだと思われる河田忠一さんのことを知り度いのだが、というのだ。その返事が折返してきた。

「河田さんは亡父の知り合いでした。母はまだ健在で、河田さんのことを少しは知っています」

という文面だった。

僕は胸を轟かせた。

五

僕は東京を出発して九州に向った。N市は僕の生れた土地B市から汽車で二時間ばかりで、筑豊炭田の中心地だった。僕がN駅に降りたのは二十五時間の車中の後だった。所書きをたよりに、たずね廻って、やっと目的の家についた時は夕方が近かった。そこは炭坑地で、恵良さんの家は坑員住宅の長屋の一軒だった。

僕に返事をくれた恵良さんは出勤中で留守で、老母がいた。つまり、恵良寅雄の未亡人だ。

僕が持ってきた例の死亡通知のハガキを出すと、老眼鏡をかけてみていたが、

「はい、亡くなった主人《つれあい》の字です。河田さんが死ぬる前に、自分の死後、ここに知らせてくれと頼まれた中の一枚です」

と云った。

恵良寅雄は河田忠一と懇意だった。恵良は以前から土地の者であったが、河田は中年になってこの土地に流れてきて行商などをしていた。女房も居らぬ独り者で、家が近かったから知り合いとなった。（それがあのハガキの住所だ）そういう話だった。

「河田さんは胃癌で死んだのですが、いよいよ駄目だと思ったのでしょう、主人を呼んで、自分が死んだら、これこれの人に知らせてくれ、とても葬式などには来られぬ人たちだから、知らせるだけでよい、といって宛先をかきつけていました。何でも二、三人

くらいしか書いてなかったと思いますが、このハガキはその時かいた宛先の一つで、たしかに主人が出しました」

と老母はいった。僕が河田忠一のことをもっと知りたいというと、

「河田さんが死んだのは五十一の時で、何でも他所の土地で長いこと警察勤めをやっていたが、ある失敗があってこの土地に廻されたということでした。でも間もなくこちらの警察も辞めて、行商などして暮していました」

とまでは云ったが、それ以上は知らなかった。

念のため、

「では、河田さんは、自分の死後、知らせてくれといった先の人たちの話は何もしませんでしたか」

ときいたが、

「いえ、ただ知らせてくれというだけで、どんな間柄の人か何も話しませんでした」

というだけだった。結局、深いことは分らなかった。河田忠一と母との間には、どんなつながりがあったのか、やはり解けなかった。僕が胸を轟かせて、東京からきた甲斐はまずなかったといってよい。

外に出た時は既に陽が落ちて蒼茫と暮れかけていた。老母は気の毒がって、途中の道まで見送ってくれた。その道には方々の家から七輪に燃える石炭の青白い煙が流れて靄《もや》のように立ちこめ、さすがに炭坑地帯に来たという旅愁を感じた。

N駅から帰りの汽車に乗った。既に窓外は真暗な夜となっていて、炭坑町の灯が流れて行った。僕は窓に凭《もた》れて、何だか重い気持に沈んで、ぼんやり外を見ていた。

その時だ、その外の闇の中で、高いところに真赤な火が燃えているのが望まれた。火は山形の直線に点々と焰をあげている——。

この景色こそ夢幻のように幼い頃の記憶の中にしまったものだ。ああ、少しも違わぬではないか、あの火、あの火、母が僕を背負い、あの男が横に立っていて、三人で見た同じ火。

それは炭坑のボタ山に棄てられた炭が自然発火して燃焼している火だった。ああ、これだったのかと僕は思った。息が苦しいくらいだった。遠い幼い日の追憶が、今現実となって目の前にある。

——すると、母は曾てここに来たことがあるのだ。その時、僕を連れていたのだ。何のためか云うまでもない、この土地に流れてきた河田忠一に会いに来たのだ。この火を三人でみた記憶のあの男こそ河田忠一だった。夢のような僕の幼時の記憶は幻想でも何でもない、やはり事実だった。

母と河田忠一とは頻りに（それは遂に僕の脳裡にやきついたほど）僕の眼の前で会っていたのだ。河田がこの土地にくる前に居たというのは恐らくB市に違いない。

「お前は賢い子じゃけ、今夜のことを人に云うんじゃないよ」

と暗い夜道を歩きながらいった母の言葉を思い出す。その横にならんで歩いている男の背中を僕は憶えている。あれが河田忠一だ。

それで分る。父が家に寄りつかなかったことも、遂に行方をくらまして失踪したことも。それから、河田が自分の死を母に知らせてくれと恵良に頼んだことも、母がその死亡通知をいつまでも保存していた理由も。

車窓の闇の中をボタ山の火は次第に遠のいて行った。その火はあたかも僕の母に対する永年の疑惑の確証のようであった。僕は頭に血が一時に上り、汽車の窓枠を力一杯摑んでゆすった——

僕は失踪した父が可哀想でならぬ。それを思うと、母への不信は憎んでも憎み切れぬ。僕は自分の体内まで不潔な血が流れているような気がして、時々、狂おしくなるのだ。

六

泰雄が頼子に語った話は以上のようなことであった。蒼白い顔になっていた。

「君の兄さんから僕の父の失踪の事情をきかれた時に、いっそ話してしまおうかと思ったが、それができなかった。商売で失敗したという表面のことしか云えなかった。こんな事は結婚の前に君に云うべきだったかもしれぬ。しかしそれも出来ない。愧《はじ》を思うと、勇気がなかったんだ」

ああ、それで新婚旅行の晩も、わざわざ房州の海岸に廻って打ち明けようとなすったのね、それでも、とうとう話せなかった——頼子は心でそう呟いた。

今、思い切って話した、という心の安まりが泰雄の悲しい表情のどこかに漂っていた。それは、告白したから、この上は、頼子の愛情に凭《よ》りかかっている——というようにみえた。

頼子は兄の貞一に会って泰雄の話をした。頼子はこの兄には何でも云えた。

兄の貞一はさして真剣な顔もせずに聞いていた。話が終っても、煙草を喫っているだけで、格別の意見も云わなかった。

しかし、貞一がその話を熱心にきいていたのだ、ということは間もなく分った。それは後日になって頼子に手紙をくれたからである。手紙の文句はそう長くはなかったが、示唆の多いものだった。

いつか、頼子が僕に云った泰雄君の話は、種々なことを考えさせられた。

しかし、泰雄君に考えの足りないところもある、つまり、まだ本当のことを知っていないのではないか。

泰雄君はお父さんの失踪の原因は表面では商売の不振、実はお母さんと河田らしい男との不倫の関係が原因で行方を絶ったと泰雄君は決めているが、それは少し理由が弱い。

お父さんは、家出前でも、家には居なかった。どこか他所にいた、お母さんはそこに会いに行っていたらしい——泰雄君は幼い記憶でそういっている。そのお母さんに影のように河田らしい男がついていたのだという。

その河田の前職、つまりB市にいた時の職業は何だろう、懇意だった恵良の老妻の話では警察にいたというではないか、泰雄君はこの河田の職業のことを考えていない。

泰雄君は河田が始終お母さんの追憶の中に出てくるといったが、それを河田の警察関係の職業から考えてみよう。警察の者がそのように他家に始終居たということはどういうことだろう。頼子は『張込み』ということを知っているね、或る犯人を捕えるために、刑事がその来そうな家に居て待ち伏せしていることだ。

もう、廻りくどいことは書くまい、君の話をきいてすぐいつかよんだ本のことを思い出したのだ。社の調査部にある何か警察関係の本だったので、四、五日がかりで捜し出した。それは犯罪捜査技術についての文章で、その中に実例として一つの例が載っていた。それを僕は憶えていたのだ。本から次に写してみよう。

「――犯人の留守宅の張込みについてはよく注意しなければならぬ。犯人は家族や情婦にはよく秘かに通信や連絡をとるものだからである。この場合、警察官は家族の者を威嚇したり厭悪の念を起させてはならぬ。むしろ彼らの協力を得るよう、よく理解させ、そのような犯人を出した家族に同情ある態度をとるがよい。

しかし、それも行き過ぎがあってはならぬ。家族の中には犯人を庇護するあまり、張込みの警察官を買収しようとしたり、或は他の方法で籠絡しようとする者もないではないからである。

昔、筆者が或る地方の警察署長をしていたときのこと、部下に優秀な刑事巡査がいた。その頃、京阪地方を荒らす詐欺団の首魁《しゅかい》がいて、それが舞い戻って、管下の家族とひそかに連絡をとっているらしい情報があった。それで、その刑事を当らせたが、なかなか辛抱強く留守宅に張込んでいた。ところがそこの犯人の妻女に同情のあまり、つい職分を忘れてしまった。つまり、犯人の逮捕を目前に控えながら、その犯人の妻女への愛情にひかれて見遁《みの》がしてしまったのである。犯人はそれきり行方が分らず今日に至るも知れない。このような例はままあることで――」

よく似た事件だ。おそらく泰雄君の話の事件かもしれぬ。頼子よ、泰雄君のお母さんは自分の夫を遁がすため、河田刑事に体当りしたのだ。女の、最後の、必死の、かなしい方法で――。

河田はその失敗のためB市からN市に遷された。この優秀な刑事としては覚悟の前であった。しかし泰雄君のお母さんの気持はそれで済まぬ、あたら有望な男を台なしにしてしまった、その気の毒さがお母さんをN市の河田の許へ会いに行かせたのだ。そして、その夜、泰雄君の記憶の中に三人でみた夢幻的なボタ山の火が残ったのだ。

河田は死ぬまで泰雄君のお母さんのことを思っていた。だから、自分が死んだら、あの人に知らせてくれと云い残した。その死亡通知のハガキをうけとってお母さんも深い云い知れぬ感慨があったに違いない。いつまでもそのハガキを筐底《きょうてい》に保存していたのだ。女の気持はそんなものであろう。

兄の手紙はそこで終っていた。

——女の気持はそんなものであろう。

頼子はその最後の文句を、一度見直した。

そして兄の手紙をたたんで指先で細かく裂いた。泰雄がどんな人の子であろうが、もう早、わたしには問題ではないのだ——という風に。

——小説公園（S28・10）

ひと
こと

終わりに

宮部みゆき

広大な松本清張ワールドのごく一部を、短時間で駆け抜けたこのツアーも、終点に近づきました。

やや方向音痴の気味のあるガイドにお付き合いをいただきまして、ありがとうございました。

清張さんは、自作の後書きを几帳面に書いておられました。後進の私は、それらの先達の言葉に何度となくうなずいたり、共感したり、憧れたり、励ましを得たりしてきました。冒頭のエピグラフに挙げた一節も、そのひとつです。

終わりにきて、ガイドがあまり饒舌になるのは見苦しいものです。ここは、清張さんご自身の、このお言葉でしめていただくのがいちばんいいと思います。

いま、ざっと眼を通してみると、これらを書いた当時の生活環境や、編集者その他の人々の顔や、取材に行った土地などの情景が浮かんできて、なつかしい思いがする。

昭和四十九年三月

松本清張

収録作品の既刊本所収リスト　下巻（現在入手可能なもの）

支払い過ぎた縁談
「空白の意匠　松本清張短編全集10」光文社カッパ・ノベルス
「遠くからの声」講談社文庫
「松本清張全集」第三十七巻　文藝春秋

生けるパスカル
「松本清張小説セレクション」第三十巻　中央公論新社
「松本清張全集」第三十九巻　文藝春秋

骨壺の風景
「松本清張全集」第六十六巻　文藝春秋

帝銀事件の謎
「日本の黒い霧」上下　文春文庫
「松本清張全集」第三十巻　文藝春秋

鴉
「共犯者　松本清張短編全集11」光文社カッパ・ノベルス
「松本清張小説セレクション」第三十四巻　中央公論新社
「松本清張全集」第三十八巻　文藝春秋

西郷札

「西郷札　松本清張短編全集1」光文社カッパ・ノベルス
「西郷札　傑作短編集(三)」新潮文庫
「松本清張全集」第三十五巻　中央公論新社　文藝春秋

菊枕　ぬい女略歴
「張込み　松本清張短編全集3」光文社カッパ・ノベルス
「或る『小倉日記』伝　傑作短編集(一)」新潮文庫
「松本清張小説セレクション」第三十三巻　中央公論新社
「松本清張全集」第三十五巻　文藝春秋

火の記憶
「西郷札　松本清張短編全集1」光文社カッパ・ノベルス
「或る『小倉日記』伝　傑作短編集(一)」新潮文庫
「松本清張小説セレクション」第三十三巻　中央公論新社
「松本清張全集」第三十五巻　文藝春秋

文春文庫

宮部《みやべ》みゆき責任編集《せきにんへんしゅう》

定価はカバーに
表示してあります

松本清張傑作短篇《まつもとせいちょうけつさくたんぺん》コレクション　下

2004年11月10日　第1刷
2021年5月5日　第11刷

著　者　松本《まつもと》清張《せいちょう》
発行者　花田朋子
発行所　株式会社　文藝春秋

東京都千代田区紀尾井町 3-23　〒102-8008
TEL　03・3265・1211㈹
文藝春秋ホームページ　http://www.bunshun.co.jp

落丁、乱丁本は、お手数ですが小社製作部宛お送り下さい。送料小社負担でお取替致します。

印刷・凸版印刷　製本・加藤製本　Printed in Japan
ISBN978-4-16-710696-6